CW00832527

Poésie et Renaissance

Du même auteur

« Les Langages de Rabelais »,
Études rabelaisiennes, XII
Librairie Droz, 1972 (édition révisée, 1996)

Poétique et onomastique
Librairie Droz, 1977

Le Texte de la Renaissance :
des rhétoriqueurs à Montaigne
Librairie Droz, 1982

Édition des *Œuvres complètes* de Louise Labé
Flammarion, 1986

Les Métamorphoses de Montaigne
Presses universitaires de France, 1988

Édition de la préface de Marie de Gournay
à l'édition des *Essais* de Montaigne
Montaigne Studies, vol. I, nov. 1989

Édition du *Journal de voyage*
de Michel de Montaigne
Presses universitaires de France, 1992

Louise Labé lyonnaise,
ou la Renaissance au féminin
Éditions Champion, 1997

Édition du *Néhgromant* de Jean de La Taille,
in *La Comédie à l'époque d'Henri II et de Charles IX*
Presses universitaires de France, 1998

L'Erreur de la Renaissance
Perspectives littéraires
Éditions Champion, 2002

François Rigolot

Poésie et Renaissance

Éditions du Seuil

CET OUVRAGE EST PUBLIÉ DANS LA COLLECTION
POINTS ESSAIS SÉRIE « LETTRES »
DIRIGÉE PAR JACQUES DUBOIS

ISBN 2-02-047423-9

www.seuil.com

Table

Avant-propos

> « Le Grand Siècle, j'entends le XVIᵉ, seul
> fondé en poésie dans le passé, constitue le
> haut lieu de notre inspiration et contient à lui
> seul plus de richesses que toutes les époques
> rassemblées de notre lyrisme national. »
>
> *Luc Bérimont.*

La poésie n'occupe plus aujourd'hui qu'une place res-
treinte dans l'activité et la sensibilité humaine, du moins en
Occident. On peut le constater à regret, elle est une peau de
chagrin qui se rétrécit chaque jour davantage. Il n'en a pas
toujours été ainsi. À la Renaissance ou, plus généralement,
à ce que les historiens appellent « l'époque prémoderne »,
une autre sensibilité habitait le savoir et les différents aspects
de la vie. Dans un discours resté célèbre et prononcé en
1430, Giovanni Toscanella affirmait que l'historien, le philosophe, le juriste, le législateur, le médecin et même le
mathématicien n'atteignaient la vérité que s'ils étaient aussi
poètes (Bettinzoli, p. 7-8). Au-delà des savoirs spécialisés, il
fallait cet esprit de *contemplation* qu'accueillait Aristote lui-
même pour couronner son système épistémique (*Éthique
à Nicomaque*). Comme le redira Pontus de Tyard dans
son *Premier Curieux*, « l'homme est né pour contempler
le monde ».

Déjà, dans la controverse qui, au XIVᵉ siècle, avait opposé
les défenseurs de la poésie à ses détracteurs, Dante était
apparu comme le premier « poète-théologien » à revendiquer pour ses fictions une fonction cognitive égale à celle de
la Bible. Position hardie qui ne se démentira guère au cours
de la Renaissance et trouve sa formule la plus englobante
dans les *Lezzioni* de Varchi (1590) :

> Traitant de toutes choses divines et humaines, la poésie
> contient en soi toutes les sciences, tous les arts et toutes
> les facultés, ce qui la rend plus noble, plus agréable et
> plus parfaite que chacun d'eux séparément (Lecointe,
> p. 66-67).

On présente trop souvent les idées « humanistes » de ce qu'on continue d'appeler ici la Renaissance – disons, pour la France, la période 1490-1610 – comme si elles étaient énoncées avec la rigueur et la sécheresse d'un cartésianisme caricatural. Si l'on reconnaît la part de rêve et d'imagination qui les accompagne, c'est pour n'y voir qu'une gangue superflue qui masque l'« or pur » de la pensée. En fait, la plupart des penseurs, des savants et des hommes politiques de la Renaissance se disent et se veulent poètes. François Ier lui-même écrit des vers d'une rare élégance. On est loin des infâmes condamnations qui, depuis *La République* de Platon, se sont abattues sur les « vaines fictions » de la poésie. N'en déplaise aux épigones de Boèce et aux sectateurs de Savonarole, la poésie sera promue en tant que parole initiatique, oraculaire et prophétique, conférant dans une société chrétienne un fondement profondément éthique aux arts et aux sciences, parce que à son niveau le plus élevé, elle se souvient de ses origines théologiques.

Autres temps, autres métaphores. Le tableau contrasté entre le Moyen Âge et la Renaissance – même si ces termes, consacrés plus tard par l'histoire littéraire, n'existaient pas à l'époque – était déjà un poncif chez les humanistes du XVIe siècle. Guillaume Budé glorifiait Érasme d'avoir fait sortir la vérité des « ténèbres de l'ignorance », et Rabelais s'étonnait qu'en son siècle « si plein de lumière » on puisse encore si difficilement se dégager de « l'épais brouillard de l'époque gothique » (*OC*, p. 979). Cet acte singulier d'agression rituelle fut repris par des historiens avides de narrer cette mise à mort mythique du Moyen Âge par la Renaissance.

Le grand historien hollandais Johan Huizinga écrivit son fameux livre sur la civilisation du Moyen Âge finissant pendant la Première Guerre mondiale. L'ouvrage, publié en

1919 en hollandais, parut en français en 1932 sous le titre suivant : *Le Déclin du Moyen Âge*. Contrairement à l'original qui parlait d'« automne » et non de « déclin », la traduction reflétait une préoccupation de l'historien en quête de schémas évolutifs clairement soustraits à la division traditionnelle en périodes étanches. Dans sa préface à l'édition française de 1948, Gabriel Hanotaux approuvait une telle démarche : « Cette étude consciencieuse, écrivait-il, prouve qu'il y a des **ÂGES** [*en majuscules*] en Histoire et que leur ordre, leur série, le caractère de chacun d'eux sont en contradiction avec la fameuse loi du progrès. » L'académicien s'en prenait alors au « déterminisme du progrès [...] un mythe forgé par la parade révolutionnaire » (p. 4).

Le Moyen Âge vieillissant devait mourir au XVᵉ siècle pour donner naissance à une nouvelle époque, pleine de fougue et d'idées neuves, que l'on baptisait justement la « Renaissance ». L'agonie était un prélude nécessaire à la résurrection. La semaine sainte précédait la joie de Pâques. La gloire d'un nouvel ordre ne pouvait triompher qu'après une tragique descente dans l'abîme. Sans doute Huizinga avait-il été influencé par les philosophes de l'Histoire : Gibbon, Montesquieu et surtout Spengler. Une brillante civilisation s'éteignait dans un chaos dont l'historien devait donner un tableau saisissant : monde sinistre en ruine, scènes lugubres de désastres, visions morbides d'agonisants. Étonnantes fresques qui frappaient les esprits et étaient faites pour susciter de la « poésie ».

Tel était aussi, transposé par l'Histoire, le spectacle qui s'offrait à l'historien de Leyde à la fin de la Première Guerre mondiale et à son présentateur français à la fin de la Seconde. Eux aussi, qui venaient de vivre l'horreur d'un monstrueux chaos, se tournaient vers « des lendemains qui chantent ». C'est ainsi qu'on peut comprendre la préface de 1948 qui envie à Jeanne d'Arc, « fille du peuple », sa devise (*Vive labeur !*) et se termine par une vibrante leçon de civisme :

> Pour que les peuples soient dignes de liberté, il suffit qu'ils sachent la supporter, il suffit qu'ils sachent supporter les règles : règles acceptées par une volonté saine. L'État, c'est l'ordre ; la loi, c'est la mesure ; le salut, c'est le travail (p. 7).

Trente plus tard, lorsqu'en 1977 les Éditions Payot décideront de republier l'ouvrage de Huizinga, l'horizon d'attente aura changé. La traduction réapparaîtra sous un titre plus proche de l'original : *L'Automne du Moyen Âge*. Le changement est significatif et invite à une conception de l'Histoire appuyée sur une autre rhétorique. Des voix autorisées d'historiens modernes nous l'affirment. Écoutons celle de Jacques Le Goff dans la préface de la nouvelle édition :

> L'automne, c'est cette saison où semblent s'exaspérer toutes les fécondités et toutes les contradictions de la nature. Elle est ce que, dans l'art, Eugenio d'Ors appelle la phase baroque, celle où se manifeste à nu, sans masque, l'exaltation des tendances profondes d'une époque. C'est cette exaltation qui la rend si fascinante (p. VII).

Exaltation et exaspération de « toutes les fécondités » : nous sommes maintenant aux antipodes de l'agonie et du dépérissement. « Car le XVᵉ siècle, déclare encore Le Goff, est un automne exaspéré, pas du tout moribond, au contraire : d'une extraordinaire vitalité et si vivant qu'il va profondément continuer et rester présent en plein XVIᵉ siècle » (p. viii). L'automne du Moyen Âge, qui se confond avec les débuts de la Renaissance, serait cette période mythique où se résumeraient les excès, les paradoxes, les contradictions d'une culture. Elle serait la dernière lueur d'un été radieux, le moment ultime où s'hypertrophient toutes les sensations et donc toutes les expressivités poétiques.

Il faut relire les grandes scènes que nous brosse Huizinga dans un premier chapitre justement intitulé « L'âpre saveur de la vie » et qui nous aide à comprendre ce que fut la Renaissance. Voici frère Richard, prêcheur du peuple, qui harangue au crépuscule une foule grouillante dans le cimetière des Innocents. Il a le dos tourné au charnier où s'entassent les crânes, et sa silhouette se détache sur le mur où est peinte la fameuse *Danse macabre* (p. 13). Victor Hugo n'aurait pas mieux campé sa cour des Miracles dans *Notre-Dame de Paris*, ni Ingmar Bergman ses flagellants en délire dans *Le Septième Sceau*. Voilà le vibrant frère Thomas autour de qui se pressent hommes, femmes et enfants.

Convaincus de renoncer aux plaisirs du monde, ils lui apportent leurs habits, leurs parures et leurs jouets pour y mettre le feu. Quelle ardeur mélancolique se manifeste chez notre historien lorsque s'allument ces « bûchers de vanités » où se consument, comme autant de feuilles d'automne, les modestes possessions du petit peuple (p. 15).

Peu importe que frère Richard prêche à Paris, que frère Thomas sévisse en Flandres ou que Savonarole sème une sainte terreur à Florence. Sommes-nous encore au Moyen Âge ? Avons-nous déjà franchi le seuil de la Renaissance ? La question n'a évidemment pas de sens. Dans cette époque prémoderne – qu'on la baptise comme on veut –, la perception sensorielle est partout exacerbée. Il y a dans la vie quotidienne une capacité illimitée de passion, de fantaisie et de poésie. La liste des paroxysmes est impressionnante : les affections les plus naïves, les violences les plus primitives, les engouements les plus ridicules. Car, même à l'article de la mort, on est un peu au seuil de la comédie. Le jeune Charles VI, qui s'est déguisé pour mieux observer sa fiancée, se fait rouer de coups par la police, qui le prend pour un imposteur. La religion, avec ses grandeurs et ses intolérances, est entre les mains de visionnaires ascétiques et de prédicateurs exaltés. La politique, en proie aux pires ambitions et aux plus sombres désordres, donne lieu a des scènes romanesques ou sanguinaires. Ce sera encore le cas du sinistre massacre de la Saint-Barthélemy. L'Histoire est un tissu de rivalités passionnées, de sombres trahisons et d'accès de folie. On se croirait parfois dans l'Italie de Stendhal. *La Reine Margot* de Dumas et les films qui en ont été tirés nous donnent une idée assez juste, sinon de la psychologie, du moins de l'extravagance de cette période.

Lucien Febvre, historien fondateur avec Marc Bloch de l'école des Annales, donnera un fondement scientifique à ces impressions de surface. Ses travaux sur Rabelais et Marguerite de Navarre mettent en relief la « différence absolue » qui sépare la mentalité du XVIe siècle de notre perception moderne des choses. Leur vie est faite de contrastes, où la pire cruauté jouxte la plus grande tendresse, où la pire débauche n'exclut pas la plus sincère dévotion. Haine féroce et bonté angélique se succèdent ; un dédain absolu se tourne soudain en fol attachement. Voilà ce qu'il faut aussi savoir pour comprendre la poésie de cette étrange époque. Grièvement blessé au cours des guerres fratricides entre catholiques et protestants, le génial Agrippa d'Aubigné trouve l'énergie de dicter des cataractes d'alexandrins sublimes à un copiste improvisé. Passions exaspérées que ne partagent pas les Érasme et les Thomas More, et qui finiront par faire place à un idéal de mesure et de rationalité. Mais peut-être qu'alors la poésie s'en ira avec elles…

En présentant les « blasons du corps féminin » à un grand public cultivé, Luc Bérimont célébrait naguère le « panthéisme » du XVIᵉ siècle, qui éclaire la Création d'une lumière si violente qu'elle peut effrayer :

> Cette santé et cette plénitude ne dureront, hélas ! que l'espace d'une maturité féconde. Le siècle de Versailles viendra… Un gel académique glacera ce qui avait germé. Le Grand Siècle, j'entends le XVIᵉ, sera porté honteusement en terre, à la nuit, par ses descendants à houlettes, et la France attendra trois cents ans avant de retrouver des poètes ! (Bérimont, r°).

Tout réducteur et simpliste que soit le tableau contrasté entre la vitalité d'un siècle et la prétendue sclérose du suivant, il permet néanmoins de nuancer le fond trop lumineusement optimiste qu'avait brossé Jacob Burckhardt dans son ouvrage classique. Le XVIᵉ siècle idéalisé et « naïvisé » qu'avait chanté Sainte-Beuve n'est pas mort. Le romantique s'était aussi servi de la métaphore automnale avec prodigalité. Pour lui, la fête des vendanges résumait non pas les signes morbides d'un âge en déclin mais les robustes couleurs de la saison nouvelle. Les mots « franchise, naïveté, naturel, vigueur », reviennent constamment sous sa plume pour désigner le XVIᵉ siècle. Une franche « bonhomie » anime les tréteaux de « notre vieux théâtre » ; et « nos vieux poètes » s'unissent pour boire et chanter, « avec une vigueur souvent rude » (II, p. 299, 310, 291, 374, 402). Uni pour rire de l'humaine sottise, tout le XVIᵉ siècle apparaît comme une confrérie de basochiens farceurs, d'enfants sans souci (II, p. 296).

On observe cependant à cette époque une disposition générale à la *mélancolie*, maladie favorite des poètes. Une dépression morale s'est emparée des chevaliers qui se laissent entraîner vers un désespoir inexorable. Le *Roland furieux* de l'Arioste connaît un succès sans pareil. Si le terme d'« optimisme » n'existe pas encore, c'est parce qu'il n'y a pas de réalité qui lui corresponde. Tout est vu sous l'angle de la fragilité et de la corruption. Le rire de Rabelais est celui d'un médecin qui veut sortir ses contemporains d'une horrible « tristesse ». Montaigne commencera ses *Essais* par un chapitre sur ce sujet (I, 2). Avant Lamartine, l'homme ne sait que trop qu'il est « un ange déchu qui se souvient des cieux ». Si le mot « optimisme » ne figure pas au vocabulaire du XVIe siècle, l'adjectif « macabre » rappelle que la représentation et la contemplation de la mort caractérisent l'époque prémoderne. Réforme et Contre-Réforme tenteront de donner un nouveau sens à de terribles épouvantes. Mais elles en multiplieront aussi les formes. De grandes voix s'élèvent pour rappeler que tout est vanité dans ce bas monde et qu'il faut mettre son espérance en l'Éternel. D'autres préfèrent évoquer avec nostalgie la fragilité de la vie et, reprenant des thèmes païens, inviter à saisir le « temps qui fuit » (*tempus* fugit*) et goûter les plaisirs de l'instant (*carpe* diem*). Ce seront peut-être les plus beaux poèmes de la Renaissance.

Le présent ouvrage est conçu pour un large public cultivé et non pour un petit nombre de savants étroitement spécialisés. On n'y trouvera pas un inventaire encyclopédique des modes, des genres et des formes de la poésie à la Renaissance. Nous avons renoncé à être exhaustif, étant conscient du risque qu'on court à donner trop de détails, nécessairement détachés alors de leur contexte. Si nous avons pratiqué des choix, nous avons aussi essayé de les justifier par rapport au contexte artistique, historique ou sociopolitique de l'époque. La perspective que l'on propose ici sera informée par l'Histoire tout en s'inspirant des diverses méthodes de la critique textuelle moderne.

Nous avons divisé la matière en six parties et, si nous ne cachons pas la part d'arbitraire qui a présidé à ce choix, nous pensons que celui-ci se justifie, du moins en partie, par la variété des thèmes, la diversité des registres et la richesse des traditions où puisent les poètes de l'époque. Il fallait commencer par définir le concept de *poésie* à l'aube des temps modernes. « La poésie, c'est la voix », écrivait Valéry. Il convenait de préciser les rapports qui existent entre oralité, écriture et musique dans une société où l'on vient d'inventer l'imprimerie. Mais la poésie, c'est aussi la vue. L'efficacité de l'art est liée aux pouvoirs de la vue, sens noble par excellence depuis Platon. La contamination paradoxale entre l'oral et le visuel se situe au cœur même du problème de la représentation, et une ambiguïté apparaît entre les exigences de l'œil et celles de la parole. Le poète veut souvent rivaliser avec le peintre autant qu'avec le musicien. Certaines tentatives de « calligrammes » et de « poèmes concrets » peuvent, en tout cas, nous le laisser penser. Enfin, il s'agira de situer la visée poétique par rapport à celle de la rhétorique, cette « science exquise, » comme disait déjà Dante, qui permet de persuader ou de dissuader son auditoire (**première partie**).

Il nous a semblé important de préciser ensuite les conditions historiques de la naissance de ce que nous avons appelé le « poète-auteur ». Le développement de la conscience littéraire se rattache à la question de l'émergence de l'individu à l'époque prémoderne et à la naissance du personnage social de l'écrivain à partir du XIVᵉ siècle. Lorsque la civilisation du manuscrit s'efface devant celle de l'imprimé, un nouveau système de protection juridique se met en place – l'institution du *privilège* – qui favorise chez les poètes l'éveil d'une conscience du droit de propriété. Nous verrons alors ce qu'il faut penser de la tradition poétique que l'Histoire a retenue sous l'appellation de « Grande Rhétorique ». Dans cette évolution de la conscience littéraire à l'aube des temps modernes, nous accorderons une place de novateur à Clément Marot, poète trop longtemps marginalisé, mais qui a joué un rôle considérable dans le phénomène complexe de l'émergence de la subjectivité poétique au début du XVIᵉ siècle (**deuxième partie**).

Nous nous tournerons ensuite vers Lyon, ville franco-italienne et capitale culturelle du royaume, dont les ateliers d'imprimerie symbolisent le ferment intellectuel. Cette ville cosmopolite, qui n'avait rien à envier à sa lointaine rivale d'Île-de-France, saura diffuser les vers de Pétrarque et la gloire de Laure. Maurice Scève croira découvrir le tombeau de celle-ci en Avignon. Il écrira le premier *canzoniere* français et lancera la mode pétrarquisante, tout en devenant, par sa recherche de l'obscurité, le Mallarmé du XVIe siècle. Des femmes cultivées se mettront à écrire, parce qu'elles entendent participer à égalité à la culture nouvelle et revendiquer un « être à soi » qui ne dépende plus du désir objectivant du sexe dominant. Louise Labé est de celles-là. Elle connaît et partage les sentiments de femmes éconduites dont la passion inassouvie véhicule les germes de la mort. Mais, plutôt que de reproduire la sauvagerie incontrôlée des ménades que condamne son éducation humaniste, elle trouve dans la poésie la force sublimante qui lui permet d'exprimer sa passion et de la faire accepter (**troisième partie**).

Si l'on ne peut pas parler d'« école lyonnaise » au XVIe siècle, il existe ailleurs en France une véritable communauté culturelle, jeune et turbulente, qui entend se hisser, non sans arrogance, au niveau des lumières gréco-latines. Ces étudiants, d'abord formés en « brigade » (ils adopteront ensuite le nom de « Pléiade », repris aux sept poètes grecs de l'Antiquité), prétendent faire du neuf alors qu'ils reprennent souvent les propositions de leurs prédécesseurs français et italiens. La contre-attaque sera inévitable, mais les théoriciens des tous bords s'accorderont sur un point : la *théorie de l'imitation*, pierre de touche de la poétique de la Renaissance. Ces jeunes Turcs se feront pétrarquistes puis antipétrarquistes ; ils prôneront ou blâmeront la poésie érotique et cultiveront les artifices pour mieux ensuite les dénoncer. Du Bellay et Ronsard mépriseront leurs prédécesseurs, bons ouvriers mais piètres poètes, pour décréter la primauté de l'inspiration sur la technique. Mais ils se raviseront plusieurs fois, brûlant les idoles qu'ils avaient adorées et troquant la « sainte fureur » pour des désirs finalement plus terrestres (**quatrième partie**).

À cette époque-là, la politique n'est jamais très loin de la poésie. La succession de l'Antiquité gréco-romaine est ouverte. La vieille théorie de la *translatio studii et imperii* voulait que le pouvoir politique et la domination culturelle passent, au cours de l'Histoire, d'une civilisation à une autre. Cela avait été le cas pour la Grèce et pour Rome. Chaque nation européenne revendiquait désormais sa part d'héritage. La Pléiade invite les futurs poètes à un pillage systématique des lettres anciennes (« Français, pillez-moi sans conscience les sacrés trésors de ce temple delphique ! »). Le nouveau sac de Rome est perpétré cette fois-ci symboliquement par les premiers apôtres de ce qu'on appellera bientôt la « mission civilisatrice de la France ». Il en sortira de très beaux recueils poétiques, *Les Antiquités de Rome* et *Les Regrets*. En même temps, la nouvelle école fait savoir qu'une grande nation ne peut s'estimer telle sans avoir à son actif une épopée grandiose qui célèbre un puissant mythe d'origine. Ronsard imitera donc Homère et Virgile en produisant *La Franciade*, poème épique qui, malgré ou à cause de ses monstruosités, nous éblouit encore aujourd'hui (**cinquième partie**).

À la Renaissance, la science n'est pas encore la chasse gardée des savants, et de nombreux écrivains voudront faire de la poésie un fabuleux intrument de connaissance. La poésie dite « scientifique » s'intéresse à toutes ces manifestations des phénomènes cosmiques. On admire l'éclat des astres, on scrute les traînées de nuages, on se projette dans la lumineuse « chevelure » des comètes avec un naïf émerveillement d'où l'humour n'est d'ailleurs pas exclu. Les grands conflits politiques et religieux sortiront d'autres poètes de leurs rêves pour les obliger à s'engager. Ronsard, le catholique, et d'Aubigné, le huguenot, prendront clairement parti pour des camps opposés. Dans cette ultime incarnation, la poésie n'hésitera pas à se faire propagande. On y trouvera peut-être les fresques les plus envoûtantes de la Renaissance. Enfin, à l'histoire de l'art nous continuerons d'emprunter les termes de *maniérisme* et de *baroque* pour caractériser la poésie des dernières décennies du XVIᵉ siècle. Ces étiquettes commodes doivent être employées avec précaution car un poème peut paraître *maniériste* par certains côtés (par exemple, par l'emploi d'images qui visent plus à séduire qu'à persuader) et *baroque* par d'autres (par exemple, en recourant à des figures qui cherchent à emporter l'adhésion et à programmer un discours de la véridicité). Il reste que, dans la seconde moitié du XVIᵉ siècle, certains poètes mettront leur art au service de la *recherche de l'effet* alors que d'autres afficheront une soif d'authenticité et nieront l'artifice en le traitant avec mépris (**sixième partie**).

Toute interprétation des textes passés est un dialogue dans l'équivoque du temps. Notre propre étude n'échappe pas à ce qui est moins un défaut qu'une limite nécessaire. La poésie a fait l'objet, on s'en doute, d'innombrables travaux spécialisés. On trouvera, à la fin de chaque chapitre, les références bibliographiques aux éditions et ouvrages critiques cités. Les mots vieillis ou dont le sens a changé ainsi que les principales allusions historiques ou mythologiques sont appelés dans le texte par un astérisque (*) et renvoient au glossaire en fin de volume (p. 383).

Notre approche n'échappera pas non plus, on s'en doute, à la projection d'un mythe de la Renaissance, si subtil qu'en soit le déguisement. Car, comme le remarquait Sainte-Beuve dans une phrase qui n'aurait pas déplu à Montaigne, « en général, nos jugements nous jugent nous-mêmes bien plus qu'ils ne jugent les choses ». Tout ce que nous pouvons espérer, c'est d'avoir mis en place une nouvelle vraisemblance. *Non verum, sed verisimile*, disait déjà Abélard. *Non credendum, sed mirandum*, ajoutait Jean Bouchet, rhétoriqueur du XVIe siècle. Le grand art, pour le poète comme pour le critique, c'est de faire aimer au lecteur ce qu'il lit. Peut-être reprochera-t-on à nos « poésies de la Renaissance » d'être la projection d'une idéologie moderne. C'est pourtant là leur chance. Des textes vieux de cinq cents ans ont encore beaucoup à nous dire. Encore faut-il résister au plaisir de les moderniser pour se contenter, comme le disaient les humanistes du XVIe siècle, de les « mettre en lumière ».

Princeton University, février 2002.

*

BIBLIOGRAPHIE

Poétiques de la Renaissance. Le modèle italien, le monde franco-bourguignon et leur héritage en France au XVIe siècle, éd. P. Galand-Hallyn et F. Hallyn, Genève, Droz, 2001.
BETTINZOLI, Attilio, « La poésie parmi les arts », in *Poétiques de la Renaissance* [voir *infra*], p. 3-29.

Bérimont, Luc, *Les Blasons du corps féminin,* pochette de couverture, disque Pathé Marconi DTX 147, 1960.

Burckhardt, Jacob, *Die Cultur der Renaissance in Italien* : *Ein Versuch*, Bâle, 1860 ; trad. fr., *La Civilisation de la Renaissance en Italie*, Paris, Gonthier, 1964.

Febvre, Lucien, *Le Problème de l'incroyance au XVIe siècle. La religion de Rabelais*, Paris, Albin Michel, 1947, 1968.

—, *Autour de l'Heptaméron. Amour sacré, amour profane,* Paris, Gallimard, 1944.

Huizinga, Johan, *Le Déclin du Moyen Âge* [original hollandais 1919] ; trad. fr., J. Bastin, 1932, 1948, préf. G. Hanotaux ; rééd., *L'Automne du Moyen Âge*, préf. J. Le Goff, Paris, Payot, 1977.

Lecointe, Jean, « La poésie parmi les arts au XVIe siècle », in *Poétiques de la Renaissance, op. cit.*, p. 53-71.

Rabelais, François, *Œuvres complètes*, éd. M. Huchon, Paris, Gallimard, 1994.

Sainte-Beuve, Charles-Augustin, *Tableau historique et critique de la poésie française et du théâtre français au XVIe siècle*, éd. J. Troubat, Paris, A. Lemerre, 1876, 2 tomes.

PREMIÈRE PARTIE

La notion de poésie : continuités et innovations

CHAPITRE 1

La voix : oralité, musique, poésie

> « La poésie, c'est la voix… la voix qui est
> créatrice apparente et en réalité libératrice
> d'énergie. »
>
> *Paul Valéry.*

« Au commencement était la voix » : dans le mythe fondateur de toute tradition poétique, l'antériorité de l'oral par rapport à l'écrit est un préjugé tenace. Le trompe-l'oreille est universel, et il n'a pas fallu attendre les adeptes de la déconstruction pour en dénoncer la visée « logocentrique ». Si la voix n'est jamais que « le déguisement d'une écriture première » (Derrida), la poésie met bel et bien en scène un récitant dont la voix, réelle (en situation de performance) ou feinte (lorsqu'elle est reproduite dans un texte écrit, soumis à la lecture), module un chant dont la trame sonore constitue un trait essentiel. C'est donc moins à l'horizon de la métaphysique qu'à celui de la rhétorique qu'il convient de poser le problème de la « présence » et des mirages de l'oralité en poésie.

Dans sa leçon inaugurale au Collège de France, le 4 décembre 1981, Yves Bonnefoy dénonçait « certains aspects illusoires de notre conscience de nous-mêmes », en particulier « l'expression univoque et directe d'un sujet auquel il [suffirait] d'être fidèle à la vérité pour se sentir présent à d'autres présences ». Il rappelait combien les théories modernes nous ont appris à repousser cette abusive fiction d'autorité qui attache à la voix le maître sens du monde :

> Là où parlaient ceux qu'on appelait des génies, parce
> qu'ils seraient allés droit à une vérité supérieure, ont
> commencé à briller ces galaxies qu'on nomme *le texte*,

espaces plus complexes et résonants que ce que naguère
on y trouvait formulé…

Mais, en même temps, Bonnefoy mettait en garde contre le
danger qui menace cet effacement de la voix d'un individu
devant l'assaut des structures impératives du langage. Et de
faire ce constat : sur les ruines encore fumantes du *cogito*,
« il n'en reste pas moins que nous disons *Je*, quand nous parlons, dans l'urgence des jours, au sein d'une condition et
d'un lieu qui, du coup, demeurent, quels qu'en soient les
faux-semblants ou le manque d'être, une réalité et un
absolu ». Constat si simple qu'on avait failli l'oublier.

La transmission des textes médiévaux montre qu'une culture de l'oralité réussit à se maintenir dans le travail des
copistes avant que l'imprimerie ne vienne progressivement
y mettre fin (Zumthor, 1983, 1984, 1987). Au sein de la civilisation du manuscrit, les clercs tentent de capter les accents
de la voix. Lorsque celle-ci s'étend sur la page, elle continue
à vibrer de son timbre propre. L'autorité intellectuelle et
morale qui s'attache à la chose écrite n'élimine pas entièrement les échos du chant oral qui traversent le poème. Mais
il faut attendre le milieu du XIIIe siècle pour que Rutebeuf
« invente » une voix personnelle en poésie. Jusque-là le jongleur ou le ménestrel n'avait cure de particulariser le sujet de
ses chansons, heureux de se soumettre aux contraintes des
formes en vigueur et de limiter son art à des variations mélo-
diques (Zink).
À son tour, François Villon ose faire de sa propre vie le
sujet de ses vers et donne des accents inoubliables à ses
modulations. Chez l'auteur du *Lais* et du *Testament*, la voix
lyrique porte un nom propre, un *nom d'auteur* qui sert à rassembler l'œuvre sous une appellation qui lui donne son
unité. Clément Marot, qui se fait l'éditeur des œuvres de son
prédécesseur en 1533, reprend cette singularité en s'en
jouant. Il critique pourtant le recours à une expression trop
anecdotique du moi. Selon lui, les noms d'inconnus qui peuplent les vers de Villon en obscurcissent le sens et leur enlè-
vent leur caractère universel. Parler de soi est souhaitable ;
mais il faut le faire selon les *règles de l'art*. Au dire de

Marot, Villon n'aurait pas « suffisamment observé les vraies règles de françoise* poésie » (*OP*, II, p. 777). L'écolier parisien n'était pas poète de cour ; il lui manquait cette grâce naturelle, cette *sprezzatura** que recommandera Castiglione dans son *Cortigiano*, le « best-seller » du XVIe siècle. C'est qu'il n'avait pas encore pu retrouver « la bouche ronde », l'*os rotundum* des Anciens (Horace, *Art poétique*, v. 323-324) ; il lui manquait cette « élégance et vénusté de paroles » qui, comme le dira Joachim du Bellay, peut seule donner l'immortalité aux poètes (*Défense et illustration de la langue française*, 1549, p. 49).

Tous les poètes apprennent à versifier la langue vulgaire selon les règles exposées avec minutie dans les *arts de rhétorique*. Ces manuels offrent une compilation de la science des poètes aussi bien que des orateurs. Ils donnent des prescriptions normatives sur la manière de rimer dans un français qui doit soutenir la concurrence latine et toscane. De l'*Art de dictier** d'Eustache Deschamps (1392) à l'*Art poétique françois** de Thomas Sébillet (1548), nombreux sont les traités qui recensent les diverses catégories de rimes et de formes fixes auxquelles doit se conformer tout apprenti poète. La parole s'oblige donc à respecter les règles de l'écriture.

On a cru parfois qu'avant la *Défense et illustration* et la préface aux *Odes* de Ronsard (1550) la voix du lyrisme avait été étouffée par les jeux dérisoires de scribes à gages. La rhétorique *métrifiée* cherche pourtant à se faire musicale afin de reproduire et de célébrer dans le microcosme du poème le mouvement harmonieux qui anime l'univers. Si Guillaume de Machaut est le dernier poète lyrique chez qui musique et poésie ont encore partie liée, son disciple, Eustache Deschamps, qui ne sait plus chanter, distingue entre « musique artificielle » (celle des instruments) et « musique naturelle » (la voix non accompagnée, qu'une mélodie instrumentale pourra embellir de surcroît) (*Art de dictier**). Bientôt, les grands rhétoriqueurs rechercheront une musique du langage autonome, qui soit totalement affranchie des instruments. Lorsque Jean Molinet écrit dans son *Art de rhétorique vulgaire* (1493) que « Rhétorique est une espèce de musique appelée *richmique* » [rimée et rythmée] (p. 216), il tente d'accréditer l'indépendance d'une poésie qui fait désormais concurrence à la musique sur son propre terrain.

Les poètes de Lyon et de la Pléiade mettront un frein à cette tentative d'autonomie en replaçant la poésie dans la perspective néo-platonicienne. Il s'agira de retrouver les rapports harmoniques qui unissent le monde à l'âme humaine. « Harmonie » est le mot-clé dans la conception qui sous-tend l'édifice métaphysique de la Renaissance. Épistémologie et ontologie, éthique et esthétique participent du même cadre conceptuel, de ce que Scève appelle les « célestes accords » de l'être, même si certains « troubles » viennent parfois parasiter cette philosophie rassurante (Dobbins, Helgeson). La musique, fondée sur les nombres et les proportions, est le moyen privilégié qui permet de retrouver l'esprit cosmique qui anime les corps célestes. Pontus de Tyard se fera le théoricien français de cette conception dans le *Solitaire second, ou Prose de la musique* (1555), affermissant les prétentions de Ronsard qui, dès 1550, s'était déclaré – non sans arrogance – « le premier auteur lyrique François* » (*OC*, I, p. 994).

La Renaissance est une époque où poètes et musiciens entretiennent une collaboration active. Les poètes écrivent des vers qui sont mis ensuite en musique par des musiciens professionnels. La chanson est évidemment la forme privilégiée de ce partage des compétences. Elle fleurit au XVe et au début du XVIe siècle dans des centres variés avec de nombreux échanges culturels entre la France, la Flandre et l'Italie. Les noms de Dufay, Binchois, Busnois, Obrecht, Ockeghem et Josquin Des Prés brillent d'un éclat incomparable. L'alliance du poème et de la mélodie bénéficie de l'appui de mécènes éclairés, en particulier en Bourgogne, qui favorisent l'essor de la polyphonie. Clément Marot composera une quarantaine de chansons qui, une fois mises en musique, connaîtront un succès considérable en France et à l'étranger[1].

---

1. Voir chapitre 12, *infra*.

Les poètes de la Pléiade, qui veulent se tailler une place au soleil, réagiront vertement (et, disons-le, malhonnêtement) devant cette prédominance marotique de la chanson. Dans le manifeste des jeunes Turcs, du Bellay tourne en ridicule une forme artistique qu'il juge « vulgaire » mais qui a fait ses preuves. Il demande qu'on leur substitue un poème, en fait très semblable mais qui a le privilège douteux de sentir l'« antiquaille » :

> Chante-moi ces odes, inconnues encore de la Muse Françoise*, d'un luth bien accordé au son de la lyre grecque et romaine ; et qu'il n'y ait vers où n'apparaisse quelque vestige de rare et antique érudition (II, IV, p. 112-113).

La mauvaise foi du plaidoyer n'échappera pas à Barthélemy Aneau qui aura beau jeu de rappeler, dans sa réponse à la *Défense*, que l'ode n'est nullement « inconnue de la Muse Françoise* » puisqu'elle a été depuis longtemps pratiquée sous le nom de « chant » et de « chanson » par une multitude de poètes (*ibid.*, p. 112, note 4)[1].

L'art du contrepoint que les musiciens adapteront à l'ode, aux cantiques et aux psaumes aura pourtant un défaut, celui d'obscurcir le sens des paroles au profit d'effets musicaux d'une complexité souvent vertigineuse. De graves Réformateurs fronceront le sourcil devant ce privilège octroyé à une esthétique qui soumet le message de l'Évangile à un traitement qui le dénature et délègue à des choristes professionnels le soin d'interpréter ce qui devrait être le chant commun du peuple de Dieu. À cet égard, le *Psautier* de David, traduit par Clément Marot et Théodore de Bèze (1539, 1562) sera la grande entreprise poético-musicale du siècle. Dans la seule année 1562, on en imprimera plus de vingt-sept mille exemplaires à Genève. Une quarantaine de musiciens composeront des mélodies nouvelles ou harmoniseront le chant grégorien traditionnel des psaumes français pour en faire un instrument puissant au service de la diffusion du protestantisme. Entre les mains du sublime Claude Goudimel, l'une des victimes du massacre de la Saint-Barthélemy, les

1. Voir chapitre 10, *infra*.

psaumes deviendront à la fois le « cri de guerre » et le « cri de ralliement » du parti huguenot. Au cours du siècle, la simplicité initiale de leur chant fera place à plus d'exubérance alors que les versions catholiques, comme celle de Desportes, tendront à aller plutôt vers un certain dépouillement (Higman).

La fondation de l'Académie de poésie et de musique par un décret de Charles IX permettra à Jean Antoine de Baïf et à Joachim Thibault de Courville de réaliser le rêve de toute une génération : purifier les esprits et calmer les âmes grâce à l'union retrouvée des deux arts (Yates). À l'imitation des Anciens, on essaiera de composer en français une *poésie mesurée*, c'est-à-dire fondée sur des unités rythmiques propres à produire des effets harmonieux. Ronsard donnera son accord à un projet en réalité peu conforme au génie de la langue française. Le résultat sera décevant : car, au lieu des brillantes créations souhaitées, on ne produira que des formes hybrides dénuées d'émotion. Tâtonnements éphémères qui montrent en tout cas que le rêve de ces poètes était de renouer avec l'Antiquité et, si possible, avec le premier poète musicien de la légende, Orphée.

Figure mythique de tous les temps, le chantre de Thrace devait connaître une fortune particulièrement riche au XVIe siècle. À une époque où les humanistes rêvent d'une union retrouvée entre musique et poésie, la légende du poète-musicien des origines fait l'objet d'innombrables représentations plastiques et évocations poétiques dont la fonction allégorique a été souvent soulignée (Joukovsky)[1]. Emblème du syncrétisme philosophique et politique d'un nouvel âge d'or, le musicien de Thrace est à la fois prêtre et prophète. Sa parole « jaillit comme une incantation individuelle » mais elle est en même temps pénétrée par une sainte *fureur** « qui la dépossède de son autonomie » (Rouget, p. 41). Sa fonction participe de la mystique du poète et du prince, unis pour rétablir parmi les humains le principe d'un ordre universel dont la garantie se trouve dans les origines divines de son mythe.

1. Voir chapitre 9, *infra*.

L'exemple de Rabelais est éclairant à plusieurs titres. Vers la fin du *Quart Livre*, au cours de l'épisode des « paroles gelées », les compagnons de Pantagruel croient découvrir les restes du poète légendaire aux confins du pôle Nord. Le chant de sa voix et le son de sa lyre, conservés depuis des siècles dans les glaces de la banquise, semblent se « dégeler » enfin pour le plus grand étonnement des navigateurs :

> Nous serions bien ébahis si c'étaient les tête et lyre de Orpheus*. Car, après que les femmes Threisses* eurent Orpheus* mis en pieces, elles jetèrent sa tête et sa lyre dans le fleuve Hebrus*. Icelles* par ce fleuve descendirent en la mer Pontique jusques en l'île de Lesbos, toujours ensemble sur mer nageantes. Et de la tête continuellement sortait un chant lugubre, comme lamentant la mort de Orpheus* ; la lyre, à l'impulsion des vents mouvant les cordes, accordait* harmonieusement avec le chant (*Quart Livre*, ch. 55, p. 669).

Dans cette réécriture du fameux épisode de la mort d'Orphée, le texte français procède par double contamination des modèles ovidien et virgilien. L'allusion à la dérive de la tête et de la lyre du poète sur le cours de l'Hèbre renvoie au récit virgilien de Protée à la fin des *Géorgiques* (IV, v. 523-525). Mais elle rappelle aussi le début du onzième livre des *Métamorphoses* d'Ovide (XI, v. 50-53). En revanche, la mention de « l'isle de Lesbos » ne se trouve que dans le texte ovidien. En rassemblant des détails empruntés aux deux sources majeures de la légende, Rabelais renouvelle le portrait composite du musicien des origines. Par la fiction d'un étonnant « dégel » du chant orphique, il accrédite sur le mode conditionnel (« Nous serions bien ébahis si… ») le mythe d'un renouveau du lyrisme français auprès de ses contemporains.

Dans les années 1540, Lyon aura au moins deux Orphée, en la personne de Maurice Scève et de Louise Labé. Mais, contrairement au chantre de la légende, ceux-ci ne pourront amener celle ou celui qu'ils aiment à s'attendrir sur leur malheur[1]. Les désastres de l'expérience amoureuse se trouveront vite transposés sur le plan de la réussite poétique. Si la

1. Voir *infra*, chapitre 9.

Délie de Scève ne veut pas accorder la moindre larme,
qu'elle sorte néanmoins de l'oubli par le chant du poète !
Celui-ci ira donc la chercher jusque dans les profondeurs des
enfers pour la ramener à la vie et, par ce geste, obtenir la
gloire dans la mémoire humaine :

> Que *mon Orphée* hautement anobli,
> Malgré la Mort, tire son Eurydice
> Hors des Enfers de l'éternel oubli.
> (Dizain 445.)

Parmi les conseils qu'il donne à son futur lecteur dans la
première préface à *La Franciade* (1572)[1], Ronsard insistera
sur la bonne façon de prononcer ses vers. Il veut que la voix
résonne et restitue les marques de l'oralité à un texte qui,
s'il était lu sans souci d'intonation, perdrait toute son énergie et toute sa saveur. Cela est bien conforme à la cinquième
et dernière partie de la rhétorique qui s'appelle justement
pronunciatio ou *actio* :

> Je te supplierai seulement d'une chose, lecteur, de vou-
> loir bien prononcer mes vers et accommoder ta voix à
> leur passion… (*OC*, I, p. 1185-1186)

Il précise même qu'il a ajouté des points d'exclamation à
ses vers pour inviter le lecteur à hausser le ton :

> Et te supplie encore derechef où tu verras cette marque !
> vouloir un peu élever ta voix pour donner grâce à ce que
> tu liras (*ibid.*, p. 1186).

Dans la fameuse ode qu'il adresse à Michel de L'Hospital,
le poète cherchera aussi à faire entendre sa voix, comme
jadis Orphée. Avec une assurance qui peut étonner, il nous
apprend qu'après une longue dégénérescence au cours des
siècles l'inspiration poétique est enfin revenue sur terre. Son
poème en est lui-même la preuve. La poésie n'a plus besoin
des « artifices » de la rhétorique ; elle peut s'abreuver à nouveau directement à la source musicale du divin. Et Jupiter le
dit sans ambages :

---

1. Voir chapitre 14, *infra*.

> Ceux que je veux faire Poètes
> Par la grâce de ma bonté,
> Seront nommés les interprètes
> Des Dieux et de leur volonté.
> (*OC*, I, p. 640, strophe 15, v. 1-4.)

Les Muses ont repris place dans l'Histoire avec un mécène dont la politique éclairée a fait renaître les lettres en France. La voix lyrique a retrouvé le sceau de l'origine, gage de sa légitimité.

Ronsard aura le souci constant d'allier musique et poésie. Dans l'*Abrégé de l'art poétique* (1565), il justifiera cette alliance au nom de l'agrément et du plaisir des sens :

> La Poésie sans les instruments, ou sans la grâce d'une seule ou plusieurs voix, n'est nullement agréable, non plus que les instruments sans être animés de la mélodie d'une plaisante voix (*OC*, II, p. 1176).

Il se rendait pourtant compte qu'il n'était plus chanteur-musicien dans la tradition orphique. S'il jouait du luth, de la guitare et de la « lyre à archet », il chantait très mal et n'aurait jamais osé se produire en public (*Musique…*, p. 7). La musique instrumentale jouait donc surtout un rôle métaphorique dans son œuvre (Silver, p. 112). C'était d'ailleurs l'avis de tous les amis de la Pléiade. La référence musicale, constamment alléguée, suggérait l'importance du rythme, de la cadence et de l'harmonie pour la réussite de tout poème. Louise Labé, en revanche, fera de son luth le « compagnon » de ses plaintes et le « témoin » de ses soupirs (*OC*, sonnet 12, p. 127).

Orphée et les Muses servent de puissants relais pour affirmer la supériorité incontestable de la poésie sur tous les autres arts. celle-ci est le don des filles de Mémoire et, de ce fait, elle possède une origine qui l'apparente à la théologie. À Alphonse Delbene, futur poète, Ronsard donnera des conseils où se mêlent mythologie païenne et croyance judéo-chrétienne :

> Sur* toutes choses tu auras les Muses en révérence, voire* en singulière* vénération, et ne les feras jamais servir à choses déshonnêtes, à risées, à libelles injurieux,

mais les tiendras chères et sacrées, comme les filles de
Jupiter, c'est-à-dire de Dieu (*OC*, II, p. 1174).

Celui qui, en 1550, avait ressuscité Pindare n'oubliera
jamais, en dépit de ses changements de goût, que le poète de
Thèbes associait le chant à la plus haute inspiration.
Conscient de la popularité qu'avait value à Clément Marot la
mise en musique de ses chansons, il ajoutera un supplément
musical dès la seconde édition (1553) de ses *Amours*. Quatre
musiciens, Certon, Goudimel, Janequin et Muret, composeront des partitions qui conviennent aux divers sonnets du
recueil. Les poèmes qui ne respectent pas la règle de
l'« alternance des rimes » se prêteront mal à ces mélodies, et,
dans les versions ultérieures, le poète les corrigera en conséquence. Cela se reflète dans les conseils de son *Art poétique*.
Au futur poète il lance :

> À mon imitation, tu feras tes vers masculins et féminins
> tant qu'il te sera possible, pour être plus propres à la
> Musique et accord des instruments, en faveur desquels il
> semble que la poésie soit née (*OC*, II, p. 1176).

Sans doute, aux mirages exemplaires de la voix inspirée qui
anime les vers des *Amours* de 1552-1553, des *Hymnes*, de *La
Franciade* ou des *Discours* de Ronsard, faut-il opposer une
autre voix, discrète et familière, qui se fait entendre, lestée des
artifices du pindarisme et du pétrarquisme. Contrairement aux
recueils de style élevé où le discours restait l'apanage du
déclamateur (c'est le cas de la *Délie* de Scève, de *L'Olive* de
Du Bellay ou des sonnets à Cassandre), *Les Amours de
Marie* (1555-1556) veulent refonder le discours lyrique sur
l'échange et la communication intimes. Pour la jeune paysanne de Bourgueil, le « je » olympien descend de son piédestal et abandonne le monologue. Il s'adresse sans façons
à sa bien-aimée (« Marie, levez-vous, ma jeune pares-
seuse… » sonnet 19, *OC*, I, p. 188), simulant le « bouche à
oreille » de la conversation naturelle. Le poète transpose ce
désir d'oralité au niveau de la conception même de son écriture. Son livre est devenu son fils, témoin vivant de sa parole
toujours vive : « ma parole, c'est toi… » (Jeanneret)[1].

---

1. Voir chapitre 11, *infra*.

Après avoir chanté son *Olive*, Joachim du Bellay s'était lui aussi moqué des conventions pétrarquistes, qu'il assimilait à des fallaces hypocrites, pour chanter l'authenticité de son amour : « J'ai oublié l'art de pétrarquiser[1]. » Dans *Les Regrets,* ce sera le chant nostalgique de l'exilé que sa voix tentera de mimer. Le vœu d'oralité deviendra alors garantie d'intériorité et d'authenticité : « J'écris naïvement tout ce qu'au cœur me touche » (sonnet 21). Refus donc des faux-semblants de la gloire ; refus des extravagances de la fureur poétique ; refus de Rome, de ses œuvres et de ses pompes. Ce dédain pour les hauteurs du Parnasse se manifeste par une écriture qui veut se faire oublier. Ayant opté pour une poésie-confession qui est le « miroir de son âme », il entend écrire « une prose en rime ou une rime en prose » (sonnet 2). Cependant, ce désir de naïveté absolue est un trompe-l'œil soigneusement entretenu. Car l'art y conserve sa part, si bien dissimulé qu'il soit. Du Bellay le sait, lui qui avoue que « l'artifice caché, c'est le vrai artifice » (sonnet 142)[2].

Ce désir d'oralité n'est peut-être qu'un cas particulier de cette recherche de la « présence » qui semble obséder les humanistes de la Renaissance (Defaux). Dieu est Parole (*verbum*) ; et, dans le sillage de la philosophie évangélique d'Érasme, nombre d'écrivains du XVIe siècle se veulent à l'écoute de la Parole de Dieu. Leur adhésion est celle du cœur, du *pectus*, de l'intimité profonde de l'être qui se révèle dans la communication directe avec le Verbe. Il leur faut s'affranchir de la tyrannie intellectuelle que prisent les sages et les prudents. Comme l'affirme Lefèvre d'Étaples, « seule la Parole de Dieu suffit » (p. 435). Transposé sur le plan poétique, ce désir d'appréhension directe et immédiate trouve sa réalisation dans une *rhétorique de l'énergie*, si l'on désigne par ce terme le pouvoir évocateur de l'image ou, plus généralement, la puissance persuasive du discours (*virtus orationis*), concept qui remonte sans doute à Homère mais dont Aristote, Cicéron et Quintilien ont donné la formulation théorique. Le terme d'« énergie », qui connaît une fortune considérable à la Renaissance, servira à caractériser non seu-

1. Voir chapitre 12, *infra*.
2. Voir chapitre 13, *infra*.

lement la puissance de la parole (rhétorique), mais l'aspiration vers le Bien et le Beau (éthique) qu'on cherchera à traduire par l'art de la « vive représentation » (Galand-Hallyn).

*

BIBLIOGRAPHIE

Psautier huguenot du XVIe *siècle, Mélodies et documents*, éd.
    P. Pidoux, Bâle, Éditions Baerenreiter, 1962-1969, 3 tomes.
AUBIGNÉ, Agrippa d', *Œuvres*, éd. H. Weber, Paris, Gallimard,
    1969.
BELLAY, Joachim du, *Défense et illustration de la langue fran-
    çaise*, éd. H. Chamard, Paris, Didier, 1948, 1961.
—, *Œuvres poétiques*, éd. D. Aris et F. Joukovsky, Paris, Bordas,
    1993, 2 tomes.
DEFAUX, Gérard, *Marot, Rabelais, Montaigne : l'écriture comme
    présence*, Paris-Genève, Champion-Slatkine, 1987.
DERRIDA, Jacques, *De la grammatologie*, Paris, Éditions de
    Minuit, 1967.
DOBBINS, Frank, *Music in Renaissance Lyons*, Oxford, Clarendon
    Press, 1992.
GALAND-HALLYN, Perrine, *Le Reflet des fleurs. Description et
    métalangage poétique d'Homère à la Renaissance*, Genève,
    Droz, 1994.
HELGESON, James, *Harmonie divine et subjectivité poétique chez
    Maurice Scève*, Genève, Droz, 2001.
HIGMAN, Francis, « Musique et poésie huguenote », in *Musique et
    humanisme à la Renaissance*, Cahiers V.-L. Saulnier X,
    Presses de l'École normale supérieure, 1993.
HORACE, *Art poétique,* in *Épîtres*, éd. F. Villeneuve, Paris, Les
    Belles Lettres, 1967.
JEANNERET, Michel, « *Les Amours de Marie* : inscription de la
    deuxième personne et stratégies dialogiques », in *Sur des vers
    de Ronsard (1585-1985)*, éd. Marcel Tetel, Paris, Aux ama-
    teurs de livres, 1990, p. 61-70.
JOUKOVSKY, Françoise, *Orphée et ses disciples dans la poésie
    française et néo-latine du* XVIe *siècle*, Genève, Droz, 1970.
LABÉ, Louise, *Œuvres complètes*, éd. F. Rigolot, Paris, Garnier-
    Flammarion, 1986.
LEFÈVRE D'ÉTAPLES, Jacques, *The Prefatory Epistles and Related
    Texts*, éd. E. F. Rice, New York, Columbia University Press,
    1972.

LANGLOIS, Ernest, *Recueils d'art de seconde rhétorique*, Paris, Imprimerie nationale, 1902 ; réimpr. Genève, Slatkine, 1974.

MAROT, Clément, *Œuvres poétiques*, éd. G. Defaux, Paris, Bordas, 1990-1993, 2 tomes.

MOLINET, Jean, *Art de rhétorique vulgaire,* in *Recueil d'art de seconde rhétorique*, Paris, Imprimerie nationale, 1902 ; réimpr. Genève, Slatkine, 1974.

OVIDE, *Les Métamorphoses*, éd. G. Lafaye, Paris, Les Belles Lettres, 1928.

RABELAIS, François, *Œuvres complètes*, éd. M. Huchon, Paris, Gallimard, 1994.

RONSARD, Pierre de, *Œuvres complètes*, éd. J. Céard, D. Ménager et M. Simonin, Paris, Gallimard, 1993, 2 tomes.

—, *Discours des misères de ce temps*, éd. M. Smith, Genève, Droz, 1979.

ROUGET, François, *L'Apothéose d'Orphée. L'esthétique de l'ode en France au XVIe siècle, de Sébillet à Scaliger (1548-1561)*, Genève, Droz, 1994.

SALAZAR, Philippe-J., *Le Culte de la voix au XVIIe siècle. Formes esthétiques de la parole à l'âge de l'imprimé*, Paris, Champion, 1995.

SCÈVE, Maurice, *The "Délie" of Maurice Scève*, éd. I. D. McFarlane, Cambridge University Press, 1966.

SÉBILLET, Thomas, *Art poétique français*, in *Traités de poétique et de rhétorique de la Renaissance*, éd. F. Goyet, Paris, Le Livre de poche classique, 1990, p. 185-233.

SILVER, Isidore, *Ronsard and the Hellenic Renaissance in France*, vol. II, *Ronsard and the Grecian Lyre*, Genève, Droz, 1981.

VIRGILE, *Géorgiques*, éd. E. de Saint-Denis, Paris, Les Belles Lettres, 1956.

YATES, Frances A., *The French Academies of the Sixteenth Century*, Londres, University of London, Warburg Institute, 1947.

ZINK, Michel, *La Subjectivité littéraire*, Paris, Presses Universitaires de France, 1985.

ZUMTHOR, Paul, *Introduction à la poésie orale*, Paris, Éditions du Seuil, 1983.

—, *La Poésie et la Voix dans la civilisation médiévale*, Paris, Presses Universitaires de France, 1984.

—, *La Lettre et la Voix : de la « littérature » médiévale*, Paris, Éditions du Seuil, 1987.

CHAPITRE 2

La vue :
poésie et arts plastiques

« Pour la vue, je perds la vie. »

Maurice Scève.

Si la *présence de la voix* est une condition essentielle de
la réussite poétique, c'est par l'emploi approprié d'images
visuelles qu'on parviendra à emporter finalement l'adhésion du lecteur. Cette contamination paradoxale entre l'oral
et le visuel se situe au cœur même du problème de la représentation, celui de la *mimèsis* (Platon, Aristote). Une ambiguïté apparaît entre les exigences de la voix et celles de la
vue. L'efficacité de l'art est liée aux pouvoirs de la vue,
sens noble par excellence. C'est pourquoi la créativité de
l'écrivain s'exprime souvent en termes visuels, iconiques.
Mais elle doit aussi, pour se légitimer, faire entendre la singularité d'une voix authentique, afin d'ancrer le discours
dans une expérience vécue qui échappe aux apparences
trompeuses de l'« art » qui, à la Renaissance, est synonyme
d'*artifice*.

Le XVIᵉ siècle n'a pas sous-estimé la dimension picturale
des textes poétiques. Nombreux sont les *tableaux vivants* où
le discours veut rivaliser avec des représentations plastiques.
Depuis l'*Art poétique* d'Horace, on ne fait qu'enjoindre aux
poètes d'imiter les peintres : *ut pictura poesis* (v. 361) est la
condition *sine qua non* de la réussite. Mais les architectes ne
sont pas de reste. Dans *Les Douze Dames de rhétorique*
(1464), Jean Robertet donne à ses poèmes la forme de portes
et de fenêtres par lesquelles le lecteur pourra entrevoir les
« faits » mémorables de ses aïeux (v. 127-128). Cette métaphore architecturale sera reprise de nombreuses fois au cours
du XVIᵉ siècle. Dans la dernière préface de son poème épique,
La Franciade, Ronsard montrera toute son admiration pour

les poètes qui bâtissent leur œuvre non comme « une petite cassine » mais comme « un magnifique Palais » :

> Ils [l'] enrichissent, dorent et embellissent par le dehors de marbre, jaspe et prophyre, de guillochis, ovales, frontispices et piédestals, frises et chapiteaux, et par le dedans de tableaux, tapisseries élevées et bossées d'or et d'argent… (1587, *OC*, I, p. 1168).

La représentation picturale exerce une fonction d'envoûtement sur les esprits les plus cultivés. L'artiste possède le pouvoir de conférer à ses œuvres un puissant sentiment de *présence*. Parfois même, de l'objet décrit ou de la scène représentée se dégage un sens si aigu du vécu qu'on croirait volontiers à une intervention surnaturelle. Le mythe de Pygmalion sert le plus souvent d'emblème à la puissance « illusionniste » de l'art. Tout se passe comme si le sculpteur de la fable antique ne se limitait pas à représenter la beauté mais réussissait à donner vie à celle-ci. Dans la version ovidienne du mythe, Pygmalion tombe amoureux de la statue qu'il a sculptée. En proie à la passion, il demande alors à Vénus de lui trouver une épouse qui ressemble à cette envoûtante figure. La déesse exauce sa requête et transforme le marbre froid en un être palpitant de vie. À la Renaissance, ce mythe captive l'imagination des artistes et des écrivains. Idéalisé par Donatello ou allégorisé par Montaigne, il servira à attester la puissante charge affective qui s'attache à la création artistique. Pourtant, le triomphe de l'art, représenté par l'exploit de Pygmalion, n'est pas innocent : il démontre de façon spectaculaire le dangereux pouvoir qu'exercent les images sur les émotions humaines. Pygmalion est tombé follement amoureux d'une idole, et la force de sa passion l'entraîne à faire une requête déraisonnable à laquelle seule la fiction d'une *dea ex machina* pourra donner un pseudo-dénouement.

Dans son *Trattato della pittura*, Léonard de Vinci écrivait :

> Le peintre a un tel pouvoir sur l'esprit des hommes qu'il peut les rendre amoureux d'un tableau qui ne représente même pas une femme réelle. Cela m'est arrivé à moi-même : un tableau à sujet religieux que j'avais peint fut acheté par quelqu'un qui en fut tellement entiché qu'il voulait que j'en enlevasse les symboles religieux pour

pouvoir le baiser sans soupçon. Finalement sa conscience prévalut sur ses soupirs concupiscents ; mais il lui fallut retirer le tableau de sa maison (p. 94).

L'attrait irrésistible qu'exerce l'œuvre d'art peut entraîner à la divagation, à la folie, voire à la mort. La curieuse histoire de cet envoûtement est tributaire du perfectionnement qu'a connu la peinture au cours des siècles. Au chapitre XXXV de son *Histoire naturelle,* Pline l'Ancien avait retracé l'évolution de l'art qui, commençant modestement par de simples dessins monochromes d'ombres portées (V), s'était peu à peu enhardi à représenter le contraste des couleurs (XI) et avait abouti aux chefs-d'œuvre d'Apelle, le plus illustre des peintres grecs, qui « lançaient un défi à la Nature même » (XXXVI). Selon Pline, c'est avec le progrès technique de la peinture, depuis les esquisses en noir et blanc jusqu'aux fresques polychromes, que commence l'histoire du pouvoir trompeur de l'art. Son corollaire obligé sera dans le trompe-l'œil, procédé qui connaîtra un succès prodigieux à l'époque baroque.

Dans sa *Theologia platonica*, Marsile Ficin, le théoricien du néoplatonisme, rappellera avec ferveur les exemples de « trompe-l'œil » cités par Pline : des oiseaux picorent les raisins peints par Zeuxis, des chiens aboient devant les chevreuils brossés par Apelle, des vieillards échangent des propos lascifs devant la Vénus de Praxitèle (XIII, 3) : preuve tangible pour Ficin et ses disciples de l'étonnant pouvoir qu'ont les beaux-arts sur les passions. La découverte de la perspective exacerbera cet envoûtement, donnant à l'œil de nouveaux moyens de nourrir cette dangereuse illusion (Panofsky). Dans le cadre des morales platonicienne, stoïcienne et chrétienne dont est imprégnée la culture de la Renaissance, on peut comprendre la gravité des soupçons qui pèsent sur une fiction illusionniste qui excite si dangereusement les passions humaines. Les sectateurs de Platon continueront à dénoncer le rôle néfaste du peintre et du poète, assimilés aux sophistes sur le plan éthique, parce qu'ils ne se soucient que des apparences et que leur art miroitant ne fait que refléter la surface des phénomènes.

L'infériorité de l'art mimétique tient au fait qu'il produit des *phantasmata*, c'est-à-dire des impressions superficielles, des images mentales illusoires. Le recours à la fiction artis-

tique en matière de pédagogie devient suspect, pour ne pas
dire criminel et donc franchement banni. Pour garder sa
réputation, l'artiste se doit cependant de conserver à son art
une haute mission didactique : mission dont la visée n'est pas
seulement d'instruire (*docere**) mais d'émouvoir et de plaire
(*movere** *et delectare**). La question se pose alors de savoir
comment employer une technique trompeuse pour mieux
enseigner la vérité. C'est là tout le problème de l'articulation
rhétorique à ménager entre le *docere** et le *movere**.

Le Moyen Âge avait cru pouvoir tourner la difficulté par
le biais de l'allégorie. L'étymologie du mot est révélatrice :
alla agoreuein, c'est dire la même chose autrement. En
introduisant des interprétations allégoriques dans leurs
œuvres, les peintres et les poètes pouvaient échapper aux
objections morales de la censure. Tel était l'objet de la *poétrie**[1]. Tout art est fiction fabulatoire et donc dangereux ;
mais à bon entendeur, salut : le « suffisant lecteur » saura
trouver derrière la fable un sens moral plus élevé, un *altior
sensus** qui devrait le détourner – même si ce n'est pas évident – des sentiers de l'erreur et l'acheminer vers la vérité.

Dans sa *Rhétorique*, Aristote avait remarqué que par le
biais de ses métaphores Homère parlait souvent de choses
inanimées « comme si elles étaient animées » et il ajoutait :

> C'est parce qu'il sait *créer la réalité* [*energeian poiein*]
> par son art qu'il jouit d'une si grande popularité (III,
> XI, 3).

Le mot *energeia*, chez Aristote, capte bien le pouvoir paradoxal de susciter par des mots le sentiment du vécu. À
l'époque romaine, une étrange confusion étymologique se
produira chez les rhéteurs entre les *energeia* (que Quintilien
traduit par *actio*) et *enargeia* (qu'il rend par *illustratio* ou
evidentia). Les deux sens se joindront pour connoter l'idée
fondamentale que l'art tient son *énergie* du fait qu'il sollicite
le sens de la vue, sens noble par excellence depuis Platon,
associé à la lumière et à la créativité, et donc moins suscep-
tible que les autres de conduire à l'erreur. Les artistes du
Cinquecento le rediront : l'œil est un « *istrumento meno*

1. Voir chapitre 3, *infra*.

la vue

errabile » (un instrument moins sujet à l'erreur) que les autres, et c'est ce qui fonde la supériorité de la peinture sur la poésie.

On trouvait aussi dans *L'Orateur* de Cicéron cette insistance sur la prépondérance du visuel pour décrire la magie incantatoire par laquelle l'écrivain réussit à *animer* l'objet de son discours et lui donner pour ainsi dire une *âme* (p. 23). Quant à Quintilien, dans l'*Institution oratoire*, il demande à l'orateur de joindre l'*èthos* au *pathos* pour créer une « vision verbale » grâce à laquelle l'auditeur pourra devenir « spectateur » (VI, 2). La doctrine horatienne de l'*ut pictura poesis* allait dans le même sens, renvoyant les poètes au modèle plastique pour y trouver l'« énergie » indispensable à tout écrit digne de gloire. Chez Leon Battista Alberti, on trouve l'idée que pour être efficace un récit doit faire appel aux émotions du lecteur. Dans son traité *Della pittura* (vers 1435), Alberti définit la notion d'*istoria** dans les termes suivants :

> L'*istoria** qui mérite louange et admiration sera si agréablement attirante qu'elle captivera l'œil de toute personne, savante ou non, qui la regarde et mettra son âme en mouvement (p. 75).

Dans son *Art poétique françois* (1548), Thomas Sébillet écrira que « la dignité de l'auteur » vient de l'« *énergie* de son oraison* tant curieusement exprimée » (p. 190). L'année suivante, dans la *Défense et illustration de la langue française* (1549), Joachim du Bellay se moquera des mauvais traducteurs à qui il manque « cette *énergie* [au sens d'*energeia* et d'*enargeia*] comme un peintre peut représenter l'âme avec le corps de celui qu'il entreprend [de] tirer* après le naturel » (p. 213). Dans son traité latin qui résume deux siècles de poétique humaniste, Jules-César Scaliger consacrera plusieurs chapitres à des termes plus ou moins synonymes (*claritas, demonstratio, descriptio, effictio, perspicuitas,* etc.). Mais c'est le mot *enargeia* qui est le plus souvent employé pour décrire cet effort déployé sans ménagement par les poètes de la Renaissance pour représenter efficacement le monde par le biais du langage.

La métaphore du peintre, que reprendra d'ailleurs Montaigne dans ses *Essais*, apparaît infiniment désirable pour tout poète qui vise à l'*hypotypose*, c'est-à-dire, pour parler comme Peacham, à donner « une description si vive qu'elle semble plutôt peinte sur un tableau qu'exprimée en mots ». Joachim du Bellay fera le modeste en comparant les vers élégiaques de ses *Regrets* aux délicats dessins de François Clouet plutôt qu'aux robustes statues de Michel-Ange (sonnet 21), alors que, dans la même veine, Edmund Spenser affirmera que les images de son *Shepheardes Calender* (1579) sont disposées devant vous « en portrait » et que, si Michel-Ange était là, il ne pourrait faire mieux.

Nombre d'écrivains de la Renaissance trouveront leur bonheur dans les ressources les plus étranges de l'*ecphrasis**, cette science suprême de la description imagée : dans des tableaux hallucinants, les prophéties s'actualisent, les statues se mettent en marche, les morts reviennent hanter les vivants. Pour citer deux vers de George Chapman dans son *Ovid's Banquet of Sense* (1595) :

> *To these dead forms, came living beauties essence*
> *Able to make them startle with her presence.*

Ces formes évanouies, de la beauté la vive essence
Est venue les réveiller en sursaut par sa présence (p. 54)[1].

Et si l'« art de poésie », parce qu'il possède un pouvoir envoûtant, avait partie liée avec les manifestations suspectes du surnaturel ? Et s'il alimentait la superstition ? Cela ne manque pas d'inquiéter les réformateurs et de susciter la colère des plus zélés. Car les pouvoirs effrayants de l'*energeia* pousseront certains d'entre eux à en détruire la source. Si la fureur iconoclaste se veut un remède radical contre l'idolâtrie, elle est en même temps la manifestation éclatante du pouvoir de l'art et de la poésie sur les êtres humains.

Ainsi, l'histoire de l'esthétique illusionniste peut nous aider à brosser un large *horizon d'attente* pour situer la généalogie du discours poétique à la Renaissance. Les conséquences politiques et morales de la condamnation platonicienne de l'art se répercutent au cours des XVe et XVIe siècles, non sans susciter de nombreux débats dans la république des lettres. Nous savons que toute peinture est

---

1. C'est nous qui traduisons.

une illusion ; mais lorsque cette peinture nous attire, hante nos rêves et nous obsède au point de ne plus pouvoir, comme Vinci, nous en détacher, alors nous risquons de passer sous l'empire néfaste de l'imagination, cette « maîtresse d'erreur et de fausseté ».

Un tableau réussi, écrit Robert Burton, est une *falsa veritas* (p. 233). Mais une « fausse vérité » n'est pas nécessairement un mensonge. En libérant l'imagination de ses astreintes séculaires, la poésie de la Renaissance devait reposer en des termes nouveaux le problème de sa propre légitimité en tant que disséminatrice de valeurs morales. Dans une culture dominée par une orthodoxie vouée à la correction des erreurs doctrinales, le rêve humaniste d'une *varietas* et d'une *festivitas* infinies était sans doute impossible. Cet optimisme se heurtait aux impératifs idéologiques et politiques d'une société chrétienne et monarchique. Pouvait-il survivre aux « troubles » et aux autres événements tragiques qui devaient durcir les positions pendant la seconde moitié du XVIe siècle ? Une réflexion sur l'art aura pour mission de contrebalancer les mesures répressives que sollicitait par ailleurs le militantisme des factions extrémistes.

Dès la fin du XVe siècle, on assiste à des expérimentations diverses visant à explorer la possibilité de nouvelles écritures. La matérialisation par l'image (calligrammes, pictogrammes, rébus, emblèmes…) est un phénomène étroitement associé à ce que l'on appelle aujourd'hui la *poésie concrète*. Or, à la Renaissance, cette poésie possède souvent un rôle pédagogique : il s'agit d'apprendre par l'image les règles des sept arts libéraux. Mathias Ringmann enseigne la grammaire à l'aide de jeux de cartes dans sa *Grammatica figurata* et Thomas Murner, la logique, sous forme de gravures et de vignettes dans sa *Logica memorativa*. Si, à propos d'autres textes, on a pu parler d'un « retard de la vue » à cette époque-là (Febvre, p. 471 *sq.* ; Mandrou, p. 297 *sq.*), il semble bien que les écritures concrètes manifestent une prépondérance de la vue (Huizinga, p. 261 *sq.*) et même une hypertrophie du visuel (McLuhan ; Ong, p. 309 *sq.*).

Ces manifestations graphiques se rattachent aussi à ce qu'on a appelé la *pensée figurée de la Renaissance* (Klein).

EXPLICATION
DU
L. RONDEAU.

EN fousryant fuz nagueres furpris
D'une fubtile entre mille affeſtéé
Que fous efpoir j'ay fouvent foushaittée,
Mais fuz deceu quant s'amour entrepris :
    Car j'apperfus que fes mignars foufris
    Très furs eftoyent d'amour mal affurée
        En fousryant.
Efcuz fouleil & fous de moy a pris
M'entretenant fous maniere ruzée
Et quant je veulx fur elle faire entrée
Me dit que fuys entre tous mal appris
        En fousryant.

Illustration n° 1
Œuvres de Clément Marot, avec les ouvrages
de Jean Marot son père…, éd. Nicolas Lenglet Dufresnoy,
La Haye, chez P. Gosse et J. Neaulme, 1731, p. 291.

Le renouveau du lullisme, l'influence de la *Topique* d'Aristote et la littérature des *arts de mémoire* (Yates) contribuent
à former un nouveau *public de lisants* qui s'adonne de
plus en plus à la lecture individuelle (Grafton, p. 209 *sq.*).
Le texte se déchiffre lentement sur la page, laborieusement.
L'œil, entraîné à l'appréciation des miniatures, apprécie les
emblèmes et rébus diffusés par l'imprimerie comme il goû-
tait naguère les riches enluminures des manuscrits. Le plaisir, provoqué par les « illustrations » visuelles, n'est pas séparable de celui que procure le sens des poèmes sur la page.
    Vers la fin du XVIᵉ siècle, Étienne Tabourot des Accords se
fera le compilateur des jeux de langage qui font appel à la
vue pour leur déchiffrement. Dans ses *Bigarrures* (1572), ce
procureur et échevin dijonnais s'extasie devant la fortune de

L. RONDEAU.

L'homme dupé.

```
  ryant    fuz   nagueres
E N                pris
    Vc.   D'une   Vc,      affectée
                  tile
  espoir         haittée
Que              vent
           j'ay
                de
Mais   fuz ,  quant  pr ,  s'amour ,  is
       japper                         ris
Car                   que ses mignars
  Traictz                            a
Estoyent   d'amour      mal.    ée
                       ryant.
                       En
  leil    de
Escuz    &  moy  a pris
         maniere ruzée
  te ,  Me, nant
               veulx
Et  quant  je elle    é , faire, e
           que
Me dit , to , ys, us  mal  apris
                     ryant.
                     En
```

Illustration n° 2
**Œuvres de Clément Marot, avec les ouvrages
de Jean Marot son père…, op. cit., p. 292.**

ce passe-temps en France : « Qui voudrait prendre la peine de les ramasser, il y aurait assez de papier pour charger dix mulets. » Loin de condamner ces « frivoles recherches », il accueille dans son livre les *poèmes-rébus* qu'il définit proprement comme des « équivoques de la peinture à la parole » (t. I, p. 6). Le rondeau qu'il attribue à Jean Molinet mais qu'on trouve en réalité dans les œuvres de Jean Marot (p. 291) mérite d'être cité à titre d'exemple. Le poème se présente comme une énigme. Les mots, curieusement épinglés sur la page, n'ont pas de sens apparent et attendent la restitution d'un code perdu *(illustration n° 1)*.

Tabourot, qui estime « l'interprétation aisée », suit néanmoins Jean Marot en fournissant une explication « pour les débutants » *(pro junioribus, p. 27) (illustration n° 2)*.

Le déchiffrement, en fait, est simple dès qu'on en possède la clé : toute syllabe dont la sonorité est l'homonyme d'une préposition de lieu est automatiquement transcrite par un signe conventionnel sur la page. Ainsi, dans les deux premiers vers du poème, le lecteur est invité à remotiver les prépositions *sous* dans « souriant, » *su[r]* dans « subtile » et *entre* dans « entre mille » (Vc = cinq cents). Il doit ensuite trouver leur équivalent spatial qui justifie ce sens littéralisé. Le plaisir de la lecture vient de la restitution des maillons manquants par recours au sens original de la lettre (liminaire de Théodecte : « Le tout par mathématique/bien réduit selon l'optique » p. 5, v. 13-14). Cette analyse conduit Tabourot à fournir un « inventaire poétique » des prépositions de lieu de la langue française.

L'exploration spatiale s'étend aussi à la taille des lettres (majuscules et minuscules : grand A, petit A) et à la position des mots sur la page. Un simple exemple donnera une idée du procédé :

1) disposition graphique :

G	a	P	pour	mes	aa
	—		————		
	d	tenter			

2) lecture phonétique :
   G grand/a petit/dé sous pé/pour sus* tenter/mes a petits

3) lecture sémantique :
   J'ai grand appétit de souper pour sustenter mes appétits.

Une telle boulimie constitue un document extraordinaire sur la compulsion visuelle à la Renaissance. Il est loin cependant d'être unique. Entre 1494 et 1520, l'Italien Giovan Giorgio Alione avait composé en français la plus longue série de poèmes qu'on ait jamais écrite sous forme de rébus. Le principe de la transposition était simple. Il se faisait en deux temps : 1) transcription du message en termes phonétiques ; 2) traduction de cette phonétisation en termes iconographiques *(illustration n° 3).*

❦ Rondeau damours compose par signification

Amour fait moult sargent delp se messe
Car mes cincq sens sont en trauail pour celle
De qui louange Ast ore est anoblie
Cest mon escu enuers melancolie
Et mon depost mon mire q ma tutelle
Corps q Viz a de figure immortelle
Puis a franc cœur q cœur qui ne depesse
Mon bon espoir ente de noubliennie
        Amour fait moult

Jap scent acces Vers sa ronde mamelle
Quatouchier ose q me repais sur elle
Duy franc baisier au remain ie diz ppe
Las selle truffe q ioue a la touppe
De mop ne sap sp ne la crop point telle
        Amour fait moult

Illustration n° 3
Giovan Giorgio Alione, *Poésies françoises*
[reproduction de l'édition *princeps* de 1521, Asti, F. de Silva],
éd. J.-C. Brunet, Paris, Silvestre, 1836, z folio vii.

Le premier vers « Amour fait moult*/sargent*/dé/lys/ semelle » résulte du déchiffrement des cinq images (z folio vii) : Cupidon, représenté dans un pressoir, suggère qu'Amour fait du vin, donc « Amour fait moût », autrement dit « Amour fait moult* », « Amour fait beaucoup ». Puis un guerrier (« sargent » = sergent) donne « s'argent », autre forme de « si argent ». Un dé à coudre (de) est alors suivi d'une fleur de lys (« de ly [s] » = de lui), et finalement une semelle de chaussure donne « se mêle ». D'où la solution, réaliste ou cynique selon le point de vue : « Amour fait beau- coup si argent de lui se mêle ! » La transposition picturale vise à remplacer entièrement la lettre par l'image dans le rondeau. Le but cherché est clair : prouver que l'on peut his- ser l'écriture au niveau de la peinture. Cette tendance était

fort prisée des érudits comme le prouve l'intérêt porté aux
hiéroglyphes égyptiens et, de façon plus générale, aux écritures secrètes ou figuratives à la Renaissance.

La *poésie concrète* reflète aussi un engouement prononcé
pour un ésotérisme issu du paganisme et son intégration dans
la nouvelle culture humaniste. Érasme, Lefèvre d'Étaples et
même Budé ont une attitude ambivalente à l'égard de la
prisca theologia des païens. Dans quelle mesure les écrits pré-
chrétiens sont-ils compatibles avec la vérité de la Révélation
(Walker) ? La plupart des humanistes rejettent les *Orphica*,
les *Hermetica* et autres oracles au nom de l'Évangile, ce
n'est pas sans concéder aux erreurs antiques un rôle providentiel : la fable mythologique a préparé les âmes à recevoir
le message du christianisme. Bientôt, le heurt entre les positions « libérales » et « antilibérales » ira en s'intensifiant au
cours du concile de Trente. Une telle ambivalence peut
s'expliquer par un désir puissant d'assurer un *continuum* historique entre les cultures antique et judéo-chrétienne que la
Révélation risquait de briser, tout en affirmant la primauté de
l'Évangile et en mettant en garde contre les dangers de l'idolâtrie. Les poètes se feront un plaisir d'explorer et d'exploiter les « mystères » de l'ésotérisme à leur guise. Erreurs,
certes, aux yeux de la pure orthodoxie, mais erreurs produc-
trices d'un sens voilé qui possède bien des charmes : *vela
faciunt honorem secreti* (Pic de La Mirandole, I, p. 170).

*

BIBLIOGRAPHIE

ALBERTI, Leon Battista, *Della pittura*, éd. John R. Spencer, New
    Haven, Yale University Press, 1966.
ALIONE, Giovan Giorgio, *Poésies françoises* [Asti : F. de Silva,
    1521], éd. J.-C. Brunet, Paris, Silvestre, 1836.
ARISTOTE, *Rhétorique*, éd. M. Dufour, Paris, Les Belles Lettres,
    1960.
BELLAY, Joachim du, *Défense et illustration de la langue fran-
    çaise*, éd. H. Chamard, Paris, Didier, 1948.

—, *Les Regrets*, in *Œuvres poétiques*, éd. D. Aris et F. Jou-kovsky, Paris, Bordas, 1993, tome 2.

BURTON, Robert, *The Anatomy of Melancholy*, Oxford, J. Lich-field & J. Short for H. Cripps, 1624.

CHAPMAN, George, *Ovid's Banquet of Sense*, in *Poems*, éd. Ph. Brooks Bartlett, Londres, Oxford University Press, 1941.

CICÉRON, *L'Orateur*, éd. A. Yon, Paris, Les Belles Lettres, 1964.

FEBVRE, Lucien, *Le Problème de l'incroyance au XVIᵉ siècle*, Paris, Albin Michel, 1947.

FICIN, Marsile, *Theologia platonica*, in *Opera omnia*, Turin, Bottega d'Erasmo, 1959, tome 1.

GRAFTON, Anthony, « Le Lecteur humaniste », in *Histoire de la lecture dans le monde occidental*, éd. G. Cavallo et R. Chartier, Paris, Éditions du Seuil, 1997, p. 209-248.

HORACE, *Art poétique*, in *Épîtres*, éd. et trad. F. Villeneuve, Paris, Les Belles Lettres, 1967.

HUIZINGA, Johan, *Le Déclin du Moyen Âge*, trad. fr. J. Bastin ; réimpr. *L'Automne du Moyen Âge*, Paris, Payot, 1967, 1977.

KLEIN, Robert, « La pensée figurée de la Renaissance », *Diogène*, 32, octobre-décembre 1960, p. 123-138.

MAROT, Jean, *Œuvres de Clément Marot, avec les ouvrages de Jean Marot son père*, éd. N. Lenglet Dufresnoy, La Haye, P. Gosse et J. Neaulme, 1731.

MANDROU, Robert, *Histoire de la civilisation française*, I, *Moyen Âge-XVIᵉ siècle*, Paris, Armand Colin, 1958.

MCLUHAN, Marshall, *The Gutenberg Galaxy*, University of Toronto Press, 1962.

ONG, Walter J., *Ramus, Method, and The Decay of Dialogue*, Cambridge (Massachussets), Harvard University Press, 1958.

PANOFSKY, Erwin, « Die Perspektive als "symbolische Form" », in *Ausätze zu Grundfragen der Kunstwissenschaft*, 2ᵉ éd., Berlin, B. Hessling, 1974.

PIC DE LA MIRANDOLE, Jean, « Proemium », in *Opera omnia*, éd. E. Garin, Turin, Bottega d'Erasmo, 1971, 2 tomes.

PLATON, *La République*, éd. A.-J. Festugière, Paris, Vrin, 1970, 3 tomes.

PLINE L'ANCIEN, *Histoire naturelle*, éd. et trad. E. de Saint-Denis, Paris, Les Belles Lettres, 1955, tome IX.

QUINTILIEN, *Institution oratoire*, éd. et trad. Jean Cousin, Paris, Les Belles Lettres, 1975-1980.

RIGOLOT, François, « The Rhetoric of Presence : Art, Literature and Illusion », *The Cambridge History of Literary Criticism*, tome 3, éd. Glyn P. Norton, Cambridge University Press, 1999, p. 161-167.

ROBERTET, Jean, *Les Douze Dames de rhétorique*, in *Œuvres*, éd. C. M. Zsuppán, Genève, Droz, 1970.

RONSARD, Pierre de, *Œuvres complètes*, éd. J. Céard, D. Ménager et M. Simonin, Paris, Gallimard, 1993, 2 tomes.

SÉBILLET, Thomas, *Art poétique françois* (1548), éd. F. Gaiffe et F. Goyet, Paris, Nizet, 1988.

SPENSER, Edmund, *The Shepheardes Calender*, in *Poetical Works*, éd. J. C. Smith & E. de Selincourt, Oxford, Clarendon Press, 1912.

TABOUROT DES ACCORDS, Étienne, *Les Bigarrures*, éd. F. Goyet, Genève, Droz, 1986, 2 tomes.

VINCI, Léonard de, *Trattato della pittura*, in *Paragone : A Comparison of the Arts*, éd. A. Philip McMahon, Princeton University Press, 1956.

WALKER, D. P., *The Ancient Theology : Studies in Christian Platonism from the Fifteenth to the Eighteenth Century*, Londres, Duckworth, 1972.

—, « The *Prisca Theologia* in France », *Journal of the Warburg and Courtauld Institutes*, XVII (1954), p. 204-259.

CHAPITRE 3

La vérité :
poésie, éthique, rhétorique

> « Poétrie* n'est autre chose à dire ne* mais
> science qui apprend à feindre. »
>
> *Jacques Legrand.*

La période de transition qui s'étend entre Moyen Âge et
Renaissance, de la fin du XIVe siècle au premier tiers du XVIe,
connaît une abondante production littéraire à caractère
didactique qui choisit de plus en plus la langue vulgaire pour
s'écrire en vers, en prose ou dans des compositions mixtes
(*prosimètre**) où se mêlent la prose et les vers. C'est la
grande période du « miroir », avatar du *speculum* encyclopédique du XIIIe siècle. Dans cette sorte de *doctrinal* composite, dont l'allégorisme s'inspire du *Roman de la Rose*, se
mirent, souvent à la lumière du *De casibus* de Boccace, les
mœurs dépravées d'un monde décadent. Le « miroir » est
polyglotte et universel : miroir de l'art de bien mourir du cardinal Capranica (1452), de la vie humaine de Rodericus
Zamorensis (1470), de la vraie pénitence de Jacopo
Passavanti (1495), *Miroir de Mort* de Georges Chastellain,
Miroir de Vie de Jean Molinet… L'Angleterre aura même
son *Mirror for Magistrates* qui, au dire de C. S. Lewis, est le
pire monument qu'ait produit dans le genre composite la
rhétorique moralisante.

La rhétorique est, en effet, le principe directeur de l'art, la
« science exquise » (*soavissima*, disait Dante) qui permet de
persuader ou de dissuader « par bel et notable blason ».
Qu'on pense à la « définition » qu'en donne l'un des recueils
les plus consultés à l'époque, le *Jardin de Plaisance* que
publie Antoine Vérard, l'un des plus notables imprimeurs
parisiens :

Primum Capitulum [Premier chapitre]

Rhétorique est science exquise
Enseignant à bien procéder
En beaux termes, qui est requise
Prudemment pour persuader
Ou aussi pour dissuader,
Qui pour bien parler est acquise
Dont grand honneur peut succéder*
Quand notablement est permise.
Rhétorique est une raison
Qui enseigne à bien dire en droit
Par bel et notable blason*,
Doctrinant* à proposer droit
Aux gens résolus bien à droit,
Qui par la décoration
Nécessaire est en maint endroit
Pour noble collocution*.
(Fol. a2 v° et a3 r°.)

En marge du renouveau de la rhétorique latine du
Quattrocento, la « rhétorique en langue vulgaire » se taille
une place de plus en plus conséquente. Celle-ci se prodigue
selon deux principaux types de discours qui régissent la
prose (« rhétorique prosaïque ») et les vers (« rhétorique
métrifiée »). La *première rhétorique*, qui gouverne la prose,
n'est pas exposée dans les « arts de rhétorique vulgaire » ;
elle ne fait pas l'objet d'abondantes théories mais transpose
en langue vernaculaire les principes des rhétoriques
anciennes, soit directement, soit à partir des textes théoriques
transmis par la tradition scolastique. La lente assimilation
de cette *rhétorique* dans la poésie s'explique en partie par le
« retour des belles lettres » dès le XIVᵉ siècle. La traduction
du *De oratore* de Cicéron révèle aux humanistes que l'orateur est bien le type humain le plus élevé. Parallèlement,
avec la redécouverte du texte complet de l'*Institution oratoire* de Quintilien par Poggio Bracciolini à l'abbaye de
Saint-Gall (1416), la poésie adopte les règles d'une éloquence qui a retrouvé ses lettres de noblesse.

Pour montrer l'influence de cette *première rhétorique* sur
la poésie de la Renaissance, il suffira de prendre un exemple
célèbre entre tous : l'ode « À sa Maistresse » que fait paraître
Ronsard à la suite de la seconde édition des *Amours* (1553).

Mignonne, allons voir si la rose
Qui ce matin avait déclose*
Sa robe de pourpre au Soleil,
A point perdu cette vêprée*
Les plis de sa robe pourprée,
Et son teint au vôtre pareil.

Las ! voyez comme en peu d'espace,
Mignonne, elle a dessus la place
Las ! las ! ses beautés laissé choir !
Ô vraiment marâtre Nature,
Puisqu'une telle fleur ne dure
Que du matin jusques au soir !

Donc, si vous me croyez, mignonne,
Tandis que votre âge fleuronne*
En sa plus verte nouveauté,
Cueillez, cueillez votre jeunesse :
Comme à cette fleur la vieillesse
Fera ternir votre beauté. (*OC*, I, p. 667.)

La science de la persuasion déploie ici tous ses charmes. L'ode se structure en trois strophes correspondant à trois moments de la « leçon » qu'administre le poète amoureux à celle qu'il veut séduire : 1) invitation à aller revoir au jardin la rose entrevue le matin ; 2) constatation du désastre survenu (la fleur s'est fanée) suivie d'une imprécation à la Nature ; 3) invitation à profiter de la vie et à jouir de sa jeunesse pendant qu'elle dure. On ne saurait songer à un développement rhétorique à la fois plus simple et plus convaincant ; c'est un parfait exercice dans le genre délibératif (Alex L. Gordon). En outre, à chacun de ces « moments » correspond une tonalité particulière qui en souligne les intentions : *allegro* de la première strophe (« Mignonne, allons voir… ») ; *andante* de la deuxième, avec ses sonorités graves (« Las, las… espace ») et dures (« marâtre Nature… dure ») ; *prestissimo* de la troisième (« Cueillez, cueillez… »).

Tous les poètes du XVIᵉ siècle chercheront, en effet, à *faire croire*, à persuader. Le lecteur de la Renaissance, influencé par les genres oratoires et sensible aux procédés d'exposition de la *première rhétorique*, recherche surtout dans un texte poétique sa *capacité de persuasion* (Gordon, p. 36-38). La sélection (*inventio*) et l'enchaînement (*dispositio*) des arguments sont particulièrement importants dans les poèmes d'amour puisqu'il s'agit d'exhorter un interlocuteur, souvent mal disposé, à accepter une proposition, à se rendre à une invitation. Cependant, il ne faudrait pas voir dans l'ode de Ronsard un simple exercice dans le genre délibératif. Car l'examen du style (*elocutio*) nous révèle, au niveau des métaphores, un étrange parti pris pour la métamorphose réversible, qui dépasse la pure intention persuasive et dénote la transposition symbolique d'un *désir de conquête* (Gendre).

Tout lecteur attentif aura, en effet, noté que Ronsard habille alternativement sa dame en rose et sa rose en dame, selon le rythme de la première et de la dernière strophe. Dans une chassé-croisé ingénieux, il lui applique les termes qu'on associe habituellement à la fleur, et *vice versa*. Ces « images renversées » et en même temps « correspondantes » adoucissent la rigueur du syllogisme sur lequel le poème est construit (Glauser, p. 54). Un *échange métaphorique* se produit entre les deux pôles de la comparaison centrale du texte. Dans la première strophe, le poète invite à aller *revoir* la rose entrevue le matin dont il compare le teint à celui de la belle (« Et son teint au vôtre pareil », v. 6). Mais cette comparaison n'est que l'explicitation des métaphores constituées par les mots « robe » (v. 3,5), « plis » (v. 5) et « teint » (v. 6), appliqués à la fleur. À l'opposé, dans la dernière strophe, la comparaison finale (« Comme à cette fleur la vieillesse/Fera ternir votre beauté ») résume et précise le sens des métaphores « fleuronne* » (v. 14), « verte » (v. 15) et « cueillez » (v. 16). Les deux comparaisons, montées en parallèle, servent donc à éclairer, à « mieux déclarer » l'échange métaphorique entre la rose et la femme. Parce que la rose devient femme, parce que la femme devient rose, la femme en est plus femme, la rose en est plus rose. En révélant les deux aspects de la réversibilité, le chiasme de la métamorphose permet de « restituer une puissance de signifier » (Merleau-Ponty, p. 203). L'idée banale et abstraite du *tempus fugit* [le temps s'enfuit] et du *carpe diem* [profitez donc de l'instant] s'incarne dans une réalité naturelle qui devient, grâce à la manœuvre rhétorique, une « vérité » profonde et croyable.

Ce que nous appelons la « poétique » aujourd'hui est rarement désigné sous ce nom aux XVe et XVIe siècles. Les textes normatifs qui traitent des formes extérieures de la poésie sont généralement regroupés dans des « arts » ou des « instructifs » qui légifèrent sur la métrique et la versification en français. Cet aspect de l'art d'écrire en vers se nomme le plus souvent *rhétorique vulgaire* (Jean Molinet, 1493), *rhétorique rythmique* (Pierre Fabri, 1521) ou encore *rhétorique métrifiée* (Gratien du Pont, 1539). Ainsi, à la *première rhétorique* qui gouverne la prose, on oppose une *seconde rhétorique* qui propose un art de rimer en langue vulgaire. Les nouveaux doctes proposent une *science du vers*, prodiguent des recettes, élaborent des prescriptions normatives sur la manière de rimer dans la langue du peuple, instrument privilégié d'une modernité culturelle qui doit soutenir la concurrence latine et toscane pour se faire action politique (débat sur la *terza rima* et sur l'*ottava rima* en Italie). L'exploitation des ressources de la rhétorique *première* et *seconde* doit, en effet, permettre de « régir les peuples » et de préparer dans les royaumes l'avènement de l'absolutisme dont le triomphe coïncidera justement avec la parfaite domestication du *langage roman*. Nombreux sont les manuels et les traités qui, de l'*Art de dictier* d'Eustache Deschamps (1392) au premier *Art poétique françois* de Thomas Sébillet (1548), recenseront les catégories de rimes et de formes fixes auxquelles doit se conformer le futur poète rhétoricien et rhétoriqueur (Langlois).

Il serait faux cependant de limiter la théorie poétique de la fin du XVe et des débuts du XVIe siècle à cet aspect descriptif et normatif de la versification. L'opposition entre *rimeurs* et *poètes*, reprise à Quintilien par les théoriciens de tous bords (elle le sera encore par Joachim du Bellay en 1549) est un trompe-l'œil soigneusement entretenu pour déconsidérer de gênants devanciers. Elle trouve sans doute sa première formulation moderne dans la *Vita nuova* de Dante, le *poeta* écrivant en latin alors que le *rimatore* (ou *dicitore per rima*) s'exprime en *volgare*. Pétrarque accordera un rôle sacré au poète et lui promettra les lauriers de la gloire même s'il chante dans sa langue natale ; et son influence est sensible

hors d'Italie dès le XVe siècle. En France, on trouve déjà au
XVe siècle, chez des *rimeurs* aussi déclarés que Jean
Robertet, une croyance très vive à l'immortalité du poète
guidé par l'inspiration divine. Cela montre bien l'injustice
des invectives lancées par les mages de la Pléiade contre
leurs prédécesseurs. Le versificateur est unanimement
déclaré mauvais poète – ou pire : infâme charlatan. Ronsard
l'affirmera dans la préface posthume à *La Franciade* :

> Il y a autant de différence entre un Poète et un versifica-
> teur qu'entre un bidet et un généreux coursier de Naples,
> et pour mieux les accomparer*, entre un vénérable
> Prophète et un Charlatan vendeur de triacles* (*OC*, I,
> p. 1164).

À côté de la *première* et de la *seconde* rhétorique, *prosaïque* (celle de l'orateur) et *rythmique* (celle du rimeur), les
écrivains de la Renaissance accordent une place importante
à la notion de *poetria* ou *poétrie**. On en trouve la définition
dans le *Sophilogium* de Jacques Legrand, texte largement
diffusé au cours des XVe et XVIe siècles (la Bibliothèque
nationale de France en possède une quinzaine d'incunables)
et qui est traduit et popularisé sous deux titres différents :
l'*Archiloge Sophie* (première partie, 1407) et le *Livre des
bonnes mœurs* (deuxième et troisième parties, 1410) :

> Poétrie ne apprend point à arguer, laquelle chose fait
> logique ; poétrie aussi ne montre point la science de ver-
> sifier, car telle science appartient en partie à grammaire
> et en partie à rhétorique. Et pour tant*, à mon avis, *la fin
> et intention de poétrie si* est de feindre* histoires* ou
> autres choses selon le propos duquel on veut parler, et de
> fait son nom se démontre, car *poétrie n'est autre chose à
> dire ne mais [= sinon] science qui apprend à feindre**
> (Legrand fol. 394vo).

« Feindre » n'a pas encore le sens péjoratif que nous lui
connaissons aujourd'hui : c'est simplement créer des « fictions », de « subtiles inventions » qui rendent l'écriture
« plus fabulatoire que véridique » (Bouchet). La *poétrie** se
nourrit de fables mythologiques souvent empruntées à la

Généalogie des dieux, vaste répertoire dont Boccace avait puisé la documentation dans la tradition antique en affublant ses mythes de significations allégoriques et morales. Elle n'est pas seulement un inventaire, doublé de gloses, sur la cosmogonie païenne. Comme chez Boccace, elle affirme ses origines théologiques et tente de révéler à travers ses mythes des vérités cachées, profondes et universelles. Par ses « obscures fictions », elle invite le lecteur à reconnaître des « valeurs morales » qui l'aideront à s'élever vers Dieu, conférant ainsi au poète un rôle véritablement prophétique (*poeta theologus*).

Ronsard le dira à plusieurs reprises dans son œuvre. Jupiter s'exprime à ce sujet comme le Platon du *Phèdre* (245a) dans l'« Ode à Michel de L'Hospital ». Il ne suffit pas que l'âme du poète soit inspirée par la « fureur divine » ; il faut encore que son cœur se débarrasse de tout vice pour se disposer à la *vertu* :

> Le trait*, qui fuit de ma main,
> Sitôt par l'air ne chemine
> Comme la fureur divine
> Vole dans le cœur humain,
> Pourvu qu'il soit préparé,
> Pur de vice, et réparé
> De la vertu précieuse.
> Jamais les dieux qui sont bons
> Ne répandent leurs saints dons
> En une âme vicieuse. (*OC*, I, épode 13, p. 639.)

Inutile de préciser que le mot *vertu** s'entend au sens étymologique (du latin *virtus* : « force, courage » ; lui-même dérivé de *vir* : « homme »). C'est donc d'une vigoureuse disposition morale qu'il s'agit, d'une grandeur d'âme et d'une force psychique analogues à ce que retient, par exemple chez Machiavel, l'italien *virtù*. Plus loin, l'Olympien prescrira une véritable *purge* aux poètes de la nouvelle génération :

> Mais par-sur* tout prenez bien garde,
> Gardez-vous bien de n'employer
> Mes présents dans un cœur qui garde
> Son péché sans le nettoyer.
> Ains*, devant* que de lui répandre,
> Purgez-le de votre douce eau,

> Afin que bien net puisse prendre
> Un beau don dans un beau vaisseau.
> Et lui, *purgé*, à l'heure à l'heure*,
> Tout ravi d'esprit chantera
> Un vers en fureur* qui fera
> Au cœur des hommes sa demeure.
> (*Ibid.*, antistrophe 14, p. 640.)

Cette leçon d'éthique consacre la supériorité des poètes tout en justifiant l'activité poétique aux yeux des gardiens de l'ordre moral. Dans son *Abrégé d'art poétique*, Ronsard reprendra ce thème en le reliant, à la manière de Boccace, aux origines « théologiques » de la poésie :

> La Poésie n'était au premier âge qu'une Théologie allé-
> gorique pour faire entrer au cerveau des hommes gros-
> siers, par fables plaisantes et colorées, les secrets qu'ils
> ne pouvaient comprendre quand, trop ouvertement, on
> découvrait la vérité (*OC*, II, p. 1175).

Telle était la situation à l'aube de la civilisation. Mais le poète des temps nouveaux nous fait entendre que la situation n'a guère changé, que la dimension éthique et même théra-peutique de la poésie reste primordiale. Le poète partage avec le musicien le pouvoir de remédier à la maladie qui consume tant de leurs contemporains : la *mélancolie* (« *a sovereign remedy against Despair and Melancholy, and will drive away the Devil himself* », Burton, p. 208).

En recourant au mythe, au songe ou à la vision, et en peu-plant leurs écrits de fables surprenantes, les poètes sont à la recherche d'un langage supérieur qui ne soit ni celui du logi-cien, ni celui du mythographe, ni celui du rhétoricien, mais celui du mage (*vates*) inspiré directement par la source divine. L'Histoire et la légende servent à informer un lan-gage qui veut étonner pour convaincre. On l'avait dit en latin (*Nam miranda canunt, sed non credenda poetae*), mais on le redit en français : « Les poètes chantent choses [dignes] d'admiration mais non pas à croire » (Jean Bouchet). On se souvient que Guillaume de Lorris commençait *Le Roman de la Rose* en faisant rimer « songe » et « mensonge » :

> Aucunes* gens disent qu'en songes
> [il] n'[y] a se [=sinon] fables non et mensonges.
> (Tome I, v. 1-2.)

La fiction qui s'annonçait – et qui allait faire l'objet de quelque vingt et un mille vers – se présentait à la fois comme poésie et prophétie. De même, dans la poésie renaissante, il n'est pas question de mettre en doute la vérité du message, même s'il peut s'y glisser une part d'ironie. Est-ce à dire que toute poésie soit mensonge et que la *poétrie** soit une école où l'on apprend à cacher la vérité ? La fable ne se réduit pas à un simple ornement « délictable* », plaisant mais trompeur ; elle est une « étrange guise* » qui permet d'accéder à la connaissance de vérités profondes. Déjà pour Christine de Pisan, quelles que fussent les couleurs de sa parure, la poésie avait un but historique et profondément moral. Il en sera de même pour sa lointaine descendante, Louise Labé, qui justifiera son œuvre en termes essentiellement éthiques :

> Je ne puis faire autre chose que prier les *vertueuses Dames* d'élever un peu leurs esprits par-dessus leurs que-nouilles et fuseaux, et s'employer à faire entendre au monde que, si nous ne sommes faites pour commander, si* ne devons-nous être dédaignées pour compagnes, tant aux affaires domestiques* que publiques, de ceux qui gouvernent et se font obéir (*OC*, Épître dédicatoire, p. 42).

Puisque la plupart des hommes sont si peu raffinés, que les femmes prennent l'initiative, qu'elles se mettent à écrire pour enseigner à leurs partenaires masculins un « art de vivre et d'aimer » qu'ils ignorent encore :

> Et, outre la réputation que notre sexe en recevra, nous aurons valu au public que les hommes mettront plus de peine et d'étude aux *sciences vertueuses**, de peur qu'ils n'aient honte de voir précéder celles desquelles ils ont prétendu être toujours supérieurs quasi en tout (*ibid.*, p. 42).

Sous le voile de la fable, les poètes de la Renaissance vont multiplier les réflexions sur les problèmes éthiques, politiques et philosophiques de leur temps. Dans son traité intitulé le *Grand et Vrai Art de pleine rhétorique*, qui date de

1521, Pierre Fabri aura cette formule décisive qui éclaire
bien le caractère allégorique de la poésie : « Sous les couvertures des poètes sont muscées* [cachées] les grandes substances. » On trouvera ce désir forcené d'accéder aux cimes
de la « sagesse » et de la « vertu » par la poésie chez Lemaire
de Belges. Dans la *Concorde des deux langages*, chef-
d'œuvre de la Grande Rhétorique, le Temple de Minerve
déplace celui de Vénus :

> Dedans ce palais est de Minerve le Temple,
> Auquel maint noble esprit en haut savoir contemple
> Les beaux faits *vertueux** en chronique et histoire,
> En science morale et en art oratoire.
> [...]
> Amour y règne, et grâce et concorde y fleurit ;
> Plaisant plaisir y dure et joie se y nourrit.
> [...]
> Là se trouvent conjoints, vivant en paix sans noise,
> Le langage toscan et la langue françoise*. (p. 41.)

La génération des marotiques préférera emprunter un sentier plus facile, plus « pédestre », mais sans renier la haute
aspiration au bien moral. Les poètes de la Pléiade n'oublie-
ront pas non plus la leçon. Cela n'empêchera pas Ronsard
d'écrire des *Folâtries* quand Dionysos deviendra le nouveau
maître de l'inspiration. Paradoxe que la licence autorise.
Nous verrons quelle place occupent les jeux parodiques dans
la production de tous ces poètes. Miracle : il n'en est aucun
qui se soit entièrement pris au sérieux. Ils insisteront, au
contraire, sur la spécificité de leur entreprise, en particulier
en montrant toute la différence qui sépare la poésie de
l'Histoire. Dans la préface posthume de *La Franciade*,
Ronsard nous dira, en se souvenant de la *Poétique* d'Aristote,
qu'il a bâti son poème épique sans se soucier de la vérité des
faits, s'assurant simplement de leur vraisemblance [1] :

> Les Poètes ne cherchent que le possible ; puis, d'une
> petite scintille* font naître un grand brasier et d'une
> petite cassine* font un magnifique Palais, qu'ils enri-
> chissent, dorent et embellissent (*OC*, I, p. 1167-1168).

---

1. Voir chapitre 13, *infra*.

Depuis Platon, la charge de tout avocat de la poésie est d'atténuer la « présomption de mensonge » qui grève tout effort d'atteindre la connaissance de la vérité par les artifices du langage. Les poètes du XVIᵉ siècle ne sont pas si différents, à cet égard, de leurs prédécesseurs. Mais ils cherchent à prouver par de nouvelles voies que leur langage permet de dépasser les apparences pour saisir le sens profond et caché, « l'or fin » des choses (Foucault, p. 49). Une telle assurance ne les empêchera pas de s'adonner au travail, de pratiquer l'étude (*studium*) car, si l'on « naît » poète, on ne le devient vraiment qu'en s'enfermant dans sa chambre. Joachim du Bellay nous le rappellera dans un passage célèbre de la *Défense et illustration de la langue française* (1549) :

> Qu'on ne m'allègue point que les poètes naissent [...]. Qui veut voler par les mains et bouches des hommes doit longuement demeurer dans sa chambre ; et qui désire vivre en la mémoire de la postérité doit, comme mort en soi-même, suer et trembler maintes fois [...]. Ce sont les ailes dont les écrits des hommes volent au ciel (II, IV, p. 105-106).

*

BIBLIOGRAPHIE

Jardin de Plaisance et fleur de rhétorique (Le), Paris, A. Vérard, 1501 ; fac-similé : Paris, Firmin-Didot, 1910 ; réimpr. Genève, Slatkine, 1978.

BELLAY, Joachim du, *Défense et illustration de la langue française* (1549), éd. H. Chamard, Paris, Didier, 1948.

BURTON, Robert, *The Anatomy of Melancholy*, Oxford, J. Lichfield & J. Short for Henry Cripps, 1624.

FABRI, Pierre, *Le Grand et Vrai Art de pleine rhétorique* (1521), éd. A. Héron, Caen, 1889 ; Genève, Slatkine Reprints, 1969.

FOUCAULT, Michel, *Les Mots et les Choses. Une archéologie des sciences humaines*, Paris, Gallimard, 1966.

GENDRE, André, *Ronsard, poète de la conquête amoureuse*, Neuchâtel, Éditions de la Baconnière, 1970.

GLAUSER, Alfred, *Le Poème-symbole*, Paris, Nizet, 1967.

GORDON, Alex L., *Ronsard et la rhétorique*, Genève, Droz, 1970.

GUILLAUME DE LORRIS et JEAN DE MEUNG, *Le Roman de la Rose*, éd. F. Lecoy, Paris, Champion, 1970.

LABÉ, Louise, *Œuvres complètes*, éd. F. Rigolot, Paris, Garnier, 1986.

LANGLOIS, Émile. *Recueil d'arts de seconde rhétorique*, Paris, Imprimerie nationale, 1902 ; réimpr. Genève, Slatkine, 1974.

LEGRAND, Jacques, *Archiloge Sophie* (1407), BNF ms. fr. 1508.

LEMAIRE DE BELGES, Jean, *Concorde des deux langages*, éd. J. Frappier, Paris, Droz, 1947.

MERLEAU-PONTY, Maurice, *Le Visible et l'Invisible*, Paris, Gallimard, 1964.

RONSARD, Pierre de, *Œuvres complètes*, éd. J. Céard, D. Ménager et M. Simonin, Paris, Gallimard, 1993, 2 tomes.

DEUXIÈME PARTIE

La naissance du poète-auteur

CHAPITRE 4

Histoire et conscience littéraire
des poètes

> « Mais vous, Lecteurs de bonne conscience,
> Je vous requiers, prenez la patience
> Lire du tout cette œuvre qui n'est rien,
> Et n'en prenez seulement que le bien. »
>
> *Marguerite de Navarre.*

Le développement de la conscience littéraire à la Renaissance se rattache à la question de « l'émergence de l'individu » à l'époque moderne, à l'évolution de la notion d'*auteur* depuis le Moyen Âge et à la naissance du personnage social de l'écrivain (Blumenberg, Burckhardt, Cassirer, Garin, Lecointe, Taylor, Toulmin, Simonin, Viala). Il est, certes, malaisé de fonder en termes historiques les conditions d'évolution d'un phénomène aussi complexe, dans la mesure même où l'expression de la *subjectivité* en littérature relève pour une large part de modèles linguistiques et rhétoriques intemporels souvent faussés ou occultés par des préventions anachroniques (Barthes, Benveniste, Foucault, Kerbrat-Orecchioni). Si certains critiques ont pu définir le Moyen Âge comme « l'époque de la subjectivité » (Zink, p. 10), on a aussi reconnu que le terme d'*auteur* était inadéquat pour rendre compte des conditions de production et de transmission des œuvres médiévales. Car comment déterminer la part qui revient respectivement au barde, au jongleur ou au copiste (Uitti, Zumthor) ?

La situation commence à changer à partir du XIVe siècle avec Guillaume de Machaut, Jean Froissart, Christine de Pisan et Charles d'Orléans (Brownlee, Cerquiglini, Huot). On observe alors une nouvelle volonté de rapporter à une œuvre individuelle ce qui se raconte ou se chante. Le *clerc* doit, en effet, prouver par son étude qu'il a mérité l'*autorité* qu'il revendique en vernaculaire. De là la mise en place d'un appareil publicitaire qui a pour but de créer des « effets d'auteur » dans ses écrits (Dragonetti). Lorsque la civilisation du manuscrit s'efface progressivement devant celle de l'imprimé, un nouveau système de protection juridique se met en place – l'institution du *privilège* – qui favorise l'éveil d'une conscience du droit de propriété (Armstrong, Eisenstein, Rose).

Cependant, la recherche de protecteurs puissants l'emporte encore souvent – en particulier chez les grands rhétoriqueurs – sur le désir de justifier par des textes d'escorte appropriés la publication de ses œuvres. Jean Marot ne cherchera pas à faire imprimer ses poèmes tant qu'il se sentira assuré d'une position enviable auprès du roi de France (Brown, p. 21). En même temps, parce que le livre devient un produit économique dont on peut tirer profit, un nouveau style de rapports s'instaure entre imprimeurs et écrivains. Le nom de l'auteur apparaît désormais sur la page de titre, dans les *incipit* et *explicit*, sous forme de « signature » plus ou moins transparente et à valeur publicitaire. On pense au « moulinet » dont use et abuse Jean Molinet, indiciaire de la cour de Bourgogne, en guise de signature pour son œuvre poétique (Rigolot, 1977, p. 28-30).

Si les marques de l'entreprise collective étaient faibles chez les grands rhétoriqueurs, elles le seront beaucoup moins avec leurs successeurs. Comme nous le verrons à propos de Clément Marot, un certain corporatisme inspire le travail poétique que revendique un auteur particulier. Ainsi Clément Marot regroupe autour de lui « un grand nombre de frères » qui ont participé de près ou de loin à son entreprise et qu'il considère comme des « enfants d'Apollon », dieu de la poésie. Il les salue au seuil de son *Adolescence clémentine*, renouant avec la tradition médiévale des compagnons d'étude, la confrérie que Villon avait sollicitée dans le *Lais* et le *Testament* mais qui prend l'aspect d'une solidarité (*sodalitas*) à l'antique (Lestringant, 1997, p. 114).

L'Heptaméron de Marguerite de Navarre se veut aussi la reprise du projet collectif, envisagé à la cour de France, de produire un nouveau *Décaméron* en français, débarrassé des fallaces de l'art et des charmes trompeurs de la rhétorique.

Mais si, dans son fameux prologue, la reine prétend s'effacer devant ses « devisants » pour que ceux-ci transmettent
la pure et simple « vérité de l'histoire », cette stratégie ne
trompe personne (p. 9). L'auteur, conscient de son projet littéraire, semble préférer, pour des raisons à la fois politiques
et religieuses, donner l'illusion que son ouvrage n'est que la
transposition écrite de conversations réelles entre des courtisans à l'identité reconnaissable. Mallebranche le dira plus
tard : « La véritable éloquence se moque de l'éloquence. »
La reine de Navarre, formée à l'école du *Courtisan* de Castiglione, sait que le grand art est de faire croire à l'absence
d'art : *ars est celare artem*.

On pourrait en dire autant du projet de Rabelais. L'appareil
liminaire de *Pantagruel* et *Gargantua* veut faire croire que
le livre reproduit simplement des propos de table échangés
dans la bonne humeur et rapportés par un buveur peu soucieux de faire œuvre savante. Mais c'est oublier toute la
riche tradition du *discours symposiaque* qui « transcende la
portée documentaire » et autorise « la complicité des mets
et des mots » (Jeanneret, 1987, p. 9-10). En fait, derrière
les géniales improvisations poétiques des « bien ivres »
(*Gargantua*, chapitre V), on devine la marque d'un *auteur*
qui entend savamment programmer le sens de son œuvre,
tout en faisant croire, sous le masque du bonimenteur,
qu'elle n'est alimentée que par la « purée septembrale » et
l'« eau bénite de cave ».

On se souvient que Rabelais commence par publier
Pantagruel et *Gargantua* en empruntant un pseudonyme :
Maître Alcofribas Nasier. Or, à partir du *Tiers Livre*, il abandonne son masque et annonce, dès la page de titre, que son
ouvrage a été « composé par Maître François Rabelais,
Docteur en Medicine ». L'auteur sort de la clandestinité. Le
savant humaniste prend le pas sur le personnage du conteur
et du poète bouffon, même s'il en exhibe encore les plai-
santes mimiques. Le panégyriste royal se révèle en dédiant
le dizain liminaire de son livre à Marguerite de Navarre :

> Esprit abstrait*, ravi et extatique,
> Qui, fréquentant les cieux, ton origine,
> As délaissé ton hôte et domestique*,
> Ton corps concord*, qui tant se morigine*

> A tes édits, en vie pérégrine*,
> Sans sentiment* et comme en Apathie*,
> Voudrais-tu point faire quelque sortie
> De ton manoir* divin, perpétuel ?
> Et çà-bas* voir une tierce partie
> Des faits joyeux du bon Pantagruel ? (P. 341)

Pleinement conscient des ressources de son art et rassuré par le succès de ses premiers livres, le grand poète comique du siècle n'hésite plus à utiliser le paratexte – et cela malgré la censure – pour parler enfin à découvert, en son propre nom, à la plus haute personnalité littéraire de l'époque (Defaux, Rigolot, 1996, p. 15-26).

La Pléiade voudra se définir elle-même, dès ses débuts, par son esprit de clan. Dans la première « brigade » – dont le nom est calqué sur la *brigata* du *Décaméron* – les collégiens de Coqueret prendront collectivement position contre leurs gênants devanciers, en particulier Clément Marot, que la génération précédente avait sacré « prince des poètes français ». Joachim du Bellay sera choisi pour leur servir de porte-parole, mais la doctrine qu'il proclame est celle de tout un groupe d'amis liés par la même conviction et, disons-le, par la même arrogance. Même si les lecteurs modernes l'oublient le plus souvent, la *Défense et illustration de la langue française* se présente à l'origine comme une longue préface à une œuvre poétique qui veut se démarquer des modèles français.

Les auteurs féminins du XVIe siècle seront particulièrement soucieux de présenter leurs œuvres sous cette lumière collective. C'est qu'une présomption de culpabilité pèse sur une écriture qui ose sortir de l'intimité du cabinet privé. Si toute publication de femme constitue une transgression de l'ordre patriarcal, il faudra s'unir pour présenter un front commun et défendre son droit à la parole (Labé, p. 42). Appel réitéré au soutien communautaire qui se retrouve chez presque tous les auteurs féminins de l'époque. Cet appel prend un relief particulier lorsque Louise Labé supplie les « Dames Lyonnaises », ses concitoyennes, de ne pas lui tenir rigueur de sa hardiesse (élégie I, v. 43-44 et III, v. 1-2 ; sonnet XXIV,

v. 1]. Nous sommes aux antipodes des stratégies médiévales : on n'a plus besoin de proposer comme chez Boccace
un éloge des femmes célèbres (*De claris mulieribus*) distant
et grandiose ou d'évoquer, comme chez Christine de Pisan,
à grand renfort de « clergie », les ombres vénérables de la *Cité
des Dames*. Il convient de susciter la présence d'un groupe
de soutien qui, dans l'urgence du présent, prodiguera à la voix
fragile de la femme poète « ceste douce aymable sympa-
thie » qui la réconfortera et lui assurera sa légitimité (Des
Roches, p. 82, v. 35).

   Tout écrivain, à cette époque, est un rhétoricien rompu à
l'art de capter l'attention et l'intérêt de son lecteur (*captatio benevolentiae*). C'est donc dans le dispositif liminaire
de l'œuvre qu'il s'agit de réconcilier les droits de la voix
féminine avec les impératifs politiques du groupe qui la
cautionne et qui la juge. La recherche d'une justification
plausible du discours féminin sur l'amour se fera donc au
seuil de l'œuvre, à découvert, avant la prise de voile de la
fiction. Louise Labé, nouvelle « écrivaine », choisit de parler clairement dans la lettre ouverte qu'elle adresse en guise
de préface à une amie, destinataire idéale de son recueil,
Clémence de Bourges (1532 ?-1562 ?), jeune femme cultivée qui appartenait à un milieu social nettement plus élevé.
En fait, ce qui compte pour Jean de Tournes, le célèbre éditeur de Louise Labé, c'est de fournir un paratexte qui mette
en évidence une amitié exceptionnelle, digne de l'*amicitia*
antique. Admirable façon de déjouer la censure en affichant une leçon hautement morale : Louise et Clémence se
prévalent de leur affection (*philia*) pour faire entendre
aux hommes combien ils pourraient affiner leurs mœurs
s'ils se mettaient au diapason des femmes exemplaires de
leur temps.

   Contraste saisissant entre la « parfaite amitié » féminine
de la dédicace et la passion érotique qui se déploie dans le
texte qui suit. La « folle amour » des sonnets et des élégies
s'entoure d'une affection vertueuse exemplaire, d'un *amor
virtutis* proclamé haut et fort en hors texte. *Le Débat de Folie
et d'Amour* offrira la même démonstration : la plaidoirie de
Mercure en faveur de l'amour fou sera précédée par le discours d'Apollon, sage défenseur de la conception ficinienne
d'une *agapè* universelle qui garantit l'essor des civilisations.

Les lectrices sont donc invitées à juger une œuvre où *éros*
n'exclut pas *antéros*[1]. Alors que les « Lyonnaises » amoureuses ou réfractaires à l'amour sont confinées à l'intérieur
du texte poétique, Clémence de Bourges, elle, occupe une
position excentrique par rapport à ses consœurs. Labé
semble se défaire de son masque, de sa *persona** de poète et
d'amante, pour s'adresser à une « amie » dans un *discours*
qui est censé proclamer la sincérité de ses intentions :

> A M.C.D.B.L.
> [*À Mademoiselle Clémence de Bourges, Lyonnaise*]
>
> Étant le temps venu, Mademoiselle, que les sévères lois
> des hommes n'empêchent plus les femmes de s'appli-
> quer aux sciences* et disciplines, il me semble que celles
> qui [en] ont la commodité doivent employer cette hon-
> nête liberté que notre sexe a autrefois tant desirée, à
> icelles* apprendre et montrer aux hommes le tort qu'ils
> nous faisaient en nous privant du bien et de l'honneur
> qui nous en pouvait venir (*OC*, p. 41).

S'il faut se défier d'une vision téléologique de l'Histoire
qui ferait croire à un progrès constant vers l'individualité, la
prise de conscience des droits et des devoirs de l'auteur,
qu'il soit poète ou qu'il écrive en prose, devient une préoccupation majeure à partir du XVe siècle. La constitution du
sujet littéraire est redevable pour une large part des exigences nouvelles de la *pédagogie* humaniste. Les contemporains d'Érasme et de Montaigne en sont convaincus :
l'être humain est entièrement malléable : « plus changeant
que Protée » (voir l'adage *proteo mutabilior*, *Adages*, II, 2,
74), « merveilleusement vain, divers et ondoyant » (*Essais*
I, 1). L'éducation (l'« institution », comme on dit alors), fondée sur les grands principes de la rhétorique et de l'éthique,
où l'éloquence joue un rôle déterminant, pourra donner une
certaine forme stable à ce sujet fuyant et insaisissable
(Fumaroli). La formation morale du caractère se fera par
l'*imitation active* de modèles anciens. On ne naît pas humain

---

1. Voir chapitre 12, *infra*.

– tout formé et comme déterminé d'avance –, on le devient : *homines non nascuntur sed finguntur*. Devenir humain, c'est maîtriser le champ anarchique de ses passions et façonner son caractère en choisissant des modèles exemplaires (Jeanneret, 1996, p. 120).

Cependant cette invitation à façonner son *moi* à l'imitation des « grandes âmes » du passé ne s'effectue pas sans problèmes. Au cours du XVIᵉ siècle, un conflit grandissant s'établit entre les rôles que la société impose aux individus des classes dirigeantes et les aspirations légitimes de ceux-ci (Greenblatt). La distance qui sépare les modèles anciens, proposés à l'imitation, des besoins de la vie réelle devient préoccupante (Hampton, Quint). De Boccace à Montaigne, le caractère exemplaire des grandes figures ou des grands mythes de l'Histoire tend à s'estomper pour s'ouvrir à la critique et à la réflexion (Stierle). Le statut de l'*exemplum*, fondement de la pédagogie médiévale, se trouve remis en question dans la plupart des œuvres littéraires de l'époque (Lyons), au point que l'on peut parler d'une véritable *crise de l'exemplarité* vers la fin du XVIᵉ siècle. Si la lecture des modèles hérités de l'Antiquité s'accorde avec la théorie générale de l'*imitation*, une appréhension plus directe du monde réel – que traduit le concept de *mimèsis* –, fondée sur une vue moins abstraite de l'Histoire, rend la réception des modèles anciens singulièrement problématique. La grandeur morale des sages de l'Antiquité continue à générer l'admiration des modernes, mais le pouvoir *imitatif* de leur conduite se trouve remis en question, dans la mesure où l'on commence à apprécier les vertus d'un discours *mimétique* plus proche de la « nature » et mieux ancré dans le *hic et nunc* de l'expérience.

Avec le renouvellement évangélique qu'entraîne les débuts de la Réforme, la revendication d'autonomie littéraire se fait pourtant problématique. Les écrivains d'obédience érasmienne sont en effet invités à effacer de leur discours une « image d'auteur » qui ferait obstacle à la « présence » de la Parole divine. L'adhésion au message biblique doit être celle du cœur (*pectus*), de l'intimité profonde de l'être qui se révèle dans la communication directe avec le Verbe divin. Il faut se libérer des sollicitations profanes, s'affranchir de la tyrannie intellectuelle qu'exercent

les sages, les prudents. Rappelons l'affirmation d'un grand
humaniste : *Verbum Dei sufficit*, seule la Parole de Dieu
suffit (Lefèvre d'Étaples, p. 435). Dans une telle perspective, toute revendication d'autorité personnelle devient
superflue, voire parasitaire.

Cet effacement du moi comme condition de la présence
du Verbe divin est particulièrement sensible chez Calvin,
où se trouve gommé tout ce qui pourrait suggérer le caractère ou les goûts personnels du réformateur. Dans les discours à la première personne, il n'y a véritablement de
place que pour la voix du croyant, du prophète ou du polé-
miste. Les rares éléments personnels qui ont échappé à cet
effacement, « bien loin de représenter un débordement,
incontrôlé ou complaisant, de la subjectivité », sont utilisés
pour renforcer la crédibilité des propos politiques ou religieux (Millet, p. 516). Les préfaces latine de 1557 et française de 1558 au *Commentaire des Psaumes* sont révélatrices à cet égard. Les témoignages formulés à la première
personne sont limités aux besoins de l'argumentation :
l'orateur propose une image cohérente de lui-même, un
èthos rassurant pour un auditoire qu'il s'agit d'amener à se
convertir (*ibid.*, p. 522).

C'est que la lecture des Psaumes joue un rôle déterminant
dans la prise de conscience par le fidèle du caractère *indivi-
duel* de son destin. Pour Marot, traducteur du Psautier,
comme pour Calvin, son commentateur, l'exemple de David
figure l'aventure unique de l'Élu, de l'Oint du Seigneur : il
lui fournit un modèle de compréhension pour sa propre
aventure personnelle. Appropriation du texte sacré par une
conscience individuelle qui, tout en s'inscrivant dans une
longue tradition patristique, introduit le croyant dans le mystère de sa propre vocation. « Quand nous chantons les
Psaumes, écrit Calvin, [c'est] comme si Dieu lui-même
chantait en nous » (Jeanneret, 1969, p. 30). Chaque individu
peut ajuster sa propre voix sur celle du psalmiste pour
qu'elle en devienne paradoxalement plus personnelle.

Chez les poètes, l'accès à la vérité exige un engagement
total de l'être qui ne peut prendre conscience de soi qu'en
tant que témoin de Dieu. Dans le poème qui sert de préface
aux *Marguerites de la Marguerite des princesses* (1547), la
reine de Navarre écrit :

> Mais vous, Lecteurs de bonne conscience,
> Je vous requiers, prenez la patience
> Lire du tout *cette œuvre qui n'est rien*,
> Et n'en prenez seulement que le bien.
> Mais priez Dieu, plein de bonté naïve*,
> *Qu'en votre cœur il plante la Foi vive.* (V. 27-32.)

La sœur de François Ier veut écrire une « œuvre qui n'est rien » parce que, si elle était « quelque chose », elle risquerait de parasiter la Parole de Dieu et d'empêcher son efficacité dans le cœur de l'être humain :

> Ô l'heureux don, qui fait l'homme DIEU être,
> Et posséder son tant désirable Être.
> Hélas ! jamais nul ne le peut entendre
> Si par ce don n'a plu à DIEU le prendre.
> Et grand'raison a celui d'en douter,
> Si *DIEU au cœur* ne lui a fait goûter. (V. 21-26.)

Il en résulte une conception de l'auteur à l'opposé de celle du scribe, du clerc et du docteur de la loi. Lassé par les jeux scolastiques de la quadruple exégèse, l'écrivain cherche un nouveau « candidat » à la lecture de l'Écriture, qui réponde à la *sainte simplicité* des Béatitudes : « Bienheureux les pauvres en esprit, car ils verront Dieu. » Candeur, pauvreté, simplicité : telles sont les qualités que l'on réclame de cette « âme toute neuve et blanche », cette *mens novella*, chez l'auteur comme chez son lecteur.

Rien de plus éloigné des préoccupations d'un Ronsard qui ne voit dans le paratexte qu'un moyen de se forger une gloire toujours plus grande. Dès la première préface des *Odes* (1550), il s'était hissé d'emblée au pinacle de la renommée en passant sous silence ses dettes les plus évidentes :

> L'imitation des nôtres m'est tant odieuse [...] que pour cette raison je me suis éloigné d'eux, prenant style à part, sens à part, œuvre à part, ne désirant avoir rien de commun avec une si monstrueuse erreur (*OC*, I, p. 995).

En martelant trois fois sa phrase de l'expression « à part », le chef de la future Pléiade entendait établir une nette rupture

avec un passé national qu'il répudiait. Il décrétait préférer
s'expatrier culturellement allant « à l'étranger » (c'est-à-dire
chez les Grecs, les Latins et les Italiens) pour rapporter en
France les germes d'une gloire dont il voulait évidemment
bénéficier en premier :

> Donc désirant [...] m'approprier quelque louange, [...] et
> ne voyant en nos Poètes François*, chose qui fût suffi-
> sante d'imiter, j'allai voir les étrangers, et me rendis
> familier d'Horace, contrefaisant* sa naïve* douceur [...].
> Et osai *le premier des nôtres* enrichir ma langue (*ibid.*).

Ce faisant, il répète le geste d'Horace qui, lui aussi, s'était
vanté de faire œuvre de pionnier dans une Rome qui regar-
dait avec envie du côté de la Grèce :

> Je puis bien dire (et certes sans vanterie) ce que lui-même
> [Horace] modestement témoigne de lui :
>
> *Libera per vacuum posui vestigia princeps,*
> *Non aliena meo pressi pede.*
>
> [J'ai, avant tous les autres, porté de libres pas dans un
> domaine encore vacant./Mon pied n'a point foulé les
> traces d'autrui (*OC*, I, xix, v. 21-22).

Ronsard reprend consciemment – et non sans ironie (voir
le « sans vanterie » et le « modestement ») – ce que son
grand prédécesseur latin avait dit de lui-même. Il ne se veut
pas premier parmi ses pairs (*princeps inter pares*) mais premier et seul de son espèce. C'est du moins ce qu'il voudrait
laisser croire à ses lecteurs.

Dans la même veine, Ronsard s'arrangera pour que la
seconde édition de ses *Amours* (1553) s'accompagne d'un
commentaire érudit préparé par un brillant humaniste, ami du
poète, Marc-Antoine de Muret. La page de titre en annonce
la nouveauté : *Les Amours de P. de Ronsard Vendômois,*
nouvellement augmentées par lui et commentées par Marc-
Antoine de Muret. En même temps, il obtient que Jean Dorat,
le maître helléniste de la future Pléiade, souligne en distiques
grecs l'importance de la collaboration entre le poète et son
commentateur. Seuls quelques auteurs exemplaires grecs,
latins et italiens avaient eu jusqu'ici le privilège de voir leurs

Illustration n° 4
**Ronsard et Cassandre, frontispice de l'édition originale
des *Amours* de 1552.**

œuvres assorties de commentaires savants. Ronsard s'inscrit
d'emblée dans une tradition humaniste qui pourra lui conférer les insignes de la consécration universelle. Il veut prouver qu'il est de la taille de Virgile et de Dante. Il récidivera,
quelques années plus tard, en chargeant son ami helléniste,
Rémy Belleau, d'éclairer le sens de la *Continuation des
Amours* (1555), les futures *Amours de Marie*.

L'alliance de Ronsard et de ses commentateurs constitue
un appareil symbolique puissant pour programmer la lecture
« humaniste » des recueils de poésie. Ronsard et Cassandre,
sa bien-aimée, sont représentés habillés à l'antique. Des ins-
criptions gréco-latines ornent leur effigie *(illustration n° 4)*.

Couronné de lauriers et drapé à la romaine, le poète français appartient déjà au panthéon des gloires immortelles.
Le reste de sa vie ne fera que confirmer la « solennité »
grandiose qu'il attache à l'édition de ce qu'il appelle ses
« Œuvres ». On songe au soin qu'il prend à corriger ses

poèmes et aménager ses recueils pour se créer, après coup, une *persona**, c'est-à-dire une personnalité poétique cohérente. À la mort du poète, le cardinal Du Perron pourra dire que Ronsard a « embrassé toutes les parties de la Poésie », à l'image même de la Création divine dont il se voulait le chantre universel (*OC*, I, p. XII).

En se voulant le « fils de Ronsard », Agrippa d'Aubigné reprendra à son compte l'idée du dessein suprême de la Poésie, non sans se moquer pourtant d'un devancier dont l'ambition était d'embrasser tous les savoirs. Car du *Printemps* aux *Tragiques* la « divine fureur » a changé de sens. En laissant les Muses profanes pour l'Esprit saint, d'Aubigné cherche à soustraire la poésie à une veine idolâtre pour l'animer du souffle de la Révélation qui s'empare à nouveau des témoins de la Réforme. Sous les traits de Prométhée, signataire d'un double avis aux lecteurs, le nouvel Élu de Dieu dérobe le feu du ciel pour le redonner aux êtres humains. Au centre de son livre brûle le Chant des *Feux*, bûcher des Martyrs huguenots et brasier de l'Inspiration. Par ce larcin sacré, l'auteur proclame à la fois sa toute-puissance et son anéantissement : son livre ne lui appartient plus ; il s'ajoute désormais au *canon* de l'Écriture sainte : c'est un véritable foyer d'incandescence qui éclaire l'Alliance nouvelle entre Dieu et son peuple. Le paratexte souligne l'importance du projet prophétique, mais l'attention du lecteur reste fixée sur la visibilité du *sujet de l'énonciation* qui s'exhibe sur une scène à deux entrées : religieuse et poétique (Lestringant, 1993, 1995).

L'attitude de Montaigne est caractéristique à cet égard. Ayant scruté les leçons de l'Histoire pour tenter d'en tirer des règles sûres pour sa conduite morale personnelle, l'auteur des *Essais* se trouve obligé de conclure, devant l'infinie diversité des actions humaines, à l'échec d'une telle tentative. Comment choisir en effet un modèle approprié quand le résultat de son application reste imprévisible ? « Tout exemple cloche », écrit-il au dernier chapitre de son œuvre (III, 13, p. 1070). Ce n'est pas là le commentaire isolé d'un sceptique désabusé mais l'expression particulière d'un sentiment largement partagé à l'époque.

D'une façon générale, on peut dire que la Renaissance a connu, dans la culture de ses élites, un déplacement de l'épistémologie vers la *contingence*, l'*originalité* et la *singularité*. L'apparition d'une conscience progressivement plus aiguë de la personnalité littéraire peut se constater non seulement dans les principaux chefs-d'œuvre de l'époque, mais même dans des ouvrages souvent considérés comme marginaux. Tel est le cas de Jean Lemaire de Belges (v. 1473-v. 1525), brillant représentant de la tradition littéraire connue sous le nom de « Grande Rhétorique ». C'est vers lui que nous nous tournerons maintenant pour enregistrer l'un des premiers désirs manifestes, à la Renaissance, d'inscrire son « moi » d'auteur dans une œuvre poétique.

*

BIBLIOGRAPHIE

ARMSTRONG, Elizabeth, *The French Book-Privilege System : 1498-1526*, Cambridge University Press, 1990.

BARTHES, Roland, « La Mort de l'auteur », in *Essais critiques IV : le Bruissement de la langue*, Paris, Éditions du Seuil, 1984, p. 61-67.

BENVENISTE, Émile, *Problèmes de linguistique générale*, Paris, Gallimard, 1966, 1974, p. 252 *sq.*

BROWN, Cynthia J., *Poets, Patrons, and Printers. Crisis of Authority in Late Medieval France*, Ithaca, Cornell University Press, 1995.

BROWNLEE, Kevin, *Poetic Identity in Guillaume de Machaut*, Madison, University of Wisconsin Press, 1984.

BURCKHARDT, Jacob, *Die Cultur der Renaissance in Italien*. Leipzig, E. A. Seemann, 1885 ; trad. fr. Paris, Plon, 1958.

CASSIRER, Ernst, *Individuum und Kosmos in der Philosophie der Renaissance*, Leipzig et Berlin, B. G. Teubner, 1927.

CERQUIGLINI, Jacqueline, *« Un engin si soutil » : Guillaume de Machaut et l'écriture au XIVe siècle*, Genève, Slatkine, 1985.

DEFAUX, Gérard, « Rabelais et son masque comique », *Études rabelaisiennes*, XI (1974), p. 89-136.

DES ROCHES, Madeleine, « Epistre à ma fille », in *Les Œuvres*, éd. A. R. Larsen, Genève, Droz, 1993.

DRAGONETTI, Roger, *Le Mirage des sources*, Paris, Éditions du Seuil, 1987.

EISENSTEIN, Elizabeth, *The Printing Press as an Agent of Change : Communications and Cultural Transformations in Early-Modern Europe*, Cambridge University Press, 1979, 2 tomes.

ÉRASME, Didier, *Les Adages*, in *Opera omnia Erasmi Rotero-dami*, Amsterdam, North Holland Publications, 1969.

FOUCAULT, Michel, « Qu'est-ce qu'un auteur ? », *Bulletin de la Société française de philosophie*, n° 63, juillet-septembre 1969, p. 75-104.

FUMAROLI, Marc, *L'Âge de l'éloquence. Rhétorique et « res literaria » de la Renaissance au seuil de l'époque classique*, Genève, Droz, 1980.

GARIN, Eugenio, *La Cultura filosofica del rinascimento italiano*, Florence, Sansoni, 1961, 1979.

GREENBLATT, Stephen, *Renaissance Self-Fashioning : From More to Shakespeare*, Chicago University Press, 1980.

HAMPTON, Timothy, *Writing from History : The Rhetoric of Exemplarity in Renaissance Literature*, Ithaca, Cornell University Press, 1989.

HORACE, *Épîtres*, éd. F. Villeneuve, Paris, Les Belles Lettres, 1967.

HUOT, Sylvia, *From Song to Book. The Poetics of Writing in Old French Lyric and Lyrical Narrative Poetry*, Ithaca, Cornell University Press, 1987.

JEANNERET, Michel, *Poésie et tradition biblique au XVIe siècle. Recherches stylistiques sur les paraphrases des psaumes de Marot à Malherbe*, Paris, Corti, 1969.

—, *Des mets et des mots. Banquets et propos de table à la Renaissance*, Paris, Corti, 1987.

—, « Portrait de l'humaniste en Protée », *Diogène*, n° 174, avril-juin 1996.

KERBRAT-ORECCHIONI, Catherine, *L'Énonciation de la subjectivité dans le langage*, Paris, Armand Colin, 1980.

LABÉ, Louise, *Œuvres complètes*, éd. F. Rigolot, Paris, Garnier-Flammarion, 1986.

LECOINTE, Jean, *L'Idéal et la Différence. La perception de la personnalité littéraire à la Renaissance*, Genève, Droz, 1993.

LEFÈVRE D'ÉTAPLES, Jacques, *The prefatory Epistles of Jacques Lefèvre d'Étaples and Related Texts*, éd. Eugene F. Rice, New York, Columbia University Press, 1972.

LESTRINGANT, Frank, « Agrippa d'Aubigné, fils de Ronsard : autour de l'ode XIII du *Printemps* », *Studi Francesi,* n° 109, janvier-avril 1993, p. 1-13.

—, « De l'autorité des *Tragiques* : d'Aubigné auteur, d'Aubigné commentateur », *Revue des sciences humaines,* n° 238, avril-juin 1995, p. 13-23.

—, « L'Enfance en trompe l'œil de *L'Adolescence clémentine* », *Cahiers Textuel*, n° 16, janvier 1997.

LYONS, John, *The Rhetoric of Exemplarity in Early Modern France and Italy*. Princeton University Press, 1989.

MARGUERITE DE NAVARRE, *L'Heptaméron*, éd. M. François, Paris, Garnier, 1975.

—, *Les Marguerites de la Marguerite des princesses* (1547), éd. R. Thomas, New York, Johnson Reprint Corp., 1970, 2 tomes.

MILLET, Olivier, *Calvin et la dynamique de la parole. Étude de rhétorique réformée*, Paris, Champion, 1992.

MONTAIGNE, Michel de, *Essais*, Paris, Presses Universitaires de France, 1978, 2 tomes.

QUINT, David, *Origin and Originality in Renaissance Literature. Versions of the Source*, New Haven, Yale University Press, 1983.

RABELAIS, François, *Œuvres complètes*, éd. M. Huchon, Paris, Gallimard, 1994.

RIGOLOT, François, *Les Langages de Rabelais*, Genève, Droz, 1972 ; réimpr. 1996, p. 15-26.

—, *Poétique et Onomastique. L'exemple de la Renaissance*, Genève, Droz, 1977, p. 28-30.

ROSE, Mark, *Authors and Owners : The Invention of Copyright*, Cambridge (Massachussets), Harvard University Press, 1993.

STIERLE, Karlheinz, « Geschichte als Exemplum - Exemplum als Geschichte », in *Geschichte — Ereignis und Erzählung* [*Poetik und Hermeneutik* Bd. 5], éd. R. Koselleck et W.-D. Stempel, Munich, W. Fink, 1973, p. 437-75 ; trad. fr., « L'Histoire comme exemple, l'exemple comme Histoire », *Poétique*, n° 10 (1972), p. 176-98.

TAYLOR, Charles, *Sources of the Self. The Making of the Modern Identity*, Cambridge (Massachussets), Harvard University Press, 1989.

TOULMIN, Stephen, *Cosmopolis : The Hidden Agenda of Modernity*, New York, The Free Press, 1991.

SIMONIN, Michel, *Vivre de sa plume au XVIe siècle, ou la Carrière de François de Belleforest*, Genève, Droz, 1992.

UITTI, Karl D., *Linguistics and Literary Theory*, New York, Norton, 1969 ; rééd. 1974.

VIALA, Alain, *Naissance de l'écrivain*, Paris, Éditions de Minuit, 1985.

ZINK, Michel, *La Subjectivité littéraire : autour du siècle de saint Louis*, Paris, Presses Universitaires de France, 1985.

ZUMTHOR, Paul, *La Lettre et la Voix*, Paris, Éditions du Seuil, 1987.

CHAPITRE 5

Grands rhétoriqueurs :
Jean Lemaire et Jean Marot

> « Clerc ne suis, mais seulement ai l'art de
> rimoyer*. »
>
> *Jean Marot.*

En Bourgogne et en Flandres, dans les années 1460 à
1520, entre *Le Testament* de François Villon et les premières
œuvres de Clément Marot, se développe une tradition poétique que l'histoire littéraire a retenue sous le nom de
« grande rhétorique ». Sous une étiquette douteuse mais
commode (ils préféraient, eux, s'appeler « orateurs et rhétoriciens »), on regroupe généralement une douzaine de
« grands rhétoriqueurs » : Georges Chastellain (actif entre
1440 et 1475), Octovien de Saint-Gelays (entre 1490 et
1505), Jean Robertet (entre 1460 et 1500), Jean Meschinot
(entre 1450 et 1490), Jean Molinet (entre 1460 et 1505), Jean
Lemaire de Belges (entre 1495 et 1515), André La Vigne
(entre 1485 et 1515), Guillaume Crétin (entre 1495 et 1525),
Jean Marot (entre 1505 et 1525), Jean d'Auton (entre 1499
et 1528), Pierre Gringore (entre 1500 et 1535) et Jean
Bouchet (entre 1497 et 1550) ; on ajoute souvent à cette liste
d'autres écrivains secondaires comme Guillaume Alexis
(entre 1450 et 1490), Henri Baude (entre 1460 et 1495), Jean
Castel (entre 1460 et 1480), Jacques Millet (entre 1450 et
1466) et Jean Parmentier (entre 1515 et 1530) ; des œuvres
anonymes comme *L'Abuzé en cour* (vers 1460) ou *Le Lyon
couronné* (1467) relèvent de cette tradition littéraire.

Il serait illusoire de porter un jugement d'ensemble sur les
rhétoriqueurs comme s'il s'agissait d'un corps collectif
homogène. Il convient de distinguer non seulement entre les
générations (Georges Chastellain, Jean Molinet et Jean
Lemaire de Belges se succèdent et pourtant ne se ressem-

blent guère), mais entre les provenances. Les rhétoriqueurs
de Bourgogne sont à bien des égards, en politique comme en
poétique, les adversaires de ceux de France, même si certains, comme Jean Lemaire, passent allégrement d'un camp
à l'autre (Thiry, 1995). En outre, ils sont conscients de la
tâche morale et politique qui leur incombe : ils entendent
servir les intérêts du Prince et de la Cité de façon éclatante.
Les jeux verbaux, graphiques et sonores, pour lesquels ils
sont surtout connus, n'occupent, en fait, qu'une partie relativement faible de leur production littéraire.

Pendant longtemps les historiens ont emboîté le pas à
Sainte-Beuve qui désignait cette période comme le « terrain
vague » de la littérature française. Consternés par le
« manque de goût » qu'ils y relevaient, ils considéraient les
« rhétoriqueurs » comme des scribes besogneux et sans imagination, condamnés à répéter inlassablement les mêmes
thèmes avec une virtuosité gratuite. On assimilait leurs
ouvrages aux monstruosités de l'art flamboyant, où s'accu-
mulaient jusqu'à l'absurde les manies des générations anté-
rieures. Leurs « jeux artificiels » passaient pour l'expression
outrée d'une culture à bout de souffle (Guy). Rares ont été,
avant 1970, les critiques qui ont trouvé quelque intérêt à lire
ces parias de l'écriture. Avec l'âge d'or de la linguistique et
du structuralisme s'ouvrit pourtant un procès en rhéhabilita-
tion. On se mit à relire d'un œil neuf et sympathisant les
constructions de ces étonnants virtuoses (Rigolot, Zumthor).
D'autres lectures ont remis l'accent sur la portée profondément éthique et même métaphysique de cette écriture équivoque (Cornilliat, Randall).

Automne du Moyen Âge ou printemps qui annonce la
Renaissance ? Le champ sémantique des saisons est rempli
de contradictions. Nous l'avons déjà dit : comment la même
saison peut-elle donner lieu aux joyeuses vendanges de
Sainte-Beuve et aux horribles tableaux de Huizinga ? C'est
que du fruit mûr au fruit pourri il n'y a qu'un pas. Comme
Bakhtine nous l'a enseigné, le carnaval, spectacle régénéra-
teur du monde inversé, est un phénomène de printemps et
correspond à la célébration d'une vie résurgente avant
l'entrée en Carême (p. 187-275). On peut observer une sorte
de collusion entre les rituels du carnaval et la pratique des
rhétoriqueurs (Zumthor, p. 133). Les rhétoriqueurs, qui n'ont

jamais formé d'« école » mais ont su gardé farouchement leur indépendance, restent une référence collective obligée pour qui veut comprendre le mouvement cyclique des civilisations. Ils sont les témoins de l'éclosion de fruits nouveaux dont l'étrangeté ne laisse pas d'inquiéter, de rebuter, de séduire. L'effervescence de la pensée scolastique avait été un grand festival estival. On en recueille maintenant les produits tardifs, bouffis, difformes, corrompus. Ce sont les énigmes des poèmes-rébus, les fanfreluches des vers équivoques, les bigarrures de l'acrostiche et autres curiosités verbales. Rabelais reste, à cet égard, l'un des plus hardis de ces aventuriers :

> *Les Fanfreluches antidotées**
> *trouvées en un monument antique*
>
> a i ? enu le grand dompteur des Cimbres*,
> v sant par l'air de peur de la rosée,
> ' sa venue on a rempli les Timbres*
> d- beurre frais, tombant par une hosée*
> = quel, quand fut la grand-mère arrosée,
> Cria tout haut : « Hers* par gâce pèche-le !
> Car sa barbe est presque toute embousée*,
> Ou, pour le moins, tenez-lui une échelle. »
> (*Gargantua*, p. 11.)

Des générations d'interprètes se sont penchées sur ce texte sans en éclaircir le sens. Il reste une « énigme » et fait pendant à l'autre poème hermétique que Rabelais emprunte à Mellin de Saint-Gelais, l'« énigme en prophétie » sur laquelle se conclut le livre (p. 150). On a cru y reconnaître des allusions historiques (le sac de Rome en 1527), des anagrammes (le « beurre frais » suggère Lefèvre d'Étaples) et autres jeux de langage compliqués. Maître Alcofribas présente ce poème en précisant que « les rats et les blattes » en avaient « brouté le commencement », ce qui explique comiquement pourquoi les premiers mots sont illisibles bien qu'on puisse en restituer le sens :

> « a i ? enu… » pour « Voici venu… »
> « v sant par l'air… » pour « passant par l'air »
> « ' sa venue » pour « A sa venue »
> « d- beurre frais » pour « de beurre frais »
> « = quel » pour « auquel ».

Parodie d'énigme, à n'en pas douter, et qui invite malicieusement les inconditionnels de l'ésotérisme au déchiffrement.

Les grands rhétoriqueurs ont cultivé l'allégorie nominale et l'arithmosophie symbolique avec conviction, s'interrogeant par des voies diverses sur les rapports de nécessité entre le sens du monde et les éléments formels qui servent à le décrire. Ils ont renoué par là avec la tradition étymologique médiévale tout en s'associant aux exploits paronymiques des pétrarquistes de la Renaissance. Les énigmes onomastiques de Jean Molinet, les rébus figuratifs de Jean Marot [1], les tours de force bilingues ou trilingues d'André La Vigne sont sans doute bien marginaux par rapport à ce que nous considérons généralement comme les grandes œuvres poétiques de la Renaissance. Ils se rattachent pourtant à un phénomène général, celui de la « pensée figurée » de l'époque, dont ils constituent le versant extrême (Klein).

Dans une épistémologie de la ressemblance, les rhétoriqueurs sont loin d'être isolés. Pour eux, explorer les propriétés du langage, c'est rejoindre la guilde d'autres artisans qui, dans des métiers différents, pratiquent des techniques dont l'ambition est voisine. Chez Jean Lemaire de Belges, par exemple, le texte du cantique à la Vierge, le *Salve Regina*, devient un espace visuel à explorer. Le contraste entre les lettres rouges (en majuscules dans le texte) et les lettres noires (en minuscules) représente deux types de lecture : l'une, syntagmatique, qui suit le cours du texte dans ses méandres et propose une interprétation en langue vulgaire ; l'autre, paradigmatique, qui restitue verticalement les vestiges de la prière liturgique. Il n'y a pas d'opposition intellectuelle entre le texte liturgique et sa réécriture en vernaculaire : les deux lectures se complètent mutuellement dans une poétique qui vise à renforcer la richesse d'un message à la fois éternel et traduit dans une culture précise. On observe une technique analogue à la même époque chez les maîtres verriers qui inventent le vitrage doublé. L'artiste superpose deux verres de couleurs différentes pour permettre une

---

1. Voir chapitre 2, *supra*.

vision en relief. De même que le vitrail peut s'enrichir d'innombrables tonalités contrastées, le découpage des paroles du *Salve Regina* donne lieu à des paraphrases françaises infinies. Le rhétoriqueur dispose en rouge (ou en majuscules) le texte de la prière latine sur un fond sombre gallican comme le maître verrier peint des fleurs d'or sur le verre supérieur pour qu'elles se détachent mieux sur la pourpre unie du verre inférieur :

> **SAL**-ut à vous, Dame de haut parage,
> **VE**-rs qui chacun, de très humble courage*,
> **RE**-ndre se doit pour bienheuré* conquerre*.
> **GI**-ron de paix, reposoir de suffrage,
> **NA**-vire sûr, sans peur et sans naufrage.
> (Strophe 1, v. 1-5, Jodogne, 1967.)

Dans le registre musical on observe des pratiques semblables à propos de la polyphonie. Dans la *Déploration sur la mort de Jean Ockeghem*, Josquin Des Prés superpose la mélodie grégorienne du *Requiem* au texte qu'on a composé en langue vulgaire pour pleurer « le vray tresor de musicque » qui vient de décéder. Pendant que le *cantus*, le *contreténor*, le *quintus* et le *bassus* chantent ces vers en français, le *ténor* psalmodie en latin la mélodie du *Requiem*. Josquin, maître du contrepoint, semble imiter le style musical d'Ockeghem par ses longs phrasés libres. Comme le rhétoriqueur et le maître verrier, le musicien joue sur les effets de relief. Il fait coïncider la lamentation du « grand dommage » avec les paroles d'espérance du « *luceat eis* » (que la Lumière brille pour eux !) dans la prière liturgique. La mélodie qui accompagne le texte vulgaire insiste sur le deuil terrestre qui accable l'humanité ; celle qui souligne le texte sacré rappelle, par contraste, la montée de l'âme vers la béatitude céleste. Cette superposition de mélodies provoque un effet de séduction pour l'œil, l'oreille et l'intellect. La déploration se termine par les mots *requiescat in pace* (puisse-t-il reposer en paix) quand le baryton rejoint les autres voix pour chanter le repos éternel à l'unisson. L'impression de concorde est alors à son comble : le français et le latin, le profane et le sacré, le musicien et le poète se sont rejoints. Et Josquin a opéré ainsi la fusion des modes et des styles pour leur donner ce que la scolastique appelait un *altior sensus** et ce que l'humanisme de la Renaissance appellera un « plus haut sens » (Rabelais, p. 6) : syntaxe nouvelle qui assure à l'art sa possibilité de survie.

Ainsi, le désir de rassembler les fruits de l'automne dans une énorme corne d'abondance fait bien partie du projet de la « Grande Rhétorique ». Mais cette *cornucopia*, dont Érasme fait le symbole de la rénovation des lettres, regorge autant de grappes gourmandes que de gousses desséchées. L'idéal humaniste de la *sanitas antiqua*, faite de sagesse et de rigueur, n'existe jamais à l'état pur ; il est toujours plus ou moins contaminé par les tentations de la *corruptio moderna*, moins honnête mais à laquelle oblige précisément la modernité. Érasme le savait bien, lui qui était si sensible aux risques de dérive du langage. La croissance contient en elle-même les germes de la gangrène ou, comme dit le proverbe latin cher à l'humaniste de Rotterdam, *ubi uber ibi tuber*, là où se trouve la croissance se trouve aussi le risque du cancer (Érasme IV-i, p. 239 ; Cave, p. 165).

Lorsqu'ils cultivent le genre narratif, pour déplorer dans leurs épîtres ou célébrer dans leurs chroniques, ces écrivains mettent souvent en scène un sujet énonciateur qui, parlant à la première personne, négocie un jeu compliqué avec le vécu dont il est censé révéler le sens. L'identité de ce sujet locuteur est problématique à plus d'un chef. Par leur position ambiguë en tant que roturiers soumis au bon vouloir du Prince, ils se doivent de produire une poésie de circonstance qui suit généralement le modèle d'un « discours de la gloire » (Zumthor). En outre, prisonniers d'une tradition littéraire fortement codifiée, ils ont tendance à répéter des motifs, des thèmes et des techniques qui obligent à ressasser sur un mode didactique l'origine de leur aliénation de roturiers à gages. Dès lors, le sujet locuteur qu'ils mettent en scène ne peut rien avoir de personnel ; il ne peut être que l'effet linguistique d'une individualité illusoire, marque grammaticale d'une identité composite et d'un *je* resté étranger à soi-même. Autrement dit, le masque (en latin, *persona*) reste toujours collé au visage du poète car c'est à travers lui qu'il s'agit de mimer le vécu : *per/sonare*, la voix de l'acteur est vouée à ne se faire entendre qu'*à travers* un accessoire de théâtre.

Nous le voyons bien dans *Les Épîtres de l'amant vert* de Jean Lemaire, composées en 1505 et publiées en 1511, qui sont peut-être sa plus belle réussite. On y trouve à la fois l'obsession de la *fracture* et la recherche d'une belle *facture** (Cornilliat, p. 36). Énumérations et équivoques, répétitions et calembours apparaissent comme autant de nouvelles tentatives pour colmater les interstices du sens tout en revenant inlassablement sur le vide des signes et sur l'incapacité d'accéder pleinement à la vérité des choses. Dans un texte aussi réduit et aussi dense (moins de mille vers pour les deux épîtres) il est relativement aisé de répertorier les éléments pertinents pour une analyse de *je* locuteur.

En ces premières années du XVIᵉ siècle, l'épître n'est pas encore très bien définie comme forme poétique. Le modèle qui s'impose est celui des *Héroïdes* d'Ovide dont Octovien de Saint-Gelais avait donné une traduction française en 1500. Or ce qui caractérisait le genre ovidien était son caractère fictif et ce qu'Henri Guy appelait son « impersonnalité » (I, p. 165 *sq.*) Ariane écrivait à Thésée, ou Pénélope à Ulysse, une lettre de reproches ou d'amour d'où le moi du poète était totalement gommé. L'originalité des rhétoriqueurs aura été de diminuer la part d'artificialité dans le procédé et de composer des lettres qui pouvaient passer pour « naturelles » : lettres à un protecteur, à un ami poète, etc.

Les *Épîtres de l'amant vert* s'inscrivent pleinement dans cette évolution générique. Artificielles, elles le restent puisque, sur le mode héroïdien, elles sont attribuées à un correspondant fictif, le perroquet (« papegay* ») amoureux. Naturelles, elles le deviennent puisque ce curieux personnage n'est pas inventé, mais censé dénoter le perroquet de Marguerite d'Autriche, protectrice de Jean Lemaire. Ce masque sert d'ailleurs à signaler une identification possible entre l'amoureux de la fiction (le perroquet) et l'écrivain réel (le rhétoriqueur). Identité composite du *je* locuteur qui, toute voilée qu'elle soit par la fiction, se laisse deviner tout au long du poème. Le texte désigne explicitement l'« amant vert » comme le « parfait truchement* » du poète (I, v. 247).

Comme le « papegay* », le rhétoriqueur doit être le serviteur hors pair de sa « princesse et dame redoutée » (II, v. 413). Il a dû quitter son pays natal pour aller gagner ses gages en Flandres, dans « cette région froide/Où court la bise

impétueuse et roide » (I, v. 234-5). On pense déjà au du
Bellay des *Regrets*, maugréant contre la froideur affective de
son exil romain[1]. On pense aussi à la cigale de La Fontaine,
autre figure du poète depuis Platon, qui, « ayant chanté tout
l'été », se trouva « dépourvue/Quand la bise fut venue ».

Le rhétoriqueur est bien un *dépourvu*, maintenu dans le
lieu aliénant où le retient sa dépendance intellectuelle et
sociale. La fiction du perroquet lui permet donc d'adresser,
sur le mode de l'ironie, des reproches réels à sa protectrice ;
mais il ne peut le faire qu'à mots couverts. Les impropères
contre la dureté (I, v. 54), contre la cruauté (I, v. 61) ne peuvent se lire seulement dans le cadre de la fiction amoureuse.
Les métaphores du jeu courtois et déjà pétrarquiste (la prison amoureuse) sont elles-mêmes métaphores d'une condition intellectuelle inséparable de celle de la poésie. Le langage figuré au second degré retrouve son intensité au sens
propre : celui qui se décrit comme « serf » de sa dame
redonne à ce mot son acception primitive (I, v. 175). Il faut
citer les quatre vers où le perroquet-poète maudit le lieu de
son asservissement :

> Est-ce desserte* ? Ai-je ceci méri* ?
> Ha ! Le Pont d'Ains*, que fusses-tu péri,
> Lieu exécrable, anathématisé*,
> Mal* feu puisse être en tes tours attisé ! (I, v. 185-188.)

La fiction de la *fin'amor** se retourne curieusement en discours véridique. C'est tout l'art de dire la vérité en faisant
croire qu'on ment. On pense à Tartuffe s'avouant ouvertement « scélérat », et « misérable », pour faire entendre à
Orgon tout le contraire, et contre toutes les évidences :

> Ha ! Marguerite (à peu* dirai-je ingrate),
> Je te puis bien faire ores* mes reproches. (I, v. 172-173.)

Qui parle ? Est-ce le perroquet ou son double ? l'amoureux
fictif ou l'indiciaire* réel ? C'est l'amant vert, dira-t-on,
mais son nom rime étrangement avec Jean Lemaire. Le réfé-
rent reste ambigu même si, parfois, le voile semble se lever.
Le « papegay »** se présente alors comme l'« humble secré-

---

1. Voir chapitre 14, *infra*.

taire* » de la princesse (I, v. 40), et la distinction entre l'homme et l'oiseau tend à s'effacer :

> Et nous, hélas ! innocents, et qui sommes
> Fort approchant la nature des hommes,
> Elle nous laisse en pays étranger. (I, v. 167-9.)

La « gayeté » dont la couleur verte est le signal chromatique ne doit pas faire illusion : elle est le mode obligé sur lequel doit se jouer l'« estrangement* » et le « mal d'être » du poète. Maurice Scève, qui viendra d'une riche et puissante famille lyonnaise, n'aura plus besoin de cet expédient pour évoquer son propre lien de servitude : il aura trouvé *Délie*, et ses dons poétiques lui vaudront la gloire, même si, plus tard, la Pléiade l'accusera par jalousie d'être trop « obscur ». Mais Lemaire n'a pas le choix. Marguerite est sa seule raison d'écrire. Les nombreuses déplorations à la mort de ses maris successifs en sont la preuve. Hors d'elle, comme hors des artifices du langage, point de salut :

> Mon cœur se deut*, combien* que d'un vert gay*
> Soit mon habit, *comme* d'un papegay*. (I, v. 79-80.)

Ce *comme* est, à la vérité, bien curieux. Si c'est le perroquet qui parle, pourquoi a-t-il besoin de se comparer à un « papegay »* ? Là encore le discours de Lemaire révèle une ambiguïté. Décidément, cet amant vert est une instance narrative bien instable. Et en cette instabilité (d'autres diraient en cette « indécidabilité ») peut se lire une tension entre la nécessité et l'impossibilité d'inscrire une subjectivité privée dans un discours déjà moderne.

Jean Lemaire n'est pourtant pas le seul « grand rhétoriqueur » à faire de son existence précaire la raison d'être de ses poèmes. Jean Marot, père du célèbre Clément, montre constamment sa modestie en se présentant comme « le pauvre écrivain de la reine » Anne de Bretagne (*Voyage de Gênes*, p. 84). À la lecture des liminaires de son œuvre, on peut néanmoins observer une affirmation de plus en plus visible de la personnalité du poète. « Conquête progressive du moi » (*Deux Recueils*, p. lxxx) finit par déboucher sur une « poétique de la transparence » qui s'alimente elle-

même à une « rhétorique de la présence » dont Clément
se fera bientôt le champion dans sa propre *Adolescence
clémentine*.

On a pendant longtemps cherché à opposer à Jean, cet
« attardé » médiéval, un Clément véritable « novateur » des
temps modernes. Sans vouloir gommer les différences, des
rapprochements s'imposent entre les deux générations en
présence. La technique du fils n'est guère différente de celle
du père, mais les protestations d'humilité sont absentes
(Rigolot, 1977, p. 55-79). Le père, lui, affiche partout sa
modestie. Pour se concilier les bonnes grâces de sa noble
lectrice, il s'ingénie constamment à rabaisser ses talents ou
les mérites de son œuvre. Voyez le prologue de la *Vraie
Disant Avocate des Dames* : « Je, qui suis des petits le
moindre, emmailloté au berceau d'innocence, si peu esti-
mable que, sans oser prendre la hardiesse d'imprimer mon
nom en mes rudes, inconnus et mal proportionnés écrits…,
ai incapax* et non digne de ce faire, entrepris de, selon mon
gros* et rural métier, forger et marteler sur l'enclume de
mon insuffisance* » (p. 94).

Dans le Prologue du *Voyage de Gênes*, le chantre de
Louis XII se dit « indigne et incapable », et parle à nouveau
de sa « sourde ignorance », de son « rural et maternel langage », de sa « lourde et par trop basse forme » et de la
« grosseur* de son petit entendement* » (p. 83-84). Dans le
Voyage de Venise, il s'adresse au roi Louis XII pour nier
toute prétention érudite et limiter ses ambitions à celle de
rimeur (depuis Dante, le *rimatore* ne saurait rivaliser avec le
véritable *poeta*) : « Clerc ne suis, déclare-t-il, mais seulement ai l'art/De rimoyer* » (p. 143, v. 3612-3613).

Le fils reprendra cet aveu paternel d'humilité, mais pour
s'en moquer joyeusement. Dans la fameuse « Petite Épître
au Roi », il se montre plus royaliste que le roi (plus rhétoriqueur que les grands rhétoriqueurs). Il y multiplie les « rimes
équivoquées », c'est-à-dire les plus difficiles de la seconde
rhétorique, puisque la similarité des sons se prolonge pour
former un amusant calembour :

> En m'ébattant je fais rondeaux *en rime*
> Et en rimant bien souvent je m'*enrime**.
> Bref, c'est pitié d'entre nous, *Rimailleurs**,

> Car vous trouvez assez de *rime ailleurs*.
> Et, quand vous plaît, mieux que moi *rimassez**
> Des biens avez et de la *rime assez*. (*OP*, 1, p. 87.)

Le fils se paie le luxe de prendre son père au pied de la lettre en multipliant les synonymes qui désignent l'art du « mauvais rimeur » : rimailler, rimasser, rimonner, rimoyer…, pour faire rire François Ier, lui-même excellent rimeur.

Même dans le prologue des *Prières sur la restauration de la santé de Madame Anne de Bretaigne Reine de France*, Jean Marot se considère encore comme « le moindre disciple et lointain imitateur des meilleurs réthoriciens ». Il ne parle que de son « rustique et très fragile esprit », de son « petit et humble style de bas maternel langage » et de sa « très rude et imbécille* capacité à construire, édifier et composer une œuvre » (p. 120-121). On pourrait ajouter à ces trois textes le « Prologue à la Reine Anne » attribué à Jean et publié par Clément dans l'édition des *Deux Heureux Voyages* de 1533. Qu'il s'agisse ou non d'un faux de la main du fils, on y retrouve les protestations d'humilité habituelles : ignorance, inscience* et indignité ; « style inférieur et bas », « rural et maternel langage », « description […] remplie de squalide* et barbare squabrosité* » (*Voyage de Gênes*, p. 146-147).

Cependant, si l'effacement de la personnalité reste de règle, le *rimoyeur** prend soin d'inscrire indirectement son nom d'auteur dans la tradition classique. Ainsi, dans le prologue des *Prières* : « Œuvre, certes, petite quant à la structure et fabrique* composition. Mais, quant au sujet, de telle magnitude* et excellence que un autre Virgile ou Homère, poètes de immortelle renommée, travailleraient beaucoup à l'exécution suffisante* d'icelle* » [composition] (p. 120).

Revendication tâtonnante qui révèle néanmoins la trace d'un désir d'autorité. Homère et Virgile sont là, mis à distance et pourtant objets de comparaison. D'autres manifestations de ce phénomène permettent de mieux cerner la représentation indécise de l'intense désir qui anime le poète mais que celui-ci ne peut encore exprimer ouvertement. La production palinodique* de Rouen est un témoignage singulier de cette double postulation de la subjectivité d'auteur.

Depuis sa fondation en 1486, le fameux Puy* de Rouen se donnait pour mission de *défendre* et d'*illustrer*, dans un concours public de poésie, la doctrine de l'Immaculée Conception de la Vierge Marie (Gros, 1993, 1994, Hüe). Jean Marot participe à ce rituel exigeant mais avec un bonheur que ses rivaux lui envient, même s'il n'est couronné qu'une seule fois du chapeau de laurier ou de la fleur de lys. Les trois ou quatre « Chants Royaux » qu'il présente au Puy de la Conception à Rouen révèlent des ambitions secrètes chez celui qui dit toujours être « très humble parmi les très humbles » et « le pauvre écrivain de la Reine » (*Voyage de Gênes*, p. 143 et 84).

Dans le Chant Royal qui lui valut le deuxième prix en 1521 (« Pour traiter paix entre Dieu et Nature », *Deux Recueils*, p. 181-184), le thème de la création poétique est clairement associé au mythe de Pygmalion. On y lit que le « Facteur*, contemplant sa facture*,/D'amour épris, nous fit un haut bienfait » (p. 183, v. 36-37). Cette apparition d'un Dieu amoureux de sa Création rappelle le refrain de la Genèse : « Et Dieu vit que cela était bon » (*Gen.* 1 : 4, 10, 12, 18, etc.). Le poème tout entier représente « l'acte créateur en soi ». Le « facteur » n'est pas seulement le Très-Haut mais aussi notre très-bas poète (p. 461). Une analogie concurrentielle se profile ici entre le thème religieux du chant et l'intention du poète, fier de manifester, sans le dire, la perfection d'un art qui devrait lui valoir le prix de poésie.

Le Mystère de l'Incarnation, qui est au centre du poème, se trouve résumé et répété six fois dans le refrain : « L'humanité jointe à divinité » (v. 11, 22, 33, 44, 55, 61). Dans son *Grand et Vrai Art de pleine rhétorique*, le Normand Pierre Fabri précisera que le mot « palinod* » signifie « semblable consonance » (II, p. 77). Le récit de l'Incarnation pas n'appartient pas à Jean l'Évangéliste mais, désormais, en français, à Jean le Palinodiste.

Dans les poèmes à la Vierge, l'ornement poétique devient le symbole patent de la perfection qu'autorise le thème de l'Immaculée Conception (Cornilliat, p. 483). Contamination de l'excellence du sujet. Conception « sans macule* » de l'Immaculée qui est scévienne avant la lettre : comme Délie, la Vierge est un « objet de plus haute vertu » mais, surtout, elle reporte son ineffable splendeur sur le poème qui en célèbre la perfection. Façon détournée pour le poète de dire : « J'existe, mon art est parfaitement adéquat à son sujet, et je mérite de recevoir le prix. » Revendication d'auteur, qu'on peut juger inconsidérée, mais qui se trouve confirmée par d'autres Chants Royaux de la fournée rouennaise.

Le poème que présente Jean Marot l'année suivante, en 1522, au Puy de Rouen (« Après que Dieu eut les hauts ciels parfaits* », p. 184) ne sera pas primé. Il était pourtant tout fait pour l'être. Dans le « renvoi » final adressé à Dieu, l'auteur s'arrangeait pour associer grammaticalement son nom à la doctrine de l'Immaculée Conception :

RENVOI

Prince, tu as fait ta mère apparaître
Digne trop* plus que paradis terrestre,
Anges ni cieux : car tu l'as démontrée,
En son concept*, pour plus ta gloire accroître,
La porte close où péché n'eut entrée.

Par Maître Jehan Marot.
(*Deux Recueils*, v. 56-60, p. 186.)

Pouvait-on se tromper sur l'objet de cette conception parfaite ? La construction était ambiguë : « Maître Jehan Marot » était l'agent qui tenait, par ses vers, « la porte close » au péché. Dans la signature finale, la préposition « *par* » signifiait que c'était *grâce* au poète que ce miracle se produisait ou se renouvelait, ici, en Normandie. La *fermeture* du poème reproduit mimétiquement celle de la « porte » sublime qui a préservé la Vierge du péché originel. On retrouve cet usage de la signature à des fins publicitaires dans de nombreux autres poèmes en l'honneur de la Vierge. Tout se passe comme si Jean Marot prêtait au Prince du Ciel le discours qu'il aurait aimé entendre du Prince du Puy*, c'est-à-dire du juge au concours de poésie. L'humble « facteur » s'est hissé au niveau du vaste projet divin, devenant pour ainsi dire coauteur du Mystère marial.

La fête de l'Immaculée Conception avait essentiellement pour mission de promouvoir une vérité théologique qui n'avait pas encore été érigée en dogme. Mais elle avait aussi tout un côté littéraire. Le jury du concours n'était pas

composé uniquement de théologiens : les rhétoriciens y
avaient leur représentants (Gros, 1993, p. 112). Pierre Fabri,
qui était lui-même à la fois prêtre et docteur ès arts, avait
écrit son livre de poétique pour le profit des « dévots facteurs* du chant royal du Puy de l'Immaculée Conception de
la Vierge » (II, p. 2). Autrement dit, c'est dans l'institution
même du concours que se trouvait concrétisée l'union entre
la rhétorique et la théologie.

À cela s'ajoutait sans doute la vanité provinciale. Le Puy
de Rouen aspirait à un rayonnement national, et le poète qui
convoitait le prix ne pouvait mieux « se placer » qu'en jouant
habilement sur les ambitions légitimes des notables de la cité
normande. C'est en ce sens qu'il faut lire l'envoi d'un autre
Chant Royal adressé aux Rouennais (« Le grand Pasteur
jadis en ce bas être ») où Jean Marot réactive magnifiquement les armes de la ville qui va le juger :

ENVOI

Vous Rouennais, vrais amateurs de Celle
Qui enfanta, vierge, mère et pucelle*,
L'agneau duquel portez la portraiture*,
Sur votre écu* en métal et peinture,
Je vous suppli'que, à trompe et bucine*,
Fassiez savoir à toute créature
Que Marie est, outre* loi de nature,
Parc virginal exempté de vermine.
(*Deux Recueils*, p. 181, v. 66-74.)

Nouvelle « Annonciation » tapageuse où le rhétoriqueur
convoque les trompettes locales pour célébrer, semble-t-il,
autant sa propre victoire que celle d'une doctrine théologique.

La destinée personnelle de Jean Marot, rhétoriqueur et
poète, s'éclaire au regard de sa situation de courtisan. Celui-
ci utilise le scénario divin à ses propres fins. Anne de
Bretagne, fidèle à l'esprit de l'Évangile, ne pourra qu'exalter celui qui s'abaisse et fournit tant de preuves d'abnégation.
La soumission sublime aura été poussée jusqu'à sa conclusion logique. On ne saurait conclure que la promesse de
gloire, chère aux écrivains de la Renaissance, s'exprime déjà
explicitement dans les poèmes de Jean Marot. On peut
cependant déceler une marque personnelle dans un genre
caractérisé par la reprise et le ressassement. Que ce soit par

pure négligence ou, comme on l'a suggéré par une « scrupuleuse éthique de service » (*Deux Recueils*, p. lv), l'écrivain de la reine ne s'intéresse pas à livrer ses œuvres au public. Il n'est pas encore un véritable « auteur » au sens moderne. Pour lui, comme pour la plupart de ses confrères rhétoriqueurs, la recherche de protecteurs puissants l'emporte encore sur le désir de s'illustrer en publiant une œuvre à soi. À cet égard, la différence est considérable avec l'activité de Clément Marot, enfant prodige dont la carrière se définira par rapport à une pratique éditoriale consciemment négociée.

*

BIBLIOGRAPHIE

BAKHTINE, Mikhail, *L'Œuvre de François Rabelais et la culture populaire au Moyen Âge et sous la Renaissance*, Paris, Gallimard, 1970, p. 187-275.

CAVE, Terence, *The Cornucopian Text. Problems of Writing in the French Renaissance*, Oxford, Clarendon Press, 1979 ; trad. fr., *Cornucopia. Figures de l'abondance au XVIᵉ siècle*, Paris, Macula, 1997.

CORNILLIAT, François, *Or ne mens. Couleurs de l'éloge et du blâme chez les « Grands Rhétoriqueurs »*, Paris, Champion, 1994.

CRÉTIN, Guillaume, *Déploration de Guillaume Crétin sur le trespas de Jean Ockeghem*, éd. F. Thoinan, Paris, A. Claudin, 1864.

ÉRASME, Didier, *Opera Omnia*, Amsterdam, North-Holland Publications, tome I, 1969.

FABRI, Pierre, *Le Grand et Vrai Art de pleine rhétorique*, éd. A. Héron. Rouen, 1889 ; réimpr. Genève, Slatkine, 1969, 3 tomes.

GROS, Gérard, *Le Poème marial et l'art graphique. Étude sur les jeux de lettres dans les poèmes pieux du Moyen Âge*, Caen, Éditions Paradigme, 1993.

—, *Le Poète, la Vierge et le Prince*, Saint-Étienne, Publications de l'Université, 1994.

GUY, Henri, *Histoire de la poésie française au XVIᵉ siècle*, tome I, *L'École des rhétoriqueurs*, Paris, Champion, 1910, 1968.

HÜE, Denis, « Les Marot et le Puy de Rouen. Remarques à propos du Ms. BNF fr.2205 », *Nouvelle Revue du seizième siècle*, n° 16/2 (1998), p. 219-247.

JODOGNE, Pierre, *Jean Lemaire de Belges, écrivain franco-bourguignon*, Bruxelles, Palais des Académies, 1972.

—, « Un Recueil poétique de J. Lemaire en 1498 », in *Miscellanea di studi e ricerche sul Quattrocento francese*, éd. F. Simone, Turin, Giappichelli, 1967, p. 181-210.

LEMAIRE DE BELGES, Jean, *Épîtres de l'amant vert*, éd. Jean Frappier, Genève, Droz, 1948.

MAROT, Clément, *Œuvres poétiques*, éd. G. Defaux, Paris, Bordas, 1990, 2 tomes.

MAROT, Jean, *Le Voyage de Gênes*, éd. G. Trisolini, Genève, Droz, 1974.

—, *Le Voyage de Venise*, éd. G. Trisolini, Genève, Droz, 1977.

—, *Les Deux Recueils*, éd. G. Defaux et Th. Mantovani, Genève, Droz, 1999.

RANDALL, Michael, *Building Resemblance : Analogical Imagery in the Early French Renaissance*, Baltimore, Johns Hopkins University Press, 1996.

RIGOLOT, François, *Poétique et Onomastique. L'exemple de la Renaissance*, Genève, Droz, 1977.

—, *Le Texte de la Renaissance*, Genève, Droz, 1982.

—, « Les rhétoriqueurs », in *De la littérature française*, éd. D. Hollier et F. Rigolot, Paris, Bordas, 1993, 124-129.

—, « Rhétorique de l'automne : pour en finir avec le Moyen Âge et la Renaissance », in François Cornilliat et Mary Shaw, *Rhétoriques fin de siècle*, Paris, Christian Bourgois, 1992, p. 27-41.

—, « L'invention de la Renaissance », in *De la littérature française*, Paris, Bordas, 1993, p. 602-607.

THIRY, Claude, « La poétique des Grands Rhétoriqueurs », *Le Moyen Âge*, n° 86, Bruxelles, 1980, p. 117-133.

—, « Rhétoriqueurs de Bourgogne, rhétoriqueurs de France : convergences, divergences ? », in *Rhetoric-Rhétoriqueurs-Rederijkers*, éd. J. Koopmans, M. A. Meadow, K. Meerhoff & M. Spies, Amsterdam, North Holland Publications, 1995, p. 101-116.

ZUMTHOR, Paul, *Le Masque et la lumière. La poétique des grands rhétoriqueurs*, Paris, Éditions du Seuil, 1978.

CHAPITRE 6

Une nouvelle conscience d'auteur :
Clément Marot

> « Et, d'autre part, que me nuit de tout lire ?
> Le Grand Donneur* m'a donné sens
> [d'élire*. »
>
> *Clément Marot.*

Dans la perspective que nous retraçons ici d'une évolution de la conscience littéraire à l'aube des temps modernes, Clément Marot (1496-1544) occupe une place toute spéciale (Preisig). Quelques faits nous permettront d'éclairer le rôle que joua ce poète dans le phénomène complexe de l'émergence de la subjectivité d'auteur au commencement du XVIe siècle. Dès les débuts de sa carrière, Marot cherche à regrouper autour de lui ses condisciples en poésie, pour organiser un front commun devant les attaques de ses adversaires. La préface de son premier recueil, *L'Adolescence clémentine*, datée de 1530, est significative à cet égard. Maître Clément s'adresse, dès le titre, à « un grand nombre de frères [...] tous enfants d'Apollon » :

> Je ne sais (mes très chers Frères) qui m'a plus incité à mettre ces miennes petites jeunesses en lumière : ou vos continuelles prières ou le déplaisir que j'ai eu d'en ouïr crier et publier par les rues une grande partie toute incorrecte, mal imprimée et plus au profit du libraire qu'à *l'honneur de l'Auteur* (*OP*, I, p. 17).

L'hésitation initiale est symptomatique. Elle met en évidence une tension entre un projet collectif justifié par l'amitié fraternelle et le désir de défendre l'« honneur » d'un « auteur » qui se sent desservi par la négligence des imprimeurs et la convoitise des libraires. Les marques de la conscience collective ne s'effacent pas de ce nouveau dis-

cours sur l'individualité. Contrairement à ses devanciers, ces
grands rhétoriqueurs [1] qui, recherchant la faveur des princes,
tendaient à faire cavalier seul, Marot inaugure un certain corporatisme intellectuel dans son entreprise poétique. Il
s'incline devant les sollicitations de ses « frères » (« Certainement toutes les deux occasions y ont servi : mais plus celle
de vos prières »), opérant une pirouette rhétorique pour se
protéger au cas où ses œuvres de jeunesse seraient mal
reçues du public. Ce qui montre bien qu'il a le souci de faire
« œuvre d'auteur », c'est qu'il promet d'ajouter à ses premiers « coups d'essai » des pièces d'une qualité supérieure :

> [J'espère], de bref*, vous faire offre de mieux et, pour
> arrhes de ce mieux, déjà je vous mets en vue, après
> l'*Adolescence*, ouvrages de meilleure trempe et de plus
> polie étoffe ; mais l'*Adolescence* ira devant (*OP*, I, p. 18).

Clément montre à la fois son désir d'« ordonner » son
œuvre poétique « suivant un principe d'ordre chronologique » (*OP*, I, p. 411, note 4) et une préférence pour conserver à ses ouvrages leur caractère morcelé, fluide et muable.
L'intérêt de l'œuvre marotique réside surtout dans son mouvement vers une unité jamais atteinte : c'est en cela que
Marot innove (Mantovani, p. 373). En somme, avant
Ronsard, il entend établir, en rétrospective, un plan cohérent
dans la succession de ses poèmes ; mais, avant Montaigne, il
veut aussi que son livre soit le reflet de son propre parcours
biographique, « divers et ondoyant » (I, i, p. 9) parce que
« consubstantiel à son auteur » (II, 18, p. 665).

Ce n'est pourtant pas la première fois qu'un poète ose faire
de sa propre vie le sujet de ses vers. François Villon (1431-
vers 1465) est, à cet égard, un grand prédécesseur. Chez lui
se trouve déjà le désir de faire de son nom propre un *nom
d'auteur*, qui serve à rassembler toute une œuvre sous une
seule appellation qui lui donne son unité. Mentionné dans la
première et la dernière strophes du *Lais*, l'anthroponyme
« Villon » apparaît en acrostiche ou au refrain dans une hui-
taine de poèmes, ses sonorités étant reprises en écho dans la
dernière ballade du *Testament*. Il y a là un élément récurrent

---

1. Voir chapitre 5, *supra*.

qui permet de cimenter la cohérence d'un recueil conçu sous le signe de la fragmentation formelle. L'effet lyrique global est d'autant plus puissant que la voix qui parle revendique un état civil particulier (Cerquiglini-Toulet).

Dans son *Adolescence*, Marot pratiquera lui aussi les jeux onomastiques (on pense au rondeau ajouté à l'« Épître de Maguelonne » « duquel les lettres capitales portent le nom de l'auteur » (*OP*, I, p. 71)). Il sait cependant que le recours à une expression trop anecdotique du moi peut nuire à la qualité poétique de l'œuvre. Les noms des inconnus qui peuplaient les vers du *Lais* et du *Testament* ne sont pas de son goût : ils obscurcissaient ces œuvres et, selon lui, leur enlevaient leur caractère universel. Parler de soi est une chose ; en parler avec autorité et selon les règles de l'art en est une autre.

Les critiques que Marot adresse à Villon sont révélatrices. Dans le prologue de l'édition qu'il procure des *Œuvres* du grand devancier qu'il admire, il reproche à celui-ci de n'avoir pas « suffisamment observé les vraies règles de française poésie » (*OP*, II, p. 777). L'écolier parisien n'était pas poète de cour (Regalado, p. 117) ; il lui manquait cette grâce naturelle, cette *sprezzatura** que recommandera Castiglione dans son *Livre du courtisan*, grand succès de librairie à l'époque. Quel dommage, en effet, car Villon avait de l'esprit et faisait preuve d'une veine digne d'imitation :

> [Je] ne fais doute qu'il n'eut emporté le chapeau* de laurier devant* tous les poètes de son temps, s'il eut été nourri* en la cour des Rois et des Princes, là où les jugements s'amendent et les langages se polissent (*OP*, II, p. 777).

Du Bellay reprendra cette critique dans la *Défense et illustration de la langue française* lorsqu'il dénoncera « la simplicité de nos majeurs*, qui se sont contentés d'exprimer leurs conceptions avec paroles nues, sans art et ornement » (I, ix, p. 49). Selon Marot, Villon n'avait pas encore retrouvé « la bouche ronde » des anciens, recommandée par Horace (*Art poétique* v. 323-324) ; il lui manquait cette « élégance et vénusté* de paroles » qui donnent aux poètes leur immortalité (*Défense*, p. 49).

Il importe peu que dans son « Enfer » l'héritier de Villon joue sans vergogne sur ses propres nom et prénom (*OP*, II,

p. 29, v. 345 *sq*.). Il avait, nous assure-t-il, de bonnes raisons
pour le faire. Il s'en sert pour se défendre sur le plan politique, en feignant de partager avec le pape Clément VII un
« droict nom » qui l'exempte de toutes sympathies luthé-
riennes : « Clément n'est point le nom d'[un] luthériste* »
(v. 350). Mais son nom de famille (« Marot » homonyme de
« Maro », surnom* de Virgile) est aussi une justification
puissante sur le plan poétique :

> Quant au surnom*, aussi vrai qu'Évangile,
> Il tire* à cil* du Poète Virgile,
> Jadis chéri de Mécènas* à Rome :
> Maro s'appelle et Marot je me nomme,
> Marot je suis et Maro ne suis pas,
> Il n'en fut onc* depuis le sien trépas.
> (*OP*, II, p. 29, v. 359-364.)

Au dire de Marot, en versant dans le détail particularisant,
Villon se serait éloigné du bon ton « naturel » qui aurait pu
donner à sa poésie un caractère véritablement universel. Il
est dommage qu'avec le recul du temps on n'en puisse plus
goûter tout le charme :

> Pour suffisamment la connaître et entendre*, il faudrait
> avoir été de son temps à Paris et avoir connu les lieux, les
> choses et les hommes dont il parle – la mémoire desquels
> tant plus se passera, tant moins se connaîtra icelle* indus-
> trie* de ses [écrits] (*ibid.*).

Curieuse restriction dans l'éloge et qui ne peut se comprendre qu'à la lumière d'une conception déjà « classique »
de la notion d'auteur. Marot énonce une règle générale qui
semble sortir directement de la *Poétique* d'Aristote :

> Pour cette cause, qui voudra *faire une œuvre de longue
> durée*, ne prenne son sujet sur telles choses basses et par-
> ticulières. (*Ibid*.)

En somme, le poète qui veut s'assurer l'immortalité devra
laisser le particulier pour le général, le « vrai » pour le « vraisemblable ». Paradoxalement, il y a déjà du Boileau dans ce
Marot-là.

Les initiatives éditoriales du *Villon* « marotisé » de 1533
nous montrent à quel point l'éditeur se préoccupe de restituer

le texte original, c'est-à-dire « correct », de son prédécesseur. Marot prend soin de montrer d'abord à son lecteur des
vers « brouillés et gâtés » du « mal-imprimé Villon » pour lui
faire goûter, par contraste, la version corrigée qu'il propose
(II, p. 776). Il n'a pourtant touché, nous assure-t-il, ni à
« l'antiquité de son parler » ni à « sa façon de rimer »,
quelques réserves qu'il ait eues à ce sujet. À en croire l'éditeur, il s'est laissé seulement guider dans sa démarche par le
principe de retrouver l'esprit dans lequel le poète avait conçu
son œuvre : « Voilà comme il me semble que l'*auteur* l'entendait », lit-on dans le même prologue (II, p. 776). Ce principe s'accorde bien avec l'effort philologique des humanistes de l'époque qui cherchent à restituer la « fine fleur »
des lettres antiques. Mais, parce qu'il s'énonce à propos d'un
texte poétique français, ce même principe permet de mieux
comprendre l'importance que revêt le maintien de l'intégrité
d'une œuvre littéraire moderne sur laquelle l'*auteur*, avec
tout le respect qui lui est dû, continue à exercer des droits
imprescriptibles.

On retrouve d'ailleurs le même principe dans l'« Exposition morale du *Roman de la Rose* » attribuée à notre
poète. Si l'on a émis des doutes sur le rôle éditorial qu'a pu
y jouer Marot (*OP*, II, p. 1356-61), il faut néanmoins noter
la convergence troublante des propos à ce sujet. Répondant
aux détracteurs de Jean de Meung qui ne voyaient dans son
ouvrage qu'une invitation dépravée à suivre les charmes
de « fol amour », le nouvel éditeur propose une lecture allégorique qui restituerait un sens moral aux fictions du
grand poème médiéval. Démarche critique qui trouve sa
justification dans le fait que l'auteur en a probablement
voulu ainsi :

> Je réponds que *l'intention de l'auteur* n'est point, sim-
> plement et de soi-même, mal fondée ni mauvaise ; car
> bien peut-être que ledit auteur ne jetait pas seulement son
> penser* et fantaisie sur le *sens littéral* ains* plutôt attirait
> son esprit au *sens allégorique et moral*, comme l'un
> disant et entendant* l'autre (*OP*, II, p. 772).

Celui qui s'exprime ici reste étonnamment prudent (« Je ne
veux pas ce que je dis affirmer ; mais il me semble qu'il peut
ainsi avoir fait »). Le ton volontairement conciliateur rend

pourtant la leçon convaincante : ne jugeons pas un auteur
hors du contexte qui est le sien ; efforçons-nous de restituer
non seulement la *lettre* (comme le montre Marot dans son
édition de Villon), mais l'*esprit* (ainsi qu'il le fait en tentant
de retrouver le « sens allégorique et moral » du *Roman de la
Rose*). On trouve ici deux postulations éditoriales qui se
complètent et contribuent à la définition et à la promotion de
l'*autorité de l'auteur* en ce début du XVIᵉ siècle (Delègue).

Cet appel réitéré à prendre en considération l'« intention
de l'auteur » pour juger de ses œuvres constitue un précieux
indice de la prise de conscience des enjeux littéraires de
l'époque. Cette prise de conscience est elle-même liée à de
nouveaux phénomènes de société qui affectent l'imaginaire
collectif : débats sur le libre arbitre, retour en force du nominalisme et diffusion rapide du néo-platonisme (Dubois,
Garin, Langer). On retrouve dans l'œuvre de Marot des
reflets de cette conception de l'auteur telle qu'elle se dégage,
comme on l'a vu, des textes qu'il édite. Mais ce ne sera pas
sans présenter des contradictions, ce qui rend cette démarche
d'autant plus émouvante.

Si la préface de *L'Adolescence clémentine* constitue une
sorte d'*acte de naissance* d'un écrivain encore peu sûr de son
talent mais qui s'annonce déjà plein de promesses, celle des
Œuvres, publiées six ans plus tard, met en scène un auteur
pleinement conscient des mérites de son art et qui ne tolère
plus l'incurie de ses éditeurs. À ceux-ci il lance dès le seuil :

> Le tort que m'avez fait, vous autres qui par ci-devant
> avez imprimé mes *Œuvres*, est si grand et si outrageux
> qu'il a touché *mon honneur* et mis en danger *ma per-
> sonne* ; car, par avare convoitise de vendre plus cher et
> plus tôt ce qui se vendait assez, avez ajouté à icelles*
> miennes œuvres plusieurs autres qui ne me sont rien
> (*OP*, I, p. 402).

Les termes sont révélateurs (*mon honneur* et *ma personne*). On mesure toute la fierté blessée d'un auteur à qui
l'on a fait endosser la paternité d'œuvres apocryphes. Mais
l'affront va bien au-delà de la personne de Marot : sur le plan
supérieur de l'allégorie, c'est la « Vertu » et la « France »

qui se trouvent bafouées. Comment a-t-on osé attribuer tant de « sottises » et de « lourderies » (*OP*, I, p. 9 et 10) au poète du roi ? Contrairement à ce qu'on lui impute, ses œuvres obéissent à un plan d'ensemble concerté. Le vocabulaire en dit long : les mots « forme » (« en belle forme de Livre », I, 10) et « ordre » (« tout l'ordre de mes Livres », I, 10) reviennent sous sa plume pour restituer l'image qu'il se fait de sa vocation d'*auteur*.

À cet égard, on n'a peut-être pas suffisamment remarqué le rôle original que s'assigne le poète dans le *Temple de Cupido*. Car la « quête de ferme Amour » (I, 27), qui anime cet opuscule et lui donne un éclairage religieux (I, 427), s'accompagne d'une démarche profane et qui consiste à revendiquer la part d'*invention* qui revient à son auteur. Le visiteur, arrivé au « chœur » du temple du petit dieu d'amour, découvre en lui-même, dans son for intérieur, une autre sorte d'amour, « ferme » et non plus « folâtre », qui devient le véritable objet de sa quête :

> Par quoi [je] conclus, en mon invention,
> Que ferme Amour est au « cueur* » éprouvée.
> Dire le puis, car je l'y ai trouvée. (*OP*, I, p. 42, v. 535-538.)

L'homonymie du mot « cueur* » (cœur et chœur) permet de faire un jeu de mots facile à la manière des grands rhétoriqueurs ; mais elle sert aussi de véritable signature au poème. Le pèlerin qui a enfin trouvé l'amour spirituel qu'il cherchait se double d'un *poète* qui a « inventé » une forme nouvelle pour le dire ; et ce poète se double lui-même d'un *auteur* qui veut que nous sachions que cette forme est bien le produit de son *invention*. Marot place son érotique du *cœur* dans le *chœur* de la nouvelle église ; et il veut que nous sachions qu'il est bien l'auteur de cette rencontre fortuite : « Dire le puis car je l'y ay *trouvée*. » Autrement dit : c'est à moi que revient la trouvaille, ce qu'en termes rhétoriques on appelle l'*invention*.

Dans *L'Adolescence clémentine*, une telle assurance s'assortit pourtant d'hésitations qui, tout en sacrifiant au *topos* obligé de la modestie paternelle, laissent à penser que le fils de Jean Marot entretient encore des doutes sur sa destinée d'auteur. Ainsi, dans l'« Épître du Dépouvu, » l'humble secrétaire de la duchesse d'Alençon projette une image de lui-même comme assailli par les affres de la crainte : pourra-t-il jamais trouver une éloquence qui soit à la hauteur de ses fonctions ? Par le biais de la fiction du Songe, l'« auteur » qui raconte sa vision prend ses distances par rapport à son double, son « semblant » (I, 74, v. 81), son frère, qui, lui, la subit. Il apparaît comme le témoin d'un débat entre des figures allégoriques qui le dépassent. C'est alors que Bon Espoir engage le « dépourvu » à se mettre au travail sur le chemin de la gloire :

> À composer nouveaux mots et récents,
> En déchassant* crainte, souci et doute.
> (*OP*, I, p. 75, v. 119-120.)

Mais c'est le « dépourvu » et non l'« auteur » qui a le dernier mot. Si le valet se réveille regaillardi, c'est pour se mettre au service de sa « Princesse vénérable » (*OP*, I, p. 77, v. 181), faisant état de son « ardent désir » (v. 185) de lui plaire. Il tente de se hisser à un niveau, jugé jusque-là inaccessible, celui des *auctores*, des grands auteurs latins, seuls véritables « pourvus » pour la moderne saison (Rigolot, 1980).

Dans les ouvrages qui suivront, Marot s'ingéniera à renforcer sa maîtrise et son droit de propriété chaque fois qu'il le pourra. Dans la « Déploration sur le trépas de Messire Florimond Robertet », il substituera systématiquement le mot « auteur » au mot « acteur » qui figurait à l'origine dans les sous-titres du poème (*OP*, I, p. 215 et 220). Loin d'être un jeu futile, ce changement d'une seule lettre apparaît comme le symptôme d'une volonté d'affirmer son autorité. Marot ne se voit plus comme un simple « acteur » de théâtre, dépourvu d'autonomie et condamné à reproduire le jeu de la Cour pour rester en grâce. Il ne dit plus mot de ses faiblesses et abandonne son attitude servile et révérencieuse envers ses maîtres. Il se donne une noble mission et s'arroge le droit d'en communiquer le sens à ses pairs.

Marot fera un éloquent éloge de la liberté artistique dans la fameuse « Épître au Roi, du temps de son exil à Ferrare » (1535). On l'y voit protester, en particilier, contre la saisie par la censure de ses papiers et de ses livres :

> Ô juge sacrilège,
> Qui t'a donné ni loi ni privilège
> D'aller toucher et faire tes massacres

> Au cabinet des saintes Muses sacres* ?
> Bien il est vrai que livres de défense*
> On y trouva ; mais cela n'est offence
> A un Poète à qui on doit lâcher
> La bride longue et rien ne lui cacher,
> Soit d'art magic*, nigromance* ou caballe.
> Et n'est doctrine écrite ni verbale,
> Qu'un vrai Poète au chef* ne dût avoir,
> Pour faire bien d'écrire son devoir.
> (*OP*, II, p. 84, v. 131-142.)

À l'en croire, tout « vrai poète » possède cet aiguillon qui pousse vers le bien et détourne du mal. On croit entendre le narrateur de l'abbaye de Thélème. Jamais on n'avait adressé un plaidoyer aussi vibrant à l'un des grands de ce monde pour revendiquer le droit de « tout lire » et d'user de son propre jugement d'« élire », c'est-à-dire pour accueillir ou rejeter ce qui convient à la poésie :

> Et, d'autre part, que me nuit de tout lire ?
> Le Grand Donneur* m'a donné sens d'élire*
> En ces livrets tout ce qui accorde
> Aux saints écrits de grâce et de concorde,
> Et de jeter tout cela qui diffère
> Du sacré sens quand près on le confère*.
> (II, 84, v. 145-150.)

La sensibilité de Marot est proche de celle à la fois de Rabelais (le « tout lire » rappelle l'« abîme de science » de Pantagruel) et de Calvin (le « sens d'élire » n'est autre que le « libre arbitre » qui encourage l'interprétation personnelle de la Bible).

Cet amour de la liberté, Marot en fait magnifiquement l'éloge dans son rondeau dit « parfait », qu'il écrit « à ses amis après sa délivrance » du Châtelet où on l'avait emprisonné pour avoir « mangé du lard » en Carême :

> *En liberté maintenant me pourmène*,
> *Mais en prison pourtant je fus cloué.*
> *Voilà comment Fortune me démène*.
> *C'est bien et mal. Dieu soit de tout loué.*
>
> Les Envieux ont dit que de Noé*
> N'en sortirais : que la Mort les emmène !

Malgré leurs dents le nœud est dénoué.
En liberté maintenant me pourmène*.

Pourtant, si j'ai fâché la Cour romaine,
Entre méchants ne fus onc* alloué*.
Des bien famés j'ai hanté le domaine ;
Mais en prison pourtant je fus cloué.

Car aussitôt que fus désavoué
De celle-là qui me fut tant humaine,
Bientôt après à saint Pris* fus voué :
Voilà comment Fortune me démène*.

J'eus à Paris prison fort inhumaine,
A Chartres fus doucement encloué.*
Maintenant vais où mon plaisir me mène.
C'est bien et mal. Dieu soit de tout loué.

Au fort*, Amis, c'est à vous bien joué,
Quand votre main hors du parc* me ramène.
Écrit et fait d'un cœur bien enjoué,
Le premier jour de la verte Semaine*,
En liberté.
(*OC*, I, LVII, p. 177-178, v. 1-25.)

Le procédé de composition du rondeau parfait est simple :
chacun des vers du premier quatrain se trouve repris dans
les quatre quatrains suivants pour en consituter la pointe. Si
Marot suit cette règle, il y contrevient aussi en ajoutant cinq
vers à la fin de son poème. On a pu interpréter cette irrégu-
larité comme l'expression de cette « liberté » que défend le
poète à tout prix, dans tous les domaines (Defaux, p. 67-
70). Interprétation d'autant plus convaincante que l'expression finale « En liberté » se trouve comme gravée dans le
rentrement du rondeau. En déstabilisant une forme « parfaite » mais astreignante, héritée de la Grande Rhétorique,
le nouveau poète entend se libérer sous nos yeux, de façon
éclatante, de la « prison formelle » à laquelle le discours
poétique avait été assujetti. On ne rencontrera peut-être pas
de plus belle expression de la liberté en poésie française
avant Eluard.

Sans doute Marot ne serait-il jamais arrivé à un tel degré de conscience littéraire s'il n'avait eu Jean Lemaire de Belges pour prédécesseur et pour modèle (Rigolot, 1997). Le nom de son illustre prédécesseur est le seul à figurer dans l'épître placée en tête de *L'Adolescence clémentine* (*OP*, I, p. 18). Le plus célèbre ouvrage de Lemaire, la *Concorde des deux langages*, était son livre de chevet. Le « Temple de Vénus », sur lequel il s'ouvrait, avait largement inspiré la conception du « Temple de Cupido » mais pour le prendre à revers. Or Jean Lemaire n'avait pas ménagé sa peine pour mettre en question l'autorité abusive de ses mécènes comme de ses imprimeurs. Le droit des auteurs à surveiller la publication de leurs œuvres n'avait pas de garantie légale, pas de « privilège » avant 1526 (Armstrong, p. 83-84), et l'exemple de Lemaire montre bien que les auteurs défendaient jalousement leurs prérogatives bien avant cette date. Marot aura certainement bénéficié de cet éloquent précédent à la fois pour défendre sa liberté de poète et pour constituer son image d'auteur dans la composition matérielle de son œuvre.

Reste à savoir dans quelle mesure une telle revendication de singularité et d'autonomie s'accorde avec l'humanisme évangélique dont on sait à quel point Marot a pu partager les espoirs. Lefèvre d'Étaples l'affirme : « Seule la Parole de Dieu suffit » (p. 435). Dès lors, toute éloquence devient superflue, voire franchement parasitaire, au regard de la Vérité de l'Évangile. Si la Parole de Dieu est le seul objet de son désir, l'écrivain devra se borner à en faire entrevoir la plénitude. En théorie, la fiction n'aurait de valeur que dans la mesure où elle faciliterait l'appréhension pure et immédiate du message. Ce sera tout le problème de la traduction des Psaumes pour Marot, tâche dont il s'occupe pendant les quinze dernières années de sa vie et dans laquelle on a vu « l'inévitable *télos* de son cheminement intellectuel » (*OP*, II, p. 1201 et 1208).

Idéalement, Marot devrait effacer de son discours toute image humaine d'auteur pour mieux rester au service de Dieu, seul Auteur de la Création. Mais l'épître dédicatoire, placée devant les trente psaumes offerts « Au très chrétien

Roi de France » (*OP*, II, p. 557), montre que le traducteur du
psalmiste ne peut évoquer la vérité de l'inspiration divine
sans recourir aux images de la poésie païenne qui montrent
son savoir et le consacrent comme poète aux yeux des
hommes. Les noms d'Apollon, d'Arion, d'Homère et
d'Orphée peuplent son texte. Au lieu d'oublier leurs sollicitations profanes, l'*auteur* cultive les charmes de la « poétrie » que prisent les sages et les prudents et qui lui assure-
ront sa véritable renommée terrienne. Lorsqu'il compare
David et Homère, on peut se demander si l'éloge du roi-
prophète est plus qu'un prétexte à louer le poète grec :

> Quant est de l'art aux Muses réservé,
> Homère Grec ne l'a mieux observé ;
> Descriptions y sont propres et belles,
> D'affections* il n'en est point de telles.
> Et trouveras (sire) que sa couronne,
> Ni celle-là qui ton chef* environne,
> N'est mieux, ni plus de gemmes entournée*,
> Que son œuvre est de figures aornée*.
> (*OP*, II, p. 560, v. 116-117.)

Marot est prompt à reconnaître l'immortalité de David
« pour ce/Que l'Éternel en est première source » (v. 125-
126), mais sans aller jusqu'à proclamer sa supériorité. Il en
sera différemment de la comparaison avec Horace, David le
dépassant « Comme ferait l'Aigle sur l'Alouette » (v. 132).

Dans le travail même de la traduction, l'écriture du savant
et de l'aimable poète de cour tend à distraire, à s'interposer
pour se faire apprécier, à s'exhiber pour se mettre en valeur.
Ne trahit-il pas la Parole qu'il voulait servir ? Ne rompt-il
pas la présomption de transparence et d'immédiateté qu'il
avait pour mission de faire connaître et d'accréditer ?
Comment concilier alors la revendication d'autonomie de
l'écrivain avec le devoir de soumission que proclame l'évan-
gélisme militant ? C'est peut-être au niveau de l'intention,
plus qu'à celui de sa réalisation, que se manifeste l'« indé-
niable optimisme logocentrique » de Marot. Le poète restera
obsédé par le désir de surpasser Lemaire pour être, sinon un
nouvel Homère, du moins un nouveau Virgile dont le *surnom** romain (Publius Vergilius Maro) se trouve être justement l'homonyme du sien.

En fait, l'attitude de Marot n'est pas exceptionnelle. Comme chez la plupart de ses contemporains, son discours est le lieu de l'ambiguïté. Érasme, Budé, Lefèvre d'Étaples et tant d'autres ont une attitude ambivalente à l'égard du paganisme et de sa place dans le plan apologétique du christianisme. S'ils rejettent les textes oraculaires au nom de la seule doctrine de l'Évangile, ce n'est pas sans concéder à l'ancienne théologie (*prisca theologia*) un rôle providentiel. La fable mythologique a bien des charmes, et on aurait tort de s'en priver. Si Guillaume Budé l'exclut de son *De Transitu*, c'est sans doute en partie parce qu'il veut se faire pardonner ses sympathies un peu trop vives pour la culture païenne. On sait que le grand helléniste entendait assurer un continuum historique entre les héritages antique et judéochrétien que la Révélation risquait de briser, tout en affirmant la primauté de la Bible et en mettant en garde contre les dangers de l'idolâtrie.

Dans son fameux *Discours sur la dignité de l'Homme*, Pic de La Mirandole avait fait l'éloge à la fois de la Vérité chrétienne et des mystères barbares des païens (*barbarorum mysteria*). Le plaisir que l'on dérivait de l'occultisme justifiait la défense du style « barbare » et faisait pencher pour une « vulgarisation elliptique » plutôt qu'une révélation parfaitement transparente. Rabelais devait trouver ce syncrétisme bien tentant : à Thélème, le *désir* de chacun (*thélèma*) rejoignait la *volonté* divine (*Thélèma*) dans une heureuse concorde utopique. Chez Marot, on constate une tension entre la volonté de reproduire sans ornements l'essence même de la Parole et un désir de s'illustrer en recourant aux artifices légués par la rhétorique, première et seconde, « prosaïque » et « métrifiée », pour élever un discours qui se souvient trop bien qu'il est issu de la langue vulgaire : au risque pourtant d'y perdre sa chère liberté.

En somme, au conflit traditionnel entre *atticisme* et *asianisme* s'ajoute chez Marot une tension entre un penchant pour l'*hébraïsme* – si l'on entend par là une recherche austère de la transcendance par l'interprétation des textes – et une adhésion intellectuelle à l'*hellénisme* qui privilégie une sagesse ancrée dans la vie de la cité et soumise aux contraintes de la politique. Marot découvre peu à peu que, pour être auteur, il faut emprunter la rude voie de la singularité et abandonner la communauté d'« un grand nombre de frères [...] tous enfants d'Apollon » (I, 17). Il s'aperçoit aussi que tout le soin qu'il prodigue à l'ordonnancement de son œuvre l'installe dans une tradition et le fait opter pour une philosophie qui risquent de l'éloigner de l'idéal de ces mêmes « frères » dont le soutien lui est cher. Preuve, s'il en est, que l'émergence de la conscience littéraire ne peut se faire au XVIᵉ siècle sans que celui qui s'y risque n'éprouve un sentiment de culpabilité.

Rappelons la fameuse devise de Clément Marot : « LA MORT N'Y MORD » (I, 11 et *passim*). La promesse chrétienne de la vie éternelle dans l'Au-delà reste teintée chez lui d'une espérance de survie dans la mémoire des hommes. Il semble bien que le rêve de « gloire » terrestre, associé au désir de préserver son œuvre, de la *défendre* et de l'*illustrer* – c'est-à-dire de la rendre illustre –, se soit clairement exprimé dans le soin que, tout au long de sa vie, Marot a pris à se construire une réputation d'« auteur ». Conscience aiguë de faire une *œuvre à soi* qui trouvera bientôt une contrepartie économique plus confortable chez ceux qui pourront « vivre de leur plume au XVIᵉ siècle » (Simonin). En somme, le cas de Clément Marot offre un étonnant prélude en poésie à ce qu'on appellera justement la « naissance de l'écrivain » au siècle suivant.

*

BIBLIOGRAPHIE

ARMSTRONG, Elizabeth, *Before Copyright : The French Book-Privilege System, 1498-1526*, Cambridge University Press, 1990.

BELLAY, Joachim du, *Défense et illustration de la langue française*, éd. H. Chamard, Paris, Didier, 1948.

CERQUIGLINI-TOULET, Jacqueline, « Clément Marot et la critique littéraire et textuelle : du bien renommé au mal imprimé Villon », in *Clément Marot, « prince des poëtes françoys » 1496-1996*, éd. G. Defaux et M. Simonin, Paris, Champion, 1997, p. 157-164.

DELÈGUE, Yves, *Le Royaume d'exil. Le sujet de la littérature en quête d'auteur*, Paris, Obsidiane, 1991.

DEFAUX, Gérard, *Marot, Rabelais, Montaigne. L'Écriture comme présence*, Paris-Genève, Champion-Slatkine, 1987.

DUBOIS, Claude-Gilbert, *L'Imaginaire de la Renaissance*, Paris, Presses Universitaires de France, 1985.

GARIN, Eugenio, *La Cultura filosofica del rinascimento italiano*, Florence, Sansoni, 1961, 1979.

HORACE, *Art poétique*, in *Épîtres*, éd. F. Villeneuve, Paris, Les Belles Lettres, 1967.

LANGER, Ullrich, *Divine and Poetic Freedom in the Renaissance. Nominalist Theology and Literature in France and Italy*, Princeton University Press, 1990.

LEFÈVRE D'ÉTAPLES, Jacques, *The Prefatory Epistles of Jacques Lefèvre d'Étaples and Related Texts*, éd. Eugene F. Rice, New York, Columbia University Press, 1972.

MAROT, Clément, *Œuvres poétiques*, éd. G. Defaux, Paris, Bordas, 1990, 1993, 2 tomes.

MANTOVANI, Thierry, « Dans l'atelier du rythmeur : contribution à l'étude des techniques de versification chez Jean et Clément Marot, Guillaume Crétin et André La Vigne », thèse de doctorat de l'université de Lyon II, 1995.

MONTAIGNE, Michel de, *Essais*, éd. P. Villey, Paris, Presses Universitaires de France, 1978.

PREISIG, Florian, « Clément Marot et le mouvement d'émergence de la subjectivité d'auteur », thèse de Ph. D., Johns Hopkins University, 2001.

REGALADO, Nancy, « Je, François Villon, écolier », in *De la littérature française*, éd. D. Hollier et F. Rigolot, Paris, Bordas, 1993.

RIGOLOT, François, « Rhetoricque et Poësie à l'aube du XVIᵉ siècle », *Romance Philology*, t. XXXIII, n° 4 (mai 1980), p. 522-534.

—, « De peu assez : Clément Marot et Jean Lemaire de Belges », in *Clément Marot, « prince des poëtes françoys » 1496-1996*, éd. G. Defaux et M. Simonin, Paris, Champion, 1997, p. 185-200.

SIMONIN, Michel, *Vivre de sa plume au XVIᵉ siècle, ou la Carrière de François de Belleforest*, Genève, Droz, 1992.

VIALA, Alain, *Naissance de l'écrivain*, Paris, Éditions de Minuit, 1985.

TROISIÈME PARTIE

La poésie lyonnaise

CHAPITRE 7

Lyon, capitale poétique
franco-italienne

> « Ce climat lyonnais a toujours produit de
> bons esprits en tous sexes. »
>
> *Antoine du Moulin.*

La ville de Lyon joue un rôle considérable dans le renouveau poétique vers le milieu du XVIe siècle. Très italianisée,
la capitale culturelle du royaume était une place enviable,
tant à cause de ses franchises royales, de ses privilèges de
foires et des quelque quatre cents ateliers d'imprimerie qui
symbolisaient bien l'essor de sa vie intellectuelle (Davis,
Kleinclausz, Romier). Il y avait lieu d'être fier d'appartenir
à une ville cosmopolite qui n'avait rien à envier à sa lointaine rivale d'Île-de-France. Ainsi, Clément Marot pensait
faire honneur à un jeune ami en dédiant une de ses épigrammes à « Maurice Scève *Lyonnois* », tout comme il se
sentait flatté de recevoir une dédicace en vers du plus grand
poète néo-latin de sa génération, Salmon Macrin, lui-même
fier de se dire de la capitale des Gaules (« *Ivliodvnensis* »
OP, I, p. 205).

Si l'on ne peut pas véritablement parler d'« école lyonnaise » au XVIe siècle – au sens où celle-ci aurait imposé un
canon à ses membres –, il existe pourtant une forte communauté culturelle, souvent désignée par l'expression latine de
sodalitium lugdunense. Les poètes qui appartiennent à ce
groupe sont en général différents de ceux qui formeront la
future Pléiade, même si certains, comme Pontus de Tyard,
auront l'habileté de se faire revendiquer par les deux groupes
rivaux. Les disciples de Ronsard se caractérisent, du moins
à leurs débuts, par une attitude polémique dirigée contre les
poètes de la génération précédente (surtout Marot et Saint-
Gelais), tandis que les écrivains lyonnais naviguent mieux à

leur aise dans ce qu'on pourrait décrire comme une symbiose étonnante avec le milieu culturel ambiant (Risset,
p. 20). Cela tiendrait au caractère propre de la culture lyonnaise, défini par rapport à trois facteurs majeurs : l'*autonomie* relative de ses notables par rapport au pouvoir central
(roi, Parlement, Sorbonne), le *cosmopolitisme* marqué de ses
élites (forte population italienne ; culture néo-latine vivace)
et l'*éclectisme* de ses intellectuels, tentés par divers courants
à tendances mystiques, hermétiques, et par une forme
de féminisme d'origine néo-platonicienne. Une ouverture
culturelle aussi large devait être également favorisée par une
situation légale privilégiée : jouissance de « privilèges
royaux », exonération d'impôts et diverses libertés locales,
un statut politique décentralisé avant l'heure et une condition
sociale relativement indépendante ou, en tout cas, très différente de la « sujétion néo-féodale » alors en vigueur dans le
Nord de la France.

Si la culture classique avait pénétré les milieux bourgeois
lyonnais, elle ne leur avait pas fait oublier pour autant leurs
activités artisanales et commerciales. Loin d'offrir un
refuge, comme elle le fera à d'autres époques, hors de la vie
politique de la cité, la lecture des classiques et des Italiens
correspondait aux besoins d'une élite avide de s'affiner et de
confirmer son aspiration à une nouvelle civilité. Cela
explique sans doute l'étonnant succès du *Cortegiano* de
Castiglione dont le programme contribue à renforcer l'impa-
tience des femmes lyonnaises, dans un milieu culturel encore
mal dégrossi, et à justifier l'accueil que leur réservent les
esprits masculins les plus avertis. On lisait les Anciens
moins pour se dépayser au contact d'une culture admirable
que pour trouver chez eux des modèles de conduite sociale
ou des préceptes moraux qui serviraient de guide dans la vie
de tous les jours, tout en la transfigurant.

Ainsi, l'admiration de la Renaissance pour les *Géorgiques*
peut étonner aujourd'hui. Elle s'explique en partie par l'intérêt très pratique que suscitait ce grand poème didactique sur
l'agriculture et l'élevage. Montaigne n'hésitera pas à le placer au sommet de la poésie :

> Il m'a toujours semblé qu'en la poésie Virgile, Lucrèce,
> Catulle et Horace tiennent de bien loin le premier rang :

et signamment* Virgile en ses *Géorgiques*, que j'estime
le plus accompli* ouvrage de la Poésie (II, x, p. 410).

L'accès aux études allait de pair avec l'apprentissage des
métiers manuels : les musiciens étaient luthiers ; les peintres
se faisaient teinturiers, et les plus grands humanistes
n'avaient pas honte de se salir les mains à l'encre des ateliers
d'imprimerie. Le mot « art » conservait encore son sens original de « technique appropriée ». La culture n'était pas
encore l'apanage d'une élite oublieuse – voire dédaigneuse –
de la production des objets matériels et de leur mise en commerce. Être *artisan*, c'était être *artiste* : la différence se
remarquait parfois à peine.

Dans ces conditions, on peut comprendre qu'une « cordière » comme Louise Labé n'ait pas eu honte de composer
et de publier des poèmes ; bien plus, que certains notables,
en dépit des coutumes, aient pu l'encourager dans un hom-
mage collectif inséré à la fin de ses œuvres (p. 137-200).
S'accompagnait-elle du luth ? Les cordes de l'instrument
étaient doublement de son ressort. L'humble fil de chanvre
se trouvait transmué par sa destination musicale. C'est en ce
sens qu'il faut lire les vers célèbres de la musicienne :

> Tant que ma main pourra les *cordes* tendre
> [...]
> Je ne souhaite encore point mourir.
> (Sonnet 14, v. 5 et 9, p. 128-129.)

C'est aussi l'image que l'on retient d'une ode publiée à sa
gloire, où l'on voit Louise venir près d'une fontaine et
accompagner son chant de son luth :

> Elle, ayant assez du pouce
> Tâté l'harmonie douce
> De son luth, sentant le son
> Bien d'accord, d'une voix franche,
> Jointe au bruit de sa main blanche,
> Elle dit cette chanson. (Ode 24, strophe 21, p. 188.)

Dans le « climat lyonnais » des années 1550, ces vers pre-
naient sans doute une dimension réaliste qu'ils ont depuis
perdue. La cordière, fière de son humble métier, savait en
transfigurer l'image et lui donner un « plus haut » sens allé-

gorique, cet *altior sensus* de bon aloi que prisaient les humanistes et dont Rabelais venait de donner une plaisante version pour ses propres lecteurs lyonnais (*OC*, p. 6).

Lyon était la capitale française de l'imprimerie.
« Imprimeurs du Roi », Jean Ier de Tournes (1504-1564) et
son fils, Jean II (1539-1615), devaient porter l'art de l'impression à sa perfection. Formé dans l'atelier des frères
Trechsel qui avaient apporté avec eux leurs techniques
d'Allemagne, puis de Sebastian Gryphe, le grand dissémi-
nateur des classiques latins, Jean Ier était un « homme de
lettres » au sens plein du terme. À cette époque-là, les
imprimeurs étaient non seulement des artisans habiles,
capables de produire de fort beaux livres, mais des gens
cultivés dont la connaissance des auteurs grecs, latins et italiens leur permettait d'exercer une influence prépondérante
sur le monde de l'édition. Qu'on pense aux Alde de Venise,
aux Étienne à Paris ou aux Froben à Bâle : leur nom n'était
pas moins respecté que celui des auteurs qu'ils éditaient
(Audin, p. 15).
Jean de Tournes, parvenu à l'apogée de son habileté,
déploie une grande activité et publie les plus élégants
ouvrages : qu'on en juge par la mise en page des *Emblèmes*
d'Alciat ; de *L'Amour des Amours*, de l'*Art poétique* et du
Dialogue de l'ortographe de Jacques Peletier du Mans ; des
Quadrins de Claude Paradin, des *Erreurs amoureuses* et du
Solitaire second de Pontus de Tyard, théoricien du néoplatonisme. Des ouvrages d'auteurs féminins de l'aristocra-
tie sortaient des mêmes presses : les *Rymes* de la Lyonnaise
Pernette du Guillet, en 1545 ; les *Marguerites de la Marguerite des princesses* de la reine de Navarre, sœur du roi, en
1547 ; enfin les *Evvres de Lovize Labé Lionnoize* (Cartier II,
p. 381). L'atelier tournésien publiait aussi des écrits « fémi-
nistes » d'auteurs masculins, comme les vers encomiastiques
sur les « nouvelles » déesses *Junon*, *Pallas* et *Vénus* de
François Habert en 1545 et 1547. Dans la dédicace de la
Nouvelle Junon, celui-ci rappelait à la Dauphine la supériorité des imprimeurs de Lyon sur ceux de Paris pour imprimer
le manuscrit de son poème :

> L'ayant voulu (pour mieux l'œuvre estimer)
> Faire à Lyon nettement imprimer,
> Par gens qui ont ma Junon mieux limée,
> Que Poésie à Paris imprimée. (Habert, p. 5.)

On trouvait encore des panégyriques hyperboliques dans le goût de *La Parfaite Amye* d'Antoine Héroët (1547), doctrinaire de l'amour platonicien à l'immense succès, ou encore des traités pédagogiques comme la traduction de *L'Institution de la femme chrétienne* de Juan Luis Vives, réimprimée plusieurs fois de suite avec succès (Cartier, p. 31, 105, 36-38, 87-89, 90, 15, 106, 155).

Ainsi, vers le milieu du XVIᵉ siècle, l'imprimerie lyonnaise jouissait d'une saine vigueur politique et d'une étonnante liberté culturelle. Mais il y avait plus : la capitale des Gaules était de longue date l'objet de poèmes exaltant ses insignes mérites. C'est à Lyon que Jean Lemaire de Belges, le vulgarisateur des légendes sur l'origine des Français, avait placé le fameux « Temple de Vénus » dans sa *Concorde des deux langages*. L'étymologie que l'on prêtait alors à la colline de Fourvière, qui domine la ville physiquement et symboliquement, renforçait une telle justification : on faisait dériver « Fourvière » de *Forum Veneris* (marché de Vénus) et non de *Forum Vetus* (ancien ou vieux marché), comme on le croit de nos jours. Archéologues – Symphorien Champier en tête – et philologues s'unissaient pour consacrer la « saincte montagne » au culte de Vénus (Guy, p. 104 et 177).

Jean Lemaire de Belges, il faut le dire, avait beaucoup œuvré pour célébrer le rayonnement culturel de la capitale des Gaules. Au prologue de la *Plainte du Désiré*, on lisait la belle description du confluent de la Saône et du Rhône que Maurice Scève allait bientôt immortaliser :

> C'était en une cité de Gaule celticque qui porte le nom du roi des bêtes, là où une douce et paisible rivière septentrionale se plonge et se perd en un grand et impétueux fleuve oriental (Lemaire 1932, p. 67).

De même, au premier livre des *Illustrations de Gaule*, on lisait ce semblant de reconstitution historique :

Lugdus XIII, roi de Gaule, lequel fonda la noble cité
nommée Lugdunum, qu'on dit en langage françois*
Lyon sur le Rhône, cité très noble et très antique, aujour-
d'hui le second œil de France, et de tous temps élevée en
grand'prérogative, laquelle donna jadis le nom à toute la
province lyonnaise (Lemaire 1882, I, p. 85-86).

La ville de Lyon avait été comparée, en outre, à une nouvelle Troie, plus magnifique encore que l'ancienne ville
d'Asie Mineure. Lemaire en était le principal responsable.
En bon rhétoriqueur, il pouvait donner, grâce au jeu de la
paronomase (Lyon et Ilion, autre nom de Troie), des vertus
troyennes aux habitants de Fourvière où il plaçait son
« Temple de Vénus » :

> Là est le chef* de la Gaule celtique,
> Refleurissant *comme un aultre Ilion*
> Et surcroissant* en sa valeur antique.
> (Lemaire 1947, v. 136-138.)

« Lyon » acquérait sa « valeur anticque » par le biais des
sonorités qui l'identifiaient à « Ilion ». Cette rime *Lyon/Ilion*
scellait, pour ainsi dire, la destinée de la capitale des Gaules ;
elle donnait au poète le moyen privilégié d'exprimer sa saisie du fabuleux héritage antique et son espoir de le voir se
renouveler dans une cité qui se donnait la « part du lion »
dans le grand mouvement de transfert des cultures (*translatio* studii). Ainsi, l'adage classique, « je prends la première
part parce que je me nomme Lion » (*primam partem tollo,
quoniam nominor leo*), allait retrouver toute sa vigueur grâce
à la nouvelle équivalence entre *Lugdumum* (Lyon) et *leo*
(lion) qu'offrait l'homonymie française.

Un tel projet culturel se trouve repris en écho par Clément
Marot lorsque, dans une épigramme adressée à Jeanne
Gaillarde, il reprend le jeu paronymique inventé par Lemaire
pour le détourner à son profit :

DE DAME JEANNE GAILLARDE LYONNAISE

> C'est un grand cas voir le mont Pélion*,
> Ou d'avoir vu les ruines de Troie.
> Mais qui ne voit la Ville de Lyon,
> Aucun plaisir à ses yeux il n'octroie,

> Non qu'en Lyon si grand plaisir je croie,
> Mais bien en Une étant dedans sa garde :
> Car de la voir d'Esprit ainsi gaillarde,
> C'est bien plus vu, que de voir Ilion.
> Et, de ce siècle, un miracle regarde,
> Pour ce qu'elle est seule entre un million.
> (*OP*, II, 3, p. 204.)

Ce regard porté en arrière sur le mythe antique n'exclut pas une reconnaissance des connotations médiévales de l'appellation géographique. Ainsi, le souvenir du bestiaire canonique fonctionne pleinement dans l'attribution aux Lyonnais de qualités morales supérieures. Dans la *Concorde*, Lemaire écrivait encore :

> Peuple royal, portant cueur* de lion,
> Y fait séjour, dont France est décorée.
> (Lemaire 1947, v. 139-140.)

Depuis le *Roman de Renart*, Noble le Lion était resté le substitut allégorique favori de la royauté morale. Grâce au stratagème de la *Concorde*, la parenté sonore entre l'animal et la ville permettait de doter cette dernière d'une mâle et virile « vertu* » (au sens du latin *virtus*, force masculine). Noble le *Lyon* devenait l'emblème de la cité rhodanienne.

Clément Marot se souvient de ces hasards de l'homophonie dans de nombreux poèmes, à commencer par la fameuse « Épître à son Ami Lyon » (1526) où il joue sur le nom de son fidèle compagnon, Léon (Lyon) Jamet, sans oublier celui du roi François Ier, fabuleusement associé au roi des animaux (*OP*, I, p. 92-94). Dans ses « Adieux à la ville de Lyon » (1537), il exploite, non sans ironie, le symbolisme à la fois royal et animal :

> Adieu Lyon, qui ne mords point,
> Lyon plus doux que cent pucelles*,
> Sinon quand l'ennemi te point* :
> Alors ta fureur point ne celles*.
> [...]
> Va, Lyon, que Dieu te gouverne.
> Assez longtemps s'est ébattu
> Le petit chien en ta caverne
> Que devant toi on a battu.
> (*OP*, II, 20, p. 131-2, v. 1-4, 41-44.)

De même, dans l'éloge marotique « De la Ville de Lyon »,
qu'on tend parfois à attribuer aujourd'hui à Hugues Salel, le
poète joue sur la « cruauté » et la « noblesse » de la
« Grand'Bête » pour raviver la tradition familière du bestiaire historié :

> On dira ce que l'on voudra
> Du Lyon et de sa cruauté.
> Toujours, ou le sens me faudra*,
> J'estimerai sa privauté* :
> J'ai trouvé plus d'honnêteté,
> Et de noblesse en ce Lyon,
> Que n'ai pour avoir fréquenté
> D'autres bêtes un million. (*OP*, II 38, p. 308, v. 1-8.)

Lorsque Jean Lemaire avait célébré la situation géographique de Lyon, placée au confluent de la Saône et du
Rhône, il n'avait pas craint de voir dans cette heureuse rencontre fluviale la preuve de la signification symbolique du
« Temple de Vénus », placé au seuil de son allégorie politique et culturelle :

> Un temple y a, plus beau ne vit onc* nul,
> Assis sur roc, en lieu fort authentique,
> Au confluent d'Arar* et Rhodanus*.
> (Lemaire 1947, v. 133-135.)

Marot s'était également exprimé sur cette fameuse
confluence, en contrastant l'impétuosité traditionnelle du
fleuve masculin avec la féconde attente de la rivière féminine. Dans l'épître dédiée « À Monseigneur le Cardinal de
Tournon » il écrivait : « Dieu gard'la Saône au port bien
fructueux/Et son mari, le Rhône impétueux » (Épître 19,
v. 57-58, *OP*, II, p. 130).

Maurice Scève devait reprendre cette image géographique
en l'associant au « thème des impossibles » par le biais de la
figure des *adunata*. Tel est l'objet d'un des premiers dizains
de sa *Délie* :

> Plutôt seront Rhône et Saône déjoints*,
> Que d'avec toi mon cœur se désassemble.
> Plutôt seront l'un et l'autre Monts* joints
> Qu'avecque nous aucun discord* s'assemble.
> Plutôt verrons et toi et moi ensemble

> Le Rhône aller contremont* lentement,
> Saône monter très violentement,
> Que ce mien feu, tant soit peu, diminue,
> Ni que ma foi* décroisse aucunement
> Car ferme amour sans eux est plus que nue.
> (Dizain 17, p. 61.)

Chez un poète prompt à bannir une déesse trop sensuelle pour le goût de son chaste recueil, le caractère manifestement sexuel du symbolisme fluvial ne pouvait pas être aussi facilement écarté. À peine avait-il donné congé à Vénus, dans le huitain initial, qu'il faisait réapparaître l'image de la confluence dans son poème : elle devenait la métaphore des fantasmes de sa situation existentielle.

Plus loin, imitant un thème commun aux poètes pétrarquistes, Scève ménage un parallèle entre la géographie lyonnaise et le drame intérieur qui le mine :

> Je vois en moi être ce Mont Fourvière
> En mainte part pincé* de mes pinceaux.
> À son pied court l'une et l'autre Rivière,
> Et jusqu'aux miens descendent deux ruisseaux.
> Il est semé de marbre à maints monceaux ;
> Moi, de glaçons ; lui, auprès du Soleil,
> Se rend plus froid, et moi, près de ton œil,
> Je me congèle, où* loin d'ardeur* je fume.
> Seule une nuit fut son feu nonpareil* :
> Las ! toujours j'ars* et point ne me consume.
> (Dizain 26, p. 66.)

L'allusion, au vers 9, de la nuit fatale, où, comme dans l'antique Ilion, l'incendie embrasa la ville antique, permet au poète amateur d'antithèses d'hyperboliser sa passion amoureuse. Le roi François Ier avait pour devise la salamandre à laquelle on attribuait le pouvoir de brûler sans se consumer. En faisant sienne cette image paradoxale, le poète porte sa situation érotique à un niveau quasi « royal ». « Las ! toujours j'ars* et point ne me consume » : érotique et politique se trouvent merveilleusement assimilées.

Dans un autre dizain, il revient sur cet incendie légendaire qui aurait détruit la ville antique, l'attribuant à l'intervention vengeresse de Vénus. Il offre à son amante cette leçon

d'histoire pour la conjurer de ne pas irriter davantage la
déesse et son fils, Cupidon, par un comportement qu'elle
jugerait dépourvu de civilité. De nouveau, il accueille Vénus
pour la congédier emphatiquement dès le premier vers :

> *Non* (comme on dit) par feu fatal fut arse*
> Cette Cité sur le Mont de Vénus,
> Mais la Déesse y mit flambe* éparse
> Pour ce que maints par elle étaient venus
> A leur entente et ingrats devenus,
> Dont* elle ardit* avecques eux leur Ville.
> Envers les siens ne sois donc incivile
> Pour n'irriter et le filz et la mère.
> Les Dieus, ayant ingratitude vile,
> Nous font sentir double vengeance amère.
> (Dizain 391, p. 269.)

Tous ces textes permettent de mesurer la richesse symbolique des connotations poétiques que l'on associait alors à
l'épithète « Lyonnaise ». En l'ajoutant à son nom dans le titre
de ses *Œuvres*, Louise Labé devait, elle aussi, porter cette géographie sémantique à sa température poétique. La « cité très
noble et très antique » conférerait un précieux label de qualité à tout écrivain qui se réclamait d'elle. En se disant *de* Lyon
et en se faisant imprimer *à* Lyon, la poétesse se plaçait d'emblée en ce lieu mythique de la rencontre amoureuse symbolisé par l'antique présence de Vénus sur la colline inspirée.

À la même époque, les vers de Pétrarque, ceux des *Rime
sparse* comme des *Trionfi*, étaient connus de l'élite lyonnaise grâce aux éditions qu'en avait procurées Jean de
Tournes. En 1545, l'ancien apprenti du grand Sebastian
Gryphe avait publié un petit ouvrage fort remarqué,
Il Petrarca, à la gloire du poète de Laure. Celui-ci était
représenté dans un médaillon rond gravé à double filet, et
l'ouvrage s'accompagnait d'une table des poèmes, classés
par genres et par ordre alphabétique. Dès le seuil, on y trouvait une longue épître en italien dédiée à Maurice Scève, qui
relatait la prétendue « découverte » par ce dernier du tombeau de Laure dans la chapelle Sainte-Croix du couvent
de Saint-François d'Avignon. Les armes de l'amante de
Pétrarque y étaient reproduites, telles que Scève était censé
les avoir relevées sur la pierre tombale :

[…] deux branches de laurier en sautoir, avec une croix sur le tout, et une rose au-dessus de l'écu (p. 8).

Une telle « découverte » avait défrayé la chronique lyonnaise, et le bruit s'en était répandu jusqu'à la Cour où le roi avait composé un huitain en vers français pour ce précieux tombeau retrouvé. Jean de Tournes en avait reproduit le texte sous les armes de *Laura* :

> *Questo è quell' Epitaphio, ch' il Gran*
> *Re Francesco I fece di Madonna Laura*

> [Ceci est l'Épitaphe que le Grand Roi
> François Ier composa pour Madame Laure]

> En petit lieu compris vous pouvez voir
> Ce qui comprend beaucoup par renommée.
> Plume, labeur, la langue et le devoir
> Furent vaincus par l'Aimant et l'Aimée.
> Ô gentill'Âme, étant tant estimée,
> Qui te pourra louer qu'en se taisant ?
> Car la parole est toujours réprimée
> Quand le sujet surmonte* le disant.
> (Pétrarque, 1547, folio 5v°.)

Par une prétérition sublime, le roi lui-même admettait qu'il ne pouvait que se taire, faisant du silence la forme la plus élevée de l'éloge. Scève en récoltera tout le bénéfice pour le succès de son imitation pétrarquisante, sa *Délie*.

Dans la ville fortement italianisée qu'était alors la capitale des Gaules, le succès du *Pétrarque* fut tel que le futur éditeur de Louise Labé devait en procurer une deuxième édition à peine deux ans plus tard, en 1547. Aussi belle que la première, cette dernière était augmentée d'une « Vie de Pétrarque » également en italien (*Vita di M. F. Petrarca*) et d'exquises gravures sur bois probablement de la main de Bernard Salomon. Une troisième édition verra le jour en 1550, avec les mêmes gravures. On comprend, dès lors, que le plus doué des poètes de Lyon, Maurice Scève, se soit donné pour tâche d'écrire un *canzoniere* à la française, c'est-à-dire un recueil de poèmes (sans doute le premier du genre) qui tressât une couronne lyrique autour du nom de la bien-aimée, comme l'avait fait le poète italien pour sa Laure. Ce sera *Délie, objet de plus haute vertu*.

*

BIBLIOGRAPHIE

AUDIN, Marius, « Les Jean de Tournes, imprimeurs lyonnais », *Revue du Lyonnais* (1924), p. 15-30.

CARTIER, Alfred, *Bibliographie des éditions des de Tournes, imprimeurs lyonnais*, Paris, Édition des Bibliothèques nationales de France, 1937-1938 ; réimpr. Genève, Slatkine, 1970.

CASTIGLIONE, Baldassar, *Il Libro del cortegiano* [1528] ; trad. fr. [1537, 1538, 1580] : *Le Livre du courtisan*, éd. A. Pons, Paris, G. Lebovici, 1987.

DAVIS, Natalie Zemon, *Society and Culture in Early Modern France*, Stanford University Press, 1975 ; trad. fr. : *Les Cultures du peuple : rituels, savoirs et résistances au XVIᵉ siècle*, Poitiers, Aubier-Montaigne, 1979.

GUILLET, Pernette du, *Rymes*, Lyon, Jean de Tournes, 1545.

—, *Rymes*, éd. Victor E. Graham, Genève, Droz, 1968.

GUY, Henri, *Histoire de la poésie française au XVIᵉ siècle*, tome I, *L'École des rhétoriqueurs*, Paris, Champion, 1910 ; réimpr. 1968.

HABERT, François, *La Nouvelle Junon* [...], Lyon, Jean de Tournes, 1545, in-8.

KLEINCLAUSZ, Arthur, *Histoire de Lyon*, tome I, *Des origines à 1595*, Lyon, Masson, 1939.

LABÉ, Louise, *Œuvres complètes*, éd. F. Rigolot, Paris, Garnier, 1986.

LEMAIRE DE BELGES, Jean, *La Plainte du Désiré*, éd. D. Yabsley, Paris, Droz, 1932.

—, *Œuvres*, éd. J. Stecher, Louvain, 1882-1891, 4 tomes.

—, *Concorde des deux langages*, éd. J. Frappier, Paris, Droz, 1947.

MAROT, Clément, *Œuvres poétiques*, éd. G. Defaux, Paris, Bordas, 1990, 1993, 2 tomes.

MONTAIGNE, Michel de, *Essais*, éd. P. Villey, Paris, Presses Universitaires de France, 1984.

PÉTRARQUE, François, *Il Petrarca*, Lyon, Jean de Tournes, 1545, in-16, 400 p.

—, *Il Petrarca*, Lyon, Jean de Tournes, 1547, Princeton Firestone Library, EX. F 3134. 1547s.

RABELAIS, François, *Œuvres complètes*, éd. M. Huchon, Paris, Gallimard, 1994.

RISSET, Jacqueline, *L'Anagramme du désir*, Rome, Mario Bulzoni, 1971.

ROMIER, Lucien, « Lyons and Cosmopolitanism at the Beginning of the French Renaissance », in *French Humanism 1470-1600*, éd. Werner L. Gundersheimer, New York, Harper, 1969, p. 90-109.

SAULNIER, Verdun-Louis, *Maurice Scève*, Paris, Klincksieck, 1948-1949, 2 tomes.

SCÈVE, Maurice, *Délie*, éd. F. Charpentier, Paris, Gallimard, 1984.

CHAPITRE 8

Obscurité et originalité :
Maurice Scève

> « On rêverait d'une obscurité qui fût par-
> delà les clartés. »
>
> *Jean Rostand.*

Maurice Scève est le Mallarmé du XVIᵉ siècle ou, en tout
cas, l'un des poètes les plus obscurs et, à cause de cela, l'un
des plus envoûtants de la Renaissance. Poète lyonnais, il
publie en 1544 un recueil de quatre cent quarante-neuf épigrammes amoureuses dédiées à celle à qui il donne le nom
fictif de *Délie*. Tout en s'inscrivant dans la tradition de
Pétrarque, il inaugure un style différent, marqué par une
forme difficile, voire hermétique. L'obscurité du discours
de *Délie* vient d'un choix à la fois stylistique et existentiel,
de la difficulté d'exprimer son *mal d'être*, de l'impossibilité
de le faire en toute clarté et du désir de suivre les règles de
l'épigramme qui font de la brièveté l'essence même de sa
réussite. Dans son *Art poétique*, Horace avait déjà parlé en
faveur de la brièveté et il en marquait le principal danger :
« *brevis esse laboro/obscurus fio* » [j'essaie d'être bref/je
deviens obscur] (v. 25-26).

Le style de *Délie* se caractérise par une tendance très nette
au raccourci (Weber). Dans son effort en faveur de la *brevi-
tas*, le poète inspiré se trouve contraint de frôler l'inintelli-
gibilité. À la même époque, Rabelais faisait définir le discours oraculaire à son héros, Pantagruel, en des termes
voisins :

> J'ai lu qu'au temps passé les plus véritables et sûrs
> oracles n'étaient [pas] ceux que par écrit on baillait [...]
> tant à cause des amphibologies, équivoques et obscurités
> de mots, que de la brièveté des sentences ; pour tant* fut

Apollon, dieu de vatication, surnommé *Loxias* [*Oblique*] (*Tiers Livre*, 19, p. 408).

Nous examinerons ici la nature et la forme de cet étonnant discours délien dont l'obscurité doit aussi se comprendre dans la tradition pétrarquienne et le contexte humaniste lyonnais des années 1530-1540.

Une première question se pose : doit-on mettre cette obscurité sur le compte de l'incompétence ? Certes, à la suite de Pétrarque, Scève reprend la tradition des « erreurs de jeunesse ». Dès le dizain initial de *Délie*, un aveu se déclare, en effet, en ce sens :

> L'Œil trop ardent en mes *jeunes erreurs*
> Girouettait*, mal caut*, à l'impourvue*…
> (Dizain 1, v. 1-2.)

Mais on sait aussi que, chez saint Augustin, ces « erreurs » avaient précédé une conversion qui devait transformer le cours de sa vie. En outre, Pétrarque, en tombant amoureux de Laure, avait mis fin à ses premières errances pour consacrer ses forces vitales à la seule passion qui allait lui assurer l'immortalité. Pour tous les amants du monde, l'ignorance et l'insouciance précéderaient désormais la connaissance de la vérité puisque la « rencontre fatale » révélerait une clarté jusque-là méconnue et qui les autoriserait à devenir de « véritables » poètes.

Les premiers vers du premier sonnet des *Rimes éparses* [*Rime sparse*] du poète toscan étaient considérés au XVIᵉ siècle comme le texte fondateur de cette tradition :

> *Voi ch'ascoltate in rime sparse il suono*
> *di quei sospiri ond'io nudriva 'l core*
> *in sul mio primo giovenile errore*
> *quand'era in parte altr'uom da quel chi'i' sono,*
>
> *del vario stile in ch'io piango et ragiono*
> *fra le vane speranze e 'l van dolore,*
> *ove si chi per prova intenda amore,*
> *spero trovar pietà, non che perdono.*
> (Sonnet I, v. 1-8, p. 52.)

[Vous qui, au fil des rimes éparses, écoutez
le son de ces soupirs dont j'ai repu mon cœur
lors de ma *juvénile et première erreur*
quand j'étais en partie autre homme que je ne suis,

de ce *style divers* où je pleure et je parle
entre les vains espoirs et la vaine douleur,
auprès de qui saurait par épreuve l'amour,
j'espère rencontrer pitié sinon pardon.] (*ibid.*, p. 53.)

Aussi, quand Maurice Scève publie à son tour son chansonnier en langue vulgaire, ses lecteurs ne sont-ils pas surpris d'y trouver une allusion transparente aux « erreurs de jeunesse » de son illustre devancier. Tout le beau monde lyonnais savait, en effet, que ce nouveau poète avait découvert à Avignon la tombe de Laure chantée par Pétrarque. L'un des plus notables imprimeurs de la ville, Jean de Tournes, avait composé une longue épître en italien à Scève, qui racontait les circonstances de cette prétendue « découverte » dans la chapelle Sainte-Croix du couvent de Saint-François[1].

L'expression que choisissait le Pétrarque lyonnais pour parler de ses manquements était une traduction de l'original italien, même si le pluriel français (« erreurs ») remplaçait le singulier (*errore*) de l'original. Les vers scéviens laissaient aussi entendre que ce terme se référait aux égarements de l'amoureux et non plus à ceux du jeune naïf, en proie, avant l'heure, au « vague des passions ». L'œil qui ne savait où diriger son regard (« girouetter* ») était soudain atteint par la flèche de Cupidon qui allait l'hypnotiser (Cave, Donaldson-Evans, 1980).

Dans son premier sonnet, Pétrarque avait soigneusement lié le trouble consécutif au coup de foudre (*innamoramento*) aux variations du style dans le poème : « *del* vario stile…/ *spero trovar pietà, non che perdono* » (v. 5 et 8). Scève devait répondre à cette double postulation qui alliait intimement le drame du cœur à l'expression poétique : en dissociant les « errances » passées de l'amoureux des déviations que le lecteur averti pourrait observer dans son propre texte.

---

1. Voir chapitre 7, *supra*.

Le huitain qui, selon les éditions, sert de préface ou de postface au recueil est éloquent à cet égard. On y voit le poète
supplier son lecteur de lui pardonner les insuffisances de son
style et employer le mot « erreur » pour désigner le principe
même d'un *art imparfait* :

> Je sais assez que tu y pourras lire
> Mainte *erreur* même en si durs Épigrammes.
> Amour, pourtant, les me voyant écrire
> En ta faveur, les passa par ses flammes. (P. 49, v. 5-8.)

Ainsi, la tentative scévienne de reproduire la plénitude
sémantique du précédent pétrarquien donnait lieu à une division formelle : dans le premier dizain, le mot « erreur » renvoyait au désir insatisfait de l'amant, tandis que, dans le huitain initial ou final, ce même mot désignait les imperfections
stylistiques de l'imitateur français (Nash, 1980 ; Cave, p. 121).

L'obscurité scévienne ne vient donc pas simplement du
manque de maîtrise de l'imitateur français, de son impuissance à atteindre la perfection d'un grand prédécesseur.
Dans un article intitulé « Maurice Scève et la clarté »,
V.-L. Saulnier, auteur de la première grande thèse consacrée
à Scève, posait le problème ainsi : ou bien le texte de la *Délie*
est obscur à cause des difficultés de la langue (il revient alors
au lecteur d'en éclairer le sens) ; ou bien l'obscurité tient à un
encodage voulu, à la recherche voilée d'un message ésotérique (le lecteur n'est alors pas sûr de pouvoir en gloser
le sens). Saulnier répondait ainsi à ses prédécesseurs,
tels Lanson et Brunetière, qui avaient hâtivement relégué
l'auteur de la *Délie* au rang des poètes illisibles.

De nos jours, en revanche, Maurice Scève est devenu, en
grande partie à cause de son obscurité, l'un des poètes les
plus lus et les mieux appréciés du XVIᵉ siècle. Au point que
la critique « poststructuraliste » a pu retrouver dans son écriture un exemple de la dérive incontournable des signifiants
ou le symptôme d'une névrose hystérique justiciable d'analyses freudo-lacaniennes (Cottrell, De Rocher, Frelick,
Kritzman). Contre cette tendance jugée parfois anachro-
nique, certains critiques ont voulu réagir en proposant de
« recontextualiser » l'obscurité de *Délie* en termes d'histoire
des idées. Aux anciens érudits, pourfendeurs de l'illisibilité,
comme aux nouveaux critiques, adulateurs de l'obscurité,

on a pu opposer une lecture dont la force vient justement de
sa simplicité et de sa clarté : dans sa *Délie*, Scève n'a pas cultivé l'obscurité pour faire obstacle au sens mais pour inviter
le lecteur à revivre avec lui la pénible ascèse qui le conduit,
au-delà de la fragmentation, vers une réintégration dans
l'ordre harmonieux de l'univers (Nash, 1991). L'obscurité
du langage n'est plus alors qu'une étape dans ce lent processus, une *via negativa* qu'il s'agit de dépasser pour
atteindre la contemplation de l'ineffable à travers le travail
du langage.

On reconnaît ici des présupposés néo-platoniciens qui ont
le mérite de renouer avec le contexte humaniste tout en y
ajoutant une dimension qu'on pourrait appeler « phénomé-
nologique ». Beaucoup plus que la matérialité du texte, c'est
le renouvellement de l'expérience vécue, par le processus
de la lecture, qui permet d'appréhender la réalité poétique du
recueil. Puisque c'est vers la restitution d'un ordre harmonieux que s'oriente la poésie oraculaire de Scève, la négativité n'y est qu'intermittente. On pense au vieil adage si prisé
des humanistes, *per angusta ad augusta* : c'est par un sentier
pénible que l'on accède à la vertu (encore une fois, « vertu »
est à prendre au sens latin et italien de « force de caractère »).
Il faut rappeler le sous-titre du recueil : *Objet de plus haute
vertu*. Scève croit encore aux modèles exemplaires de
l'Antiquité et transcrit en termes poétiques cette périlleuse
mais victorieuse ascension vers le Beau et le Bien.

Dans la quête du plus haut sens (*altior sensus**), non
dépourvue d'angoisse, la mort est là, furtive, vigilante. Mais
elle n'est ni finalité ni « fin finale » : si « la vraie vie est
absente », on peut y accéder néanmoins dans l'au-delà de la
création poétique. Le poète s'est sans doute rendu compte de
l'impossible tâche qui était la sienne : comment parler d'une
expérience ineffable lorsque les mots du langage sont inadé-
quats pour la décrire ? On découvre alors un Scève ficinien,
atteint d'une incurable mélancolie, du « mal d'être » qui
affectait déjà un Pétrarque sûr de contempler le triomphe
final de la lumière sur les ténèbres, de la joie sur la peine,
de la foi sur le doute, de l'entendement sur le non-sens
(Glauser, p. 21-22). On est loin, en fait, du « desdichado »
nervalien ou du contemplatif mallarméen. Ce serait du désir
intense pour une « plus haute vertu » et non d'une quel-

conque aliénation névrotique que viendrait en définitive
l'obscurité scévienne.

Que la Laure de Pétrarque ait existé ou non, qu'elle ait été
Laure de Noves ou Laure de Sabran, les poèmes toscans
s'écrivaient autour d'un signe proposé au déchiffrement :
Laura. En lui et par lui se créaient des équivalences pho-
niques et sémantiques qui, par le biais de la paronomase,
construisaient un vaste réseau d'images. Une telle pratique
n'avait rien d'étonnant chez un poète sensible plus que nul
autre à l'euphonie des noms : n'avait-il pas ajouté lui-même
un second « r » à son patronyme pour corriger la platitude
originelle de *Petracca* et lui donner la courbure arquée du
très beau *Petrarca* ?
    Dans les *Rime sparse*, *Laura* apparaissait comme un rac-
courci sublime pour désigner l'objet d'amour qui en inspire
les vers. Or ce signal (*senhal*) restait paradoxalement absent
du recueil, tel un hiéroglyphe qu'une loi non écrite semblait
frapper d'interdit. Le nom de la femme aimée n'avait le
droit de paraître qu'en se cachant sous d'autres identités
mythiques : identités qui seront toutes des approximations,
c'est-à-dire des approches illicites de l'interdit. Le laurier
(*lauro*) verdit de loin en loin dans le paysage amoureux
pour suggérer par sa transparence formelle la présence de
Laura. Au-delà de l'allégorie, l'arbuste d'Apollon s'incarne
dans le corps du langage, renvoyant sans cesse dans un jeu
de miroirs l'image de Laure à celle du *poète lauréat* couronné des lauriers de la gloire. Dans les six sizains de la
canzone 30 le laurier apparaît à six reprises pour annoncer
l'or (*l'auro*) du tercet final, emblème de la blonde chevelure
de Laure :

> L'auro *e i topacii al sol sopra la neve*
> *vincon le bionde chiome presso agli occhi*
> *che menan gli anni miei sí tosto a riva.*

> [Au soleil, sur la neige, des topazes et de l'or
> la blonde chevelure triomphe, et ces yeux
> qui mènent mes années si tôt vers leur rivage.]
> (P. 102-103, v. 36-38).

L'homonymie n'est suggestive que parce qu'elle rappelle la seule sonorité masculine et féminine qui importe au poète : celle *Laura*.

La paronomase a donc d'abord pour fonction de raviver une présence autrement indicible. Elle est un subterfuge pour « dire sans dire », pour signaler sans nommer ce que Scève appellera le « surnom louable » par excellence (dizain 59). Loin d'être un simple artifice rhétorique, elle crée cette « hésitation prolongée entre le son et le sens », ce qui, pour Valéry, servait à définir l'essence poétique d'un texte. « Évocation par défaut » qu'illustrent mieux que tous autres les vers suivants :

> *Quand' io veggio dal ciel scender l'Aur*ora
> *co la fronte di rose et co' crin' d'*oro,
> *Amor m'assale, ond'io mi discol*oro,
> *et dico sospirando : Ivi è* l'aura ora.

> [Quand je vois descendre du ciel l'Aur*ore*
> avec son front de rose et ses cheveux d'*or*,
> Amour m'assaille, d'où je me décol*ore*
> et dis en soupirant : Ici est *l'aure, ore*.]
> (Sonnet 291, p. 456-457. v. 1-4.)

Parce que l'original s'appuie entièrement sur des paronymes propres à la langue italienne, la traduction est quasiment impossible, en particulier celle du vers 4, sinon en recourant à des archaïsmes : le *souffle* amoureux (*l'aura*) remplace et suscite *ici et maintenant* (*ora*) la présence de Laure (*Laura*). Les rimes forment un réseau de sonorités qui, renchérissant les unes sur les autres, finissent par imposer à l'oreille les phonèmes constitutifs du nom aimé. Les mots à la rime ne renoncent pas à leur sens propre mais se remotivent par contagion mutuelle. Faut-il ne voir ici qu'une série de jeux de mots ? L'élément ludique évident n'est pourtant pas gratuit car il prépare la pointe finale du sonnet :

> *Né di sé m'ha lasciato altro che' l nome.*
> [Elle ne m'a laissé d'elle que son nom.] (*Ibid.*, v. 14.)

C'est le *nom propre* qui a le dernier mot. Pétrarque dévoile enfin ce que les quatrains n'avaient fait que suggérer par la voie des sons. Le sens créé subrepticement par la

paronomase est déchiffré sans ambiguïté. Daphné, transformée en laurier, n'avait laissé que quelques feuilles à
Apollon qui la poursuivait (*Métamorphoses*, I, v. 452-567).
Laure, elle, ne laisse au poète que les sonorités éparses
de son nom : des *rimes éparses* [*rime sparse*], des fragments en langue vulgaire [*rerum vulgarium fragmenta*]. Se
pose alors la question de savoir comment Maurice Scève
transpose cette fabuleuse paronymie amoureuse dans son
propre recueil.

   Comme dans le cas de Pétrarque, la reconstruction du
« vécu » à partir du texte de *Délie* s'avère dangereuse. Les
rapports entre le poète et sa muse, quels qu'ils aient été, n'in-
téressent guère la poésie. Les indices ne sont pourtant ni
minces ni contradictoires. Scève a aimé Pernette du Guillet,
et le dialogue poétique qu'ils ont tenu est dûment attesté.
Mais il y a entre Délie et Pernette une différence de nature,
un *saut* d'identité qui voue, dès le départ, à l'échec l'enquête
du plus fin limier. Certes, la complémentarité des thèmes
dans la *Délie* de l'un et dans les *Rymes* de l'autre accrédite
une liaison spéciale entre les deux poètes. On ne peut cependant en conclure que Délie soit le pseudonyme de l'auteur
des *Rymes*. On ne peut même pas parler de Pernette-prétexte
car, malgré la datation du premier regard (dizain 115), le
texte de la *Délie* ne parle pas de Pernette mais d'une
« Délie » qui, de toute évidence, n'entretient aucun rapport
avec l'épouse de M. du Guillet.
   Qui sait d'ailleurs si les allusions voilées à la chronologie
ne sont pas cultivées, sciemment, pour souligner l'illusion
d'une aventure réelle ? La même démarche qui fait chercher
Laure de Noves ou Laure de Sabran sous le nom de
« Laura » conduit les pernettistes à interpréter l'*effet de réel*
observé dans quelques poèmes au sens d'un constat d'identité. Le trompe-l'œil fonctionne mais au profit de qui ? Si
l'on rejette la résolution biographique comme abusive, cela
ne veut pas dire qu'il faille dénier à « Délie » toute fonction
référentielle. Cautionnée par l'érudition humaniste, la déno-
tation du mythe, elle, s'impose à la lecture. L'identification
Délie avec la *Delia* mythique est clairement annoncée :

> Comme Hecaté* tu me feras errer
> Et vif et mort cent ans parmi les Ombres* ;
> Comme Diane au Ciel me resserrer*,
> D'où descendis en ces mortels encombres* ;
> Comme régnante aux infernales ombres
> Amoindriras ou accroîtras mes peines.
> Mais comme Lune* infuse* dans mes veines
> Celle tu fus, es et seras DÉLIE,
> Qu'Amour a jointe à mes pensées vaines
> Si fort que Mort jamais ne l'en délie. (Dizain 22, p. 64.)

Dans les six premiers vers, Délie est assimilée à trois déesses qui règnent dans trois sphères redoutées de l'Au-delà : une Hécate qui condamne l'amoureux à l'errance parmi les Ombres ; une Diane qui se venge de ce nouvel Orion en le clouant à la voûte céleste ; enfin une Proserpine, reine des Enfers, qui prend plaisir à le torturer. Les quatre derniers vers, en revanche, proposent une solution moins sinistre puisque Délie prend les attributs de la déesse lunaire qui, chez les néo-platoniciens, symbolise l'âme de l'univers (Duval). La souffrance hyperbolisée de l'amant tout comme sa jouissance exaltée prennent une dimension véritablement cosmique. Ainsi, le nom même de Délie libère donc une énergie poétique considérable.

Ailleurs, pour l'humaniste de 1544, « Délie » est aussi la Diane délienne, déesse de Délos et sœur de Delius-Apollon. Identité qui rend bien compte du caractère « inexorable » (dizains 242, 394) de la « Belle Dame sans Merci » et de la lutte que se livrent dans le cœur de l'amant le désir charnel et la soif d'absolu. Le recueil s'ouvre par quatre vers où s'exprime le désir intense de « décrire » l'amour idéal chez un poète très conscient de sa tâche et qui se donne pour mission de refuser les séductions du couple Vénus-Cupidon :

À SA DÉLIE

> *Non de Vénus* les ardents étincelles,
> Et moins les traits desquels Cupido tire,
> Mais bien les morts qu'en moi tu renouvelles
> Je t'ai voulu en cet Œuvre décrire. (P. 49, v. 1-4.)

Dénégation théâtrale des plaisirs de la chair, qui laisse entrevoir pourtant l'attrait que ceux-ci représentent. On ne dirait jamais un « non » aussi tonitruant à Vénus si on ne se sentait pas terriblement menacé par elle !

À mesure que les dizains s'accumulent, le personnage de Délie subira de nouveaux avatars. Elle se confond avec Daphné (102, 310), Dictimne (343) et Dyotime (439). Elle diffuse le plus souvent son rayonnement lunaire, mais son identité reste instable. Chaque dizain la soumettra à de nouvelles métamorphoses. Les « déserts de Libye » (415) et l'« odorante Sabée » (166) lui font faire un voyage affectif qui l'éloigne de Délos et du monde hellénique. Le basilic (1) et la salamandre (199) la conduisent, *via* Sannazar et Chariteo, dans la fabuleuse nature de Pline, tandis que le lynx (321) ou le grillon (153), le cèdre (372) ou la myrrhe (378), la ramènent au bestiaire et à la pharmacopée médiévale.

Hécate, Diane et Proserpine sont donc bien loin d'épuiser la richesse mythique de Délie ; elles n'en sont qu'un moment temporaire mais il est significatif. Le dizain 22 n'est qu'une étape dans le parcours de la lecture. Délie, joliment devenue « Lune infuse » dans les veines de l'amant-poète, possède cette intériorité sourde et lumineuse qui travaille l'âme du dedans. Passé, présent et futur sont rassemblés dans une forme incantatoire : « Celle tu fus, es et seras DÉLIE » : synthèse trinitaire qui défie le temps et dont la liturgie consacre la pérennité à la fois souffrante et glorieuse.

C'est ce qui fait regretter à l'amant de lui avoir donné ce nom :

> Pardonnez-moi si ce nom lui donnai,
> Sinistrement pour mon mal invemté ;
> Cuidant* avoir du bien plus que je n'ai,
> J'ai mon procès contre moi intenté.
> (Dizain 394, p. 271, v. 1-4.)

Scève n'hésite pas à imiter Pétrarque en jouant sur les sons. L'équivoque entre « Délie » et « deslie » (dizain 22, v. 10) montre bien que la mort même ne pourra jamais lui faire oublier sa bien-aimée. Il reste ici un disciple des grands rhétoriqueurs. L'interprétation cratylique s'impose. De même que dans le dialogue de Platon Socrate démontrait que le nom de Zeus contient en soi sa propre définition, de même Scève cherche à démontrer que celui de Délie renferme la clé de son recueil, l'impossibilité de renoncer à sa présence. Si

le mot « Zeus » signifie vie, « Délie » signifie lien perpétuel :
entre les amants le lien est si fort que même la mort ne peut
le rompre. L'expression « que Mort jamais ne l'en *délie* »
(v. 10) peut pourtant s'entendre à l'indicatif (c'est un fait : le
lien existe et dure) ou au subjonctif (c'est un souhait : puisse
le lien toujours durer !).

Dès le XVIᵉ siècle, on s'est aventuré à gloser le sens du
nom ou du « surnom louable » de Délie. C'est à La Croix du
Maine que revient l'honneur et le mérite d'avoir, le premier,
remarqué que « DÉLIE » était l'anagramme de « L'IDÉE ».
Ce jeu de mots savant ne faisait que renforcer le thème platonicien de l'ascèse nécessaire à toute quête de la perfection
idéale. Si chez Pétrarque le nom de Laure se trouvait frag-
menté au gré des vers des *Rime sparse*, celui de Délie devait
connaître un sort assez semblable. Par exemple, le montage
en parallèle des rimes « *perni*/cieux »// »*déli*/cieux » (dizain
351) suggère, tout en le voilant, le rapport entre *Pern*/ette et
Déli/e. L'oxymore « Doulce ennemye » sur lequel s'ouvre le
dizain 197 désigne Délie à la fois par son sens et par ses
sonorités : il peut se lire comme le développement des lettres
du « surnom louable ». Car « Délie » est le lieu de la *coïnci-*
dence des contraires (dizain 447). Elle est l'incarnation
d'une figure de rhétorique, l'*antipéristase*, par laquelle toute
qualité tend à renforcer celle à laquelle elle s'oppose. Scève
le dit d'ailleurs fort bien :

> Et quant à moi qui sais qu'il ne lui chaut,
> Si je suis vif ou mort ou en extase*,
> Il me suffit pour elle en froid et chaud
> Souffrir heureux douce *antipéristase**.
> (Dizain 293, p. 214, v. 7-10.)

La structure binaire du nom symbolique de la dame trouve
son correspondant visuel dans la plupart des emblèmes qui
ornent les éditions du XVIᵉ siècle. Pour prendre l'exemple du
premier emblème du recueil, intitulé « La Femme et la
licorne », le thème de l'animal blessé s'accorde bien avec le
cliché pétrarquiste de la chasse et des flèches d'Amour. Mais
c'est la pointe du dizain d'appui qui explicite la curieuse
conciliation des opposés : « En sa beauté gît ma mort et ma
vie » (dizain 6, v. 10). L'antagonisme « mort/vie » finit par
se résoudre dans l'objet poétique qui est aussi « objet de plus

haute vertu ». Les emblèmes, placés de neuvaine en neuvaine, sont chargés d'opposer la clarté aux ténèbres
(emblèmes 6, 37, 40…), le plaisir à la peine (emblèmes 8,
20, 31…), la mort à la vie (emblèmes 1, 11, 27…). C'est que
Délie attire et repousse à la fois (emblème 4), obligeant
l'amant à la fuir et à la poursuivre (emblèmes 18, 35).

Le poète, lui, choisit l'araignée (l'« Yraigne* », emblème
46) comme insecte totémique pour représenter le sort qui est
le sien, à la fois heureux et malheureux. Au cours des quatre
cent quarante-neuf dizains, il ne cesse de secréter une toile
verbale dont il est fier, tout en se sentant prisonnier du
réseau qu'il a ainsi tendu. Attitude tragique qu'évoque avec
force la pointe du dizain d'appui : « Je me meurs pris ès*
rets* que j'ai tendu » (d 411, v. 10). Car résoudre l'énigme
de *Délie*, ce serait réaliser l'union des contraires, l'*hermaphrodite** qu'évoque l'un des derniers dizains :

> Or si le sens, voie de la raison,
> Me fait jouir de tous plaisirs autant
> Que ses vertus*, et sans comparaison
> De sa beauté toute autre surmontant*,
> Ne sens-je en nous parfaire en augmentant
> L'hermaphrodite*, efficace amoureuse ?
> (Dizain 435, p. 293, v. 1-6.)

Dans le dialogue imaginaire qu'il entretenait dans son
œuvre avec saint Augustin, Pétrarque évoquait le figuier des
Confessions sous lequel l'illustre pécheur avait eu sa conversion (I, p. 41 *sq.*). Ce moment décisif pour la carrière du
futur évêque d'Hippone allait devenir un événement inséparable de la tradition patristique dans laquelle il venait à son
tour prendre place et qui lui donnait tout son sens. Depuis
cette fameuse conversion, la symbolique du figuier ne pouvait plus être la même. L'arbre de la Chute, l'arbre stérile
producteur de la figue avortée, était devenu l'arbre du
rachat : un appel à une nouvelle interprétation des signes
dont le Verbe divin avait révélé le sens ultime. À ce figuier
de l'espoir Pétrarque opposait l'arbuste du poète, le laurier,
intimement associé à sa propre expérience. Certes, le figuier,
concédait Pétrarque, était gage de pardon et de salut pour

l'humanité, mais le laurier avait pour l'amant et le poète un sens autrement plus personnel. L'arbre d'Apollon frôlait sans doute l'idolâtrie, puisqu'il établissait une circularité autarcique, coupée de la transcendance référentielle : le laurier renvoyait à Laure dont l'évocation assurait la gloire du *poète lauréat*, couronné de laurier. Pétrarque ne voyait pourtant pas de contradiction entre l'acceptation du symbole universel de la rédemption et l'adoption d'un emblème païen sur lequel se fondait l'autonomie de son identité poétique (Freccero).

Avec Scève, auteur du premier *canzoniere* français, l'autonomie et la circularité du symbole s'affirment de façon différente mais tout aussi décisive. L'intertexte biblique offre un contrepoids inattendu à la thématique pétrarquiste dont on est souvent pressé d'accorder l'exclusivité à *Délie* (Donaldson-Evans, 1989). Faut-il alors replacer le recueil dans un contexte évangélique de type érasmien ? Certains dizains constituent une mise en garde contre la fragmentation de la chrétienté, une réponse à la dégénérescence des valeurs morales et une invitation à entreprendre un renouveau spirituel (Skenazi, p. 13, 149-150). Cependant, Scève semble enlever au concept moral d'un « ferme amour » (Defaux) le rôle déterminant qu'il occupe chez les penseurs évangéliques. L'auteur de la *Délie* entend se démarquer de l'apologétique chrétienne pour chanter la « flamme » d'un amour strictement humain.

Un écart se creuse entre la métaphysique encore augustinienne de Pétrarque et celle de Scève. Le cadre moral et religieux du XVIe siècle n'est plus celui du XIVe siècle. Le nominalisme, l'occamisme et leurs résurgences ont bouleversé l'*épistémè* de la chrétienté ; le rationalisme padouan a ébranlé les bases du thomisme ; la question du salut et des fins dernières est évacuée du chant poétique, même si l'amour reste incarné dans un *Objet de plus haute vertu* (Defaux ; Rigolot, p. 173-86 ; Fenoaltea). Tout en recourant à un vocabulaire qui évoque la présence du sacré, il semble bien que Scève transpose la lettre de l'Écriture sainte dans le domaine profane qui est le sien : celui de sa propre poésie.

L'un des événements culturels des débuts du XVIe siècle est la traduction du Nouveau Testament en français par Jacques Lefèvre d'Étaples. Elle paraît à Paris en 1523. Le second

tome s'ouvre par une « Épître exhortatoire » où le traducteur incite ses lecteurs « sans lettres » et qui ne sont « point
clercs » à lire les épîtres de saint Paul dans la langue vulgaire
grâce à laquelle il les rend accessibles. Lefèvre nous brosse
un portrait vibrant de l'apôtre Paul, rempli de l'amour du
Christ au point que ce n'est plus lui qui vit en Dieu mais
Dieu qui vit en lui. Le passage mérite d'être cité en entier :

> [II] ne vivait plus de son esprit mais vivait de l'esprit de
> Dieu, ou « Dieu en lui » comme lui-même le témoigne
> quand l'amour de Jésus-Christ qui était en lui supera-
> bondante* le faisait écrire : « Vivé-je moi et non point
> moi : mais Jésus-Christ vit en moi. » Il était si plein de
> Jésus-Christ que tout ce qu'il pensait était Jésus-Christ,
> tout ce qu'il parlait : Jésus-Christ (Lefèvre, A, v v°, vi r°).

Rempli de la présence de Délie, l'amant scévien ne
s'exprime pas autrement. On pourrait dire de lui, en trans-
posant les noms, ce que Lefèvre nous dit de saint Paul. Car
il était si rempli de la présence de Délie que « tout ce qu'il
pensait était Délie, tout ce qu'il parlait : Délie ». Le thème
paulinien de la mort à soi-même, qui a pour corollaire celui
de la vie en l'autre, est comme repris ici sur un mode profane, la nouvelle déesse venant se substituer au Dieu chrétien
et exigeant même renoncement à soi et même conversion en
l'autre. Dès le huitain initial, nous avons vu que le non !
lancé avec défi à Vénus et à Cupidon affirmait le désir d'un
amour d'une autre nature, épuré, obsessif, totalitaire (v. 1-4).
    Pleinement conscient de ce qui lui arrive, l'amant raconte
au premier dizain comment cet amour unique est venu le
« pénétrer » au plus profond de lui-même, « en l'Âme de
[son] Âme » (v. 6). Le premier emblème allie déjà visuelle-
ment et verbalement la perte de la vie à une nouvelle naissance. Telle est la fonction de la devise qui orne le signe
visuel : « Pour le voir [infinitif substantivé] je perds la vie. »
Il n'est pas question de penser à une alternative. Comme le
dira Claudel à propos de sa propre conversion, on assiste ici
à un véritable « coup d'état de la grâce ».
    Le désir de remplacer le nom de Jésus-Christ par celui
d'une idole féminine se trouve confirmé par la composition
numérique du recueil. Pourquoi Scève a-t-il composé quatre
cent quarante-neuf dizains ? La réponse nous est fournie par

Lefèvre lui-même dans l'« Épître exhortatoire » déjà citée (Febvre, Graff, Donaldson-Evans 1989, p. 9 et 15) :

> *Quatre cent quarante-neuf fois* ou plus il [saint Paul] a en ses épîtres nommé le nom de Jésus-Christ (Lefèvre, A, vi r°).

Le nouveau converti montre son attachement total et irréversible à l'objet de sa « conversion ». Loin d'être critique, parodique ou même blasphématoire, la transposition de l'amour sacré dans l'expérience profane permet d'élever celle-ci au plus haut niveau, au *sublime*. Loin de mettre en contradiction le culte de la Dame et celui de Dieu, la « fureur » amoureuse instaure un espace poétique où leur coexistence s'avère en harmonie.

Pontus de Tyard, ami de Scève et théoricien du néoplatonisme français à Lyon, tenait à la même époque un discours révélateur à ce sujet :

> Sous [cette fureur divine] sont cachées toutes les plus abstraites et sacrées choses, auxquelles l'humain Entendement puisse aspirer [...]. Car il ne faut pas croire que, [...] n'étant la torche de l'Âme allumée par l'ardeur de quelque fureur divine, nous puissions en aucune sorte nous conduire à la connaissance des bonnes doctrines et sciences – et moins nous élever en quelque degré de vertu (p. 18).

Nous retrouvons ici l'« objet » scévien « de plus haute vertu ». La théorie de l'amour profane, telle qu'elle s'esquisse dans la *Délie*, prend donc place dans un cadre métaphysique clairement balisé, où le laurier de Pétrarque et de ses imitateurs se substitue à l'arbre emblématique d'une autre conversion : le figuier de saint Augustin.

Or la transposition du religieux au profane affecte aussi le désir obsessionnel de concision dans le cadre du discours paulinien sur l'intelligibilité. Dans la *Première Épître aux Corinthiens*, en effet, saint Paul, réagissant contre certains excès charismatiques, adjurait ses condisciples de ne pas se laisser leurrer par un langage débridé. L'extraordinaire phénomène qui avait commencé à la Pentecôte lorsque les apôtres, remplis de l'Esprit saint, s'étaient mis à « parler en langues, » risquait de dégénérer. Et Paul entendait ramener les Corinthiens au « bon sens » de la communication verbale

(I Cor. 14 : 18-19). Dans son édition du Nouveau Testament, Jacques Lefèvre d'Étaples traduisait l'original grec de ce passage de la Vulgate de façon suivante :

> Je rends grâces à Dieu que je parle les langages de vous tous. Mais j'aime mieux parler *cinq parolles en mon sens* en l'Église, afin que j'instruise les autres, que *dix mille paroles en langage* [*commun*] (Lefèvre, II, p. vi b).

On peut se demander si Maurice Scève n'a pas faite sienne – mais pour la détourner à son profit comme l'avaient fait Dante et bien d'autres avant lui – cette recommandation aux Corinthiens, préférant prononcer « cinq parolles en [son] sens » que « dix mille » dans un bavardage gratuit. Tout l'édifice poétique des quatre cent quarante-neuf dizains reposerait alors sur une prosodie fondée sur ces « cinq paroles » (*quinque verba*) qui, selon Paul, sont celles de la communication selon l'Esprit. Scève ne se serait pas contenté de suivre l'apôtre en redisant la force de son amour « quatre cent quarante-neuf fois » (Lefèvre, A, vi r°) ; il aurait choisi de l'imiter encore en prenant à la lettre son plus cher conseil aux Corinthiens. Et les cinq mots sur lesquels s'ouvre le recueil serviraient de définition sacrée à *Délie* : « Objet de plus haute vertu* ».

Si l'on compare l'aspect formel des recueils de Pétrarque et de Scève, la différence est elle aussi considérable. On ne trouve dans *Délie* ni ballades, ni chansons, ni madrigaux, ni sonnets. Le dizain carré (dix vers de dix syllabes) règne austère et solitaire dans l'espace du texte. La conception iso-strophique et isométrique du recueil contraste nettement avec celle, ondoyante et diverse, de son prédécesseur. Le Florentin voulait exprimer par la multiplicité formelle de ses *Rimes éparses* la diversité des émotions dans leur succes-sion. La variété des poèmes laissait croire à la spontanéité, et donc à la sincérité des sentiments. Pétrarque avait réussi à encoder dans son texte la fraîcheur même de la voix.

C'est ce code que refuse l'auteur de la *Délie* et c'est contre lui qu'il entend écrire son œuvre. Les quatre cent quarante-neuf dizains balladiques, coulés dans le même moule stro-phique, imposent la réitération d'un seul mode de lecture.

Scève impose au lecteur une syntaxe torturée pour empêcher précisément l'immédiateté pétrarquienne de la voix. Le
dizain de Prométhée en fournira l'illustration. La comparaison avec le grand supplicié de l'Antiquité se fait elle-même
torture. Le double du héros mythique est enchaîné sur un
nouveau Caucase, celui de sa souffrance intérieure ; et le
vautour s'est métamorphosé en un « ardent désir », non plus
pour lui dévorer le foie, mais pour lui « ronger l'esprit » :

> Au Caucasus* de mon souffrir* lié
> Dedans l'Enfer de ma peine éternelle,
> Ce grand désir de mon bien oublié,
> Comme l'Autour* de ma mort immortelle,
> Ronge l'esprit par une fureur* telle
> Que, consommé* d'un si ardent poursuivre*,
> Espoir le fait, non pour mon bien, revivre,
> Mais pour au mal renaître incessamment*,
> Afin qu'en moi ce mien malheureux vivre*
> Prometheus* tourmente innocemment*. (Dizain 77.)

L'œil s'arrête sur les aspérités d'un texte qui se refuse à
une compréhension aisée. Les escarpements de la syntaxe
(une seule phrase immense, bardée de subordonnées), les
ambiguïtés du lexique (« mon bien oublié », « ma mort
immortelle », « tourmente innocemment »), les transgres-
sions grammaticales (substantivation généralisée de l'infinitif : « mon souffrir », « un si ardent poursuivre », « ce mien
malheureux vivre ») : autant d'obstacles qui obligent le discours à se recentrer sur lui-même. Dans la complexité des
enchaînements émergent quelques mots clés que la paronymie monte en parallèle : « Caucasus »//« Prometheus » ;
« incessamment »//« innocemment ». Nous avons quitté
l'ailleurs de la fable antique pour pénétrer dans le for intérieur d'un homme qui parle à la première personne : en
l'espace de ces dix vers, « moi » et « mien » apparaissent une
fois ; « ma », deux fois ; « mon », trois fois. Le sens du
poème peut se résumer ainsi : en moi c'est Prométhée qu'on
torture, mais le sort du fameux supplicié n'est rien à côté du
mien (Cornilliat).

Entre Pétrarque et Scève, il y a non seulement l'imprimerie et la fixation du texte sur la page (les emblèmes attestent
le rôle de l'imprimeur dans la composition du recueil), mais

ce qu'on appellera bientôt la *rhétorique ramiste*. La *Délie*
(1544) précède de quelques années la *Dialectique* de Pierre
de La Ramée (1555), mais les deux ouvrages procèdent du
même outillage mental et fonctionnent selon des paradigmes
semblables. Avec la conception du poème comme *objet spa-
tialisé*, le lecteur est placé devant la surface frontale des mots
pour les voir avant de les comprendre : le *Caucasus** du premier vers appelle verticalement le *Prometheus** du dernier.
Cette promotion du visuel, rendue possible par la découverte
de la perspective, a pour effet de « dévitaliser l'univers, d'af-
faiblir le sens de la présence et par là de désacraliser le
monde, le réduisant à un pur agrégat d'objets » (Ong). C'est
aussi le dévoilement des mécanismes de ce qu'on a appelé un
« inconscient graphique » (Conley). Sans vouloir forcer ce
parallèle entre l'écriture scévienne et la dialectique ramiste,
il faut constater une orientation commune vers un monde
organisé selon une disposition spatiale et où la vue est de plus
en plus sollicitée pour la compréhension du message [1].

En marge de ce désir de contrarier l'autorité de Pétrarque,
il est un autre élément qui peut motiver l'obscurité de Scève.
C'est la rivalité avec Clément Marot. Comme nous l'indiquent
les premiers vers, la *Délie* se présente comme un recueil
d'« épigrammes ». Le mot vaut la peine qu'on s'y arrête car
il est nouveau en français : il apparaît pour la première fois
dans le *Recueil* que Marot dédie en mars 1538 au connétable
de Montmorency (*OP*, II, p. 978). Car Maître Clément en est,
sinon l'inventeur, du moins le diffuseur. Six ans avant la
parution de la *Délie*, deux « livres d'épigrammes » avaient été
publiés sous la signature de Marot. Ce qui caractérise cette
nouvelle forme poétique, c'est le flou de sa définition. En
effet, sont appelées épigrammes (le mot, d'abord masculin,
passera ensuite au féminin) des pièces de diverses longueurs
(vers de deux à douze syllabes), de longueur inégale (de
quatre à quarante-deux vers), de fonction différente (blasons,
envois, étrennes), de registre varié (lyrique, encomiastique,
satirique…) et d'inspirations multiples (certains, « faits à
l'imitation de Martial », seront publiés plus tard dans l'édition
posthume de 1547). On observe aussi une grande variété

---

1. Voir chapitre 2, *supra*.

dans la disposition des rimes : depuis la rime plate dans l'épigramme de deux vers jusqu'aux combinaisons les plus complexes dans les longs poèmes.

Tout change, en revanche, dans la *Délie* où l'épigramme
désigne exclusivement le dizain isométrique et isostro-
phique. Si Marot a lancé, à Lyon en 1538, l'épigramme française à géométrie variable – celle sur laquelle légiférera
Thomas Sébillet dans son *Art poétique françois* de 1548
(II, i, p. 103 *sq.*) –, Maurice Scève veut lui imposer une
forme fixe. Pour cela, il adopte la strophe qui dominait chez
son prédécesseur, le dizain balladique en décasyllabes sur
quatre rimes. Au refus de la mutabilité pétrarquienne
s'ajoute celui de la variété marotique. Scève adopte pour son
recueil ce que, plus tard, Apollinaire appellera « le poème en
forme de morceau de sucre ». Un tel parti se trouve énoncé
dès le huitain liminaire déjà cité :

> Non de Vénus les ardents étincelles,
> Et moins les traits desquels Cupido tire,
> Mais bien les morts qu'en moi tu renouvelles
> Je t'ai voulu en cet Œuvre décrire.
> Je sais assez que tu y pourras lire
> Mainte erreur même en si durs Épigrammes.
> Amour, pourtant, les me voyant écrire
> En ta faveur, les passa par ses flammes. (P. 49, v. 1-8.)

Le mot « erreur », dont nous avons vu l'importance dans la
tradition augustinienne, signale aussi un *écart* par rapport à
la double norme poétique acceptée, pétrarquienne et marotique. La fixité s'affirme comme une déviance par rapport à
une pratique poétique.

La référence à Marot est d'ailleurs explicite. Le huitain de
Délie est le décalque du quintil liminaire que Maître Clément
avait dédié à Anne d'Alençon, sa « sœur d'alliance », au
seuil du *Second Livre des Épigrammes* :

> À Anne
>
> Anne, ma sœur, sur ces maints Épigrammes
> Jette tes yeux, doucement regardants,
> Et en lisant, si d'amour ne t'enflammes,
> A tout le moins ne méprise les flammes
> Qui pour t'amour luisent ici dedans.
> (*OP*, II, p. 245, v. 1-5.)

Le thème est identique à quelques variantes près : le feu d'amour luit (Marot) ou brûle (Scève) dans les vers de l'amant, même s'il n'arrive pas à enflammer le cœur de la belle. L'invitation à lire l'œuvre qui commence (« en lisant » chez Marot ; « pourras lire » chez Scève) est sans doute une convention du poème-préface ; mais les échos sonores (« regardant/dedans » pour Marot ; « pourtant/voyant » chez Scève) et surtout la reprise de la rime « Épigrammes/ flammes » ne peuvent tromper. Scève avait sous les yeux une édition lyonnaise de 1538, celle de Dolet ou celle de Gryphe. Un tel rapprochement étonne d'autant moins que le *Second Livre des Épigrammes* était un *proto-canzoniere* à la française : il donnait déjà l'idée de ce que pourrait être un recueil entièrement consacré à une seule femme. De plus, il exhibait en son centre une pièce adressée « À Maurice Scève Lyonnais », et cette pièce était justement un huitain (*OP*, II, p. 274).

On peut donc assurer que le poète lyonnais avait de bonnes raisons de s'intéresser aux épigrammes de Marot. Les deux écrivains s'étaient liés pendant le séjour de Marot à Lyon à la fin de 1536, et l'avis « Aux Lecteurs » du *Petit Œuvre d'Amour* scévien comporte un éloge passionné de « Clément [...] de tous [les poètes] le plus grand et le meilleur » (p. 699-700). Cependant, la gloire de Marot avait passé. Entre 1537 et 1542, il n'écrivait plus guère que des poèmes de circonstance. Si l'on excepte la traduction des *Psaumes* et l'*Églogue au roi* de 1539, on peut dire que Marot n'écrit plus désormais de grande œuvre. La succession du « prince des poètes » était ouverte, et Scève n'était pas le dernier à le savoir.

*

BIBLIOGRAPHIE

Castor, Grahame, *Pléiade Poetics*, Cambridge University Press, 1964 ; trad. fr. Y. Bellenger, *La Poétique de la Pléiade*, Paris, Champion, 1998.

Cave, Terence, « Scève's *Délie* : Correcting Petrarch's Errors ». *Pre-Pléiade Poetry*, éd. Jerry C. Nash, Lexington, French Forum Publishers, 1985, p. 112-124.

CONLEY, Tom, *The Graphic Unconscious in Early Modern French Writing*, Cambridge University Press, 1992 ; trad. fr., *L'Inconscient graphique. Essai sur l'écriture de la Renaissance*, Presses Universitaires de Vincennes, 2000.

CORNILLIAT, François, *Or ne mens. Couleurs de l'éloge et du blâme chez les « grands rhétoriqueurs »*, Paris, Champion, 1994.

COTTRELL, Robert D., « *Graphie, phonè*, and the Desiring Subject in Scève's *Delie* », *L'Esprit Créateur*, t. XXV, n° 2 (1985), p. 3-13.

DEFAUX, Gérard, « L'Intertexte marotique de la *Delie* : Maurice Scève et "ferme amour" », in *A Scève Celebration. Délie 1544-1994*, éd. J. C. Nash, Stanford French and Italian Studies : Anma Libri, 1994, p. 23-41.

DE ROCHER, Gregory, « The curing text : Maurice Scève's Delie as the *Delie* », *Romanic Review*, LXXVIII, 1 (1987), p. 10-24.

DONALDSON-EVANS, Lance K, *Love's Fatal Glance : A Study of Eye Imagery in the Poets of the Ecole Lyonnaise*, University of Mississippi : Romance Monographs, 1980.

—, « Love Divine, all Loves Excelling : Biblical Intertextualities in Scève's *Delie* ». *French Forum*, 14 (1989), p. 5-16.

DUVAL, Edwin M., « "Comme Hecaté" : Mythography and the Macrocosm in an Epigramme by Maurice Scève », *Bibliothèque d'Humanisme et Renaissance*, 41 (1979), p. 7-22.

FEBVRE, Lucien, *Autour de l'« Heptaméron ». Amour sacré, amour profane*, Paris, Gallimard, 1971.

FENOALTEA, Doranne, « Scève's *Delie* and Marot : A Study of Intertextualities », in *Pre-Pléiade Poetry*, éd. J. C. Nash, Lexington, French Forum Publishers, 1985, p. 136-153.

FRECCERO, John, « The Fig Tree and the Laurel : Petrarch's Poetics », in *Literary Theory/Renaissance Texts*, éd. P. Parker et D. Quint, Baltimore, The Johns Hopkins University Press, 1986, p. 20-32.

FRELICK, Nancy M., « Absence in Presence. Death in Life : A Study of the Poetics of Desire in Scève's *Delie* through an Analsis of Dizain 144 », *Romanic Review*, LXXX, 3 (1989), p. 350-362.

GLAUSER, Alfred, *Le Poème symbole*, Paris, Nizet, 1967.

GRAFF, Marc, « Nombres et emblèmes dans *Delie* », *Réforme, Humanisme, Renaissance*, n° 12 (décembre 1980), p. 10-11.

HORACE, *Art poétique*, in *Épîtres*, éd. François Villeneuve, Paris, Les Belles Lettres, 1967.

KRITZMAN, Lawrence D., *The Rhetoric of Sexuality and the Literature of the French Renaissance*, Cambridge University Press, 1991, p. 151-169.

LEFÈVRE D'ÉTAPLES, Jacques, *Le Nouveau Testament*, Paris ou Meaux, Simon de Colines, 1523 [Bodleian Library, 8Z 454 Th].

NASH, Jerry C., « The Notion and Meaning of Art in the *Délie* », *Romanic Review*, n° 71 (1980), p. 28-46.

—, *The Love Aesthetics of Maurice Scève. Poetry and Struggle*, Cambridge University Press, 1991.

ONG, Walter J., *Ramus, Method, and the Decay of Dialogue*, Cambridge (Massachussets), Harvard University Press, 1958.

PÉTRARQUE, François, *Canzoniere. Le Chansonnier*, éd. P. Blanc, Paris, Bordas, 1988.

—, *Secretum*, in *Prose*, éd. G. Martellotti, Milan, Ricciardi, 1955.

RABELAIS, François, *Œuvres complètes*, éd. M. Huchon, Paris, Gallimard, 1994.

RIGOLOT, François, *Le Texte de la Renaissance. Des rhétoriqueurs à Montaigne*, Genève, Droz, 1982.

SAULNIER, Verdun-Louis, « Maurice Scève et la clarté », *Bulletin de l'Association Guillaume Budé*, n° 5 (1948), p. 96-105.

—, *Maurice Scève*, Paris, Klincksieck, 1948, 2 tomes.

SCÈVE, Maurice, *Délie*, éd. F. Charpentier, Paris, Gallimard, 1984.

—, *Le Petit Œuvre d'Amour*, in *Le Opere minori*, éd. E. Giudici, Parme, Guanda, 1958.

SÉBILLET, Thomas, *Art poétique français* (1548), éd. F. Gaiffe et F. Goyet, Paris, Nizet, 1988.

SKENAZI, Cynthia, *Maurice Scève et la pensée chrétienne*, Genève, Droz, 1992.

TYARD, Pontus de, *Solitaire Premier*, éd. S. F. Baridon, Genève et Lille, Droz, 1950.

CHAPITRE 9

Un nouvel Orphée :
masculin et féminin

> « Que mon Orphée, hautement anobli,
> Malgré la Mort, tire son Eurydice
> Hors des Enfers de l'éternel oubli ! »
>
> *Maurice Scève.*

Le vaste répertoire des mythes de l'Antiquité gréco-latine pèse lourdement sur le désir poétique à la Renaissance. Ce qu'on appelle alors « poétrie » ne désigne pas la poésie au sens où nous l'entendons aujourd'hui, mais le grand livre des légendes païennes dans lequel tout poète est censé puiser pour établir son autorité et sa crédibilité (Jung)[1]. L'élément mythologique joue un rôle privilégié dans les recueils de poésie parce qu'il fait partie de l'« horizon d'attente » du lecteur de l'époque. Certes, les mythes anciens se transmettent en se renouvelant au cours des siècles. La donnée de base reste la même, mais chaque « repreneur » en retisse le fil narratif à sa façon. L'originalité est moins dans l'*invention** (le choix des arguments) que dans l'*élocution* (le style, le choix des figures) et la *disposition* (la façon de les arranger dans un texte). Tout poète sait que c'est sur cet « art de reprendre » qu'il sera jugé.

La vie des mythes procède, au cours du temps, par accumulation d'exégèses. On ajoute des interprétations et on en efface d'autres. Certains épisodes sont retenus, amplifiés ; d'autres, tronqués, mis en sourdine. Un lent travail de décantation se produit. Tel est le destin d'Orphée : le premier chantre d'Occident connaît une fortune particulièrement riche à la Renaissance. À une époque où l'on rêve d'une

---

1. Voir chapitre 3, *supra*.

union retrouvée entre musique et poésie, et où la tradition
hellénique fait l'objet d'un nouveau culte, on ne s'étonne
pas que la légende du poète-musicien des origines fasse
l'objet d'un nouvel intérêt. Quel poète ne se flatterait pas
d'être la réincarnation du musicien dont la simple mais
sublime mission était d'adoucir les mœurs de ses contemporains ? (Buck, Détienne, Joukovsky, Walker) [1].

Dans les années 1540, Lyon a eu son Orphée en la personne
de Maurice Scève [2]. Le poète de la *Délie* s'est, en effet, donné
pour mission de réaliser une telle promesse. S'il compare
son sort à celui du chantre de Thrace, c'est pour exploiter un
amer contraste qui convient à la coloration de son poème :

> Chantant, *Orphée*, au doux son de sa lyre,
> Tira Pitié du Royaume impiteux*,
> Et du tourment apaisa toute l'ire,
> Qui pour sa peine est en soi dépiteux*.
> En mon travail*, moi, misérable, honteux
> Sans obtenir tant soit petite grâce,
> N'ai pu tirer de sa bénigne face,
> Ni de ses yeux une larme épuiser,
> Qui sur mon feu eusse vive efficace*,
> Ou de l'éteindre, ou bien de l'attiser.
> (Dizain 316, p. 227, v. 1-10.)

Au contraire de l'Orphée de la légende, qui avait su api-
toyer les plus impitoyables destinées, le poète de *Délie* n'a
pu amener celle qu'il aime à s'attendrir sur son malheur. La
larme qu'il n'a pas obtenue d'elle devient soudain le symbole ambivalent de son désir : ce simple signe de compassion lui aurait été cher, même si, au lieu d'« éteindre » sa
passion, il n'avait fait que l'« attiser » de plus belle. Cruelle
Délie qui cache sous des dehors favorables (« sa bénigne
face ») une farouche insensibilité. Odieuse tromperie sur
l'apparence qui confirme un pressentiment : et si Eurydice
s'était transformée en déesse infernale ?

1. Voir *supra*, chapitre 1.
2. Voir chapitre 8, *supra*.

L'Orphée de Scève n'est pas celui de la fable traditionnelle. Intériorisé, il est devenu un autre lui-même, une figure
de ce « moi misérable » qui lui ressemble étrangement. Le
nouveau poète est très conscient de cette appropriation personnelle de la figure mythique. Vers la fin du recueil, ce ne
sera plus « Orphée », mais « mon Orphée » :

> Ainsi qu'Amour en la face au plus beau,
> Propice objet à nos yeux agréable,
> Haut colloqua* le reluisant flambeau
> Qui nous éclaire à tout bien désirable,
> Afin qu'à tous son feu soit admirable,
> Sans à l'honneur faire aucun préjudice,
> Ainsi veut-il, par plus louable indice,
> Que *mon Orphée*, hautement anobli,
> Malgré la Mort, tire son Eurydice
> Hors des Enfers de l'éternel oubli.
> (Dizain 445, p. 299, v. 1-10.)

Cependant, les désastres de l'expérience amoureuse se
trouvent vite transposés sur le plan de la réussite poétique. Si
Délie ne veut pas lui accorder la moindre larme, qu'elle sorte
néanmoins de l'oubli – et le poète avec elle ! Il ira donc la
chercher jusque dans les profondeurs des enfers pour la
ramener, qu'elle le veuille ou non, à la glorieuse vie de la
mémoire humaine. On pense déjà aux vers ultimes du recueil
où le genévrier symbolise cette immortelle consécration :

> Notre Genèvre* ainsi doncques* vivra
> Non offensé d'aulcun mortel Létharge*.
> (Dizain 449, p. 301, v. 9-10.)

Toute infernale qu'elle soit, Eurydice permet donc à
l'Orphée scévien de jouir d'une immortalité amèrement
convoitée. La rondeur des murailles qui entourent la ville de
Lyon se prête d'ailleurs à en recevoir et à en répercuter les
accents lyriques. Le poème met en place une architecture
propre à recueillir le « grief* mal » de la plainte amoureuse :

> Longue silence, ou je m'avanissais*
> Hors la mémoire et des Dieux et des hommes,
> Fut le repos où je me nourrissais,
> Tout déchargé des amoureuses sommes*.

> Mais, comme advient, quand à souhait nous sommes,
> De notre bien la Fortune envieuse
> Trouble ma paix, par trois lustres joyeuse,
> Renouvelant ce mien feu ancien.
> Dont du grief* mal l'Âme toute playeuse*
> Fait résonner le circuyt Plancien*.
> (Dizain 112, p. 114, v. 1-10.)

L'Âme du poète, assaillie par une passion que celui-ci n'avait pas connue depuis quinze ans (« trois lustres »), en fait retentir l'âpre résonance dans un cercle symbolique : celui que formaient autrefois les ramparts bâtis par le gouverneur romain (Colonia I, p. 3-8). Le « circuit Plancien* », devenu l'emblème de Lyon, a de quoi séduire l'oreille du nouveau musicien : « ancien » rime avec « Plancien ». Ce retour aux origines élargit singulièrement l'expérience de l'amant frappé par « la Fortune envieuse » (v. 6) : celui-ci donne à sa passion une dimension universelle en l'intégrant à l'histoire mythique de Lyon consacrée à Vénus. Selon la légende, la ville qui s'étendait sur la colline de Fourvière aurait été détruite par un incendie provoqué par la colère des dieux. Scève fait allusion à ce désastre à deux reprises dans la *Délie* (dizains 26 et 391). Selon lui, c'est Vénus elle-même qui aurait été l'agent d'une telle catastrophe :

> Non (comme on dit) par feu fatal fut arse*
> Cette Cité sur le Mont de Vénus :
> Mais la déesse y mit la flamme éparse.
> (Dizain 391, p. 269, v. 1-3.)

Cet incendie n'est pas sans rappeler celui qui détruisit la ville de Troie. Scève donne à l'antique légende une actualité inattendue. Lorsque l'amoureux brûle d'un feu nouveau, c'est toute la ville qui s'embrase d'un incendie mémorable :

> Je vois en moi être ce Mont Fourvière,
> En mainte part pincé* de mes pinceaux.
> A son pied court l'une et l'autre Rivière,
> Et jusqu'aux miens descendent deux ruisseaux.
> Il est semé de marbre à maints monceaux,
> Moi de glaçons : lui auprès du Soleil
> Se rend plus froid, et moi près de ton œil
> Je me congèle : où* loin d'ardeur je fume.

Seule une nuit fut son feu non pareil :
Las* ! tousjours j'ars* et point ne me consume.
(Dizain 26, p. 66, v. 1-10.)

L'antique colline de Fourvière en flammes s'intériorise dans l'âme du supplicié exemplaire. Les eaux du Rhône et de la Saône coulent, impassibles, dans la vallée alors que deux ruisseaux de larmes descendent jusqu'à ses pieds. Le poète est devenu une figure orphique du macrocosme alors que le paysage qu'il chante prend la place du microcosme. Renversement de perspectives par lequel la ville de Lyon correspond étrangement à la géographie mentale de l'amoureux. Préciosité déjà racinienne qui prévoit que Pyrrhus n'aura plus qu'à rassembler en lui le bourreau et sa victime, pour se déclarer « brûlé de plus de feux qu'[il] n'en allumait »[1].

À son tour, Louise Labé imprimera une forme particulière au mythe d'Orphée en le reprenant à son compte en tant que poète et en tant que femme. Son imitation sera « différentielle » (Dubois, p. 150) en ce sens que l'identification avec la figure masculine devient problématique. Femme, Louise devrait normalement s'identifier à Eurydice. Mais comme, dans la légende, celle-ci se trouve privée de la parole et condamnée à ne vivre que pour mourir, la voix lyrique doit trouver un subterfuge pour s'assimiler au poète masculin et s'approprier, malgré la différence des sexes, le pouvoir poétique prodigué par le mythe fondateur. Louise Labé fera donc tenir un rôle curieusement ambivalent au personnage d'Orphée. Tel est, du moins, ce qui ressort de l'examen de quelques passages-clés du *Débat de Folie et d'Amour* ainsi que d'un sonnet consacré au poète-musicien de la légende.
    Le conte mythologique dialogué en prose qui figure en tête des *Evvres* de 1555 se termine par deux grandes plaidoiries mémorables. Devant Jupiter Olympien qui préside au procès d'Amour et de Folie, Apollon, qui a pris la défense de l'Amour, s'oppose à son collègue Mercure qui s'est rangé du côté de la Folie. Lucien avait fourni un modèle antique à cet

---

1. *Andromaque*, acte I, scène 4, v. 320.

éloge paradoxal qu'Érasme avait ensuite repris dans son
Éloge de la Folie (1511), ouvrage qui avait fait été édité à
Lyon chez Sebastian Gryphe et publié en traduction française chez Galliot du Pré en 1520. *Le Débat* de Louise Labé
recourt par quatre fois à la légende d'Orphée dans des
contextes variés (p. 68-69, 73, 76-77 et 98).

Les deux avocats s'affrontent en choisissant les aspects du
mythe qui conviennent le mieux à leur argumentation. Pour
Apollon, avocat de Cupidon, l'harmonie cosmique ne saurait
exister sans l'Amour, principe d'organisation de l'univers. Il
choisit alors dans le mythe d'Orphée les passages qui servent
son propos :

> Vous ne trouverez point mauvais [dit-il à Jupiter qui juge
> le procès] que je touche en bref* en quel honneur et répu-
> tation est Amour entre les hommes [...]. Quelle peine
> croyez-vous qu'a eue Orphée pour détourner les hommes
> barbares de leur accoutumée cruauté ? (p. 68-69).

Par une série de questions oratoires habilement formulées,
l'avocat élimine une à une les fausses raisons qui auraient pu
pousser le premier poète à entreprendre de pacifier la Nature
par son chant. Qu'on n'allègue pas que ce fut par quelque
soif de « gloire » : en cette aube de la civilisation, une telle
tentation était encore inconcevable. La véritable réponse se
trouve ailleurs :

> L'*amour* qu'il [Orphée] portait en général aux hommes
> le faisait travailler à les conduire à meilleure vie (p. 69).

Le charme de son chant servait une fin supérieure, cette
« amitié » générale entre les êtres et les choses qu'Érasme
avait opposée à la « philautie* », cet « amour de soi » dont
souffrait comiquement Panurge. Orphée avait su trouver, sur
les cordes de sa lyre, les accents qui allaient droit au cœur des
hommes, les incitant à dominer leurs passions et adoucir
leurs mœurs. C'est ce langage nouveau, fondé sur la conciliation universelle qui, pour Apollon, est la grande innovation
d'Orphée. Depuis, tous les poètes ont bien raison de faire de
l'amour leur thème favori ; mais n'oublions jamais que c'est
Orphée qui leur en a soufflé l'idée le premier (p. 76-77).

C'est donc au civilisateur, au chantre de la conciliation,
à la figure emblématique de la *concordia mundi*, que

l'Apollon de Louise Labé accorde d'abord toute son attention. C'est à ce titre qu'il mérite le nom d'« excellent Poète »
(p. 76), c'est-à-dire au sens étymologique de véritable
« créateur ». Il est celui dont la musique a su réconcilier les
partis les plus opposés, adoucir les colères les plus féroces,
amollir les cœurs les plus endurcis :

> C'était la douceur de sa Musique que l'on dit avoir adouci
> les Loups, Tigres, Lions ; attiré les arbres et amolli les
> pierres. Et quelle pierre ne s'amollirait entendant le doux
> prêchement de celui qui amiablement la veut attendrir
> pour recevoir l'impression de bien et honneur ? (p. 69).

À aucun moment il n'est question d'Eurydice et de
l'amour fou qu'avait éprouvé ce mari pour son épouse. Tout
un pan de la légende se trouve éliminé de la plaidoirie
d'Apollon. C'est que l'image de l'excès déraisonnable, de
l'*hubris** fatale, risque de perturber le beau tableau de la
concorde universelle. Chaque fois que la Folie vient se mêler
des affaires d'Amour, c'est pour tout gâter (p. 77).

Toutes sortes de désordres de l'âme et du corps viendront
menacer la société parfaitement policée dont rêve l'idéaliste
plaideur. C'est pourquoi Apollon demande à Jupiter de séparer à tout jamais l'Amour de la Folie : seul moyen pour le
juge suprême de rétablir l'ordre cosmique, de regagner pour
lui-même puissance et autorité : « Ainsi, [Jupiter], auras-tu
mis tel ordre au fait advenu que les hommes auront occasion
de te louer et magnifier plus que jamais » (p. 79).

La descente insensée d'Orphée aux Enfers pour y arracher
sa bien-aimée ne tient donc aucune place dans le discours
apollinien. C'est évidemment contre cette suppression abusive que va s'insurger Mercure dans sa plaidoirie. Avec une
grande habileté, le défenseur de la Folie présente, lui aussi,
sa démarche sous le jour de la « conciliation », non seulement par égard pour la justice mais aussi, nous assure-t-il,
pour l'intérêt bien compris de Cupidon (p. 81). Son collègue
Apollon est beau parleur (p. 82), mais il oublie un fait essentiel : c'est que l'Amour et la Folie ont partie liée et qu'ils ne
peuvent rien faire l'un sans l'autre :

> Mon intention sera de montrer qu'en tout cela Folie n'est
> [en] rien inférieure à Amour et qu'Amour ne serait rien
> sans elle : et ne peut être et régner sans son aide (p. 85).

L'avocat convie alors son auditoire à revivre en pensée l'histoire universelle des folies humaines, prouvant ainsi que, dès l'origine, la sagesse qu'Apollon croit pouvoir attribuer à l'Amour n'a jamais été qu'un leurre :

> Incontinent que l'homme fut mis sur terre, il commença sa vie par Folie ; et depuis, ses successeurs ont si bien continué que jamais Dame n'eut tant bon crédit au monde (p. 85).

L'histoire de l'humanité, nous dit Mercure, n'est qu'une série d'illustrations de la déraison humaine. Et cela ne se vérifie nulle part mieux qu'en amour. Témoin Orphée lui-même qui décida d'aller « jusques aux Enfers » pour « essayer » de ramener à la vie celle dont il était éperdument amoureux (p. 98) : entreprise était évidemment vouée à l'échec. Le principe masculin de l'Amour, gage d'ordre et de raison, se trouve donc irrémédiablement miné par son contraire, le principe féminin de la Folie qui vient déranger les belles harmonies du rêve apollinien. Mercure nous brosse un portrait des ravages de la passion dans le cœur des femmes – portrait si vivant qu'il semble que Louise Labé y ait mis une part d'elle-même :

> Alors les pauvrettes entrent en étrange fantaisie*. Elles blâment tous les hommes pour un. Elles appellent folles celles qui aiment, maudissent le jour que premièrement elles aimèrent, protestent de jamais n'aimer (p. 97-98).

Un double scénario se profile à l'arrière-plan des plaidoiries de ce surprenant *Débat*. Apollon s'était attardé exclusivement sur l'Orphée civilisateur qui met fin à la folle sauvagerie des hommes primitifs et leur inculque par son chant les vertus de la concorde universelle : un *Orphée sans Eurydice* (celle-ci est morte et bien morte), libéré de la menace de la féminité pour se consacrer au service de la cité où l'entraîne son désir d'amour asexué, l'*agapè* qui le conduira à la mort. Notons ici que, dans la version ovidienne du mythe, Orphée, une fois privé d'Eurydice, renonçait à l'amour des femmes et se tournait vers la pédophilie (*Métamorphoses*, X, v. 79-82). Il apprenait aux hommes de Thrace à reporter leur amour sur les garçons et racontait comment Jupiter s'était consumé d'amour pour Ganymède (X, v. 143-161) et

Phébus-Apollon pour Hyacinthe (X, v. 161-219). Une telle indifférence au sexe féminin vaudra à Orphée l'animosité des Ménades et lui coûtera finalement la vie.

Mercure reprend à Apollon la légende orphique ; mais c'est pour la retourner contre lui en faisant réapparaître l'hétéro-sexualité que son adversaire avait soigneusement gommée de sa plaidoirie. Obsédé par Eurydice, l'Orphée mercurien prend tous les risques et commet toutes les folies pour arracher celle qu'il aime au Royaume des Ombres. Ce qui pourrait passer pour un merveilleux témoignage d'affection maritale est interprété ici comme un acte de suprême déraison. Déraison qui reçoit d'ailleurs son impitoyable salaire. Dans un moment d'égarement soudain, que Virgile avait sublimement évoqué dans les *Géorgiques* (IV, v. 488), l'insensé se retourne pour revoir sa bien-aimée. Mais, ce faisant, il désobéit aux dieux qui condamnent son épouse à une seconde mort, cette fois définitive. Folie de l'amour d'un homme pour une femme ! Eurydice ne manque pas d'en souligner la démesure :

> Quelle est *cette folie* qui m'a perdue, malheureuse que je suis, et qui t'a perdu, Orphée ? *quelle folie* ? voici que *pour la seconde fois* les destins cruels me rappellent en arrière et que mes yeux se ferment, noyés dans le sommeil (IV, p. 74, v. 494-496).

L'originalité de Louise Labé est d'avoir renversé les rôles traditionnels de la légende en faisant jouer celui d'Orphée à la femme amoureuse, prête à descendre aux Enfers pour aller sauver celui qu'elle aime à la folie. Elle reproduit ainsi à sa manière la *fureur** virgilienne. Tout à l'évocation des désordres de la passion féminine, Mercure s'écrie :

> Combien en vois-je qui se retirent jusques aux Enfers pour essayer si elles pourront, *comme jadis Orphée*, révoquer leurs amours perdues ! (p. 98).

Tout se passe comme si, sous le masque de Mercure, lui-même porte-parole de la Folie, le nouveau poète féminin revendiquait le droit de s'assimiler à la grande figure du chantre légendaire. Comme le mythe antique n'avait pas donné de voix à Eurydice, Louise Labé allait oser s'identi-fier au modèle masculin dont le chant amoureux avait seul valeur d'exemple.

Sans doute Louise Labé n'est-elle pas le seul poète de la Renaissance à transgresser ainsi l'identité sexuelle d'Orphée. Des écrivains masculins se sont, eux aussi, essayé à ce travestissement exemplaire. Ainsi, Étienne Jodelle fera l'éloge funèbre d'une autre femme poète, Jeanne de Hallwin, en comparant avantageusement son sort à celui d'Orphée (Jodelle, p. 27 et 29). Cependant, chez Louise Labé, c'est par un travail sur le langage que se produit la transformation d'Orphée. Par une étrange remotivation phonétique, la désinence *-ée*, qui marque l'origine grecque du nom du poète et que l'on trouve dans des mots français masculins comme *musée* ou *lycée*, désigne ici un féminin singulier typiquement français (comme la *fée*, la *mariée*). Du coup, « Orphée », nom propre masculin en *-ée*, passe de l'exception à la règle au moment où il sert de référence à l'amour des femmes. Cette domestication du nom propre mythique correspond à un désir d'appropriation à la fois français et féminin, tout en s'inscrivant dans un mouvement culturel plus vaste qui cherche à assimiler les modèles anciens dans la langue et la mentalité françaises. Il y a là une pratique typiquement humaniste, en accord avec les principes de la *Défense et illustration de la langue française*, publiée au moment où Louise Labé se mettait à composer ses œuvres. Mais, en marge de ce qu'avançait le manifeste de la Pléiade, le poète féminin de Lyon nous fait comprendre que le processus de francisation doit aller de pair avec un processus d'ouverture sur une altérité restée jusque-là quasiment interdite.

Si l'on rapproche les deux plaidoiries du *Débat*, on observe que le défenseur de la Folie s'oppose, au sujet de l'identité d'Orphée, à l'avocat du fils de Vénus. Apollon avait placé Orphée parmi les grands poètes d'une longue tradition amoureuse :

> Mais qui fait tant de Poètes au monde en toutes langues ? n'est-ce pas Amour ? lequel semble être le sujet duquel tous Poètes veulent parler [...]. Et ceux qui ont été excellents Poètes en ont rempli leurs livres [...] : *Orphée, Musée, Homère, Line*, Alcée, Sappho…* (p. 77).

Dans la liste des « excellents Poètes » du patrimoine hellénique, le nom d'Orphée, placé en position initiale, confère sa « féminité » non seulement à ses paronymes (« Musée » et

« Alcée »), mais aux autres noms de la liste terminés par un *e muet* : Homère et Line*. La paradoxe veut que l'unique désinence masculine de la série est réservée à un poète féminin : Sappho. Tout se passe comme si Apollon, tout entier absorbé par la défense du dieu d'amour, ne voyait pas le danger qui se profile, à son insu, derrière cette double résurgence de la femme et de la folie. Inquiétant désordre qui risque de s'installer dans le cosmos si Virgile n'est plus connu que pour avoir chanté la passion destructrice de Didon :

> Qu'a jamais mieux chanté Virgile que les amours de la Dame de Carthage ? (p. 77).

Mais Apollon reste aveugle à la formulation de son propre discours. Il continue à croire que son Orphée puisse être exempt de folie.

Dans *Le Débat de Folie et d'Amour*, Mercure, qui défend les intérêts de la Folie, emploie, devant l'assemblée générale des dieux, toutes les ressources de la rhétorique pour prouver que sa cliente a raison. Il prévoit même les conséquences les plus graves pour l'ordre cosmique au cas où la Folie serait déclarée coupable et recevrait un châtiment. L'idée d'aller « jusques aus Enfers » pour tenter de retrouver ses amours perdues est bel et bien du domaine de la Folie. Et Mercure nous le dit clairement après l'allusion à Orphée : « Et en tous ces actes, quels traits trouvez-vous que de Folie ? » (p. 98). En termes riffaterriens, le « brouillage » qu'impose Louise Labé au discours normalisé de l'identité sexuelle vise donc non pas à détruire les conventions littéraires établies mais à réaffirmer au contraire l'importance des fondements mythiques de la tradition. Il ne s'agit pas de semer le trouble dans les esprits mais de revenir à l'origine pour y retrouver une plénitude oubliée. L'entreprise de la Belle Cordière n'est guère différente, au ton et au style près, de celle du Ronsard de la fameuse « Ode à Michel de L'Hospital ». Les deux œuvres évoquent le processus d'aliénation historique de la poésie et sa lente dégénérescence au cours des âges. Elles cherchent à retrouver la source vive de l'inspiration, telle qu'elle était censée avoir surgi autrefois du Palais des Muses :

> Au cri de leurs saintes paroles
> Se réveillèrent les Devins
> Et, disciples de leurs écoles,

> Vinrent les Poètes divins :
> Divins, d'autant que la nature,
> Sans art, librement exprimaient ;
> Sans art, leur naïve* écriture
> Par la fureur ils animaient.
> Eumolpe* vint, Musée, Orphée,
> L'Ascréan*, Line*, et cestui-là*
> Qui si divinement parla,
> Dressant à la Grèce un trophée.
> (*OC*, I, p. 642-643, strophe 17.)

Si l'ambivalence des genres n'existe pas chez le Vendômois, elle s'offre à la Lyonnaise comme un moyen détourné mais déterminé pour replonger, comme les Muses de Ronsard, dans les profondeurs de l'Océan mythique et en ramener la voix universelle de la poésie ; en somme, pour faire de la femme poète *une nouvelle Orphée*.

Parmi tous les poèmes de Louise Labé, un seul sonnet sera explicitement composé autour du personnage d'Orphée. La voix qui parle reformule à la première personne la double postulation du mythe orphique : en substituant au lourd appareil de la logique discursive du *Débat* en prose une version rimée hautement stylisée de l'expérience « vécue ».

> Quand j'aperçois ton blond chef*, couronné
> D'un laurier vert, faire un Luth si bien plaindre*,
> Que tu pourrais à te suivre contraindre
> Arbres et rocs ; quand je te vois orné
>
> Et de vertus* dix mille environné,
> Au chef* d'honneur plus haut que nul atteindre
> Et des plus hauts les louanges éteindre,
> Lors dit mon cœur en soi passionné :
>
> Tant de vertus qui te font être aimé,
> Qui de chacun te font être estimé,
> Ne te pourraient aussi bien faire aimer ?
>
> Et, ajoutant à ta vertu louable
> Ce nom encor de m'être pitoyable,
> De mon amour doucement t'enflammer ?
> (Sonnet X, p. 126-127, v. 1-14.)

Placé entre le sonnet de la fiction mensongère (IX) et celui de la contradiction (XI), ce poème tente de récrire le mythe d'Orphée du point de vue de la femme qui aime et qui n'est pas payée de retour. Le premier quatrain établit le parallèle entre l'homme aimé et le poète-musicien des origines : tous deux jouissent du même ascendant sur une Nature entièrement soumise et hypnotisée par la magie de leur chant. On pense au discours d'Apollon louant la force incantatoire d'une Musique « que l'on dit avoir [...] attiré les arbres et amolli les pierres » (p. 69). Or la femme qui aime un ménestrel si charmant se voit soudain repoussée et donc exclue de la vaste harmonie unanime que la raison appelait de ses vœux. Telle est sa tragédie : Orphée, resté fixé sur l'Eurydice du Royaume des Morts, ne peut plus aimer de femme dans le monde des vivants.

Louise Labé connaît et partage les sentiments de ces femmes éconduites dont la passion inassouvie véhicule les germes de la Mort. Mais, plutôt que de reproduire la sauvagerie incontrôlée des Ménades que condamne toute son éducation humaniste, elle trouvera dans la poésie la force sublimante qui lui permettra d'exprimer sa triste passion et de lui donner un sens. Ne pouvant et ne voulant être la muette Eurydice de la tradition, elle assumera elle-même le rôle du poète qui l'a chantée ; elle deviendra le double d'Orphée. Sa voix féminine usurpera la place du chantre de la légende. Plutôt que de répandre le sang du poète qui la repousse, elle enchantera l'univers de ses propres élégies.

Un tel processus de transformation est particulièrement bien suggéré dans les sonnets. La nouvelle figure d'Orphée prendra désormais des traits de femme pour réincarner ironiquement une Ménade dont la vengeance s'est muée en force poétique. Comme le poète-musicien de la légende, celle-ci se présentera accompagnée de l'instrument de musique qui lui sert d'emblème :

> Luth, compagnon de ma calamité,
> De mes soupirs témoin irréprochable,
> De mes ennuis contrôleur véritable,
> Tu as souvent avec moi lamenté.
> (Sonnet XII, p. 127, v. 1-4.)

Mais, repoussant la vision béate de l'Apollon néo-platonicien, elle n'oubliera jamais que la Folie grève son projet poétique :

> Permets m'amour penser quelque *folie* :
> Toujours suis mal, vivant discrètement
> Et ne me puis donner contentement,
> Si hors de moi ne fais quelque saillie.
> (Sonnet XVIII, p. 131, v. 11-14.)

À la « puissante harmonie » du cosmos représentée par un Apollon toujours serein (« Luisant soleil… », sonnet XXII, v. 1) la nouvelle voix féminine d'Orphée oppose le cours désordonné et mercurien de sa propre passion :

> Voilà du Ciel la puissante harmonie
> Qui les esprits divins ensemble lie :
> Mais s'ils avaient ce qu'il aiment lointain,
> Leur harmonie et ordre irrévocable
> Se tourneraient en *erreur* variable*,
> Et comme moi travailleraient* en vain.
> (Sonnet XXII, v. 9-14, p. 133.)

On se souvient que, dans la version classique du mythe, la tête et la lyre d'Orphée avaient fini par aborder sur le rivage de Lesbos, l'île où Sappho devait donner naissance à une poésie de femme. Quelques années avant la parution des *Evvres*, nous l'avons vu, Rabelais avait repris ce récit pour consacrer, comme le faisait aussi Ronsard à la même époque, le retour en France du lyrisme antique : « Sa tête et sa lyre [...] descendirent en la mer Pontique, *jusques en l'île de Lesbos* toujours ensemble sur mer nageantes. » Louise Labé n'aura pas oublié cet épisode capital dans lequel la naissance de la première femme poète correspond ironique-ment à la mort du premier poète musicien. Avec l'aide de ses amis lyonnais, elle placera explicitement son œuvre poétique sous le signe de Sappho, en se réclamant, non sans quelque hardiesse, de l'« Amour Lesbienne » pour consacrer la renaissance d'Orphée – au féminin.

*

BIBLIOGRAPHIE

BELLAY, Joachim du, *Défense et illustration de la langue française*, éd. H. Chamard, Paris, Didier, 1948.

BUCK, August, *Der Orpheus-Mythos in der italienischen Renaissance*, Krefeld, Scherpe, 1961.

COLONIA, Dominique de, *Histoire littéraire de la ville de Lyon*, Lyon, Rigollet, 1728-1730, 2 tomes.

DUBOIS, Claude-Gilbert, « Imitation différentielle et poétique maniériste », *Revue de littérature comparée*, avril-juin 1977.

DÉTIENNE, Marcel, *L'Écriture d'Orphée*, Paris, Gallimard, 1989.

ÉRASME, *Éloge de la Folie*, trad. fr. de Pierre de Nolhac, Paris, Flammarion, 1964.

JODELLE, Étienne, *L'Amour obscur*, éd. Robert Melançon, Paris, La Différence, 1991.

JOUKOVSKY, Françoise, *Orphée et ses disciples dans la poésie française et néo-latine du XVIe siècle*, Genève, Droz, 1970.

JUNG, Marc-René, « Poetria. Zur Dichtungstheorie des ausgehenden Mittlealters in Frankreich », *Vox Romanica*, n° 30 (1971), p. 44-74.

LABÉ, Louise, *Œuvres complètes*, éd. F. Rigolot, Paris, Flammarion, 1986.

OVIDE, *Les Métamorphoses*, éd. G. Lafaye, Paris, Les Belles Lettres, 1928.

RIFFATERRE, Michael, « Intertextual Scrambling », *Romanic Review*, vol. 68, n° 3 (mai 1977), p. 197-206.

RONSARD, Pierre de, *Œuvres complètes*, éd. J. Céard, D. Ménager et M. Simonin, Paris, Gallimard, 1993, 2 tomes.

SCÈVE, Maurice, *Délie*, éd. F. Charpentier, Paris, Gallimard, 1984.

VIRGILE, *Géorgiques*, éd. E. de Saint-Denis, Paris, Les Belles Lettres, 1956.

WALKER, D. P., « Orpheus the Theologian and Renaisssance Platonism », *Journal of the Warburg and Courtauld Institutes*, n° XVI (1953), p. 100-120.

QUATRIÈME PARTIE

Une révolution poétique autour de 1550

CHAPITRE 10

Manifeste critique et
identité poétique

> « Enrichir notre vulgaire* d'une nouvelle
> ou, plutôt, ancienne renouvelée poésie. »
>
> *Joachim du Bellay.*

Dans les années 1548-1550, au moment où la future Pléiade prend conscience de son importance et cherche à définir son programme poétique, s'affirmer poète n'est pas un métier de tout repos. Les marotiques sont au pouvoir ; mais, ulcérés de se voir distancer par une équipe de jeunes prétentieux à l'ambition dévorante, ils n'ont pas l'intention de lâcher prise. La nouvelle « brigade » prétend faire du neuf alors qu'elle reprend sans vergogne non seulement les propositions des prédécesseurs italiens, mais ce qu'avait exposé Thomas Sébillet, le théoricien marotique, dans son *Art poétique français* (1548). La contre-attaque était inévitable, et Barthélemy Aneau, principal du collège de la Trinité à Lyon, s'en chargera en endossant le rôle de Quintilius, censeur romain, dans son *Quintil horacien* (1550). Si l'histoire de cette querelle littéraire ne manque pas d'intérêt, elle tient plus à des rivalités personnelles qu'à des oppositions théoriques tranchées (Chamard).

Les théoriciens des deux bords s'accordent parfaitement sur un point : la *théorie de l'imitation* est bien la pierre de touche de la poétique de la Renaissance (Bizer, Carron, Castor, Greene, Weber). Cette théorie part de l'idée selon laquelle les œuvres « modernes » ne peuvent avoir de valeur que si elles s'inspirent de celles des Anciens, jugées exemplaires. Dans la préface à sa traduction de l'*Art poétique* d'Horace (1545), Jacques Peletier du Mans écrivait :

C'est chose toute reçue et certaine qu'homme ne saurait
rien écrire qui lui pût demeurer à honneur et venir en
commendation vers la posterité sans l'aide et appui des
livres grecs et latins (p. 113).

Joachim du Bellay se fait l'écho, quatre ans plus tard, de
cette déclaration dans sa fameuse *Défense et illustration de
la langue française* (1549). Il n'hésite pas à formuler le
paradoxe désormais célèbre, selon lequel on ne peut vraiment être soi qu'en assimilant l'expérience littéraire des
autres, et réussir comme moderne qu'en se forçant à imiter
les Anciens :

Sans l'imitation des Grecs et Romains nous ne pouvons
donner à notre langue l'excellence et lumière des autres
plus fameuses (II, I, p. 90).

À la même époque, dans la préface à ses *Odes* (1550),
Pierre de Ronsard exprimera sans équivoque son refus
d'imiter les auteurs du patrimoine français, les jugeant arrié-
rés sur le plan de la langue comme sur celui du style :

Car l'imitation des nôtres m'est tant odieuse (d'autant
que la langue est encore en son enfance) que pour cette
raison je me suis éloigné d'eux, prenant style à part, sens
à part, œuvre à part, ne desirant avoir rien de commun
avec une si monstrueuse erreur (*OP*, 1993, I, p. 995).

Une déclaration aussi fracassante est, on s'en doute, en
complet désaccord avec la pratique réelle d'un poète qui a
largement puisé dans le fonds culturel commun, qu'il
s'agisse du *Roman de la Rose*, toujours lu et imprimé au
XVIᵉ siècle, des *Illustrations de Gaule* de Jean Lemaire de
Belges ou des œuvres complètes de Clément Marot ! Mais,
en répétant l'expression « à part » par trois fois, le futur chef
de la Pléiade cherchait à signaler sa détermination de rompre
avec la tradition littéraire nationale pour « faire du neuf ».
Un tel désir d'innover coûte que coûte par rapport à la tradition française se traduisait par la reprise paradoxale du
fameux défi horatien (*Épîtres,* I, XIX, p. 127, v. 21-22) :

Je puis bien dire (et certes sans vanterie) ce que lui-même
[Horace] modestement témoigne de lui : *libera per*

> *vacuum posui vestigia princeps/non aliena meo pressi pede* [« j'ai, avant tous les autres, porté mes libres pas dans un domaine encore vacant ;/ mon pied n'a point foulé les traces d'autrui »] (*OP*, 1993, I, p. 995).

Pour Ronsard, comme pour les humanistes de son temps, le « voyage à Rome » fait partie des nécessités immédiates. Il est convaincu qu'il faut quitter la France, sinon physiquement du moins mentalement, pour aller se ressourcer « à l'étranger » et y trouver les matériaux qui permettront de produire une œuvre digne de ce nom.

Dans cette même préface aux *Odes* on lisait encore :

> Donc désirant m'approprier quelque louange, [...] et ne voyant en nos poètes français, chose qui fût suffisante d'imiter, j'allai voir les étrangers, et me rendis familier d'Horace, contrefaisant* sa naïve* douceur [...]. Et osai *le premier des nôtres* enrichir ma langue de ce nom Ode (*OP*, 1993, I, p. 994-5).

Ronsard se sépare ici nettement de son ami du Bellay qui, lui, reconnaissait avec plus de réalisme l'existence et la valeur d'un patrimoine littéraire en langue vulgaire où les nouveaux poètes avaient intérêt à puiser à pleines mains s'ils voulaient écrire une poésie véritablement française. Le recours aux modèles étrangers n'était pour le défenseur de la langue française qu'un pis-aller. Dans la *Défense* il le notait :

> Je voudrais bien que notre Langue fût si riche d'exemples [au sens du latin *exemplaria* : modèles] domestiques, que n'eussions besoin d'avoir recours aux étrangers (I, VIII, p. 47-48).

La langue française est tout aussi capable qu'une autre de produire de grands chefs-d'œuvre. Il suffit que les poètes se mettent au travail et perfectionnent l'instrument linguistique qui servira de véhicule à l'art de demain. La richesse linguistique « ne se doit attribuer à la félicité desdites langues, ains* au seul artifice et [à l']industrie des hommes » (p. 13). En fait, ceux qui croient qu'on ne peut rien écrire de bon en français, qu'il n'y a que le grec, le latin et l'italien qui soient capables de produire une littérature égale à celle des Anciens se leurrent amèrement. Leur pédantisme les aveugle et

décourage les apprentis poètes à écrire de la grande poésie
dans leur langue maternelle :

> Je ne puis assez blâmer la sotte arrogance et témérité
> d'aucuns* de notre nation, qui n'étans rien moins que
> grecs ou latins, déprisent* et rejettent d'un sourcil plus
> que stoïque* toutes choses écrites en français (p. 14).

Peut-on être à la fois un « grand poète » et un « critique de
premier ordre » ? Baudelaire et Valéry répondront par l'affirmative. Il n'est pas sûr que le XVIᵉ siècle ait offert une
réponse claire à ce sujet, en partie peut-être parce que, trop
préoccupés par la nécessité de s'affirmer « grands poètes »,
les membres de la Pléiade ont hésité à réfléchir objective-
ment sur les conditions de validité de leur propre entreprise.
Joachim du Bellay offre pourtant une splendide exception
et manifeste un esprit critique d'une rare acuité dans
un ensemble remarquable de préfaces, avertissements et
diverses poèmes d'escorte. L'appareil liminaire occupe une
place importante dans son œuvre, et la vigueur des pièces
d'encadrement montre l'impérieux besoin qu'il éprouve de
déployer son activité critique dans ce qu'on appelle aujour-
d'hui le *paratexte*, « ce lieu privilégié de la dimension paradigmatique de l'œuvre » (Genette, 1982, p. 9 ; 1987).

Le discours de Du Bellay, au seuil de son œuvre littéraire,
reflète diverses préoccupations souvent antagonistes et dont
le débat se déploie jusqu'à l'obsession : quel discours approprié sied-il de tenir pour répondre aux détracteurs et annoncer la « vérité » de son propos ? Dans la seconde préface de
son premier recueil de sonnets pétrarquisants, *L'Olive*
(1550), le nouveau poète a beau répéter qu'il ne se soucie
guère des envieux, qu'il ne va pas répondre à ses calomnia-
teurs, qu'il ne saurait s'abaisser à de viles polémiques à
l'exemple des Marot et des Sagon ; l'importance qu'il
accorde à ses justifications et l'insistance avec laquelle il les
répète sont, en elles-mêmes, des indices de l'intense et troublante obsession qui le travaille (I, p. 12-14).

Sans doute la charge de la preuve est-elle particulièrement
lourde dans un climat de vives querelles littéraires. Cependant on ne saurait ramener l'intérêt porté par du Bellay à

l'appareil liminaire de ses textes aux seules nécessités de la polémique, même si celles-ci ont pu jouer un rôle important dans l'établissement d'un « horizon d'attente ». Chez un « esprit critique » aussi aigu et subtil que du Bellay on peut s'attendre à ce que l'espace préfaciel soit privilégié parce qu'il permet d'explorer diverses tensions, parfois inavouables, qui grèvent le projet poétique. L'auteur veut parler à son lecteur à découvert, sans emprunter de masque, sans jouer de rôle prescrit d'avance ; mais, en même temps, il est obligé d'assumer la *persona* du présentateur, du publiciste et du défenseur d'une œuvre collective. L'intimité du confessional est un leurre pour qui cherche à « mettre en lumière une nouvelle, ou plustôt ancienne renouvelée poésie » (*OP*, 1993, I, p. 8).

Même si les lecteurs modernes l'oublient parfois, il faut considérer la *Défense et illustration de la langue française* comme une longue préface aux premières œuvres poétiques de la Pléiade. Dans le recueil publié en avril 1549, une grande variété de textes accompagnaient le fameux manifeste : cinquante sonnets d'amour qui forment une première *Olive*, une invective intitulée *L'Antérotique* et des *Vers lyriques* comprenant treize odes ainsi que l'épitaphe de Clément Marot (*OP*, 1993, I). L'auteur ne se cachait pas d'assigner à son manifeste une fonction « préfacielle ». Dans le second avis qu'il adresse « Au Lecteur » de *L'Olive* (1550), il devait s'expliquer sur ses intentions au moment où il avait décidé d'écrire la *Défense* :

> Je craignais [...] que telle nouveauté de poésie pour le commencement serait trouvée fort étrange et rude. Au moyen de quoi [...] je mis en lumière* ma *Défense et illustration de la langue française*, ne pensant toutefois au commencement faire plus grand œuvre qu'une épître et petit avertissement au lecteur (*OP*, 1993, I, p. 9).

L'un des principaux griefs des jeunes Turcs de la Pléiade visait la production littéraire française du passé. On déplorait l'absence de modèles respectables dans la tradition médiévale et on invitait ses contemporains à se tourner vers des sources grecques, latines ou italiennes pour trouver des

« exemples » dignes de ce nom. Cela ne voulait pas dire, pourtant, que la langue française soit par nature incapable de produire de grands chefs-d'œuvre. En fait, l'assortiment de sonnets, d'odes et d'autres formes versifiées qui accompagne le manifeste de 1549 est là pour prouver le contraire. Du Bellay s'y montre capable non seulement de cultiver la grande poésie amoureuse à l'italienne (ce sont les cinquante sonnets de la première *Olive* à la manière des pétrarquistes), mais d'imiter le réalisme satirique des Anciens (en peignant les traits repoussants d'une horrible vieille dans l'*Antérotique*). En outre, dans les *Vers lyriques*, il donne un large échantillon de la polyvalence de ses talents : il peint tour à tour les charmes de la terre natale (« Les Louanges d'Anjou »), les revers du destin (« Des Misères et Fortunes Humaines »), les fêtes et les saisons (« Du Premier Jour de l'An », « Du Retour du Printemps »), la cruauté des femmes (« À une Dame Cruelle et Inexorable »), l'innocence bafouée (« Chant du Désespéré », « Les Misères et la Calomnie ») et enfin la gloire littéraire qui l'attend (« De l'Immortalité des Poètes »). On retrouve ici l'un des traits les plus caractéristiques de la production poétique de la Renaissance : la *varietas*, le choix délibéré de divers styles et de divers thèmes s'inspirant de divers modèles[1].

Les prises de position théoriques de la *Défense* ne sont donc guère séparables des poèmes qu'elles sont censées encadrer. Elles ne peuvent bien se comprendre que si on les replace dans leur contexte immédiat, c'est-à-dire si on leur redonne leur statut de discours liminaire. Cela n'a d'ailleurs pas échappé au lecteur le plus vigilant de Du Bellay, Barthélemy Aneau, qui, dans son *Quintil horacien*, ne se contente pas de critiquer les aspects théoriques de la *Défense* mais soumet à son commentaire acerbe tous les poèmes qui l'accompagnent (Meerhoff, p. 109). Ainsi, dans les remarques dont il assortit les sonnets de *L'Olive*, Aneau n'hésite pas à mettre du Bellay en contradiction avec lui-même : celui-ci aurait reproché aux poètes de son temps un défaut dont il s'est rendu lui-même coupable dans ses propres vers !

---

1. Voir chapitres 11 et 12, *infra*.

Dans le chapitre de la *Défense* consacré à « quelques manières de parler françaises » on lisait en effet :

> J'ai quasi oublié un autre défaut bien usité, et de très mauvaise grâce. C'est quand en la quadrature* des vers héroïques la sentence est trop abruptement coupée [= la coupe après la quatrième syllabe n'est pas justifiée par le sens du vers], comme : « Sinon que tu/en montres un plus sûr » (II, IX, p. 163-164).

Du Bellay citait ici le dernier vers du sonnet liminaire intitulé « À L'Envieux » que Thomas Sébillet avait fait figurer en tête de son *Art poétique français* (p. 5). Dans le climat polémique qui entourait la parution du manifeste, la cible était évidente. Or, avec un sens très approprié de l'ironie, le *Quintil* fait observer que du Bellay ne met pas en application les principes qu'il a hautement affichés dans sa « préface » :

> Au vice que tu reprends ici, tu y tombes au tiers sonnet et plusieurs autres lieux [...] (*Traités*, p. 221).

Aneau fait allusion ici au troisième sonnet de la première *Olive* qui commence ainsi :

> Loire fameux, qui ta petite source
> Enfles de maints gros fleuves et ruisseaux…
> (*OP*, 1993, I, sonnet 3, p. 18, v. 1-2.)

Prosodiquement et sémantiquement, il est en effet impossible de couper le second vers entre les adjectifs « maints » et « gros ». Pour reprendre le langage de la *Défense*, « en la quadrature* des vers héroïques la sentence est trop abruptement coupée ». Aneau a donc raison de reprocher au borgne de jouer le roi des aveugles.

Dans son commentaire sur ce sonnet 3 de *L'Olive*, le *Quintil* revient sur la question de la quadrature* incorrecte pour déclarer à propos du second vers : « Cette coupe est mal tranchée, et reprise* par toi-même dans le second livre [de la *Défense*] » (*L'Olive*, 1974, p. 58). Aneau ne considère donc pas la *Défense* comme une œuvre à part, séparable des vers qu'elle précède et annonce. Il parle du « second livre », non pas du manifeste mais d'un recueil qui comprend à la fois une « théorie » en prose et une série d'« applications » en vers. Tout le poids de son argumentation repose sur le fait qu'il y a *mésalliance*, pour ainsi dire, entre le discours préfaciel et le texte qui est censé en manifester les intentions. L'accusation va donc bien au-delà du simple constat de contradiction. Le « lieu de vérité » qu'était censé occuper la préface s'avère être un lieu de mensonge. Honte au soi-disant réformateur de la poésie : pris en flagrant délit, il mérite d'être dénoncé sur-le-champ. Et le cruel principal de la Trinité s'offre le plaisir d'étaler en public la duplicité du traître.

Il est du devoir des grands créateurs, écrit du Bellay dans la *Défense*, de faire de leur langue un instrument élégant et fiable, capable d'exprimer leurs « hautes conceptions » avec un art consommé. La richesse linguistique « ne se doit [pas] attribuer à la félicité desdites langues, ains* au seul artifice et industrie des hommes » (p. 13). C'est évidemment de son propre travail artistique que du Bellay nous parle ici, soumettant simultanément un programme et un échantillon de ses œuvres au jugement des lecteurs. Les remarques du *Quintil* voudraient mettre fin à ce beau rêve de cohérence entre la théorie et la *praxis*. Lu à rebours, avec le regard terriblement lucide de son premier critique, le manifeste de la future Pléiade ne serait alors qu'un trompe-l'œil. Discrédités aux yeux de tous, du Bellay et sa cohorte d'ambitieux amis verraient enfin leur vanité démystifiée.

Cependant le porte-parole de la Pléiade était un esprit trop fin pour n'avoir pas prévu l'objection. Dans la préface qui, à l'intérieur du même recueil de 1549, sert à introduire les premiers sonnets de *L'Olive*, du Bellay déclare tout de go qu'il n'a pas eu l'intention au début de publier « ces petits ouvrages poétiques ». Il nous dit que ses poèmes ont circulé en manuscrit (pratique courante à l'époque) et que, surpris par leur succès, quelqu'un lui a joué le mauvais tour de les envoyer, à son insu, à l'imprimeur (préface de 1549, *OP*, 1993, I, p. 278). C'est pour devancer une publication qu'il n'avait pas autorisée et qui aurait pu nuire à sa réputation qu'il s'est « hâté d'en faire un petit recueil » (*ibid.*) Une telle mise en scène a de quoi laisser sceptique. Elle est un procédé favori des auteurs de préfaces qui veulent aller au-devant des critiques en prétextant un cas de force majeure. On retrouvera ce même alibi du manuscrit dérobé, au cours du xvıe siècle, chez des écrivains aussi différents que Louise Labé (p. 43) et Agrippa d'Aubigné (p. 3).

Là encore, le malveillant critique de la *Défense* ne sera pas dupe du subterfuge. Dans le commentaire qu'il fait de la préface de 1549, le *Quintil horacien* aura beau jeu de dénoncer le caractère factice de l'alibi. À du Bellay qui déclarait : « J'ai été averti que *quelqu'un* les avait baillés [= envoyés] à l'imprimeur », il lancera impitoyablement : « Ce *quelqu'un* est toi-même ! » (*L'Olive*, 1974, p. 168, note 2). Remarque acerbe qui est révélatrice de la méfiance dont faisait l'objet la Pléiade et, plus généralement, de la réception accordée au discours liminaire au xvıe siècle. Rares sont alors les lecteurs avisés qui prennent les précautions oratoires des préfaces pour argent comptant. À une époque où l'étude de la rhétorique classique connaît un regain d'intérêt, on est prompt à se défier des fallaces de la *captatio benevolentiae*. À la fin du siècle, Montaigne ne se lassera pas de critiquer les « avant-jeux » d'une éloquence de façade qui donne par trop dans l'artifice (Rigolot, p. 112 *sq.*).

Ce défaut patent de cohérence entre le projet théorique de la nouvelle école et sa réalisation pratique n'a donc pas échappé aux premiers lecteurs du célèbre manifeste. On en retrouvera d'ailleurs la trace dans le corpus des discours qui s'élaborent au cours de la carrière du porte-parole de la Pléiade. D'une préface à l'autre, en effet, tout se passe comme si l'auteur rétractait ce qu'il avait proposé antérieurement. Au *non sequitur* dans la synchronie succède un désaveu non moins troublant dans la diachronie. On évoquera ici deux cas particuliers patents, celui de la théorie de la traduction et celui de l'option linguistique qui se présente aux poètes entre le français et le latin.

Si, dans la *Défense*, du Bellay condamnait les traductions de poètes (I, v et vi), il ne se privait pas de piller copieusement Pétrarque et ses émules italiens dans *L'Olive*, en les traduisant parfois presque littéralement. Dans ses écrits théoriques de 1549, il assimilait la traduction à un acte de haute trahison et, brodant sur le proverbe italien *traduttore traditore*, déclarait :

Mais que dirai-je d'aucuns, vraiment mieux dignes d'être appelés *traditeurs* que *traducteurs*, vu qu'ils trahissent ceux qu'ils entreprennent exposer, les frustrant de leur gloire, et par même moyen séduisent les lecteurs ignorants, leur montrant le blanc pour le noir ? (p. 39).

L'aspect paradoxal de cette condamnation saute aux yeux. Après tout, chaque fois que du Bellay déplore l'ineptie des traductions, c'est pour blâmer l'incompétence linguistique de ses contemporains en langues anciennes (p. 40-41). En revanche, il exclut *a priori* de son réquisitoire ceux qui se tournent vers les écrivains italiens. Libre à lui, donc, de s'adonner à la traduction de Pétrarque, de l'Arioste et d'autres poètes ultramontains. Il revient sur cette question dans la première préface de *L'Olive* (*OP*, 1993, I, p. 278), lorsqu'il répond à ceux qui pourraient l'accuser de plagiat. Sans doute a-t-il imité les Italiens : il leur doit l'essentiel de son *invention*, c'est-à-dire le choix des arguments, parce qu'il n'en a pas trouvé ailleurs de meilleurs. Mais, en faisant cela, ajoute-t-il, il n'a fait que suivre les préceptes de la *Défense* qui mettent l'accent sur le choix du bon modèle (I, vii, p. 42).

Thomas Sébillet, autre critique acerbe de la nouvelle école, ne devait pas l'entendre de cette oreille. Dans la préface qu'il rédige la même année pour sa version de l'*Iphigénie* d'Euripide (1549), le théoricien patenté de l'école marotique lance une série d'accusations contre les propos de la *Défense* (Weinberg, p. 141-4). Se sentant visé par la condamnation des traducteurs, Sébillet se met à attaquer en du Bellay un « hardi repreneur » qui ose jeter le blâme sur les autres pour mieux cacher les vices dont il est lui-même coupable :

Si je fais moins pour moi en traduisant anciens auteurs qu'en cherchant inventions nouvelles, je ne suis toutefois tant à reprendre* que celui qui se vante d'avoir trouvé ce qu'il a mot à mot traduit des autres (Weinberg, p. 143).

La réponse de Du Bellay ne se fera pas attendre. Dans la seconde préface à *L'Olive* (1550), l'accusé reprendra chacune des citations de Sébillet pour leur enlever leur fondement. Et il en profitera pour renforcer le contraste, déjà fermement établi dans la *Défense*, entre la traduction des poètes (qu'il blâme chez les autres) et leur imitation (qu'il exalte dans ses propres écrits) :

> Quelques-uns se plaignent de quoi je blâme les traductions poétiques en notre langue [...]. Je me vante d'avoir inventé ce que j'ai mot à mot traduit des autres. J'ai (ce me semble) ailleurs assez défendu l'imitation. C'est pourquoi je ne ferai longue réponse à cet article (p. 48-49).

Tout change, en revanche, lorsque, trois ans plus tard, du Bellay publie le *Quatrième Livre de l'Énéide de Virgile, traduit en vers français* (1552). Cette fois, le pourfendeur des traducteurs traduit bel et bien l'un des « plus fameux poètes grecs et latins » (p. 41). Comment expliquer un revirement aussi net et inattendu ? Y a-t-il palinodie pure et simple ? Dans la *Défense*, on s'en souvient, du Bellay nous disait que les traducteurs trahissent les grands poètes parce qu'ils croient à tort pouvoir reproduire leur génie dans leur propre langue. Or il leur manque « cette *énergie*, et [je] ne sais quel *esprit* qui est en leurs écrits, et que les Latins appelleraient *genius* » (p. 40). Jamais ils ne sauront recréer la divine splendeur de l'invention et de l'élocution antiques : « cette grandeur de style, magnificence de mots, gravité de sentences, audace et variété de figures, et mille autres lumières de poésie » (*ibid.*). En somme, en estimant pouvoir les copier, les traducteurs ignorent la part d'*inspiration* qui entre nécessairement dans tout véritable chef-d'œuvre.

Dans le manifeste de 1549, pour doubler sa condamnation d'un sentiment de profonde indignation, du Bellay recourait au langage métaphorique du sacrilège : « Ô Apolon ! Ô Muses ! prophaner ainsi les reliques de l'Antiquité ! » (p. 41).

Par ce mélange d'images païennes et chrétiennes, la traduction était devenue non seulement « inutile » mais « pernicieuse » (p. 42).

Après un tel réquisitoire, nul ne s'attendait à entendre un nouveau langage, quasiment antithétique de l'ancien, sur la valeur des traductions. Or, dans l'épître-préface qu'il écrit pour accompagner son adaptation en vers de L'*Énéide*, du Bellay justifie sa démarche en proposant une nouvelle théorie, plus conforme aux nécessités du moment. S'adressant à

un ami, Jean Morel d'Embrun, il déclare avoir perdu la
fureur divine qui l'animait lors de ses premiers vers :

> Ne sentant plus la première ardeur de cet *enthousiasme**
> qui me faisait librement courir par la carrière de mes
> inventions, *je me suis converti* à retracer les pas des
> anciens : exercice de plus ennuyeux labeur que d'allé-
> gresse d'esprit (*OP*, 1931, VI, 2, p. 248).

À l'en croire, devant les « fâcheries » et les « malheurs »
que lui causent ses « affaires domestiques », le pourfendeur
des traducteurs a subi une véritable conversion. Il assigne
désormais à la poésie une mission beaucoup moins ambitieuse qu'autrefois, nous dit-il. Il n'y cherchera plus qu'un
remède, une « consolation », un « honneste contentement »
(*OP*, 1931, VI, 2, p. 247).
   Nous voilà très loin des anathèmes proférés dans l'arrogant
manifeste qui voulait servir de préface à l'œuvre. Le critique
sent maintenant que son style s'est « refroidi » – au point,
nous dit-il, qu'il commence à le « déconnnaître** » (*ibid.*,
p. 253). Il est sans illusion sur son propre travail de traducteur (« non que je me vante [...] d'avoir contrefait au naturel
les vrais linéaments de Virgile », *ibid.*, p. 250). Il est conscient
de ce qui le sépare de l'original (il ne saurait exprimer que
« l'ombre de son auteur », *ibid.*, p. 249). En fait, il aura rempli son rôle si, « sans corrompre le sens de son auteur », il a
pu « rendre d'assez bonne grâce [...] l'accoutrement de cet
étranger naturalisé » (*ibid.*, p. 250). Sans fausse honte, il fait
même une allusion directe aux propos qu'il a tenus naguère
contre ses ennemis, les « translateurs » :

> Je n'ai oublié ce qu'autrefois j'ai dit des translations poé-
> tiques : mais je ne suis si jalousement amoureux de mes
> premières appréhensions que j'aie honte de les changer
> quelquefois, à l'exemple de tant d'excellents auteurs
> dont l'autorité nous doit ôter cette opiniâtre opinion de
> vouloir toujours persister en ses avis, principalement en
> matière de lettres (*ibid.*, p. 251).

Il est donc permis de changer d'avis quand on est honnête
homme et qu'on peut alléguer l'exemple des anciens[1]. On

---

1. Voir chapitres 11 et 12, *infra*.

pense à Montaigne : « Il n'y a que les fous [qui soient] certains et résolus » (I, 26, p. 151).

Que s'est-il donc passé entre 1550 et 1552 qui puisse motiver un tel revirement ? Sont-ce vraiment les « malheurs domestiques » qui ont incité le poète à remettre en question ses résolutions les plus fermes en matière de théorie poétique ? Il semble qu'il faille aller chercher la véritable solution ailleurs. Entre 1550 et 1552 il y a eu Ronsard et l'ébauche de *La Franciade*[1]. Dans l'« Hymne de la Paix », puis dans l'« Ode à Michel de L'Hospital » composée vers la fin de 1550, Ronsard avait lancé l'idée d'une grande épopée nationale. Dans l'invocation aux Muses de cette ode, il s'écriait :

> Dieu vous gard', Jeunesse divine,
> Réchauffez-moi l'affection
> De tordre les plis de cet Hymne
> Au comble de perfection.
> [...]
> Donnez-moi le savoir d'élire*
> Les vers qui savent contenter,
> Et mignon* des Grâces chanter
> Mon FRANCION* sur votre lyre.
> (*OC*, I, p. 641-642, strophe 16.)

L'importance de ce coup d'envoi ronsardien ne doit pas être sous-estimée. Du Bellay a enregistré le fait à la fin de son épître à Morel. Sans en être apparemment jaloux, il note que Ronsard l'a devancé dans son éloge du bon chancelier. Comment pourrait-il louer les « singulières vertus » du grand protecteur des lettres « après l'inimmitable main de ce Pindare Français, Pierre de Ronsard » ? (*OP*, 1931, VI, 2, p. 254). Du Bellay laissera donc à son ami le soin de créer une nouvelle épopée purement française. Quant à lui, il se contentera de traduire l'*Enéide*, trop heureux de pouvoir donner quelques grâces françaises à « cet étranger naturalisé » (*ibid.*, p. 250). Il acceptera sa place de *second* par rapport à Ronsard, laissant à ce dernier la gloire d'être le véritable créateur du « long poème » tant vanté dans la *Défense* (II, v). Les derniers mots de l'épître à Morel sont éloquents à ce sujet :

1. Voir chapitre 13, *infra*.

Des labeurs [de Ronsard] (si l'Apollon* de France est
prospère en ses enfantements) notre poésie doit espérer je
ne sais quoi [de] plus grand que l'*Iliade* (254-255).

Reprenant (et traduisant) un vers de Properce (*Nescio quid
majus nascitur Iliade* » (II, xxxiv, v. 66), du Bellay laisse
entendre que le génie de la France sera chanté par un autre
que lui. On décèle une trace d'ambiguïté dans la parenthèse
conditionnelle. Car est-on vraiment sûr que « l'Apollon* de
France » sera « prospère en ses enfantements » ? Le rêve pro-
pertien (faire mieux qu'Homère) n'est-il pas d'ailleurs de
l'ordre de l'impossible ?

À défaut d'une épopée « plus grande que *L'Iliade* », la
France devra se contenter d'une excellente traduction de
L'Énéide. Du Bellay mériterait alors l'épithète louangeuse
que lui décernait Morel dans le sonnet placé en tête de sa traduction de Virgile : le « doux-utile Angevin translateur »
(*OP*, 1931, VI, 2, p. 245, sonnet, v. 6). Du Bellay est « doux-
utile », mais Ronsard est génial. Vérité difficile à accepter
quand on a été le fougueux propagandiste de l'ambitieuse
Défense. Ce n'est pas d'une poésie *utile* qu'une grande
nation a besoin, et du Bellay ne le savait que trop.

Sainte-Beuve comprendra fort bien cette position de Du
Bellay. Tout au long de sa carrière, dans ses nombreux écrits
sur le poète angevin, il manifestera un intérêt soutenu, doublé d'une véritable affection[1]. L'opposition qu'il ménage
entre du Bellay et Ronsard est particulièrement révélatrice
dans la mesure où son *Tableau de la poésie française [...] au
seizième siècle* se veut un instrument polémique. Sous le
masque de la recherche historique se cache un véritable
manifeste littéraire, une seconde *Préface de Cromwell*.
L'auteur le déclare ouvertement :

> Je n'ai perdu aucune occasion de rattacher ces études du
> xvie siècle aux questions littéraires et poétiques qui s'agi-
> tent dans le nôtre (*Tableau*, I, p. 6).

---

1. Voir les articles du *Globe* de 1827, les versions du *Tableau* de
1828 et 1843, l'étude sur du Bellay parue dans la *Revue des deux
mondes* du 15 octobre 1840 et, finalement, les trois articles publiés
dans le *Journal des Savants* d'avril, juin et août 1867.

Si, selon l'heureuse formule, Sainte-Beuve « couronne Hugo sur la tête de Ronsard », on peut se demander si ce n'est pas son propre mérite qu'il entend couronner sur la tête de Du Bellay (Michaut, p. 169). Car il semble bien que ce soit à lui-même qu'il pense quand il décerne des lauriers posthumes à un poète injustement relégué au second rang. Sainte-Beuve, qui lisait Ronsard en même temps qu'il découvrait Hugo, avait choisi pour lui-même la position critique de Du Bellay. Le *Tableau* devint, en somme, la *Défense et illustration* du Cénacle, de ce groupe de jeunes romantiques qui montaient à l'assaut du canon classique. Dans ses propres poèmes, Sainte-Beuve, laissant à Hugo l'ode à la Ronsard, ressuscitera le sonnet, forme poétique plus personnelle qui avait valu à du Bellay, par le ton élégiaque et satirique de ses *Regrets*, d'atteindre à la célébrité.

*

BIBLIOGRAPHIE

ANEAU, Barthélemy, *Quintil horacien* (1550), in *Traités de poétique et de rhétorique de la Renaissance*, p. 185-233.

AUBIGNÉ, Agrippa d', *Œuvres*, éd. H. Weber, Paris, Gallimard, 1969.

BELLAY, Joachim du, *Défense et illustration de la langue française* (1549), éd. H. Chamard, Paris, Didier, 1948.

—, *Œuvres poétiques*, éd. H. Chamard, Paris, Droz, 1931.

—, *L'Olive*, éd. E. Caldarini, Genève, Droz, 1974.

—, *Œuvres poétiques*, éd. D. Aris et F. Joukovsky, Paris, Bordas, 1993, 2 tomes.

BIZER, Marc, *La Poésie au miroir. Imitation et conscience de soi dans la poésie latine de la Pléiade*, Paris, Champion, 1995.

CARRON, Jean-Claude, « Renaissance Imitation and Intertextuality », *New Literary History*, vol. 19, n° 3 (1988), p. 565-579.

CASTOR, Grahame, *Pléiade Poetics*. Cambridge University Press, 1964 ; trad. fr., *La Poétique de la Pléiade* par Y. Bellenger, Paris, Champion, 1998.

CHAMARD, Henri, *Histoire de la Pléiade*, Paris, Didier, 1961.

GENETTE, Gérard, *Palimpsestes. La Littérature au second degré*, Paris, Éditions du Seuil, 1982.

—, *Seuils*, Paris, Éditions du Seuil, 1987.

GREENE, Thomas M., *The Light in Troy. Imitation and Discovery in Renaissance Poetry*, New Haven, Yale University Press, 1982.

HORACE, *Épîtres*, éd. et trad. fr. François Villeneuve, Paris, Les Belles Lettres, 1967.

LABÉ, Louise, *Œuvres complètes*, éd. F. Rigolot, Paris, Flammarion, 1986.

MEERHOFF, Kees, *Rhétorique et Poétique au XVIᵉ siècle : du Bellay, Ramus et les autres*, Leyde, E. J. Brill, 1986.

MICHAUT, Gustave, *Sainte-Beuve avant les « Lundis »*, Paris, 1903 ; Genève, Slatkine, 1968.

MONTAIGNE, Michel de, *Essais*, éd. P. Villey, Paris, Presses Universitaires de France, 1978.

PELETIER DU MANS, Jacques, *Art poétique d'Horace*, éd. B. Weinberg, in *Critical Prefaces of the French Renaissance*, Evanston, Northwestern University Press, 1950 ; réimpr, New York, AMS Press, 1970.

PROPERCE, *Élégies*, éd. D. Pagnelli, Paris, Les Belles Lettres, 1929.

RIGOLOT, François, *Les Métamorphoses de Montaigne*, Paris, Presses Universitaires de France, 1988.

SAINTE-BEUVE, Charles Augustin, *Tableau historique et critique de la poésie française et du théâtre français au seizième siècle* (1828), éd. J. Troubat, Paris, A. Lemerre, 1876, 2 tomes.

SÉBILLET, Thomas, *Art poétique français* (1548), éd. F. Gaiffe, mise à jour par F. Goyet, Paris, Nizet, 1988.

—, *Traités de poétique et de rhétorique de la Renaissance*, éd. F. Goyet, Paris, Le Livre de poche, 1990.

WEBER, Henri, *La Création poétique en France, de Maurice Scève à Agrippa d'Aubigné*, Paris, Nizet, 1956, 2 tomes.

WEINBERG, Bernard, *Critical Prefaces of the French Renaissance*. Northwestern University Press, 1950 ; réimp., New York, AMS Press, 1970.

CHAPITRE 11

Pétrarquisme et antipétrarquisme

> « Quand j'écris hautement, il ne veut pas me lire ;
> Quand j'écris bassement, il ne fait qu'en médire. »
>
> *Pierre de Ronsard.*

Les jeunes Turcs de la Pléiade avaient de grandes ambitions. Ils visaient à fonder une nouvelle poésie française à l'imitation des Anciens et des Italiens. Quelques mois après le manifeste de la *Défense et illustration*, du Bellay, dans la nouvelle préface de son *Olive*, parlait d'« enrichir » la langue vulgaire « d'une nouvelle ou, plutôt, *ancienne renouvelée poésie* » (*OP*, I, p. 8)[1]. En même temps, dans la tonitruante préface de ses *Odes*, Ronsard n'hésitait pas à se dire « le premier auteur lyrique français et celui qui a guidé les autres au chemin de si honnête* labeur » (*OC*, 1993, I, p. 994). Cette nouvelle conception de la poésie lyrique rejetait les genres médiévaux (ballade, chant royal, rondeau), la prosodie compliquée de la seconde rhétorique et les « facilités » de l'école marotique. Elle adoptait les thèmes et les images du pétrarquisme italianisant ainsi que le cadre métaphysique d'un néoplatonisme dont un autre membre de la Pléiade, Pontus de Tyard, s'était fait le théoricien auprès des poètes lyonnais.

L'*Art poétique* d'Horace servait aussi de modèle à la nouvelle poésie. Dès la première préface des *Odes*, on l'a vu, Ronsard citait son prédécesseur latin pour justifier ses propres prétentions (*OC*, 1993, I, p. 995). Si le traité d'Horace commençait par un catalogue de règles à suivre et d'erreurs à éviter, il s'empressait d'ajouter qu'il fallait laisser

---

1. Voir chapitre 10, *supra*.

aux poètes une grande liberté d'expression (v. 9-10). Une
certaine *licence* était non seulement permise mais même
conseillée ; car le triomphe du bon sens (v. 309) n'excluait
pas le plaisir ; au contraire, il le conditionnait. Et « mêler
l'utile à l'agréable » (v. 343) restait l'ultime précepte. Dans
une telle optique, la *faute de goût* et l'infraction à la règle
(« *delictum* ») se trouvaient réhabilitées : un poème trop bien
fait n'était pas un poème parfait. Charme des « taches »
qu'on peut mettre sur le compte de l'agréable négligence.
Comme le dira Valéry à propos de Hugo, chez un grand
poète les erreurs ne sont que les taches d'un soleil.

Les néoplatoniciens iront beaucoup plus loin en réhabili-
tant sauvagement la *fureur* divine* dans laquelle ils voient la
marque de la véritable inspiration poétique. Les commentaires sur les mythes poétiques de l'Antiquité sont révélateurs. Les mystères voilés des païens ont le pouvoir d'enseigner par la séduction qu'ils exercent sur l'imagination. Les
signes de la transcendance ne dédaignent pas la couverture
profane des mythes (Miernowski, p. 16-20). C'est que, tout
erronés qu'ils soient, ceux-ci offrent un voile allégorique qui
peut guider paradoxalement vers la Vérité. Dans son commentaire sur *L'Énéide*, Cristoforo Landino parle à ce propos
de l'*erreur très agréable* (« *gratissimus error* ») d'un texte
qui, en représentant la sensualité de Vénus, peut nous révéler la jouissance de l'amour divin (BNF Yc. 54, p. 3001). De
même, dans la quatrième églogue de Virgile, les prophéties
de la Sibylle ont beau concerner l'Empire romain, elles nous
préparent aussi, sous forme d'énigme, à la naissance d'un
autre enfant qui transformera l'histoire du monde, Jésus-
Christ. Dans cette optique, saint Paul et Virgile partagent le
même destin théologique et téléologique (Trinkaus, p. 715).

Dans son *Abrégé de l'art poétique français*, Ronsard met-
tra en épigraphe l'un des vers les plus « pédagogiques » de
l'*Art poétique* d'Horace (v. 309) tout en réaffirmant l'origine théologique de la poésie :

> La Poésie n'était au premier âge qu'une Théologie allé-
> gorique, pour faire entrer au cerveau des hommes, gros-
> siers par fables plaisantes* et colorées, les secrets qu'ils
> ne pouvaient comprendre, quand trop ouvertement on
> découvrait la vérité (*OC*, 1993, II, p. 1175).

La poésie est un *fabuleux manteau* jeté sur la réalité pour susciter l'imagination. Dans l'« Hymne de l'Automne », Ronsard rappelle que la poésie consiste à « feindre et cacher les fables proprement » (v. 80). L'« ingénieuse erreur » du mythe (v. 56) permet de mettre en mouvement le génie (*ingenium**) du poète-charmeur qui peut ainsi non seulement trouver la gloire mais atteindre l'immortalité :

> [La « gentille Euterpe, » Muse de la poésie lyrique]
> Me charma par neuf fois, puis d'une bouche enflée
> (Ayant de sur mon chef* son haleine soufflée)
> Me hérissa le poil de crainte et de *fureur**
> Et me remplit le coeur d'ingénieuse *erreur*.
> (*OC*, 1993, II, p. 560, v. 53-56.)

Horace n'avait que du dédain pour le poète en proie à la furie créatrice qu'il assimilait à la folie. À la fin de l'*Art poétique*, il faisait un portrait-charge du poète farouche et chagrin, qui ne sait pas se plier aux exigences de la civilité (v. 453-456). Il faut fuir ce maniaque possédé par la frénésie. C'est un enragé, un ours mal léché (v. 472). Laissons les gamins lui courir après (v. 456). Qui sait si, perdu dans ses extases, il ne tombera pas dans un puits (v. 459) ou s'il ne s'y jettera pas de son propre gré (v. 460) ? Et Horace de conclure, non sans ironie, qu'il vaut mieux laisser aux poètes le droit de périr à leur guise (v. 466).

Évidemment, les défenseurs de la poésie inspirée rejetteront un tel éreintement. Ronsard montre la voie, scellant hardiment dans le vernaculaire la haute conception ancienne de la *fureur* poétique* et ouvrant un « sentier inconnu » (*OC*, 1993, I, p. 995) pour atteindre une vérité d'un ordre plus élevé (Ford, p. 64). Dans l'« Ode à Michel de L'Hospital », il annoncera au chancelier de France l'avènement d'un nouvel âge d'or pour la poésie nationale. Le ton prophétique sous-tend le discours de l'historien qui veut retracer l'évolution du lyrisme à travers les siècles. Après des années de ténèbres, le retour à la source régénératrice se fait par l'allégorie mythique des Muses auxquelles Jupiter accorde le don de poésie. Ici la voix du poète est indissociable de celle de l'Olympien :

> Votre métier, race gentille*,
> Les autres métiers passera*,
> D'autant qu'esclave il ne sera
> De *l'art* aux Muses inutile.
> (*OC*, 1993, I, p. 638, v. 395-398.)

On ne pouvait mieux affirmer la primauté de l'inspiration sur la technique. L'*art* est bon pour les « ouvriers » (navigateurs, orateurs ou dirigeants politiques, v. 399-404), mais il ne saurait suffire à ceux qu'anime une « sainte fureur » (v. 407). Ronsard reprend la théorie platonicienne des quatre fureurs (prophétique, mystique, érotique et poétique) pour opposer à l'art humain ce qu'il appelle le « ravissement » divin :

> Afin (ô Destins) qu'il n'advienne
> Que le monde, appris faussement,
> Pense que votre métier vienne
> D'art et non de *ravissement*,
> Cet art pénible et misérable
> S'éloignera de toutes parts
> De votre métier honorable,
> Démembré en diverses parts,
> En Prophétie, en Poésies,
> En mystères et en amour :
> Quatre fureurs qui, tour à tour,
> Chatouilleront* vos fantaisies*.
> (*OC*, 1993, I, p. 639, v. 421-432.)

Il n'est pas sans intérêt de rappeler que l'« Ode à Michel de L'Hospital » sera publiée à la suite des *Amours* de Ronsard en 1552. Ce premier recueil de sonnets est, en effet, placé sous le signe des Muses, et cela dès le « Vœu initial » :

> Divin troupeau qui, sur les rives molles
> Du fleuve Eurote* ou sur le mont natal*
> Ou sur le bord du chevalin cristal*,
> Assis, tenez vos plus saintes écoles,
>
> Si quelquefois*, aux sauts de vos caroles*,
> M'avez reçu par un astre fatal,

> Plus dur qu'en fer, qu'en cuivre ou qu'en métal,
> Dans votre temple engravez ces paroles :
>
> RONSARD, AFIN QUE LE SIÈCLE À VENIR
> DE PÈRE EN FILS SE PUISSE SOUVENIR
> D'UNE BEAUTÉ QUI SAGEMENT AFFOLE*,
>
> DE LA MAIN DEXTRE* APPEND À NOTRE AUTEL
> L'HUMBLE PRÉSENT DE SON LIVRE IMMORTEL,
> SON CŒUR DE L'AUTRE, AUX PIEDS DE CETTE
> IDOLE. (*A*, 1962, « Vœu », p. 3[1].)

Cet appel aux Muses, auquel fera pendant le dernier sonnet du même recueil, allie curieusement l'humilité au désir d'immortalité. Le vers 13 présente, sous forme d'oxymore, la tension qu'éprouve le poète entre sa confiance en la gloire future (« LIVRE IMMORTEL ») et son incertitude sur la valeur de ses poèmes (« HUMBLE PRÉSENT »). Or c'est ce conflit interne et non le seul désir d'immortalité qui se trouve gravé à jamais dans le Temple des Muses.

On ne s'étonnera guère qu'une telle hésitation puisse provenir de la contemplation d'une « IDOLE » (v. 14) dont l'attirance ne peut elle-même se formuler que par un oxymore : « UNE BEAUTÉ QUI SAGEMENT AFFOLE* » (v. 11). La sagesse de l'écriture n'est pas séparable de la folie du sentiment qui lui donne naissance et en anime le progrès. À la cour de Blois, lit-on dans les manuels d'histoire littéraire, Ronsard serait tombé amoureux de Cassandra Salviati. Pourtant, dès 1586, Claude Binet, son biographe, nous dit que c'est en poète que le fou de langage s'enticha de la belle Italienne :

> Il se délibéra de la chanter, comme Pétrarque avait fait sa Laure, *amoureux de ce beau nom*, comme lui-même m'a dit autrefois (p. 15).

---

1. Nos références aux *Amours* se rapportent à l'édition Weber qui reproduit l'édition *princeps*. Le recueil de 1552 sera indiqué par l'initiale (*A*), la *Continuation* de 1555 par (*C*), la *Nouvelle Continuation* de 1556 par (*NC*) et les deux livres de *Sonnets pour Hélène* par (*H*, I) et (*H*, II).

Ce témoignage s'accorde avec ce que nous dit Ronsard lui-même vers la fin de son autobiographie poétique :

> Soit le nom faux ou vrai, jamais le temps vainqueur
> N'effacera ce Nom du marbre de mon cœur.
> (*Ibid.*, p. 16.)

La Cour n'aurait d'ailleurs pas séjourné à Blois en 1546 mais un an plus tôt, ce qui ne concorderait pas avec la date de la « rencontre » avec Cassandre. La précision du « le 21 avril 1546 » (*A*, 1962, sonnets 14 et 124) est peut-être davantage dictée par des considérations de thématique et de prosodie que par un souci d'exactitude historique. Depuis Pétrarque, avril est le mois où l'on tombe amoureux (c'est le *topos* de l'*innamoramento**), et les poètes ont pris l'habitude de dater ainsi la première vision de l'aimée à sa suite. L'amant peut oublier le moment exact du calendrier où a débuté sa folie (*A*, 1962, sonnet 2), mais le poète n'en a pas le droit. Il doit puiser dans la tradition lyrique pour rendre la première rencontre croyable et ineffaçable. Il sait, avant Boileau, que « le vrai peut quelquefois n'être pas vraisemblable » et que c'est l'*effet de réel* qui compte avant tout.

Nul mieux que le nom de Cassandre ne pouvait évoquer le décor troyen et la fable homérique qui lui donne son panache. Il permet à Ronsard de se draper dans le fabuleux manteau de la mythologie et de mêler habilement les thèmes de la guerre et de l'amour. La femme aimée mène une guerre fatale à l'amant qui se meurt. Prophétesse de malheur, la sinistre devancière se remet à vaticiner :

> Avant le temps, tes temples* fleuriront ;
> De peu de jours, ta fin sera bornée ;
> Avant ton soir, se clorra ta journée ;
> Trahis d'espoir, tes pensers* périront.
>
> Sans me fléchir, tes écrits flétriront ;
> En ton désastre ira ma destinée ;
> Ta mort sera pour m'amour* terminée ;
> De tes soupirs tes neveux* se riront.
>
> Tu seras fait d'un vulgaire* la fable ;
> Tu bâtiras sur l'incertain du sable ;
> Et vainement tu peindras dans les cieux.

Ainsi disait la Nymphe qui m'affole*,
Lorsque le Ciel, pour sceller sa parole,
D'un dextre* éclair fut présage à mes yeux.
(*A*, 1962, sonnet 19, p. 14).

Mais le paysage du Vendômois natal offre aussi ses prés, ses vignobles et ses antres sauvages. Les chênes et les lauriers n'y sont plus de froids emblèmes mais retrouvent la verdeur « naïve* » de la Nature. La géographie lointaine d'Homère et de Virgile redevient familière. La Laure d'Avignon, elle-même, quitte le Vaucluse pour le pays « entre Loir et Loire ». Son laurier fleurit désormais dans la forêt de Gâtine, humble lieu promis à la gloire littéraire :

Sainte Gâtine, heureuse secrétaire*
De mes ennuis, qui réponds en ton bois,
Ores* en haute, ores* en basse voix,
Aux longs soupirs que mon cœur ne peut taire ;

Loir, qui refrains* la course volontaire
Du plus courant de tes flots vendômois,
Quand accuser cette beauté tu m'ois*,
De qui toujours je m'affame et m'altère,

Si dextrement* l'augure j'ai reçu
Et si mon œil ne fut hier déçu
Des doux regards de ma douce Thalie*,

Dorénavant poète me ferez,
Et par la France appelés vous serez
L'un mon laurier, l'autre ma Castalie.
(*A*, 1962, sonnet 160, p. 103.)

Par la magie des mots, Cassandre se rapproche de la muse Thalie au point de fusionner avec elle. Un mot-valise en est la preuve : le nom de « Castalie » se trouve remotivé en « Cass [andre]-Thalie », et, à la pointe du sonnet, c'est elle qui désigne désormais la fontaine consacrée aux Muses.

Dans l'« Ode à Michel de L'Hospital », Ronsard s'arrangeait pour confondre sa voix avec celle de l'Olympien. Dans les *Amours* de 1552, la même tentation le saisit, enviant à

Jupiter le pouvoir de se métamorphoser pour séduire sa
« belle et rebelle » Cassandre :

> Je voudrais bien, richement jaunissant,
> En pluie d'or, goutte à goutte descendre
> Dans le beau sein de ma belle Cassandre
> Lorsqu'en ses yeux le somme va glissant.
> (*A*, 1962, sonnet 20, p. 15, v. 1-4.)

Dès le seuil, le prince des dieux est détrôné. Son nom
n'apparaît même pas dans le poème. Comme dans le Satyre
de Hugo, le poète devient, par la voie du poème, plus puissant que l'Olympien. Il est devenu Jupiter et se transforme
sous nos yeux en pluie d'or pour séduire Cassandre et non
plus Danaé. La métamorphose s'amorce par le biais de la
forme inchoative « jaunissant » tandis que l'adverbe « richement », signe avant-coureur du métal précieux, suggère la
puissance et la royauté joviennes. Si la métamorphose est à
peine évoquée (Ronsard ne dit pas qu'il veut *se transformer* ; il *est* déjà par le désir cette pluie d'or), la séduction,
elle, se déploie avec une splendide complaisance. La Belle
n'est pas endormie, mais elle s'endort : son somme « va
glissant » (encore une forme inchoative qui mime l'action).
Le sommeil de la femme aimée comme l'ondée qui la
féconde sont soumis au même ralenti extatique qui favorise
l'acte de contemplation. L'étreinte amoureuse s'éternise
dans une vision qui annonce la nuit d'amour sans bornes de
l'ultime tercet :

> Et voudrais bien que cette nuit encore
> Durât toujours sans que jamais l'Aurore
> D'un front nouveau nous rallumât le jour.
> (*A*, 1962, sonnet 20, p. 15, v. 12-14.)

Cependant, parce qu'il adopte ici un style élevé, le poète
du Vendômois remplit ses sonnets d'allusions érudites qui
demandent un déchiffrement. Ainsi, il ne nous dit pas que
cette nuit sans bornes se réfère au mythe d'Alcmène ou la
« pluie d'or » à celui de Danaé. Seul le lecteur qui aura lu
Ovide le saura. De là le reproche qu'on lui adressera dès la
parution des *Amours* en 1552 : ils comportent tant d'allusions obscures qu'il faut un apparat critique pour en éclaircir le sens. De fait, l'année suivante, la seconde édition

s'accompagnera d'un abondant commentaire, annoncé dès la page de titre : *Les Amours [...] commentées par Marc-Antoine Muret* (1985, p. XXX-XXXVII). La mention du nom d'un des plus célèbres humanistes rassurerait les lecteurs déroutés par l'érudition intempestive de la première édition.

À la suite de la préface où Muret expliquait ses intentions, Jean Dorat, le maître helléniste de la Brigade, exprimait en grec l'importance de la coopération entre le poète et son glossateur : « Inspiré par l'amour de Cassandre et des Muses/ Ronsard a rendu ses oracles profonds mais obscurs./ Maintenant qu'il a trouvé en Muret un digne interprète/Tous ses oracles sont profonds et clairs à la fois » (*OC*, 1928, V, p. XXVI).

Parler d'« oracles profonds mais obscurs », c'était replacer la poésie du disciple préféré dans la tradition hermétique de la Renaissance. On sait quelle fascination exerçait le langage énigmatique sur les contemporains de Ronsard. Ces poètes, qui nourrissaient une volonté oraculaire, conseillaient de recourir au « voile de la fable » afin de transmettre un « plus haut sens » au petit nombre des élus, seuls capables d'en tirer le meilleur profit. On reconnaît là un préjugé élitiste commun aux membres de la future Pléiade : il leur faut se préserver du « vulgaire », du « peuple ignorant » qui ne respecte que ce qu'il ne comprend pas (Rigolot, Walker).

En outre, le langage hermétique et savant permettait de mieux percevoir la réalité des choses dans une écriture supérieure aux autres parce qu'elle possédait un caractère sacré, hiéroglyphique. Déjà, Pierre Fabri, le législateur de la Grande Rhétorique, avait cherché à faire basculer dans l'ésotérisme les pratiques de la *poétrie**, cette « science qui apprend à *feindre** » (Legrand), c'est-à-dire à créer des « choses fabuleuses » (Bouchet, p. 226). Dans le *Grand et Vrai Art de pleine rhétorique* (1521), Fabri parlait des « étranges guises » dont le poète recouvre de profondes vérités : « Sous les couvertures des poètes sont muscées [cachées] les grandes substances » (I, p. 13).

À l'instar des prophéties delphiques, les sonnets des *Amours*, inspirés directement des Muses commme le rappelait Dorat, avaient donc produit des « mystères » et des « sacrements » : autrement dit des signes à interpréter, et non du sens. Ces signes étaient « abscons », obscurs et rebelles à

l'intelligibilité immédiate. Il fallait alors qu'intervînt l'ami
humaniste pour répondre à l'attente du public pressé de s'ini-
tier à de grands mystères. Toujours à en croire Dorat, Muret
renouvelait une tradition humaniste qu'il connaissait fort
bien : il réussissait à maintenir la « vertu occulte » du texte
des *Amours* tout en offrant des « éclaircissements » indispensables. Le poète restait le grand prêtre de la haute
science, et le message conservait toute sa richesse ésotérique ; mais on avait ouvert les portes d'un insigne trésor aux
« bons esprits » cultivés. L'alliance de Ronsard et de Muret
avait atteint sa perfection.

Tout change pourtant, deux ans plus tard, lorsque Ronsard
abandonne Cassandre pour Marie. La *Continuation des
Amours* (1555) et la *Nouvelle Continuation* qui la suit (1556)
sont, malgré leur titre, tout le contraire de « continuations ».
Elles amorcent, en fait, un tournant radical dont le poète justifie *a posteriori* le choix dans le sonnet-préface qu'il adresse
à son ami Pontus de Tyard, théoricien du néoplatonisme et
défenseur du style élevé :

> Tyard, chacun disait à mon commencement
> Que j'étais trop obscur au simple populaire*.
> Aujourd'hui chacun dit que je suis au contraire
> Et que je me dements, parlant trop bassement.
>
> Toi qui as enduré presque un pareil tourment,
> Dis-moi, je te suppli', dis-moi, que dois-je faire ?
> Dis-moi, si tu le sais, comme [nt] dois-je complaire
> À ce monstre têtu, divers en jugement ?
>
> Quand j'écris hautement, il ne veut pas me lire ;
> Quand j'écris bassement, il ne fait qu'en médire.
> De quel étroit lien tiendrai-je, ou de quels clous,
> Ce monstrueux Proté' qui se change à tous coups ?
>
> Paix, paix, je t'entends bien : il faut le laisser dire
> Et nous rire de lui, comme il se rit de nous.
> (*C*, 1962, sonnet 1, p. 171-172, v. 1-14.)

Autrement dit, la critique est aisée, mais l'art est difficile.
Et puisque le public trouvera toujours à redire, quoi qu'on

fasse, il est plus simple de ne pas s'en soucier. La sagesse populaire le dit avec justesse : « Bien faire et laisser braire. »

Dès le début du nouveau recueil, à l'ami du Bellay, exilé à Rome et que l'air des Latins fait parler latin, le nouvel amoureux confie la nouvelle de ce changement :

> Une fille d'Anjou me détient en servage,
> À laquelle baisant maintenant le tétin
> Et maintenant les yeux endormis au matin,
> Je vis (comme l'on dit) trop plus heureux que sage.
> (*C*, 1962, sonnet 3, p. 173, v. 5-8.)

Au sombre décor du mythe troyen fait place un paysage riant où la guerre n'est plus qu'un jeu d'enfant. L'amante cruelle et farouche est remplacée par une jeune paysanne espiègle et coquette (sonnet 14). Le bon Bacchus est préféré au doux-amer Apollon, et le laurier troqué pour le pampre de vigne.

La prosodie, elle aussi, a changé. La plupart des sonnets sont maintenant écrits non plus en décasyllabes mais en alexandrins. Or, au XVIe siècle, le futur mètre classique est considéré comme « plus aisé » parce que moins soumis à la contrainte d'un rythme plus court. Dans la préface posthume de *La Franciade*, Ronsard expliquera que, s'il n'a pas écrit son épopée en alexandrins, c'est qu'il estime que ces vers « sentent trop la prose très facile » et qu'ils sont trop « énervés* et flaques* » (*OC*, 1993, p. 1161). Rien ne pouvait mieux convenir, en revanche, à un recueil qui voulait privilégier l'intimité, la confidence et la spontanéité.

La simplicité du nom de Marie va donner le ton à cette fausse série de continuations. Suivant les conseils de Du Bellay qui, dans la *Défense*, recommandait l'anagramme, Ronsard s'amuse à en invertir les lettres par un délicieux enfantillage :

> *MARIE*, qui voudrait votre beau nom tourner*,
> Il trouverait *AIMER* : aimez-moi donc, Marie.
> (*C*, 1962, sonnet 7, p. 175, v. 1-2.)

Chute aussi vertigineuse qu'inattendue depuis les cimes olympiennes du style élevé ! La conjugaison du verbe *aimer* remplit les recueils de 1555-1556. Une esthétique de la simplicité a remplacé celle des artifices raffinés. L'interjection, le questionnement, l'impératif, la répétition donnent l'impression d'un dialogue direct, spontané :

> Hé, que voulez-vous dire ? êtes-vous si cruelle
> De ne vouloir aimer ? voyez les passereaux
> Qui démènent* l'amour ; voyez les colombeaux*,
> Regardez le ramier, voyez la tourterelle.
> (*NC*, 1962, sonnet 14, p. 228, v. 1-4.)

Opter pour le « style bas », c'est opter pour la conversation ; c'est faire un usage modéré des tropes et des figures (Gordon) ; c'est accueillir d'autres voix que la sienne et s'ouvrir à la parole de l'autre (Jeanneret) ; c'est choisir de préférence des objets familiers, en particulier les oiseaux qu'une longue tradition poétique allie au bonheur et à la nature : passereau, colombe, ramier, tourterelle font leur apparition (*NC*, sonnet 14), mais aussi l'alouette, le rossignol, l'hirondelle :

> Rossignol, mon mignon…
> Nous soupirons tous deux…
> Toutefois, Rossignol, nous différons d'un point :
> C'est que tu es aimé et je ne le suis point,
> Bien que tous deux ayons les musiques pareilles.
> Car tu fléchis t'amie au doux bruit de tes sons,
> Mais la mienne, qui prend à dépit* mes chansons,
> Pour ne les écouter *se bouche les oreilles*.
> (*C*, 1962, sonnet 43, p. 197, v. 1, 5, 9-14.)

On ne pourrait jamais imaginer Cassandre « se boucher les oreilles ». Dans la hiérarchie des sens, c'est la vue que le platonisme place au sommet. Au frontispice de l'édition originale de 1552, Ronsard avait inscrit autour de son portrait ces mots de Théocrite : *hôs idon, hôs émanèn*[1] (« dès que je la vis, je devins fou », p. 15*bis*), devise qu'il devait développer dans le second sonnet :

> Quand je la vis, quand mon âme éperdue
> En devint folle…
> Le fier* destin l'engrava dans mon âme.
> (*A*, 1962, sonnet 2, p. 5, v. 10-12.)

---

1. Voir illustration, chapitre 4, *supra*, p. 77.

Ce n'est plus la vue mais l'ouïe, le goût et le toucher qui se trouvent sollicités dans les nouveaux poèmes. On en jugera par l'un de ses poèmes les plus réussis du nouveau cycle :

> Mignonne, levez-vous, vous êtes paresseuse ;
> Jà* la gaie alouette au ciel a fredonné
> Et jà* le rossignol frisquement* jargonné*
> Dessus l'épine assis, sa complainte amoureuse.
> Debout donc !...
> [...]
> Ian*, je vous punirai du péché de paresse.
> Je vais baiser cent fois votre œil, votre tétin,
> Afin de vous apprendre à vous lever matin.
> (*C*, 1962, sonnet 23, p. 185, v. 1-5, 12-14.)

Il serait pourtant faux de croire que le poète, enfin libéré de la contrainte pétrarquiste, refuse toute imitation : il a simplement changé de modèle. Quand, en voyant l'amant, narquois, réveiller la belle endormie, on croit saisir une parole enfin authentique, on oublie que celle-ci s'inspire de la chanson d'aube médiévale et de l'élégie latine à la Properce.

Dans ce nouveau registre, l'ancien thème de la constance est remplacé par celui des amours simultanées. Ronsard suit là encore le modèle des élégiaques latins, Catulle et Tibulle, prétextant se retenir et rester « honnête » dans ses multiples ébats amoureux :

> Je ne suis seulement amoureux de Marie ;
> Jeanne me tient aussi dans les liens d'amour.
> Ore* l'une me plaît, ore* l'autre à son tour.
> Ainsi Tibulle aimait Némésis et Délie.
> [...]
> Quant à moi, seulement je leur baise la main,
> Je devise, je ris, je leur tâte le sein,
> Et rien que ces biens-là, d'elles je ne demande.
> (*C*, 1962, sonnet 11, p. 178, v.1-4, 12-14.)

À l'ami Belleau, lui-même amoureux de la « belle et jeune Madelon », il lance une gaillarde chanson à boire : qu'on remplisse les flacons, qu'on verse à l'abandon, pour réjouir la compagnie et qu'on savoure aussi « du lait rougi de mainte fraise » (*C*, 1962, sonnet 13, p. 179).

Le recueil de la *Continuation* se clôt par un sonnetpostface (*C*, 1962, sonnet 70) qui fait pendant au poème-préface dédié à Pontus de Tyard. On y lit une réflexion critique sur la différence de style entre les recueils dédiés à Cassandre et à Marie. Ronsard explique qu'il s'est forcé à abandonner le registre élevé pour mieux séduire la jeune Angevine. Constatant maintenant qu'il n'est pas parvenu à ses fins, il se prend à regretter sa décision :

> Marie, tout ainsi que vous m'avez tourné*
> Mon sens et ma raison par votre voix subtile*,
> Ainsi m'avez tourné* ma grave premier style
> Qui pour chanter si bas n'était point destiné.
>
> Au moins si vous m'aviez, pour* ma perte, donné
> Congé de manier votre cuisse gentille*
> Ou si à mes baisers vous n'étiez difficile,
> Je n'eusse regretté mon style abandonné.
>
> Las*, ce qui plus me deult*, c'est que vous n'êtes pas
> Contente de me voir ainsi parler si bas,
> Qui soulais* m'élever d'une muse hautaine.
>
> Mais, me rendant à vous, vous me manquez de foi
> Et si* me traitez mal et, sans m'ôter de peine,
> Toujours vous me liez et triomphez de moi[1].
> (*C*, 1962, sonnet 70, p. 213-214, v. 1-14.)

La *Nouvelle Continuation* reprendra ce thème mais en donnant une contrepartie biographique à ce changement de forme. Dans une sorte de postface en vers, Ronsard s'adressera « À son Livre » pour justifier encore plus plaisamment le choix du « beau style bas » (*NC*, 1962, 42, p. 251-257). Qu'on ne vienne pas lui reprocher, au nom du sacro-saint pétrarquisme, d'avoir abandonné Cassandre pour d'autres femmes ! La fidélité a des limites, et Pétrarque lui-même ne s'y est pas conformé, quoi qu'il ait pu en dire :

> Lui-même ne fut tel. Car, à voir son écrit,
> Il était éveillé d'un trop gentil* esprit
> Pour être sot trente ans, abusant* sa jeunesse
> Et sa Muse au giron d'une seule maîtresse.

---

1. Voir chapitre 12, *infra*.

> Ou bien il jouissait de sa Laurette, ou bien
> Il était un grand fat* d'aimer sans avoir rien,
> Ce que je ne puis croire, aussi n'est-il croyable.
> Non, il en jouissait, puis l'a faite admirable,
> « Chaste, divine, sainte. » Aussi tout amant doit
> Louer celle de qui jouissance il reçoit…
> (*NC*, 1962, 42, v. 45-54, p. 253.)

Le vertueux poète toscan se trouve rabaissé au rang de jouisseur et de menteur. Quant à Laure, on la fait descendre de son piédestal : le diminutif la transforme d'un coup en simple « Laurette » (autant dire soubrette ?). Les adjectifs qui servaient à la rendre sublime (« *santa, saggia, leggiadra, honesta e bella* » dans le texte du *Canzoniere*, sonnet 247, v. 4, p. 394) sont repris mais sous forme parodique. La palinodie et le cynisme sont à leur comble.

Du Bellay enfourchera le même coursier à la même époque dans un long poème satirique, écrit en 1553 et adressé « À une Dame », mais remanié et publié en 1558 sous un titre autrement plus provocateur : « Contre les Pétrarquistes ». Le poète se dit enfin guéri de tous les artifices de la rhétorique et déclare avec une candeur qui devient le thème de son nouveau chant :

> J'ai oublié l'art de pétrarquiser.
> Je veux d'amour franchement deviser,
> Sans vous flatter et sans me déguiser.
> Ceux qui font tant de plaintes
> N'ont pas le quart d'une vraie amitié*
> Et n'ont pas de peine la moitié
> Comme leurs yeux, pour faire pitié
> Jettent de larmes feintes.
> (*OP*, II, XX, p. 190-196, v. 1-8.)

Mais est-il possible à un poète d'abandonner les conventions et les ornements de la poésie ? Toute la question est là. Se dire honnête, sincère et spontané est une chose ; rechercher un langage immédiat, simplifié, *démétaphorisé* en est une autre. Car comment exprimer cette absence de pétrarquisme sinon par sa négative, en pétrarquisant à l'envers, en déversant le trop-plein des artifices que l'on prétend désormais éviter :

Ce n'est que feu de leurs froides chaleurs,
Ce n'est qu'horreur de leurs feintes douleurs,
Ce n'est encor' de leurs soupirs et pleurs
Que vents, pluie et orages :
Et bref ce n'est à ouïr leurs chansons,
De leurs amours que flammes et glaçons,
Flèches, liens et mille autres façons
De semblables outrages. (*Ibid.*, v. 9-16.)

Ronsard et du Bellay n'oublient jamais qu'ils sont avant tout poètes et les nouveaux renégats justifient aussitôt leur « véritable amitié » par des considérations d'ordre stylistique. S'adressant à son propre livre, à la fin des *Amours de Marie*, Ronsard lui intime de répondre aux inconditionnels du lyrisme élevé par des arguments savants (il a imité les élégiaques latins : Catulle, Ovide, Tibulle), mais, en même temps, en proclamant la supériorité de la nature sur la culture :

Or*, si quelqu'un après me vient blâmer de quoi
Je ne suis plus si grave en mes vers que j'étois*
À mon commencement, quand l'humeur Pindarique
Enflait empoulément* ma bouche magnifique*,
Dis-lui que les amours ne se soupirent pas
D'un vers hautement grave, ains* d'un *beau style bas*,
Populaire et plaisant, ainsi qu'a fait Tibulle,
L'ingénieux Ovide et le docte Catulle.
Le fils de Vénus hait ces ostentations :
Il suffit qu'on lui chante au vrai ses passions,
Sans enflure ni fard, d'un *mignard* et doux style*,
Coulant d'un petit bruit comme une eau qui distille*.
(*NC* 1962, 42, v. 169-180, p. 257.)

Tout se passe comme si le goût de la diversité formelle avait motivé la nouvelle thématique amoureuse : diversité justifiée elle-même par la tradition classique de la *varietas*. Le pétrarquisme bascule dans son contraire, non pas parce que la mode a changé, mais parce que le poète veut exhiber ses dons multiples et montrer qu'il est capable de jouer avec succès sur tous les registres du lyrisme. Que ce soit la veine pétrarquiste ou antipétrarquiste, sur le plan du désir amoureux, ce sera d'ailleurs toujours le même échec : il le disait sans cesse à Cassandre ; il le redit à Marie : « Toujours vous me liez et triomphez de moi » (*C*, 1962 sonnet 70, p. 214, v. 14). Il ne faut pas confondre le fantasme érotique avec l'ambition poétique. Cassandre ou Marie ne sont que des prétextes. Pour le poète, c'est la seule victoire de l'écriture qui compte. Le poète veut réussir à montrer qu'il sait triompher de toutes les difficultés de son métier en maniant admirablement la diversité des styles. Même dans le « beau style bas, populaire et plaisant », dans le « mignard* et doux style », Ronsard entend rester le disciple favori d'Apollon et le prince des poètes (Cave).

La meilleure preuve de cette option stylistique en faveur de la *varietas* nous est fournie par un nouveau retournement lorsque le poète revient une dernière fois à l'imitation de Pétrarque dans les *Sonnets pour Hélène*. Sans doute prend-il habilement ses distances par rapport au maître italien. Dans le premier sonnet, il s'adresse à sa nouvelle amie en l'assurant que son amour, contrairement à celui qu'il éprouvait pour Cassandre, est le résultat d'un choix rationnel (« par élection* ») fondé sur ce qu'il nomme l'« affection de vertu » et que le XVIIᵉ siècle appellera l'« amour-estime » :

> Vous seule me plaisez ; j'ai par *élection**,
> Et non à la volée, aimé votre jeunesse.
> Aussi je prends en gré* toute ma passion.
>
> Je suis de ma fortune auteur, je le confesse.
> La vertu* m'a conduit en telle affection.
> Si la vertu* me trompe, adieu belle Maîtresse.
> (*H*, 1962, I, sonnet 1, p. 385, v. 9-14.)

Avec son illustre prénom, Hélène de Surgères nous replonge dans le contexte épique de la guerre de Troie. L'épitaphe que se choisit le Vendômois ne sépare les deux Hélène que pour mieux les rapprocher. On dira qu'il est mort « non pour l'amour d'une Hélène Grégeoise*/mais d'une Saintongeoise » (*H*, 1962, I, chanson 7). Mais il se ravise aussitôt :

> Au pis-aller, je meurs pour ce beau nom fatal
> Qui mit toute l'Asie et l'Europe en pillage.
> (*H*, 1962, II, sonnet 9, p. 424, v. 13-14.)

Le choix raisonné est vite oublié lorsque la fatalité réapparaît et que l'appareil mythologique reprend ses droits. Ortyge*, la Diane de Délos, n'était pas plus vertueuse, mais le renom d'Hélène reste plus envoûtant :

> Je te voulais nommer, pour Hélène, Ortygie*,
> Renouvelant en toi d'Ortyge* le renom.
> Le tien est plus fatal. Hélène est un beau nom,
> Hélène, honneur des Grecs, la terreur de Phrygie.
> (*H* 1962, II, sonnet 37, p. 438, v. 1-4.)

Ronsard fera « sonner » le nom magique, qu'il s'est pris à célébrer, plus haut que cet autre « sonneur » qui lui sert de modèle mais qui n'a chanté sa Laure qu'en taisant son prénom. *Nomen, numen* : « Je fis flamber ton nom comme un astre qui luit » (*H*, 1962, sonnet 5, p. 497, v. 7). Le Nom devient un foyer incandescent grâce à l'incantation de la poésie qui le fera « flamber » dans la nuit des temps. Cependant, des nuages s'accumulent dans le ciel du lyrisme français. Desportes vient de consacrer à Diane les deux premiers livres de ses propres *Amours*, et une autre Ortyge* s'annonce menaçante à l'horizon.

*

BIBLIOGRAPHIE

BELLAY, Joachim du, *Défense et illustration de la langue française*, éd. H. Chamard, Paris, Didier, 1948.
—, *Œuvres poétiques*, éd. D. Aris et F. Joukovsky, Paris, Bordas, 1993, 2 tomes.
BINET, Claude, *Discours de la vie de Pierre de Ronsard*, éd. Paul Laumonier, Paris, Hachette, 1910.
BOUCHET, Jean, *Les Regnars traversans*, in A. Héron, *Jean Bouchet*, Paris, 1901 ; Genève, Slatkine, 1970.
CAVE, Terence, « Ronsard as Apollo : Myth, Poetry and Experience in a Renaissance Sonnet-Cycle », *Yale French Studies*, n° 47 (1972), p. 76-89.
DESPORTES, Philippe, *Les Amours de Diane*, éd. V. E. Graham, Genève, Droz, 1959, 2 tomes.
FABRI, Pierre, *Le Grand et Vrai Art de pleine rhétorique* (1521), éd. A. Héron. Rouen, 1889-1890 ; réimpr. Genève, Slatkine, 1969.

FORD, Philip, « Ronsard and the Theme of Inspiration », in *The Equilibrium of Wit. Essays for Odette de Mourgues*. Ed. Peter Bayley & Dorothy Gabe Coleman. Lexington, Kentucky : French Forum, 1982.

GORDON, Alex L., « Le protocole du style bas chez Ronsard », *Travaux de littérature*, n° V (1992), p. 69-86.

HORACE. *Art poétique*, in *Épîtres*, éd. François Villeneuve, Paris, Les Belles Lettres, 1968, p. 202-226.

JEANNERET, Michel, « Les *Amours de Marie* : inscription de la deuxième personne et stratégies dialogiques », in *Sur des vers de Ronsard (1585-1985)*, éd. M. Tétel, Paris, Aux amateurs de livres, 1990, p. 61-70.

LEGRAND, Jacques, *Archiloge Sophie* (BNF, ms. fr. 1508, fol. 394 v).

MIERNOWSKI, Jan, *Signes dissimilaires. La quête des noms divins dans la poésie française de la Renaissance*, Genève, Droz, 1997.

PÉTRARQUE, François, *Canzoniere. Le Chansonnier*, éd. bilingue de P. Blanc, Paris, Bordas, 1988.

RIGOLOT, François. « Énigme et prophétie : les langages de l'her-métisme chez Rabelais », *Œuvres et Critiques*, XI, 1 (1986), p. 37-47.

RONSARD, Pierre de, *Œuvres complètes*, éd. Paul Laumonier (Paris, Hachette, 1928), 20 tomes [édition princeps].

—, *Les Amours*, éd. H. et C. Weber, Paris, Garnier, 1962 [édition princeps].

—, *Commentaires au Premier Livre des Amours de Ronsard*, éd. J. Chomarat, M.-M. Fragonard et G. Mathieu-Castellani, Genève, Droz, 1985.

—, *Œuvres complètes*, éd. J. Céard, D. Ménager et M. Simonin, Paris, Gallimard, 1993, 2 tomes [texte de 1584].

TRINKAUS, Charles, *In Our Image and Likeness. Humanity and Divinity in Italian Humanist Thought*, Londres, Constable, 1970 ; University of Notre Dame Press, 1995.

WALKER, D. P., « Esoteric Symbolism », in *Poetry and Poetics from Ancient Greece to the Renaissance* : *Studies in Honor of James Hutton*, éd. G. M. Kirkwood, Cornell University Press, 1975, p. 225-226.

CHAPITRE 12

Poésie érotique
et antiérotique

> « J'aurai pour moi le gent* corps de la belle
> Toutes les nuits. »
>
> *Clément Marot.*

« Amour, tu perdis Troie ! » s'exclame le narquois La Fontaine. Dans la *poétrie** de la Renaissance, *Éros* et son frère cadet *Antéros* représentent des forces antagonistes redoutables qui s'accordent avec la conception néoplatonicienne de la lutte entre le désir charnel et sa sublimation spirituelle. Amours et contr'amours se bousculent dans l'imagination des poètes. Dans son *Débat de Folie et d'Amour*, Louise Labé rappellera, par la bouche d'Apollon, avocat de Cupidon, le principe fondamental de l'harmonie cosmique selon lequel l'Amour n'est autre que « la vraie âme de l'univers » :

> [Puisque] tout l'Univers ne tient que par certaines amoureuses compositions, si elles cessaient, l'ancien Abîme revidendrait : ôtant l'amour tout est ruiné (p. 66).

Apollon, dieu de la poésie, sait que « la meilleure façon qui soit après amour, c'est d'en parler » et qu'il n'y a pas de lyrisme sans veine érotique. Bien plus, c'est la force propulsive de la *libido amandi* qui pousse les poètes à chanter :

> Qui fait tant de Poètes au monde en toutes langues ? n'est-ce pas Amour ? lequel semble être le sujet duquel tous Poètes veulent parler. Et qui me fait attribuer la poésie à Amour ou dire, pour le moins, qu'elle est bien aidée et entretenue par ce moyen ? c'est qu'incontinent que les hommes commencent d'aimer, ils écrivent [des] vers. Et ceux qui ont été excellents Poètes, ou en ont tout rempli leurs livres ou, quelque autre sujet qu'ils aient pris, n'ont

osé toutefois achever leur œuvre sans en faire honorable mention : Orphée, Musée, Homère, Linos, Alcée,
Sappho… (p. 76-77).

L'ambiguïté des termes ajoute encore un certain piment à
cette omniprésente thématique. Dans *Antéros*, la préposition
grecque *anti* peut signifier « à la place de » (ce qui postule
l'échange) ou « à l'égal de » (ce qui entraîne la similarité).
De là la possibilité contradictoire de voir dans *Antéros* ce
qui unit (l'amour partagé) ou ce qui oppose (l'amour per-
turbé). Pour les poètes du début du siècle, influencés par le
renouveau évangélique, le « fol amour », fondé sur la beauté
extérieure et le désir sensuel, doit s'effacer devant le « ferme
amour », sentiment vertueux et qui émane du cœur. *Éros*
fait place à *Antéros*, symbole de sincérité et d'authenticité.
Pour les sonnetistes plus tardifs des « Contr'amours », en
revanche, *Antéros* sera l'emblème de ce qui nie le « ferme
amour » : véhicule de la rancœur, on l'identifie au désir
égoïste de rabaisser et à la jouissance perverse d'humilier.

Il n'existe pourtant pas de ligne constante dans le traitement
de l'amour au XVIe siècle. La plupart des poètes cultiveront
tour à tour les deux registres. Faut-il s'étonner de cette palinodie à une époque où l'on contre-pétrarquise sans vergogne
après avoir juré de pétrarquiser ? Dans le *Temple de Cupido*,
Clément Marot avait refusé l'érotique traditionnelle du
Roman de la Rose pour découvrir un « Ferme Amour », nouvel avatar d'*Antéros*, fondé sur un sentiment de profonde
intériorité. Le poème allégorique se terminait dans le
« chœur » du Temple où se révélait la présence d'un « dieu
d'amour » tout différent du Cupidon de la tradition païenne.
Le jeu de mots sur « chœur » et « cœur », orthographiés de la
même manière au XVIe siècle (« cueur »), servait à signifier
la nature transcendante de la nouvelle incarnation d'*Éros* :

> […] en la nef du temple
> De Cupido (combien* qu'elle soit ample)
> N'ai su trouver sa très noble facture*,
> Mais […] à la fin suis venu d'aventure
> Dedans le *cueur** où est sa mansion.*
> Par quoi conclus, en mon invention*,
> Que *Ferme Amour* est au *cueur** éprouvée.
> Dire le puis car je l'y ai trouvée.
> (*OP*, I, p. 42, v. 521-539.)

Une conversion aussi admirable n'empêchait pourtant pas le même poète d'écrire un rondeau où « celui qui ne pense qu'en s'amie » donnait libre cours à ses fantasmes, érotisant chaque nuit un corps dont il ne prenait possession qu'en rêve. L'amoureux mettait alors tous ses espoirs à imaginer l'« échange » du cœur (qu'il maîtrisait) pour le corps (qui se refusait à lui). Solution fort peu en accord avec les beaux principes du *Ferme Amour* :

> Toutes les nuits je ne pense qu'en celle
> Qui a le *corps* plus gent* qu'une pucelle*
> De quatorze ans, sur le point d'enrager,
> Et au-dedans un *cœur* (pour abréger)
> Autant joyeux qu'eut oncque* damoiselle*.
>
> Elle a beau teint, un parler de bon zèle,
> Et le tétin rond comme une groselle* :
> N'ai-je donc pas bien cause de songer
> Toutes les nuits ?
>
> Touchant son *cœur*, je l'ai en ma cordelle*,
> Et son mari n'a sinon le *corps* d'elle :
> Mais toutefois, quand il voudra changer,
> Prenne le *cœur* ! et pour le soulager
> J'aurai pour moi le gent* *corps* de la belle
> Toutes les nuits. (*OP*, I, XLV, p. 161-162.)

L'emploi de la rime équivoquée (« cordelle »/« corps d'elle ») permet de rapprocher deux réalités incompatibles : « tenir en sa cordelle » veut dire « tenir en son pouvoir », ce qui fait justement défaut à l'amoureux fiévreux qui désire le corps de son amie. *Éros* a vite fait de remplacer *Antéros*, même si le langage voulait l'en empêcher.

Certes, dans le contexte des nouvelles idées de la Réforme, le mouvement inverse fait l'objet d'une vaste production poétique. Il s'agit de substituer aux appâts trompeurs des plaisirs sensuels une adhésion aux valeurs spirituelles d'un christianisme renouvelé. En poésie, ce sera la pratique du *contrafactum* : des paroles édifiantes seront greffées sur les mélodies du répertoire profane. La reine de Navarre composera ses *Chansons spirituelles* sur des airs délurés ou grivois qui trottaient dans les têtes de l'époque. Il s'agit moins d'exorciser un langage lubrique que d'en détourner le sens vers un dessein autrement plus élevé. En 1546, un poète huguenot, Eustorg de Beaulieu, composera un recueil de *contrafacta* où il invitera ses contemporains à pratiquer une étonnante « conversion » lyrique :

> Vous tous qui mettez votre entente
> À composer et à vers mesurer,
> *Gardez le chant, mais la lettre insolente*
> *En autre sens veuillez soudain virer*,*
> C'est à savoir à Dieu seul honorer ;
> Et à cela provoquez votre Muse,
> Ou autrement chacun de vous s'abuse.
> (1546, chanson 34, p. 28, strophe 3.)

Le titre du recueil est éloquent : la *Chrétienne Réjouissance* sera l'antidote de toutes les profanes *jouissances* de ce bas monde. Les chansons d'amour composées par Clément Marot, dont l'immense succès polyphonique s'étendra à toute l'Europe, feront ainsi l'objet d'une contre-imitation édifiante par Beaulieu.

Il suffira d'un seul exemple. Une chanson célèbre de Clément Marot commençait ainsi :

> Tant que vivrai en âge florissant,
> Je servirai Amour, le dieu puissant,
> En faits et dits, en chansons et accords.
> Par plusieurs jours m'a tenu languissant
> Mais après deuil* m'a fait *réjouissant*,
> Car j'ai l'amour de la belle au gent* corps.
> (*OP*, I, XII, p. 185.)

Sous la plume du *contrefacteur**, ce texte devient :

> Tant que vivrai en âge florissant,
> Je servirai le Seigneur tout-puissant,
> En faits et dits, en chansons et accords.
> Le vieil serpent* m'a tenu languissant,
> Mais Jésus-Christ m'a fait *réjouissant*
> En exposant pour moi son sang et corps.
> (1546, *ibid.*, v. 1-6.)

On pourrait parler ici de *jeu parodique* si ce jeu n'était des plus sérieux puisqu'il vise à spiritualiser une *érotique* temporelle en déplaçant l'objet du désir vers une *(ré)jouissance* dans l'au-delà. Ce retournement est d'autant plus piquant que le même Beaulieu est l'auteur de plusieurs poèmes obscènes dont le « Blason* du Cul » qui devait s'ajouter aux *Blasons anatomiques du corps féminin* envoyés trois ans auparavant à la cour de Ferrare (1964, p. 302).

Rien ne pourrait mieux illustrer cet échange entre *factum* et *contrafactum*, érotique et antérotique, que le double jeu que se livrent la reine de Navarre et son valet dans leurs poèmes d'amour. Vers 1528, Clément compose la chanson « Jouissance vous donnerai », aussitôt mise en musique par Claudin de Sermisy, maître incontesté du genre. La voix féminine s'y réfugie habilement dans la sagesse proverbiale (« tout vient à point qui sait attendre ») pour différer la demande de jouissance physique sollicitée par l'amant :

> Jouissance vous donnerai,
> Mon Ami, et si* mènerai
> À bonne fin votre espérance.
> Vivante, ne vous laisserai ;
> Encore, quand morte serai,
> L'esprit en aura souvenance.
>
> Si pour moi avez du souci,
> Pour vous n'en ai pas moins aussi :
> Amour vous le doit faire entendre.
> Mais, s'il vous grève* d'être ainsi,
> Apaisez votre cœur transi :
> Tout vient à point qui sait attendre.
> (*OP*, I, IV, p. 181.)

Si Beaulieu donne une version christianisée de ce texte, Marguerite en offre une autre contrepartie qui retient l'attention. Au thème de la jouissance physique, elle substitue le sentiment d'amitié qui la lie profondément à son frère récemment décédé. Cette élévation du registre se double d'une amplifiée de la forme : l'original de la chanson comprenait deux fois six vers ; sa réécriture en compte six fois plus. La *jouissance* est comme magnifiée par la rime en « ance » qui revient marteler chaque strophe : espérance et apparence (st. 1), abondance et allégeance (st. 2), puissance et connaissance (st. 3), absence et présence (st. 4), essence et doutance (st. 5). Au milieu du poème (st. 6), la réapparition du mot « jouissance » sera liée par la même rime à la « créance », la croyance en Dieu :

> Tandis qu'il [mon frère] était sain et fort,
> La foi était son réconfort ;
> Son Dieu possédait par *créance**.
> En cette foi vive il est mort,
> Qui l'a conduit au très sûr port
> Où il a de Dieu *jouissance*. (Strophe 6, v. 31-36.)

Les doublets rimés continueront à se succéder jusqu'à la strophe finale où la sœur, privée de son frère, appelle la mort de ses vœux pour aller le rejoindre dans l'au-delà :

> Viens doncques*, [Mort], ne retarde pas ;
> Mais cours la poste* à bien grands pas,
> Je t'envoie ma *défiance*.
> Puisque mon frère est en tes lacs,*
> Prends-moi, afin qu'un seul soulas*
> Donne à tous deux *éjouissance**. (Strophe 12, v. 67-72.)

Le défi lancé à la Mort ne surprend pas. Marot prend pour devise « La Mort n'y mord », formulant ainsi son double désir d'immortalité : en tant que chrétien (postérité spirituelle) mais aussi en tant qu'auteur (postérité temporelle). Chez Marguerite, ce défi s'exprime de façon simple et nette, mais avec force et sans jeu de mots : « Je t'envoie ma *défiance*. » À l'interrogation biblique (« Ô Mort, où est ta victoire ? » Isaïe 25, 8 ; Osée 13, 14 ; I Cor. 15, 55), la réponse ne fait aucun doute. Geste provocateur que vient mettre en relief la double diérèse du verbe (Je/t'en/voi/**e** : quatre pieds) et de l'objet (ma/dé/fi/ance : quatre pieds). Le mot final, « éjouissance », connote une plénitude ineffable que les termes courants de « jouissance » ou de « réjouissance » ne sauraient véritablement traduire : antérotique comblée puisque frère et sœur sont réunis dans le sein de Dieu.

Les poètes contemporains ne seront pas toujours à la hauteur de cette sublimation édifiante. Aumônier des enfants du roi et « poète courtisan » s'il en fut jamais un, Mellin de Saint-Gelais saura mélanger habilement les registres profanes et sacrés pour entretenir une délicieuse ambiguïté qui plaira aux beaux esprits de la Cour. Faut-il ou non donner la majuscule au dieu d'amour ? La réponse se trouve inscrite,

se plaît-il à nous souffler, dans le missel de celle après qui
il soupire :

> *Écrit sur le psautier d'une damoiselle**
>
> Avant qu'entrer en oraison*
> Entendez l'ordre et la raison
> Que le Dieu qui m'a tout entier,
> Veut que l'on tienne en son psautier.
>
> À l'entrée est ma Passion*
> Prise en votre obstination ;
> Puis de nuit me chantent matines*
> Vos beautés contre moi mutines ;
> Vos laudes* après sont l'office
> Qui plus me donne d'exercice ;
> Car il y a de la matière
> Pour une bible tout entière.
>
> Des autres heures* peu vous chaut
> Que perdre pour vous il me faut ;
> Et vous suffit que l'on publie
> Que toujours êtes accomplie*.
>
> Quant à moi, je ne puis tarder,
> Si mieux n'y voulez regarder,
> D'être au feuillet des trépassés*.
> Adieu, vous en savez assez. (P. 120.)

Le vocabulaire du poème peut se comprendre dans un
sens à la fois religieux et profane. *Dieu* désigne le Christ
ou Cupidon ; *oraison*, la prière à Dieu ou le discours à
l'aimée ; *Passion*, les souffrances de Jésus ou celles de
l'amoureux. Substantif, *matines* renvoie à l'office divin ;
mais, adjectif, il est synonyme de « taquines » et s'accorde
avec les attraits de la belle. Les *laudes* suivent les matines
dans l'office divin tout en désignant les « louanges » de la
dame. Quant aux *heures*, elles se réfèrent à la fois au temps
perdu à faire la cour et aux prières liturgiques consignées
dans le *livre d'heures*. Adjectif, *accomplie*, au sens de
« parfaite », s'applique à l'amie ; mais, substantif, il invite
« à Complies », c'est-à-dire à la dernière partie de l'office
divin. Le « feuillet des trépassés » fait référence à la page
de l'office des morts : hyberboliquement transi, l'amoureux

en perd la vie, ce que souligne l'ambiguïté de l'« Adieu »
(à Dieu) final.

Grands joueurs devant l'Éternel, les marotiques ont montré à quel point ils ont tiré profit de cette casuistique amoureuse. Nous avons déjà vu [1] quelle part occupait cette même
thématique dans le chef-d'œuvre de Maurice Scève.
L'ambiguïté du sentiment qu'éprouve l'amant pour Délie se
trouve mise en relief, dès le premier dizain :

> Grand fut le coup qui, sans tranchante lame,
> Fait que, vivant le corps, l'Esprit dévie,
> Piteuse hostie* au conspect* de toi, Dame,
> Constituée Idole* de ma vie. (Dizain 1, v.7-10.)

Les images religieuses (hostie*, Idole*) tentent de subli-
mer un amour sensuel symbolisé par Cupidon et rejeté dès
les premiers vers du recueil. Citons à nouveau le huitain
liminaire de *Délie* :

> Non de Vénus les ardents étincelles
> Et moins les traits desquels Cupido tire,
> Mais bien les morts qu'en moi tu renouvelles
> Je t'ai voulu en cet Œuvre décrire. (P. 49, v. 1-4.)

Quelques années plus tard, Joachim du Bellay ne se
comportera guère autrement dans *L'Olive*, premier *canzoniere* à s'écrire non plus en dizains mais en sonnets français
(1549-1550). Le thème néoplatonicien de la purification par
l'amour laisse transparaître une tension, restée irrésolue,
entre l'aspiration vers l'au-delà et la préférence pour l'ici-bas :

> Si notre vie est moins qu'une journée
> En l'éternel, si l'an qui fait le tour
> Chasse nos jours sans espoir de retour,
> Si périssable est toute chose née,
> Que songes-tu, mon âme emprisonnée ?
> Pourquoi te plaît l'obscur de notre jour
> Si pour voler en un plus clair séjour
> Tu as au dos l'aile bien empanée* ?
> Là est le bien que tout esprit désire,
> Là le repos où tout le monde aspire,
> Là est l'amour, là le plaisir encore.

---

1. Voir chapitre 8, *supra*.

> Là, ô mon âme au plus haut ciel guidée,
> Tu y pourras reconnaître l'Idée*
> De la beauté qu'en ce monde j'adore.
> (*OP*, I, p. 73, sonnet 113.)

Désir déjà mallarméen d'un azur libérateur. L'ascension vers l'au-delà occupe les treize premiers vers ; la répétition anaphorique de l'adverbe « là » fait croire que l'âme a atteint son but ultime ; mais le dernier vers opère une redescente vertigineuse vers l'« ici » du monde vécu. La beauté féminine ne sera jamais qu'un reflet de celle du monde des essences, de ce que Platon appelle les « Idées ». Nous en revenons finalement à un objet terrestre d'idolâtrie, l'« Idole », de Scève. La possibilité d'une sublimation spirituelle par *Antéros*, entrevue un instant, refait place à l'adoration temporelle d'*Éros*. Dans l'« Invitation au voyage », Baudelaire substituera au « là-haut » de l'Idéal néoplatonicien un « là-bas » vague et lointain où se dessine une promesse indécise de bonheur :

> Mon enfant, ma sœur,
> Songe à la douceur
> D'aller *là-bas* vivre ensemble… (V. 1-3.)

L'imaginaire contrée baudelairienne où tout ne serait qu'« ordre et beauté/luxe, calme et volupté », si individualisée qu'elle soit, rappelle le « plus clair séjour » bellayen où se trouverait « le bien que tout esprit désire » et « le repos où tout le monde aspire ». Car ce bien, ce repos, cet amour et ce plaisir restent inaccessibles à l'« âme emprisonnée » qui doit se contenter de vivre dans « l'obscur de notre jour » (v. 6). Ce thème, inlassablement repris au cours des siècles, trouve encore son expression dans la chanson populaire où il se métisse aux pulsations d'aujourd'hui. Citons « Un pays quelque part » de Jean-Paul Sèvres et Éric Vincent :

> Mon pays ce sera
> Là où tu seras bien
> Là où je serai moi
> Là où tu seras belle.
> [...]
> Mon pays ce sera
> Là où tout devient vrai

Là où tout devient beau
Où rien n'est monotone. (V. 1-4 et 25-28.)

Autant d'invitations d'amoureux à voyager vers cet au-
delà idéalisé que Benjamin Constant appelait le pays de
« l'égoïsme à deux ».

Du Bellay se rendra compte aussitôt du prestige trompeur
d'une telle utopie. Dès son premier recueil de 1549, il publie
à la suite de *L'Olive* un *Contr' amour* intitulé *L'Antérotique*.
Le personnage de la vieille, d'une laideur extrême, sert de
repoussoir à la jeune et belle Olive. Au souffle « empesté »
de l'une (v. 40-42) fait place l'« haleine fleurante » de
l'autre (v. 133) ; au crâne chauve, des cheveux « crêpés et
blonds » (v. 97-98) ; à la bouche baveuse et aux dents gâtées
(v. 13-14), des appas conférés par la grâce et la beauté.
L'invective donne une étonnante vigueur au style :

> Vieille, Peur des chastes familles,
> Vieille, Peste des jeunes filles,
> [...]
> Ô que n'ai-je de véhémence
> Autant que tu as de semence
> D'étranges vices et divers,
> Ma plume vomirait un vers…
> (*OP*, I, p.77-82, v. 47-8 ; 59-62.)

Clément Marot avait déjà opéré ce renversement thématique en offrant un tableau contrasté où le blâme succédait à
l'éloge du même objet. Lors de son exil à Ferrare (1535), il
avait composé le très sensuel « Blason du beau tétin » qui
devait remporter un immense succès à la cour de France et
susciter de nombreuses imitations :

DU BEAU TÉTIN

> Tétin refait*, plus blanc qu'un œuf,
> Tétin de satin blanc tout neuf,
> Tétin qui fais honte à la Rose,
> Tétin plus beau que nulle chose,
> [...]
> Quand on te voit, il vient à maints

> Une envie dedans les mains
> De te tâter, de te tenir.
> Mais il se faut bien contenir
> D'en approcher, bon gré ma vie,
> Car il viendrait une autre envie.
> (*OP*, II, 79, p. 241, v. 1-4, 19-24.)

L'année suivante, dans la *Suite de l'Adolescence*, il expliquait que l'idée lui était venue de décrire par jeu un tétin « à contre-poil » du précédent (Epître 30, *OP*, I, p. 338, v. 37-40) pour inviter les « Nobles Esprits de France Poétiques » (v. 1) de l'imiter. La mode des « contre-blasons » était ainsi lancée :

DU LAID TÉTIN

> Tétin qui n'as rien que la peau,
> Tétin flac*, Tétin de drapeau*,
> Grand'Tétine, longue Tétasse,
> Tétin, dois-je dire besace ?
> [...]
> Tétin de laideur dépiteuse,
> Tétin dont la Nature est honteuse,
> Tétin des vilains le plus brave,
> Tétin dont le bout toujours bave,
> Tétin fait de poix et de glu,
> Bren*, ma plume, n'en parlez plus.
> Laissez-le là, ventre* saint Georges,
> Vous me feriez rendre ma gorge.
> (*OP*, II, 80, p. 242-243, v. 1-4, 35-42.)

Nous avons vu à quel point cette veine du « contre-poil » avait conditionné la bataille entre pétrarquisme et antipétrarquisme[1]. Un mouvement appelle son contraire comme Éros appelle Antéros. Après avoir cultivé le style élevé dans *L'Olive*, du Bellay brûle ce qu'il avait adoré : « J'ai oublié l'art de pétrarquiser » (*OP*, II, XX, p. 190, v. 1-2). Il se lance alors dans un vibrant réquisitoire contre les artifices d'antan pour faire croire qu'il est plus sincère et plus spontané en

---

1. Voir chapitre 11, *infra*.

renonçant à l'« art ». Celui qui, dans la *Défense*, avait méprisé ses « bons aïeux » français parce qu'il les trouvait ignares se met à les admirer précisément parce qu'ils ont cultivé une forme d'art qui oubliait l'art :

> Nos bons Aïeux qui cet art démenaient*,
> Pour en parler, Pétrarque n'apprenaient,
> Ains* franchement leur Dame entretenaient
> Sans fard ou couverture :
> Mais aussitôt qu'Amour s'est fait savant,
> Lui qui était François* auparavant,
> Est devenu flatteur et décevant*
> Et de Tusque* nature. (*OP*, II, XX, v. 145-152.)

Dans son propre poème, l'éloge de l'« absence d'art » s'écrit en vers qui ménagent toujours leurs *effets*. Grand art en vérité que l'art qui, pour mieux séduire, cache ses subtiles artifices.

La verve comique atteint son paroxysme dans la strophe finale du poème lorsque l'amoureux feint de repétrarquiser pour plaire à son amie. Palinodie de celui qui avait commencé par annoncer : « J'ai oublié l'art de pétrarquiser » (v. 1). Plaisante volte-face qui nous ramène par son vocabulaire au fameux sonnet platonicien de l'Idée :

> Si toutefois Pétrarque vous plaît mieux,
> Je reprendrai mon chant mélodieux
> Et volerai jusqu'au séjour des dieux
> D'une aile mieux guidée.
> Là, dans le sein de leurs divinités,
> Je choisirai cent mille nouveautés
> Dont je peindrai vos plus grandes beautés
> Sur la plus belle Idée. (*Ibid.*, v. 201-208.)

La promesse des « cent mille nouveautés » est évidemment un leurre : ce seront autant de clichés usés et abusés qui s'accumuleront sous la plume du poète, comme le laisse présager la reprise des termes du sonnet *L'Olive* : voler, séjour, aile, beauté, Idée. Qu'importe, d'ailleurs, puisqu'il s'agit de pester contre l'art pour mieux en montrer la maîtrise[1].

___

1. Comme nous l'avons vu (chapitre 11, *supra*), Ronsard suit un parcours en tous points semblable quand, après avoir somptueuse-

Dans ce grand jeu palinodique, peu de poètes rivaliseront avec Étienne Jodelle (1532-1573), dramaturge accompli et membre éminent de la Pléiade. Nul n'aura dénoncé plus farouchement le pétrarquisme après l'avoir cultivé avec délices. Aux *Amours* succéderont ce que Charles de La Mothe, l'éditeur posthume de Jodelle, appellera des *Contr'amours*, animés par la rage de maudire ce qu'on avait d'abord encensé. Il suffirait de comparer un *sonnet rapporté* de la première manière avec sa reprise à l'envers dans le recueil postérieur. La triple identité de Diane servait d'abord, comme dans la *Délie* de Scève, à évoquer les puissants attraits de la femme aimée sous les traits de la déesse du ciel, de la terre et des enfers :

> Des astres, des forêts et d'Achéron* l'honneur,
> Diane, au monde haut, moyen et bas, préside,
> Et ses chevaux, ses chiens, ses Euménides* guide,
> Pour éclairer, chasser, donner mort et horreur.
> (*OC*, I, p. 393, sonnet 2, v. 1-4.)

Dans la réplique sur laquelle s'ouvrent les *Contr'amours*, le poète s'adresse à nouveau au ciel, à la terre et aux enfers ; mais c'est leur dire par ses vers à quel point il « exècre » celle qu'il venait d'adorer :

> Si quelquefois* ces vers jusques au ciel arrivent,
> Si pour jamais ces vers en notre monde vivent
> Et que jusqu'aux enfers descende ma fureur,
> Appréhendez combien ma haine est équitable,
> Faites que de ma fausse ennemie exécrable
> Sans fin le Ciel, la Terre et l'Enfer aient horreur.
> (*OC*, I, p. 422, sonnet 1, v. 9-14.)

Le mot « horreur » ne rime plus avec « honneur » mais avec « fureur ». Ce n'est plus que « haine » pour l'ancienne amie changée en ennemie : de vraie elle est devenue

---

ment pétrarquisé dans les *Amours* de Cassandre, il abandonne le style élevé dans ses sonnets à Marie l'Angevine. La postface en vers de la *Nouvelle Continuation* illustre bien cette palinodie.

« fausse » ; d'adorable, « exécrable ». Désormais, l'érotique s'est muée non pas en antérotique mais en antiérotique.

Au sonnet suivant, il appelle encore Diane, mais c'est pour lui demander vengeance :

> Viens, viens ici, si venger tu me veux.
> De ta Gorgone* empreins*-moi les cheveux.
> De tes dragons l'orde* panse pressure :
> Enivre-moi du fleuve neuf fois tort,*
> Fais-moi vomir contre une telle ordure
> Qui plus en cache et en l'âme et au corps.
> (*OC*, I, p. 423, sonnet 2, v. 9-14.)

Tout en restant dans le monde élevé de la mythologie antique (la Gorgone aux cheveux de serpents, les dragons à la panse sordide et le sinistre Styx qui enserre les Enfers), nous sommes ravalés au niveau des vomissures et des excréments. Généralisant son antiféminisme, Jodelle va jusqu'à récrire la Genèse, décrétant que la femme a été créée par Dieu pour asservir l'homme, pour anéantir sa force intellectuelle et le détourner de ses plus hautes aspirations par le plaisir des sens :

> Hélas ! ce Dieu, hélas ! ce Dieu vit bien
> Quel* deviendrait cet homme terrien,
> Qui plus en plus son intellect surhausse*.
> Donc, tout soudain, la Femme va bâtir
> Pour asservir l'homme et l'anéantir
> Au faux cuider* d'une volupté fausse.
> (*OC*, I, sonnet 3, v. 9-14.)

Ailleurs, dans un autre *sonnet rapporté*, il se plaît à évoquer l'image des femmes les plus puissantes et les plus terrifiantes de la mythologie antique : Myrrhe l'incestueuse, Scylle la traîtresse, Arachné la rebelle, Méduse l'ensorceleuse et Médée la magicienne. Mais c'est pour dire que leurs méfaits sont bien faibles à côté de ceux qu'il a trouvés chez sa pire ennemie :

> *Myrrhe* brûlait jadis d'une flamme enragée,
> Osant souiller au lit la place maternelle ;
> *Scylle*, jadis tondant la tête paternelle,
> Avait bien l'amour vraie en trahison changée ;
> *Arachné*, ayant des Arts la Déesse outragée,

Enflait bien son gros fiel d'une fierté rebelle ;
Gorgon s'horribla* bien quand sa tête tant belle
Se vit de noirs serpents en lieu de poil chargée ;
Médée employa trop ses charmes et ses herbes
Quand brûlant Créon, Créuse et leurs palais superbes,
Vengea sur eux la foi par Jason mal gardée.

Mais *tu es cent fois plus*, sur ton point de vieillesse,
Pute, traîtresse, fière, horrible et charmeuse
Que Myrrhe, Scyle, Arachné, et Méduse et Médée.
(*OC*, I, sonnet 5, v. 1-14.)

Jodelle n'y va pas de main morte. Se déclarant misogyne, il excelle dans la misogynie ; se voulant furieux, il prend goût à la furie, l'entretient et la cultive par l'écriture. À l'en croire, la poésie lui sert à remotiver ses passions en leur donnant une forme outrée mais dont l'excès n'est pas exempt d'une certaine grandeur. Dans *Cléopâtre captive*, première tragédie du répertoire français [1], le personnage d'Antoine exprimait sa funeste passion en des termes aussi intenses : la rage lui « brouillait le cerveau » et « empestait ses entrailles ». Jamais un Prométhée n'avait encore eu la voix d'un personnage aussi racinien :

Me rendant odieux, foulant ma renommée
D'avoir *enragément** ma Cléopâtre aimée,
Et *forcené* après, comme si cent *furies*,
Exerçant dedans moi toutes *bourrelleries*,
Embrouillant mon cerveau, empestant mes entrailles,
M'eussent fait le gibier de mordantes tenailles,
Dedans moi *condamné*, faisant sans fin renaître
Mes tourments journaliers ainsi qu'on voit repaître
Sur le Caucase froid la poitrine empiétée*,
Et sans fin renaissante à son vieil Prométhée.
(Acte I, p. 7, v. 84-92.)

Et dire que ce n'était qu'un spectacle de collégiens ! Dans les bois d'Arcueil, pour célébrer le succès de cette avalanche d'horreurs, on avait immolé un bouc à Dionysos en criaillant : « Iach ïach Evoè ! Evoé ! ïach ïach ! » Mais c'était

---

1. Elle avait été donnée en février 1553 chez le cardinal de Guise, devant le roi et la Cour. Elle ne sera publiée qu'en 1578.

à mettre sur le compte de ce que Ronsard appelle une « folâ-
trie » (*OC*, I, p. 557). Dionysos était le bon père joyeux, dieu
libérateur de l'ordre symbolique. Jodelle, lui, s'adresse à des
divinités beaucoup plus inquiétantes.

Depuis l'Arioste, en effet, c'est la *mélancolie*, maladie des
temps modernes, qui anime l'âme du Furieux. Elle entraîne
les cerveaux enfiévrés dans une longue nuit noire où ils ris-
queront de sombrer dans la folie. Jodelle est de ceux-là, et
ses « contr'amours » sont des « Fleurs du mal » avant la
lettre. On aurait envie de tout citer chez lui, mais on s'en
tiendra, pour finir, au sonnet où il accuse ses propres vers de
le forcer à aimer celle qu'il met toute sa rage à haïr. Il a horreur des conventions poétiques, mais elles continuent à
résonner dans sa tête. C'est contre ce pouvoir magique qu'il
réagit avec violence, pour accuser un discours amoureux
qu'il rejette mais qui continuera à le hanter jusqu'à la mort :

> Ô traîtres vers, trop traîtres contre moi
> Qui souffle en vous une immortelle vie,
> Vous m'apâtez et croissez mon envie,
> Me déguisant tout ce que j'aperçois.
>
> Je ne vois rien dedans elle pourquoi
> À l'aimer tant ma rage me convie ;
> Mais, nonobstant, ma pauvre âme asservie
> Ne me la feint* telle que je la vois.
>
> C'est donc par vous, c'est par vous, traîtres carmes*,
> Qui me liez moi-même dans mes charmes,
> Vous son seul fard, vous son seul ornement,
> Jà* si longtemps faisant d'un diable un ange.
> Vous m'ouvrez l'œil en l'injuste louange
> Et m'aveuglez en l'injuste tourment.
> (*OC*, I, sonnet 6, v. 1-4.)

*

BIBLIOGRAPHIE

BEAULIEU, Eustorg de, *Chrestienne Resjouissance*, Genève, 1546 [musée Condé, Chantilly].

—, *Les Divers Rapportz*, éd. M. A. Pegg, Genève, Droz, 1964.

BELLAY, Joachim du, *L'Olive*, in *Œuvres poétiques*, éd. D. Aris et F. Joukovsky, Paris, Bordas, 1993.

—, *Défense et illustration de la langue française*, éd. H. Chamard, Paris, Didier, 1948.

Blasons anatomiques du corps féminin, Paris, C. L'Angelier, 1543.

JODELLE, Étienne, *Œuvres complètes*, éd. E. Balmas, Paris, Gallimard, 1965-1968, 2 tomes.

—, *Cléopâtre captive*, éd. K. M. Hall. University of Exeter, 1979.

LABÉ, Louise, *Œuvres complètes*, éd. F. Rigolot, Paris, Flammarion, 1986.

MARGUERITE DE NAVARRE, *Chansons spirituelles*, éd. G. Dottin, Genève, Droz, 1971.

MAROT, Clément, *Œuvres poétiques*, éd. G. Defaux, Paris, Bordas, 1990-1993, 2 tomes.

RONSARD, Pierre de, *Œuvres complètes*, éd. J. Céard, D. Mémager et M. Simonin, Paris, Gallimard, 1993, 2 tomes.

SAINT-GELAIS, Mellin de, « Opuscules », in *Œuvres poétiques françaises*, éd. D. Stone J.-R., Paris, STFM, 1993.

SCÈVE, Maurice, *Délie*, éd. F. Charpentier, Paris, Gallimard, 1984.

CINQUIÈME PARTIE

Politique et poésie : culture et pouvoir

CHAPITRE 13

Contre l'Italie : du Bellay
et la grandeur romaine

> « Nouveau venu, qui cherches Rome en Rome
> Et rien de Rome en Rome n'aperçois… »
>
> *Joachim du Bellay.*

On ne saurait sous-estimer l'importance de Rome, ancienne et moderne, pour tout diplomate, tout humaniste et tout poète de la Renaissance. Capitale d'un empire défunt et siège d'une papauté de plus en plus critiquée, la Ville éternelle devient au XVIe siècle un pôle d'attraction pour tout honnête homme désireux de découvrir les sites antiques et de se faire une opinion personnelle sur les Italiens et la cour pontificale. Rome était-elle vraiment la Bête de l'Apocalypse que dénonçait Luther ? Ou n'avait-elle pas retrouvé sa force morale sous l'impulsion de la Contre-Réforme ? Dès 1520, les protestations véhémentes qu'avait lancées Luther contre la Babylone moderne avaient conduit le pape Léon X à excommunier le réformateur allemand. Les rivalités entre Français et Espagnols avaient ensuite mené au catastrophique sac de Rome par les troupes de Charles Quint en 1527. D'autres pillages se pratiquaient sur une autre échelle pour répondre au goût des collectionneurs. François Ier, féru d'antiquités, avait dépêché ses artistes à Rome avec la mission explicite de rapporter bustes et statues pour peupler ses jardins de Fontainebleau (MacPhail, 1990 ; McGowan).

La succession de l'Antiquité gréco-romaine était ouverte. La vieille théorie de la *translatio* studii et imperii* voulait que le pouvoir politique et la domination culturelle passent, au cours de l'Histoire, d'une civilisation à une autre : cela avait été le cas de la Grèce à Rome et chaque nation européenne revendiquait sa part d'héritage. Dans son *Dialogue des langues* (1542), Sperone Speroni avait fait passer le

flambeau de Rome, à Florence, montrant qu'une telle succession s'inscrivait dans un plan voulu par Dieu. Sept ans
plus tard, Joachim du Bellay reprendra textuellement ces
propos dans la *Défense et illustration de la langue française*
(1549) mais pour faire de la France l'héritière toute désignée des Anciens : « Dieu a donné pour loi inviolable à
toute chose créée de ne durer perpétuellement mais de passer sans fin d'un état en l'autre, étant la fin et la corruption
de l'un le commencement et génération de l'autre » (I, ix,
p. 56-57).

On sait que le manifeste de la Pléiade se termine par un
appel à un pillage systématique des littératures anciennes
(« Français, marchez courageusement vers cette superbe
cité romaine !.. Pillez-moi sans conscience les sacrés thré-
sors de ce temple delphique ! » p. 195-196). Nouveau sac de
Rome, perpétré cette fois-ci symboliquement par les premiers apôtres de ce qu'on appellera la « mission civilisatrice de la France ».

Lorsque le porte-parole de la Pléiade suit à Rome le cardinal Jean du Bellay, son cousin, il n'oublie pas ce désir insatiable de transférer en France et de « translater » en français
le prestige de la civilisation romaine. Pendant ses quatre
années d'exil (1553-1557), Joachim composera deux
recueils qui inaugurent en français une double tradition :
celle de la poésie des ruines (*Les Antiquités de Rome* [*A*]) et
celle de la poésie d'exil (*Les Regrets* [*R*]). Ces deux recueils
correspondent aussi à deux styles entièrement différents.
Dans *Les Antiquités*, le poète marque son admiration pour la
civilisation de la Rome ancienne romaine, sa grandeur et sa
chute : il opte pour le style élevé. Dans *Les Regrets*, au
contraire, il fait état de sa nostalgie pour la France et critique
la Rome moderne, sa duplicité et sa corruption : le style bas
lui conviendra.

La méditation sur les ruines n'est pas nouvelle. Les Italiens
ont montré la voie (Saba). Pétrarque, Boccace et les néo-
latins se sont longuement lamentés sur les vieilles pierres,
témoins d'une culture évanouie qui renvoie aux êtres
humains un message poignant : quelle que soit la grandeur
de leur civilisation, ils doivent se rappeler qu'elle est, elle
aussi, mortelle. Le double thème de la grandeur et de la chute
de Rome porte un autre message, celui du châtiment qui

attend toute société qui se livre à l'*hubris**, à la démesure (Gadoffre, p. 165). La loi historique des mutations n'est pas exempte de connotations bibliques : voyez l'Ecclésiaste, mais aussi le Nouveau Testament. La chute des puissants et l'élévation des humbles sont inévitables. Et Rome meurt d'avoir voulu rivaliser avec le destin :

> Afin qu'étant venue à son degré plus haut
> La Romaine grandeur, trop longuement prospère,
> Se vit ruer* à bas d'un plus horrible saut.
> (*OP*, II, *A*, sonnet 31, p. 21, v. 12-14.)

Si l'orgueil de Rome lui a valu sa perte, sa grandeur continue pourtant à nous émerveiller encore aujourd'hui. Invasions barbares, intempéries naturelles ou infortunes du sort n'ont réussi à effacer l'idée de la gloire romaine dans l'esprit des hommes. Le train des anaphores négatives sert à le rappeler. Leur martèlement répétitif de vers en vers magnifie le pouvoir du langage à raviver la mémoire collective quand bien même toute preuve matérielle aurait disparu :

> Ni la fureur de la flamme enragée,
> Ni le tranchant du fer victorieux,
> Ni le dégât du soldat furieux,
> Qui tant de fois, Rome, t'a saccagée,
>
> Ni coup sur coup ta fortune changée,
> Ni le ronger des siècles envieux,
> Ni le dépit des hommes et des dieux,
> Ni contre toi ta puissance rangée,
>
> Ni l'ébranler* des vents impétueux,
> Ni le débord de ce dieu tortueux
> Qui tant de fois t'a couvert de son onde,
>
> Ont tellement ton orgueil abaissé
> Que la grandeur du rien qu'ils t'ont laissé
> Ne fasse encore émerveiller le monde.
> (*OP*, II, *A*, sonnet 13, p. 12, v. 1-14.)

Au début du recueil, l'opposition entre la splendeur de la Rome antique et les décombres de la Rome moderne fait l'objet d'un sonnet « rapporté » où le nom de la Ville éter-

nelle se répercute en écho, mais avec des sens différents,
grâce à l'agencement des rimes intérieures (Tucker, p. 55) :

> Nouveau venu, qui cherches Rome en Rome
> Et rien de Rome en Rome n'aperçois,
> Ces vieux palais, ces vieux arcs que tu vois,
> Et ces vieux murs, c'est ce que Rome on nomme.
> (*OP*, II, *A*, sonnet 3, p. 7, v. 1-4.)

Ce jeu d'oppositions se prolonge par la juxtaposition des
destins. Et, pour en mimer la mouvance, on passe abrupte-
memnt d'un pôle à l'autre, du sommet à la base, de l'orgueil
à la ruine. Les éléments se répètent, mais c'est un leurre.
Les mêmes signes recouvrent des réalités entièrement
différentes :

> Vois quel orgueil, quelle ruine ; et comme
> Celle qui mit le monde sous ses lois,
> Pour dompter tout, se dompta quelquefois*
> Et devint proie au temps qui tout consomme*.
>
> Rome de Rome est le seul monument
> Et Rome Rome a vaincu seulement. (*Ibid.*, v. 5-10.)

Dans ce monde voué à la mutation des formes, seul le
fleuve qui arrose la ville n'a pas changé. La pierre est devenue poudre, mais l'élément liquide, pourtant caractérisé par
l'instabilité, affirme sa résistance. Sans doute, comme le
disait Héraclite, ne repasse-t-on jamais deux fois la même
rivière ; mais le paradoxe veut ici que ce soit justement la
fluidité qui soit le signe de la permanence :

> Le Tibre seul, qui vers la mer s'enfuit,
> Reste de Rome. Ô mondaine inconstance !
> Ce qui ferme, est par le temps détruit,
> Et ce qui fuit, au temps fait résistance. (*Ibid.*, v. 11-14.)

Cependant l'originalité des *Antiquités* vient moins du
thème de la méditation sur le destin des civilisations que du
point de vue du poète qui s'adonne personnellement à cette
méditation (Greene). Dans le sonnet liminaire, du Bellay
propose à Henri II de faire ressusciter dans son royaume les
« poudreuses reliques » de la Ville éternelle en leur donnant
une contrepartie poétique :

AU ROI

Ne vous pouvant donner ces ouvrages antiques
Pour votre Saint-Germain ou pour Fontainebleau,
Je les vous donne, Sire, en ce petit tableau
Peint, le mieux que j'ai pu, de couleurs poétiques.

Qui, mis sous votre nom, devant les yeux publiques,
Si vous le daignez voir en son jour le plus beau,
Se pourra bien vanter d'avoir hors du tombeau
Tiré des vieux Romains les poudreuses reliques.
(*OP*, II, *A*, p. 5, v. 1-8.)

Du Bellay reprend ici le thème de l'architecture monumentale. Dans une ode célèbre, Horace s'était vanté de bâtir
un monument poétique (*exegi monumentum*) qui survivrait à
toutes les autres constructions humaines. Ce n'est pas un
« monument » mais plutôt un « sépulcre » que le successeur
d'Horace présente ici au roi (MacPhail, 1986, p. 363).
L'enthousiasme primitif de la *Défense et illustration* est
repris ici sur le mode optatif à l'intention du monarque.
L'auteur du manifeste projette maintenant ses propres vers
dans l'avenir, pour y voir rétrospectivement la prophétie de
cette gloire future :

Que vous puissent les dieux, un jour, donner tant d'heur*
De rebâtir en France une telle grandeur
Que je la voudrais bien peindre en votre langage.

Et peut-être qu'alors votre grand'Majesté,
Repensant à mes vers, dirait qu'ils ont été
De votre monarchie* un bienheureux présage.
(*OP*, II, *A*, « AU ROI », p. 5, v. 9-14.)

Cependant, un doute subsiste sur la pérennité de poèmes
qu'on nous présente comme de nouveaux « ouvrages
antiques ». Devant l'ubiquité des ruines de la Rome
ancienne, l'espoir de « rebâtir en France une telle grandeur »
n'est sans doute pas dénué d'ironie.

L'Histoire a pourtant changé de cours. Une nouvelle
culture doit maintenant s'ériger sur les ruines de l'ancienne.
Mais comment combler le vide qu'a laissé la Rome antique
sinon en allant rouvrir son tombeau pour y puiser, dans ses

profondeurs, l'inspiration, la « fureur » et la « sainte horreur » des poètes antiques ? C'est ce que tente de faire le
poète moderne dans son premier sonnet :

> Divins esprits, dont la poudreuse cendre
> Gît sous le faix de tant de murs couverts,
> [...]
> À haute voix, trois fois je vous appelle.
> J'invoque ici votre antique fureur*,
> En cependant* que d'une sainte horreur*
> Je vais chantant votre gloire plus belle.
> (*OP*, II *A*, sonnet 1, p. 6, v. 1-2, 11-14.)

Le poète chante-t-il la gloire de ses prédécesseurs romains
parce qu'elle est « plus belle » que celle des autres ou parce
que, grâce à sa voix française, cette gloire deviendra « plus
belle » qu'elle n'a jamais été ? À nouveau, l'ambiguïté
semble cultivée à dessein.

Un sentiment sublime se dégage pourtant de l'évocation
des « Pâles esprits » et des « ombres poudreuses » qui ont vu
sortir de terre ce qui n'est plus aujourd'hui que « reliques
cendreuses ». Du Bellay s'adresse à ces fantômes qui le han-
tent pour leur demander de redire avec lui l'horreur qu'il
éprouve devant le spectacle de cette dévastation :

> Dites, esprits…
> Dites-moi donc…
> Ne sentez-vous augmenter votre peine
> Quand quelquefois*, de ces coteaux romains,
> Vous contemplez l'ouvrage de vos mains
> N'être plus rien qu'une poudreuse plaine ?
> (*OP*, II, *A*, sonnet 15, p. 13, v. 5, 9, 11-14.)

Cependant, la « peine » de voir s'effondrer une civilisation n'est pas sans suggérer aussi une sorte de *délectation
morose* de la part de celui qui attend impatiemment de
prendre la relève. *Schadenfreude* avant la lettre qui se
donnera encore plus libre cours dans les visions énigma-
tiques qui font suite au recueil des *Antiquités*. Les quinze
sonnets du « Songe » répéteront inlassablement le même
rythme alternatif de surgissement et de foudroiement
(*OP*, II, p. 25-32).

Rome serait-elle morte à tout jamais et sans espoir de survie ? Le Français du Bellay s'inquiète de la possibilité que la ville se rebâtisse sur place. Ambitieuse, la Rome des papes s'est attiré nombre d'« ouvriers industrieux » à qui « ces vieux fragments servent encore d'exemples ». Leur art ira-t-il jusqu'à empêcher le transfert culturel tant souhaité ? Au touriste qui contemple les monuments en ruines de l'ancienne Rome, le poète lance fiévreusement :

> Regarde après, comme de jour en jour
> Rome, fouillant son antique séjour,
> Se rebâtit de tant d'œuvres divines.
> Tu jugeras que le démon romain
> S'efforce encor d'une fatale main
> Ressusciter ces poudreuses ruines.
> (*OP*, II, *A*, sonnet 27, p. 19, v. 9-14.)

Tout dépend évidemment du sens que l'on donnera au mot « fatal » : de quel côté penche le destin ? Au XVIᵉ siècle, on le sait, la loi des mutations fera basculer la domination culturelle de l'Italie vers la France comme, au XXᵉ, elle le fera de l'Europe vers l'Amérique.

Cependant le poète moderne continue à avouer son impuissance. Ce n'est pas qu'il manque de volonté et d'énergie. Si seulement il disposait de la harpe d'Orphée ou pour rendre à la vie à ce qu'il appelle les « ossements pierreux » d'une Rome évanouie ! C'est par la plume qu'il trouvera le moyen d'évoquer la grandeur passée et aussi celle qui s'esquisse en filigrane pour l'avenir :

> Puissé-je au moins d'un pinceau plus agile,
> Sur le patron de quelque grand Virgile,
> De ces palais les portraits façonner.
>
> J'entreprendrais, vu l'ardeur qui m'allume,
> De rebâtir au compas* de la plume
> Ce que les mains ne peuvent maçonner.
> (*OP*, II, *A*, sonnet 25, p. 18, v. 9-14.)

Le poète retrouve son ambition en se comparant favorablement au peintre (son « pinceau » est « plus agile ») et à l'architecte dont les mains « ne peuvent maçonner ». Certes, l'optatif (« Puissé-je ») et le conditionnel (« J'entrepren-

drais ») sont encore de mise. Pourtant, le choix du modèle est
révélateur : n'imite pas Virgile qui veut[1].

Dans l'ultime sonnet, du Bellay commencera par exprimer encore des doutes sur sa réussite poétique. S'adressant
à ses propres vers, il leur appliquera la thèse qu'il a déve-
loppée tout au long de son recueil : rien ne dure à jamais
dans ce bas monde ; si les monuments de l'Antiquité
romaine n'ont pas survécu, quelle chance peut avoir sa poésie de connaître l'immortalité ?

> Espérez-vous que la postérité
> Doive, mes vers, pour tout jamais vous lire ?
> Espérez-vous que l'œuvre d'une lyre
> Puisse acquérir telle immortalité ?
>
> Si sous le ciel fût quelque éternité,
> Les monuments que je vous ai fait dire,
> Non en papier, mais en marbre et porphyre,
> Eussent gardé leur vive antiquité.
> (*OP*, II *A*, sonnet 32, p. 21, v. 1-8.)

Cependant, le porte-parole de la Pléiade ne peut se laisser
abattre par le découragement. Sans doute le temps met-il fin
à toute chose, sans doute le poète angevin n'est-il pas à la hauteur du Virgile qu'il veut imiter. Pourtant, dans un ultime sursaut, il se ressaisit avec fierté : n'est-il pas l'élu d'Apollon,
dieu de la poésie ? et n'a-t-il pas entrepris de faire, le premier
en France, l'éloge de la grandeur romaine, de ce « peuple à
longue robe* », de cette *gens togata* dont l'*Énéide* racontait
justement les origines ?

> Ne laisse pas toutefois de sonner,
> Luth, qu'Apollon m'a bien daigné donner.
> Car si le temps ta gloire ne dérobe,
> Vanter te peux, quelque bas que tu sois,
> D'avoir chanté, le premier des François*,
> L'antique honneur du peuple à longue robe*.
> (*Ibid.*, v. 9-14.)

On comprend que ce tableau de la majesté romaine ait pu
inspirer les générations futures. Il possède déjà une grandeur
cornélienne.

---

1. Voir chapitre 14, *infra*.

Le second recueil romain, *Les Regrets*, s'ouvre sur sept vers latins qui invitent et désinvitent à la fois le lecteur à goûter une œuvre nouvelle qu'assaisonne un mélange de fiel, de miel et de sel (*fellis*, *mellis* et *salis*). « Si quelque chose flatte ton palais, viens en convive ; mais si cela ne te plaît pas, alors va-t'en, je t'en prie » (*OP*, II, *R*, p. 35). Curieuse offrande dont le ton donne déjà un avant-goût des trois registres que va cultiver le poète : le fiel dans l'élégie (ce sera le thème du regret du pays natal), le miel dans flatterie (ce sera l'éloge de sa protectrice, Marguerite de France) et le sel dans la satire (ce seront les traits lancés contre les vices de la cour pontificale)[1]. Dans le long poème liminaire dédié « à Monsieur d'Avanson », ambassadeur au Saint-Siège, le poète revient sur ce qui l'a poussé à écrire, à savoir son exil en terre étrangère :

> La Muse ainsi me fait sur ce rivage
> Où je languis, banni de ma maison,
> Passer l'ennui de la triste* saison,
> Seule compagne à mon si long voyage.
> (*OP*, II, *R*, p. 36, v. 25-28.)

D'autres auraient savouré cette chance de vivre quelque temps dans la Ville éternelle. Mais Joachim joue l'exilé : il a dû suivre son cardinal et lui servir de secrétaire contre sa volonté. C'est, du moins, ce qu'il nous dit quand il se plaint de sa triste condition. Le mot « triste » renvoie évidemment à un autre exilé de la tradition latine, Ovide, qui écrit ses *Tristes* depuis le Pont-Euxin. Pour du Bellay, le modèle est tout trouvé. Conformément aux préceptes de la *Défense*, il va pouvoir mimer Ovide en français. Il en sortira des vers inoubliables.

Pour l'exilé, confronté à une profonde aliénation, la poésie apparaît comme la seule consolation possible :

> La Muse seule au milieu des alarmes
> Est assurée et ne pâlit de peur.
> La Muse seule au milieu du labeur
> Flatte la peine et dessèche les larmes.

---

1. Voir chapitre 15, *infra*.

> D'elle je tiens le repos et la vie,
> D'elle j'apprends à n'être ambitieux,
> D'elle je tiens les saints présents des dieux
> Et le mépris de fortune et d'envie
>
> Aussi sait-elle, ayant dès mon enfance,
> Toujours guidé le cours de mon plaisir,
> Que le devoir, non l'avare désir,
> Si longuement me tient loin de la France.
> (*OP*, II, *R*, p. 36, v. 29-40.)

L'exil va profondément marquer l'identité de la nouvelle voix poétique qui se met ici en place. Éloigné de la « source vive » que représente le mythe de la France (« Mère des arts, des armes et des lois », sonnet 9, v. 1), le poète ne jouit plus de l'ambition farouche qui l'avait habité au temps heureux de la *Défense*. Il commence donc son recueil en rejetant tous les registres dans lesquels il avait autrefois espéré s'illustrer :

> Je ne veux point fouiller au sein de la nature,
> Je ne veux point chercher l'esprit de l'univers,
> Je ne veux point sonder les abîmes couverts
> Ni dessiner du ciel la belle architecture.
> (*OP*, II, *R*, sonnet 1, p. 39, v. 1-4.)

Par ces trains d'anaphores négatives, du Bellay refuse Ronsard et la poésie cosmique, philosophique et scientifique des *Hymnes*[1]. La grisaille des sonnets qui s'annoncent sera volontairement choisie par contraste avec la quête ambitieuse du prince des poètes :

> Je ne peins mes tableaux de si riche peinture,
> Et si hauts arguments ne recherche à mes vers.
> Mais, suivant de ce lieu les accidents divers,
> Soit de bien, soit de mal, j'écris à l'aventure*.
> (*Ibid.*, v. 5-8.)

Il opte pour un style plus pauvre (pas de « si riche peinture »), plus humble (pas de « si hauts arguments »), moins assuré (il écrit au hasard, « à l'aventure », selon les circonstances). Écriture qui se veut très proche de son paysage intérieur :

---

1. Voir chapitre 17, *infra*.

> Je me plains à mes vers si j'ai quelque regret.
> Je me ris avec eux, je leur dis mon secret,
> Comme étant de mon *cœur* les plus sûrs secrétaires*.
>
> Aussi ne veux-je tant les peigner et friser,
> Et de plus braves* noms ne les veux déguiser
> Que de papiers journaux ou bien de commentaires.
> (*Ibid.*, v. 9-14.)

Refus de l'ornementation (pas de vers « peignure » ni de « frisure »). Le ciseau et la lime ne font pas partie de ses outils. Que sa plume soit élégiaque (« je me plains ») ou satirique (« je me ris »), elle ne fera que consigner directement sur le papier l'expérience vécue. On est aux antipodes des grandes envolées lyriques : ce ne seront que de simples notations, au jour le jour (moins des sonnets que des « papiers journaux »), et ses opinions personnelles (il les qualifie de « commentaires ») seront dénuées de toute autorité.

Le savant poète de *L'Olive* ne veut plus être « savant », parce que montrer son savoir serait masquer ce qu'il a sur le « cœur » : le *cœur*, mot-clé de la nouvelle éthique prônée les érasmiens et qui donne la priorité au *pectus*, au for intérieur. Ailleurs, il déclare : « J'écris naïvement tout ce qu'au *cœur* me touche » (sonnet 21, v. 6). Tout au jeu de la sincérité, du Bellay ironise sur le style ampoulé où se complaisent les poètes dits inspirés. À son ami, l'historien Pierre de Paschal, il lance :

> Un plus savant que moi, Paschal, ira songer
> Avec l'Ascréan* dessus la double cime*.
> Et pour être de ceux dont on fait plus d'estime,
> Dedans l'onde* au cheval* tout nu s'ira plonger.
> (*OP*, II, *R*, sonnet 2, p. 40, v. 1-4.)

Ces vers sont comiquement illisibles si l'on ignore les allusions à l'histoire et à la mythologie gréco-latines. Il faudrait tout le savoir d'un Muret pour nous souffler que l'« Ascréan », c'est Hésiode, que la « double cime » désigne le mont Parnasse et que Pégase est le cheval ailé qui fait jaillir de son sabot la source consacrée aux Muses. Parodie des *Amours* de Ronsard[1] ? Le ridicule de ce magasin d'anti-

---

1. Voir chapitre 11, *supra*.

quités est souligné par la brusque mention du « tout nu » qui
nous plonge brusquement dans une « onde » autrement
rafraîchissante.

Pour créer une atmosphère amicale et intime, du Bellay
choisit la forme épistolaire (Bizer). C'est à ses amis, restés
en France, qu'il écrit ; c'est à eux qu'il confiera ses peines et
ses joies : autant de *viatiques* qui abolissent la distance qui le
sépare de sa chère patrie. Au même Paschal il précisera les
règles de son nouvel art poétique :

> Aussi veux-je, Paschal, que ce que je compose
> Soit une prose en rime ou une rime en prose,
> Et ne veux pour cela le laurier mériter.
> (*OP*, II, *R*, sonnet 2, p. 40, v. 9-11.)

Paradoxe d'une poésie qui se veut proche de la prose ! S'il
a choisi l'alexandrin, c'est qu'à l'époque ce mètre semble
« raser la prose » de plus près [1]. Et de rejeter le laurier, consacré à Apollon et qui est censé récompenser le lauréat du
concours poétique. Pétrarque et sa longue postérité pétrarquisante sont vertement congédiés.

Cependant le poète prosateur veut aussitôt détromper ceux
qui pourraient croire qu'une telle option soit dictée par la
facilité :

> Et peut-être que tel se pense bien habile
> Qui, trouvant de mes vers la rime si facile,
> En vain travaillera, me voulant imiter.
> (*OP*, II *R*, sonnet 2, p. 40, v. 12-14.)

Il sera sans imitateurs, parce que son style n'appartient
qu'à lui. On sent la fierté qui entre dans cette revendication
d'exclusivité.

Un tel manque de prétention (il ne veut pas « déguiser » sa
poésie en lui donnant de « braves* noms », sonnet 1, v. 13)
exige aussi le refus de ce qui avait été la pierre de touche de
la *Défense*, la théorie de l'*imitation* :

> Je ne veux feuilleter les exemplaires Grecs,
> Je ne veux retracer les beaux traits d'un Horace,
> Et moins veux-je imiter d'un Pétrarque la grâce,

---

1. Voir chapitre 12, *supra*.

> Ou la voix d'un Ronsard, pour chanter mes Regrets.
> (*OP*, II, *R*, sonnet 4, p. 41, v. 1-4.)

Grecs, Romains et Italiens sont renvoyés dos à dos : ils ne font pas le poids ! Leurs imitateurs ont beau revendiquer un lien direct avec les dieux et se croire capables de révéler aux mortels le sens du « sacré », constamment il se singularise en opposant l'authenticité de son visage aux masques empruntés par les autres poètes :

> Ceux qui sont de Phébus vrais poètes sacrés
> Animeront leurs vers d'une plus grande audace.
> Moi, qui suis agité d'une fureur plus basse,
> Je n'entre si avant en si profonds secrets.
>
> Je me contenterai de simplement écrire
> Ce que la passion seulement me fait dire,
> Sans rechercher ailleurs plus graves arguments.
>
> Aussi n'ai-je entrepris d'*imiter* en ce livre
> Ceux qui par leurs écrits se vantent de revivre
> Et se tirer tout vifs dehors* des monuments.
> (*OP*, II, *R*, sonnet 4, p. 41, v. 5-14.)

Refus de l'imitation, refus de la *fureur* poétique* et, par voie de conséquence, refus de toute prétention à l'immortalité. L'allusion aux « monuments » du dernier vers peut se lire aussi comme une *autoparodie* dans la mesure où elle renvoie au thème naguère préféré des *Antiquités*, lieu manifeste de la haute et majestueuse poésie qui assure la pérennité. Ailleurs, il le déclarera tout de go : « De la postérité je n'ai plus de souci » (sonnet 6, v. 12). Du Bellay enfile tout le paradigme de l'humilité et de la sincérité. Mais on peut se demander si cette série de dénégations ne relève pas aussi d'un art qui vise précisément à lui assurer de l'immortalité.

Au peintre Nicolas Denisot, il fait valoir à quel point il se sépare des autres artistes, revendiquant jalousement son autonomie et ce qui fait sa « différence » :

> Vous autres cependant, peintres de la nature,
> Dont l'art n'est pas enclos dans une portraiture*,
> Contrefaites* des vieux* les ouvrages plus beaux.

> Quant à moi, je n'aspire à si haute louange,
> Et ne sont mes portraits auprès de vos tableaux
> Non plus qu'est un Janet* auprès d'un Michel-Ange.
> (*OP*, II, *R*, sonnet 21, p. 49, v. 9-14.)

Aux somptueuses fresques de la Sixtine, il dit préférer les humbles dessins de l'École française. Là encore, on peut se demander si ce n'est pas là une stratégie qui vise à rabaisser la réputation des Italiens pour promouvoir une production autochtone moins réputée et qui souffre cruellement de la comparaison. Fierté blessée qui se tourne en mépris et laisse voir en filigrane une envie frustrée de rivaliser avec la puissance olympienne des plus grands « étrangers ».

En proclamant son amour du « naturel* », du Bellay voudrait qu'on confonde sa simplicité d'écriture avec l'état d'innocence auquel il aspire. Il s'agit moins pour lui de cultiver un degré zéro de style que d'imposer les conséquences d'un style de degré zéro. Sa naïveté est donc un trompe-l'œil, et il faut la prendre moins pour un refus de l'art que pour le choix d'un art moins voyant, plus subtil, qui, comme chez Ovide, se fait oublier pour s'imposer davantage : *ars est celare artem*. Le poète finit par l'avouer : « L'artifice caché, c'est le vrai artifice » (sonnet 142, p. 110, v. 12).

Les contraintes de l'exil romain lui offrent la chance inouïe de devenir le nouvel Ovide français. Pourquoi la refuserait-il ? Il se met donc à chérir la condition même de son malheur. Dans cette vallée de larmes, gémir n'est pas, comme ce sera le cas chez Vigny, un acte de lâcheté ; c'est un mode légitime d'être et d'écrire, et de soutenir la concurrence avec l'heureux Ronsard. Du Bellay refuse avec le même orgueil blessé les lys de France et les lauriers du Parnasse : deux royaumes symboliques dont il aurait secrètement aimé posséder la clé, à la condition d'en être le seul possesseur, et le premier. Depuis les *terrae incognitae* de l'exil, la France apparaît parée de tous les dons, ce qui rend son absence intolérable :

> France, mère des arts, des armes et des lois,
> Tu m'as nourri longtemps du lait de ta mamelle.
> Ores*, comme un agneau qui sa nourrice appelle,
> Je remplis de ton nom les antres et les bois.

> Si tu m'as pour enfant avoué* quelquefois*,
> Que ne me réponds-tu maintenant, ô cruelle ?
> France, France, réponds à ma triste querelle*.
> Mais nul, sinon Écho, ne répond à ma voix.
> (*OP*, II, *R*, sonnet 9, p. 43, v. 1-4.)

Est-il concevable que la France puisse usurper à Rome la maîtrise politique, juridique et culturelle ? Ne lisait-on pas le contraire dans les *Antiquités* ? Rome y était « celle qui mit le monde sous ses lois » (*A*, sonnet 3, v. 5). Pure palinodie de rêveur ? Dans un curieux renversement, la louve, nourrice des frères fondateurs, est rendue à sa sauvagerie primitive ; elle perd sa féminité maternelle pour rejoindre la horde des « loups cruels » qui rôdent dans une « plaine » imaginaire où souffle la « froide haleine » de l'hiver affectif :

> Entre les loups cruels j'erre parmi la plaine.
> Je sens venir l'hiver, de qui la froide haleine
> D'une tremblante horreur* fait hérisser ma peau.
> (*OP*, II, *R*, sonnet 9, p. 43, v. 9-11.)

Le poète refuse de s'adapter à la vie romaine dont il ne veut retenir que les aspects négatifs, se cramponnant à la vision béate de son « naturel séjour » (sonnet 36, v. 1). Comme chez Maurice Scève, son animal totémique est « le lièvre accroupi en son gîte » (*Délie*, dizain 129, v. 8), noyé dans les ténèbres de la nostalgie et replié frileusement dans une position quasi fétale. Douceur angélique que la « douceur angevine » célébrée dans le fameux sonnet d'Ulysse :

> Heureux qui, comme Ulysse, a fait un beau voyage,
> Ou comme cestui-là* qui conquit la toison*
> Et puis est retourné, plein d'usage* et raison,
> Vivre entre ses parents le reste de son âge !
>
> Quand reverrai-je, hélas, de mon petit village
> Fumer la cheminée, et en quelle saison
> Reverrai-je le clos de ma pauvre maison
> Qui m'est une province et beaucoup davantage ?
>
> Plus me plaît le séjour qu'ont bâti mes aïeux
> Que des palais romains le front audacieux,
> Plus que le marbre dur me plaît l'ardoise fine,

> Plus mon Loire gaulois que le Tibre latin,
> Plus mon petit Liré que le mont Palatin,
> Et, plus que l'air marin, la douceur angevine.
> (*OP*, II *R*, sonnet 31, p. 54, v. 1-14.)

Ce poème du « mal du pays » a rendu du Bellay immortel.
Cependant, à y regarder de près, rien n'est ici conforme à la
réalité littéraire ou biographique. Où est l'Ulysse du poème
homérique ? C'est un héros fatigué, heureux de retrouver ses
pénates qu'on nous campe ici. On évoque Jason, conquérant
de la Toison d'or, mais c'est pour oublier l'horrible retour du
héros et sa rupture tragique avec Médée. Du Bellay, qui a
vécu aisément au château de la Turmelière, veut nous émouvoir en s'inventant une « pauvre maison » qu'il n'a jamais
eue. Mais ce misérabilisme est porté à une température
héroïque lorsque, contre toute attente, dans une série d'oppositions frappantes, il ose préférer la fragilité (« l'ardoise
fine ») à la durabilité (« le marbre dur »), l'obscurité (le
« Loire gaulois » et le « petit Liré ») à la célébrité (« le Tibre
latin » et le « mont Palatin ») et la douce torpeur de l'Anjou
à l'esprit de conquête de l'Empire romain (c'est ce qu'on
peut entendre par « l'air marin »). Ici encore, non seulement
l'Ovide des *Pontiques* est à l'horizon, mais aussi le Clément
Marot des *Épîtres* qui s'était posé en Ulysse français, préférant refuser l'immortalité pour retrouver les charmes de son
pays natal :

> […] Un chacun, pour tout seur*,
> Trouve toujours quelque douceur
> En son pays, qui* ne lui veut permettre
> De le pouvoir en oubliance* mettre.
> Ulysse sage, au moins estimé tel,
> Fit bien jadis refus d'être immortel
> Pour retourner en sa maison petite ;
> Et du regret de mort se disait quitte
> Si l'air eût pu de son pays humer
> Et vu de loin son village fumer.
> Est-il qu'en France un plus plaisant séjour ?
> (*OP*, « À la Reine de Navarre », II, p. 122-123, v. 153-163.)

Tout le vocabulaire bellayen est déjà là : la « petite maison » et la fumée du village, l'« air » et la « douceur » du
« pays » où l'on attend impatiemment de rentrer. On y trouve

les mots-clés des *Regrets* : le « refus », le « retour » et, évidemment, le « regret ». C'est pourtant le sonnet de Du Bellay et non l'épître de Marot qui emporte la palme.

Les Regrets se caractérisent par l'abandon de toute recherche métaphorique. Dans la partie satirique du recueil, cela s'explique par le désir de viser juste et d'atteindre sa cible sans détour. Du Bellay recourt plus volontiers à la comparaison parce qu'elle rend explicite le relais qui unit le moi au monde. Or plus le moi est faible, et plus il a besoin de se relier à des objets extérieurs, ne serait-ce que pour se rassurer sur son existence. Du Bellay, comme Baudelaire, refuse le monde, mais il y puise ses analogies. Il a si peur que son moi s'atomise qu'il refuse l'identification absolue que serait la métaphore. Un exemple suffira à le montrer.

On se souvient que, dans les *Amours* de 1552, Ronsard enviait à Jupiter le pouvoir de se transformer pour mieux séduire sa belle et rebelle Cassandre :

> Je voudrais bien, richement jaunissant,
> En pluie d'or goutte à goutte descendre
> Dans le beau sein de ma belle Cassandre
> Lorsqu'en ses yeux le somme va glissant[1].
> (*A*, sonnet 20, p. 15, v. 1-4.)

Dans un sonnet tardif, publié postumement, du Bellay récrit ce quatrain ronsardien mais pour en prendre le contrepied :

> Je ne souhaite point me pouvoir transformer,
> Comme fit Jupiter, en pluie jaunissante,
> Pour écouler en vous d'une trace glissante
> Cet'ardeur qui me fait en cendres consommer*.
> (Éd. Chamard, II, p. 246, sonnet 20, v. 1-4.)

En disant « Je voudrais bien » et en ajoutant « richement jaunissant », Ronsard s'identifiait immédiatement à Jupiter. Il prenait la place de l'Olympien sans même mentionner son nom. Du Bellay insiste, au contraire, sur ce qui le différen-

---

1. Voir chapitre 11, *infra*.

cie de Jupiter. Il refuse d'être l'acteur de la scène de séduction : l'adjectif « jaunissant » qualifie à nouveau la banalité pluvieuse. Le vocabulaire érotique ronsardien n'est repris que pour nous en dégoûter : la voluptueuse « descente » fait place à la « trace glissante » de l'écoulement amoureux. Enfin, on nous plaque un cliché pétrarquiste (le feu de la passion réduit en cendres le cœur de l'amant) comme si on voulait dénier au mythe tout pouvoir d'incantation : l'alexandrin qui parle d'ardeur en est singulièrement dépourvu.

Si, comme le dit Bachelard, « un esprit poétique est purement et simplement une syntaxe de métaphores » (Antoine, p. 157), le du Bellay des *Regrets* pourrait bien passer à côté de la poésie. Cela n'a rien d'étonnant puisque la métaphore signale une participation au monde, alors que la comparaison, positive ou négative, maintient le monde à distance, qu'elle traite comme une simple référence, un réservoir d'analogies. Pour ce précurseur des poètes maudits, les comparants sont une nécessité existentielle. Il faut se voir « comme un agneau » (sonnet 9), « ainsi qu'un Prométhée » (sonnet 10) ; et ce sont autant de reflets rassurants de soi-même, autant de preuves, puisées dans un patrimoine reconnu, qu'il est innocent, qu'il est persécuté. Il y a aussi du Rousseau dans ce du Bellay-là.

La métonymie sert aussi de signature au poète. Dans le *Songe ou Vision de Rome*, la Ville éternelle apparaissait tour à tour sous forme de fragment : un arc, une colonne, un chêne, une louve, une source, une nacelle, une géante déesse… Dans *Les Regrets*, la Rome moderne est un tambourin, des habits rouges, une banque, un recueil de nouvelles, un goupe de Florentins, de Siennois, de prostituées, ou un gros tas de pierre (sonnet 80). De même, le moi élégiaque ou satirique s'atomise en une multitude de comparants qui s'excluent. Il est et il n'est pas tout cela, à la fois : un esprit poétique en miettes, qui se donne à ses correspondants et se récupère aussitôt pour en choisir d'autres, sans jamais se rassembler et jouir d'une unité, même précaire. Comme l'écrit Alfred Glauser, « le plus réussi des voyages ratés est devenu pour ce casanier le sujet principal des *Regrets* » (p. 96). Casanier sans case, et qui transporte avec lui, comme un souhait et comme un regret, la maison idéale qu'il n'a jamais connue, qu'il ne connaîtra jamais. À cet

Entity245

égard, du Bellay est sans doute le plus moderne des poètes de la Renaissance.

*

BIBLIOGRAPHIE

ANTOINE, Gérald, « Pour une méthode d'analyse stylistique des images », in *Langue et Littérature*, université de Liège CLXI, 1961.

BELLAY, Joachim du, *Défense et illustration de la langue française*, éd. H. Chamard, Paris, Didier, 1948.

—, *Les Antiquités de Rome* [A] et *Les Regrets* [R], in *Œuvres poétiques* [OP], éd. D. Aris et F. Joukovsky, Paris, Bordas, 1993, 2 tomes.

—, *Les Amours* (1559) publiés posthumement en 1568, in *Œuvres poétiques*, éd. H. Chamard, Paris, STFM, 1993, tome 2.

BIZER, Marc, *Les Lettres romaines de Du Bellay. Les Regrets et la tradition épistolaire*, Montréal, Presses de l'Université, 2001.

DELUMEAU, Jean, *Rome au XVIᵉ siècle*, Paris, Hachette, 1975.

GADOFFRE, Gilbert, *Du Bellay et le sacré*, Paris, Gallimard, 1978.

GLAUSER, Alfred, *Le Poème-Symbole*, Paris, Nizet, 1967.

GREENE, Thomas M., « Du Bellay and the Disinterment of Rome », in *The Light in Troy. Imitation and Discovery in Renaissance Poetry*, New Haven, Yale University Press, 1982, p. 220-241.

MACPHAIL, Eric, « The Roman Tomb or the Image of the Tomb in du Bellay's *Antiquitez* », *Bibliothèque d'Humanisme et Renaissance*, XLVIII, 2 (1986).

—, *The Voyage to Rome in French Renaissance Literature*, Stanford, Anma Libri, 1990.

McGOWAN, Margaret M., *The Vision of Rome in Late Renaissance France*, New Haven, Yale University Press, 2000.

RONSARD, Pierre de, *Les Amours* [A], éd. H. et C. Weber, Paris, Garnier, 1963.

SABA, Guido, *La Poesia di Joachim du Bellay*, Messina, G. d'Anna, 1962.

SPERONI, Sperone, *Dialogo delle lingue* (1542), éd. A. Sorella, Pescara, Libreria dell'Università, 1999.

TUCKER, George Hugo, *The Poet's Odyssey. Joachim du Bellay and the Antiquitez de Rome*, Oxford, Clarendon Press, 1990.

CHAPITRE 14

Pour la France :
Ronsard et l'épopée nationale

> « Entre Homère et Virgile, ainsi qu'un demi-dieu
> Environné d'esprits, j'ai ma place au milieu. »
>
> *Pierre de Ronsard.*

Si l'héritage de l'ancienne Rome était revendiqué par l'Italie moderne, plusieurs autres nations convoitaient la transmission des lettres gréco-latines (*translatio* studii*) et entendaient justifier leurs lettres de créance à cet effet. La France était de celles-là (Beaune, Hampton). Dès la *Défense et illustration*, la nouvelle école avait fait savoir qu'aucune grande nation ne pouvait s'estimer telle sans avoir à son actif une épopée grandiose qui célébrât un puissant mythe d'origine ainsi que les faits et gestes de glorieux ancêtres issus de la race grecque. Et, pour cela, on ne pouvait mieux faire qu'imiter Homère et Virgile. Du Bellay invitait le futur poète en ces termes :

> Fais renaître au monde une admirable *Iliade* et laborieuse *Énéide* [...]. Si tu as quelquefois* pitié de ton pauvre Langage, si tu daignes l'enrichir de tes trésors, ce sera toi véritablement qui lui feras hausser la tête et, d'un brave* sourcil, s'égaler aux superbes langues grecque et latine (II, v, p. 128-129).

À son tour, Jacques Peletier du Mans affirmait que seul le souffle de l'« œuvre héroïque » pouvait hisser une nation au-dessus de ses rivales et conférer « le prix et le vrai titre de poète » (1990, II, 8, p. 194). Autrement dit : sans épopée, point de grande nation et point de grand poète.

Cette adhésion de principe à l'exemplarité des Anciens et à la théorie de l'imitation ne devait pourtant pas se faire sans réserves. Entre Homère et Virgile, Ronsard devra lui-même choisir. Le Vendômois éprouvait une grande admiration

pour l'*Énéide* et il le dira à plusieurs reprises. Dès la première préface à *La Franciade* (1572), il s'attarde sur l'épopée romaine :

> Virgile conçut cette divine *Énéide* qu'avec toute révé-
> rence nous tenons encore aujourd'hui entre les mains
> (*OC*, 1993, I, p. 1183).

Dans la préface posthume de 1587, il reviendra sur ce
thème avec encore plus d'insistance, accumulant quelque
vingt-deux citations de l'*Énéide* qu'il accompagne d'un
commentaire critique. S'adressant à son « lecteur apprentif* », il lui recommande vivement d'imiter la « composition » et la « structure » de l'épopée latine :

> Suis Virgile qui est maître passé en composition et struc-
> ture des carmes* : regarde un peu quel bruit font ces deux
> ici sur la fin du huitième [chant] de l'*Énéide* [VIII,
> v. 689-690]. Tu en pourras faire en ta langue autant que
> tu pourras (*OC*, 1993, I, p. 1173).

Plusieurs explications ont été avancées pour rendre
compte de cette préférence avouée en faveur du modèle
romain. Il est probable que Ronsard avait été sensible aux
arguments exposés par son ami, Jacques Peletier du Mans, à
ce sujet. Dans son *Art poétique* (1555), Peletier, après avoir
comparé l'*Iliade* et l'*Énéide*, en était arrivé à la conclusion
selon laquelle l'épopée virgilienne était nettement la mieux
réussie (« De l'imitation », p. 95-104). Dans l'*Institution
oratoire*, Quintilien était déjà de cet avis :

> À la vérité, bien qu'il faille s'incliner devant le génie
> immortel et surnaturel d'Homère, il convient de recon-
> naître plus de diligence et plus de soin chez Virgile – et
> cela parce que sa tâche était plus difficile. Il se pourrait
> même que l'uniforme réussite de Virgile l'emporte sur la
> prééminence d'Homère dans les passages où celui-ci
> excelle (X, I, 86 ; nous traduisons).

Ce qui n'était qu'une préférence nuancée chez Quintilien
deviendra une véritable « virgilâtrie » chez Peletier (Silver,
p. 34, note 156). Mais elle avait de quoi séduire un esprit
fébrile comme celui de Ronsard, à la recherche d'un grand
sujet d'intérêt national.

Si Virgile était supérieur à Homère, la raison en était que l'imitateur avait su choisir dans ce que lui offrait le modèle grec les « réelles beautés » tout en délaissant ce qui lui paraissait être des faiblesses :

> Virgile a imité ce qu'il a vu d'admirable en Homère. Mais il l'a châtié en plusieurs endroits. Et ici mettrai quelque nombre de points, lesquels Virgile n'a pas trouvés bons en Homère, et dont il s'est gardé (p. 98).

Par exemple, Virgile avait éliminé la plupart des épithètes dites « homériques » qui, selon Peletier, lui semblaient superflues ainsi que les répétitions qui lui paraissaient inutiles (p. 98-99). Si Peletier voyait en Virgile un poète doué d'une intelligence peu commune, il s'alignait aussi sur certaines autorités anciennes pour relever les « fautes » ou les négligences d'Homère :

> Horace n'a pas dit hors de propos qu'aucunes* fois dort le bonhomme Homère (p. 102).

On reconnaît ici une allusion au vers célèbre de l'*Art poétique* d'Horace (*indignor quandoque bonus dormitat Homerus*, v. 359), poème dont Peletier avait lui-même assuré la traduction francaise.

Il était donc tout naturel que le chef de la Pléiade s'attende à plus de perfection dans l'*Énéide* que dans l'*Iliade*. Peletier remarquait non sans justesse que les poéticiens avaient confondu la prétendue supériorité d'Homère avec l'antériorité de son œuvre : « Homère n'est en rien plus heureux sinon que pour avoir précédé en temps » (p. 98). Autrement dit, quand nous jugeons l'*Iliade*, oublions un instant qu'elle a été écrite la première. Imaginons que l'*Énéide* ait été le poème d'origine : aurait-on alors le moindre doute ? Ne devrait-on pas préférer le chef-d'œuvre latin au poème grec ?

> Considère, si l'*Énéide* eut été faite avant l'*Iliade*, que c'est [ce] qu'il en faudrait dire (p. 98).

Peletier est persuadé qu'il existe une façon plus raisonnable et plus juste de fonder son jugement esthétique : c'est en oubliant la question des précédents et en se limitant à une appréciation synchronique des œuvres. Après tout, est-il si

important de savoir qui a écrit en premier ? Ne soyons pas
leurrés par le prestige de l'antériorité. D'ailleurs, Homère
est-il vraiment le poète inaugural qu'on croit ? D'autres ont
pu le précéder avec un égal bonheur même si l'Histoire, avec
les caprices qu'on lui connaît, n'a pas cru bon de les enregistrer. Sans doute Virgile est-il un *imitateur* ; mais cela ne
veut pas dire qu'Homère ait été forcément un *inventeur* :

> Disons Virgile imitateur par évidence et Homère inven-
> teur par jugement et opinion (p. 98).

Cette théorie « progressiste » de l'imitation devait entraîner au moins une conséquence importante pour la production
poétique de la Renaissance : c'est que Virgile pourrait bien
avoir un jour des imitateurs supérieurs à lui. Et cela en dépit
de l'adage prisé des clercs : « Le disciple ne surpasse pas le
maître » (*non est discipulus super magistrum*, Matthieu
X, 24 ; Luc VI, 40 ; Jean XIII, 16). « Parole d'Évangile », au
sens littéral du terme, mais qui était si connue que Rabelais
en avait fait un usage comique dans un épisode de son
Pantagruel (p. 290). Et si le disciple pouvait corriger les
erreurs du maître ? Leçon euphorisante de « progressisme »
que l'Italie n'avait pas oubliée.

Il existait, en effet, un « poème héroïque » moderne à l'immense succès : c'était le *Roland furieux* (*Orlando furioso*)
de l'Arioste (1ʳᵉ édition, 1516 ; édition complète, 1532,
Cioranescu I). Cependant, les doctes n'y voyaient pas une
épopée mais un roman chevaleresque en vers, un *romanzo*,
genre où la digression et l'errance sont la règle et dans lequel
on a pu voir le signe par excellence de la modernité (Parker,
Quint). Le nouveau héros, parti à la recherche de son identité, ne savait ni ne pouvait découvrir celle-ci qu'au bout
d'infinies épreuves. La seule certitude qui l'habitait était
celle de son repos final. Le rôle exemplaire de ce vagabondage, qu'on le blâme ou qu'on en fasse l'éloge, était tenu par
Orlando. Dans la suite des quêtes et enquêtes sans fin, les
intrigues se suivaient, s'emboîtaient, proliféraient. Une
faute, une faille, un défaut de caractère (*pazzia*) expliquait sa
conduite déraisonnable de chevalier errant. Plus tard, un cha-
noine de Tolède recommandera à un grand seigneur insensé

de remplacer sa lecture des *libros de caballerías* par celle de l'Ancien Testament : les histoires y seront tout aussi extravagantes mais elles auront reçu le cachet de la « vérité ». (Cervantès, I, 481 *sq.*).

Il faut dire que de lourds soupçons ont toujours pesé sur la nature de la fiction, mode séduisant mais dangereux (Pavel, 1986, 1988)[1]. Les écrivains de la Renaissance et leur public n'ont jamais vraiment cru au « réalisme », si l'on entend par là une conformité de l'œuvre littéraire avec le monde réel dans lequel ils vivaient. Pour eux, le critère d'appréciation d'un poème était fondé non pas sur son degré de vérité ou de fausseté, mais sur la *possibilité d'avoir un sens* dans l'univers qui était le leur. Dans la mesure où le monde d'ici-bas était essentiellement conçu sous le signe de l'errance, tout effort de création mimétique ne pouvait conduire qu'à reproduire un ensemble de conduites humaines soumises à l'incertitude et se détachant sur un fond de vérité incarné par les « grandes âmes » des sages, des héros et des saints. Dans de telles conditions, les chevauchées les plus ahurissantes n'étaient jamais inaccessibles. Loin de les répudier comme fausses, on était tenté de voir ces errances chevaleresques à la lumière de ce que Thomas Pavel a appelé un « art de l'éloignement » (Pavel, 1996). Leur *vérité* tenait au fait qu'elles tranchaient sur les imperfections et les médiocrités de la vie réelle. Puissante capacité que celle d'un imaginaire qui pouvait furieusement idéaliser sans se faire accuser de romantique naïveté.

Évidemment, tous les « usagers » du *Cinquecento* ne jugeaient pas le *romanzo* de la même façon, mais la dispute entre les admirateurs et les contempteurs de l'Arioste atteignit une ampleur considérable à nulle autre pareille (Weinberg, p. 954-1073). Ce n'est pas ici le lieu de refaire l'histoire de la réception de l'*Orlando furioso* (Hempfer, Javitch). Tout au cours du XVIe siècle, l'un des passe-temps

---

1. L'histoire des rapports entre réalité et fiction correspond à un va-et-vient entre une tendance dite « ségrégationniste » qui n'attache aucune véridicité à un énoncé fictif et une tendance « intégrationniste » qui accorde une large part de vérité au discours de la fiction. Pavel propose un distinguo entre des questions de type logique, métaphysique et institutionnel. 1986, p. 11-12 ; 1988, p. 19-21.

favoris de la critique humaniste consiste à allonger la liste
des « erreurs » de l'Arioste. On lui reproche non seulement
de faire la part trop belle aux débordements de la déraison,
mais de donner à son poème une forme déraisonnable.
L'anormalité y est devenue la norme ; et le dérèglement, la
règle. Un grand débat va opposer les partisans de l'épopée à
ceux du roman (Javitch, p. 86-105) La voie directe (*via
dritta*) du genre épique, immortalisée par l'*Iliade* et l'*Énéide*,
servira de repoussoir aux « irrégularités » de la forme nouvelle : *formlessness* – forme sans forme – qui aspire pourtant
à la dignité littéraire.

La redécouverte de la *Poétique* d'Aristote et des *Éthiopiques* d'Héliodore jouera un rôle important dans le débat
sur les mérites du roman et de l'épopée. Les *Discorsi
dell'arte poetica e del poema eroico* du Tasse (1564) et les
Poetices libri septem de Scaliger (1561) offrent d'éloquents
passages à ce sujet. Dans le prologue de sa traduction des
Éthiopiques, Amyot dira que le roman grec est « accep-
table » parce qu'il se présente comme un document historique déguisé et qui respecte donc la vraisemblance
(Forcione, p. 49-87). Dans son *Arte poetica* de 1564,
Antonio Minturno, aristotélicien pur et dur, dénoncera les
erreurs des écrivains de romans (« errori *de gli scrittori
de'Romanzi* », p. 25). Le jugement qu'il porte sur le *romanzo*
est clair : l'Arioste s'est trompé en choisissant d'écrire de la
fiction en toscan parce que cet idiome n'est pas aussi fiable
que le grec ou le latin : comme toute langue vernaculaire, il
est, par essence, irrémédiablement sujet à l'erreur. Mais, toujours selon Minturno, la faute tient aussi au fait qu'en choisissant de conter les vagues aventures des « chevaliers
errants » le poète a repoussé les limites de la *vraisemblance*
de façon inacceptable. Ce rejet du raisonnable a dangereusement contaminé le discours même du *romanzo*. Excellent
lecteur, Minturno relève la fréquence du verbe *errare* et de
ses dérivés dans le *Furioso*. Il mesure avec habileté toute la
folie qui consiste à s'engouffrer dans l'obscure forêt (*selva
oscura*) de ce labyrinthe verbal. Fatale erreur de jugement !
(« *Se'l Romanzo è Poesia* », p. 26-27).

Puissante mise en évidence de cette association entre
l'erreur et l'errance : elle ne se retrouvera dans aucune autre
œuvre de l'époque. Le *Furioso* est entièrement parcouru par

cette obsession de l'irrationalité divagante – rehaussée par une ironie mordante –, et cela jusqu'au *canto ultimo*. Lorsque la joie semble être enfin de mise parce que le port est en vue et que le vagabondage va prendre fin, l'inquiétude reprend le voyageur qui se demande si sa carte est exacte (« *se mi mostra la mia carta il vero* » XLVI, 1, 1) ou si, condamné à une errance perpétuelle, il n'est pas une fois de plus victime d'une coûteuse illusion (« *ove, o di non tornar col legno intero/o d'*errar sempre, *ebbi già il viso smorto* » XLVI, 1, 5-6).

Les poètes français entreront eux aussi dans ce débat. Dans la *Défense et illustration*, du Bellay fait volontiers de l'Arioste un modèle exemplaire pour les modernes. Le futur poète français devra « s'égaler » aux Grecs et aux Latins « comme a fait de notre temps en son vulgaire* un Arioste italien que j'oserai (n'était la sainteté des vieux poèmes) comparer à un Homère et [à un] Virgile » (II, v, p. 128). Il y a pourtant un brin de chauvinisme dans cet éloge car l'illustre Ferrarais avait choisi pour son poème un sujet français : « comme lui donc, qui a bien voulu emprunter de notre langue les noms et l'histoire de son poème, choisis-moi quelqu'un de ces beaux vieux romans françois*, comme un *Lancelot*, un *Tristan* ou autres, et en fais renaître au monde une admirable *Iliade* et laborieuse *Énéide* (II, v, p. 128-129).

Dans la première préface de *La Franciade* (1572), Ronsard, qui s'inspirera pourtant souvent du *Furioso* dans ses œuvres, reprendra cette critique de l'Arioste ; cependant, ce ne sera pas pour condamner les errances de son imagination mais simplement pour fixer des limites aux licences de ce qu'il appelle la « Poésie fantastique » :

> J'ose seulement dire (si mon opinion a quelque poids) que le Poète qui écrit les choses comme elles sont ne mérite tant que celui qui les feint* et se recule le plus qu'il lui est possible de l'historien : non toutefois pour feindre* *une Poésie fantastique comme celle de l'Arioste*, de laquelle les membres sont aucunement* beaux, mais le corps est tellement contrefait* et monstrueux qu'il ressemble mieux aux rêveries d'un malade de fièvre continue qu'aux inventions d'un homme bien sain (*OC*, 1993, I, p. 1182).

On reconnaît ici une distinction chère aux rhétoriciens, d'Aristote à Quintilien : contrairement à l'historien qui recherche la vérité « sans déguisure* ni fard » le poète « s'arrêtera au *vraisemblable* » c'est-à-dire à « ce qui peut être » ou « ce qui est déjà reçu en la commune opinion » :

> Il [le poète héroïque] a, pour maxime très nécessaire de son art, de ne suivre jamais pas à pas la vérité, mais la vraisemblance et le possible (*OC*, 1993, I, p. 1165).

Un double refus se profile ici. D'une part, on assiste à un rejet de l'Histoire au nom de la liberté d'invention. L'Histoire est un asservissement à la réalité car elle « reçoit seulement la chose comme elle est ou fut ». Mais, d'autre part, toute imagination « fantastique » se trouve reléguée dans la pathologie parce qu'elle oublie la « nature » pour verser dans l'étrange, l'artificiel et l'inhumain (« corps contrefait* et monstrueux »). Ronsard suit ici Horace (*Art poétique*, v. 408 *sq.*). Rappelons que le verbe *feindre* (« non toutefois pour *feindre** une Poésie fantastique ») retient le sens du latin *fingere*, lui-même traduction du grec *poiein* (faire, créer) (Castor, 1964, p. 120-121 ; 1998, p. 173). Si l'Histoire est le lieu théorique de l'absence de *fiction*, degré zéro de l'imaginaire, la « Poésie fantastique » est au contraire définie par un trop-plein de *feintise* (le délire de l'imagination). Ainsi, le discours de Ronsard, déjà « classique » avant la lettre, refuse d'accueillir à la fois la carence et l'excès, deux extrêmes qui s'annulent devant le mélange naturel et savant d'une fiction où la « fureur » et l'« art » voudraient pouvoir se faire oublier.

Ronsard va donc corriger l'Arioste pour marquer les limites de l'espace où peut se déployer licitement l'imaginaire poétique. Mais il ne veut pas être seul à prendre une telle responsabilité ; c'est pourquoi il allègue l'exemple d'Homère et de Virgile dont les œuvres témoignent, à son avis, de la même conception théorique. En effet, ni l'*Iliade* ni l'*Énéide* ne sont des œuvres d'historiens. Ni Homère ni Virgile n'ont cherché à puiser leur sujet dans la réalité de leur culture. Et d'abord parce qu'ils avaient des visées politiques certaines : Homère aurait voulu « s'insinuer en la faveur et bonne grâce des Éacides », et Virgile aurait cherché à « gagner la bonne grâce des Césars » (p. 1183). À ce dessein politique s'ajoutait une conscience très nette d'un destin poétique. Ils ont voulu adopter ou développer des mythes aisément transposables, soit qu'ils aient exploité des événements bien connus et déjà acceptés comme tels par leurs contemporains (c'est le cas d'Homère avec la guerre de Troie : « Le bruit de telle guerre était reçu en la commune opinion des hommes de ce temps-là »), soit encore qu'ils aient recueilli chez d'illustres prédécesseurs des enseignements qu'ils pouvaient mettre légitimement à profit : c'est le cas de Virgile, lecteur d'Homère et des « vieilles Annales de son temps » à partir desquelles il a conçu le sujet de son *Énéide* (p. 1183).

Ronsard a les mêmes visées, politiques et poétiques que le grand poète épique romain, et il ne s'en cache pas. D'une part, il nous dit avoir « une extrême envie d'honorer la maison de France » (p. 1184) et de chanter les « héroïques et divines vertus » de son prince, « le Roi Charles Neuvième » (p. 1184), dont il n'hésite pas à comparer les « heureuses victoires » à celles de « Charlemagne, son aïeul ». D'autre part, il entend s'inscrire dans la lignée de la grande poésie épique en reprenant les termes dont il avait usé pour parler d'Homère et de Virgile. Le sujet dont il traite est « fondé sur le bruit* commun » (p. 1184), ce qui reprend la description du dessein prêté à l'auteur de l'*Iliade*, ce dernier exploitant le « bruit » de la guerre de Troie et la « commune opinion » qu'en avaient ses contemporains. En outre, si l'*Énéide* s'inspirait des « vieilles Annales », *La Franciade*, elle, s'appuiera sur une tradition « très assurée selon les Annales » (p. 1183) et sur « la vieille créance des Chroniques de France » (p. 1184).

Les ressemblances de vocabulaire sont frappantes. Tout porte à croire que le poète français s'assimile mimétiquement à ses modèles anciens. Or Ronsard semble oublier que l'Arioste lui-même n'avait pas fait fi de l'histoire contemporaine ; que le texte du *Furioso* reposait, au contraire, sur une analogie constante entre l'actualité et la fiction romanesque (Delcorno Branca, p. 103). Le panégyrique ronsardien de Charles IX ne rappelle-t-il pas celui de Charles Quint au chant XV du *romanzo* de l'Arioste ? Certains ajouts à la dernière version du *Furioso* (1532) reflètent les changements politiques intervenus, en particulier la remise en question de l'alliance de la maison d'Este avec la France (Durling, p. 139). Les rapports entre fiction et réalité chez l'Arioste sont loin d'être aussi simples que le prétend Ronsard. Le grand prédécesseur italien jouait admirablement sur la fiction pour faire entendre les ironies de l'Histoire, en maintenant des relations ambiguës entre le réel et l'imaginaire (Baillet, p. 47).

Ainsi les « erreurs » qu'attribue Ronsard à l'Arioste sont-elles elles-mêmes en partie de la pure fiction. Le Vendômois veut coiffer le Ferrarais du capuchon de la folie pour se dédouaner lui-même de ses propres égarements. Il passe sous silence ce qui pourrait jeter le doute sur la *vraisemblance* de son entreprise et cherche à faire croire que l'*Idée* qui l'anime est celle-là même qui a rendu Homère et Virgile immortels. Non sans assurance, il déclare : « Je n'ai su trouver un plus excellent sujet que cestui*-ci » (p. 1184). Peu lui importe que des lecteurs ultérieurs puissent exprimer des doutes sur le choix des légendes troyennes pour donner aux Français un sens de leur passé national. Il aurait sans doute mieux fait de choisir l'héroïque chevauchée de Jeanne d'Arc délivrant la France de l'occupation anglaise. Mais, pour l'admirateur des classiques, la question se posait autrement : l'*excellence* du sujet se mesurait forcément à sa capacité d'émuler le modèle des épopées antiques.

Si l'Arioste n'était pas digne d'imitation, fallait-il voir en Virgile comme un modèle intouchable ? En souscrivant à la théorie du « progressisme », Ronsard allait remettre en question son admiration inconditionnelle pour l'*Énéide*. En dépit de ses insignes mérites, Virgile avait lui aussi commis des erreurs, des « fautes poétiques » que ses imitateurs les plus éclairés seraient appelés à corriger. Assurément, le poète romain somnolait parfois. Selon Peletier du Mans, certaines contradictions ou invraisemblances qui enlaidissent l'*Iliade* avaient trouvé leur place dans son imitation latine : « Si* est-ce que je trouve Virgile être tombé en semblable faute » (p. 99). Et Peletier de conclure qu'aucune œuvre d'art, si splendide soit-elle, ne peut prétendre à la perfection : « Il n'est si grand qui ne tombe en faute » (p. 102).

Propos fort rassurants pour les apprentis poètes de la moderne saison : ils y verront une invitation à remballer

leurs complexes et à rivaliser avec des modèles jugés exemplaires sans s'estimer vaincus d'avance. Il suffira qu'ils
sachent faire le départ entre ce qui mérite d'être imité et ce
qui ne doit pas l'être. Peletier fonde le théorème de l'imitation sur ce nouveau distinguo : « Qu'il [le poète] sache que
c'est qu'il doit imiter et quoi non » (p. 98). L'exemple de
Virgile le prouve : on usera avec lui du même discernement
dont il a lui-même usé avec Homère : en le corrigeant avec
diligence. Cette condition pourra ouvrir le chemin de la
gloire à qui aura appris non seulement à imiter mais à surpasser le modèle antique.

La théorie de Peletier n'était pas unique en son temps ; mais
c'est certainement en elle que Ronsard a trouvé le substrat dont
il avait besoin pour justifier ses ambitions de poète épique
national. Rien ne pouvait mieux convenir, en effet, au chef de
la Pléiade que le sentiment d'un *progrès successif* des formes
et la croyance à la *perfectibilité* fondamentale des productions
humaines. Si l'*Énéide* était supérieure à l'*Iliade*, alors *La
Franciade*, écrite par un poète qui avait médité sur les erreurs
de ses prédécesseurs, avait toutes les chances de dépasser le
chef-d'œuvre de Virgile. Sans doute ne trouve-t-on pas de
référence explicite à l'*Art poétique* de Peletier dans l'appareil
liminaire de *La Franciade* ; mais on peut conjecturer que
Ronsard avait en tête sa « théorie méliorative » de l'imitation.
Celle-ci confirmait, sur le plan poétique, le projet politique
explicite de l'épopée : la monarchie française était destinée à
briller d'un plus bel éclat encore que l'Empire romain.

On se souvient qu'au début de l'*Énéide* Jupiter prédisait
non seulement la fondation de Rome, mais la gloire du siècle
d'Auguste. L'Olympien n'assignait pas de bornes à la puissance et à la durée de l'Empire romain :

> *Inde lupae fuluo nutricis tegmine laetus*
> *Romulus excipiet gentem et Mauortia condet*
> *moenia Romanosque suo de nomine dicet.*
> His ego nec metas rerum nec tempora pono :
> imperium sine fine dedi (I, v. 275-279).

> Romulus, gorgé de lait à l'ombre fauve de sa nourrice la
> louve, continuera la race d'Énée, fondera la ville de Mars
> et nommera les Romains de son nom. *Je n'assigne de
> borne ni à leur puissance ni à leur durée* (I, p. 16).

On ne s'étonnera pas de trouver au commencement de *La Franciade* un discours oraculaire jovien de la même farine :

> De Mérové*, des peuples conquéreur,
> Viendra maint prince et maint grand empereur
> Haut* élevés en dignité suprême :
> Entre lesquels un Roi CHARLES Neuvième,
> Neuvième en nom et premier en vertu,
> Naîtra pour voir le monde combattu
> Dessous ses pieds, d'où le soleil se plonge,
> Et, s'élançant de l'humide séjour,
> Apporte aux dieux et aux hommes le jour.
> (*La Franciade* [1572], I, v. 247-256.)

Autrement dit, le roi de France saura réaliser ce que Jupiter n'a jamais pu qu'entrevoir en songe : la domination future de l'Orient et de l'Occident par la nouvelle nation. Imitation temporelle du plan divin, ce royaume n'aura pas de fin : *imperium sine fine*.

Dans la tradition judéo-chrétienne, seul le Messie, venu juger sur terre les vivants et les morts, parviendra à établir un royaume perpétuel et universel. Le fabuleux éloge que fait ici Ronsard de son roi peut paraître déplacé dans son outrance. Les paroles qu'il prête à Jupiter ressemblent trop à celles du *credo* tridentin : *cujus regni non erit finis*. Mais c'est paradoxalement de cette nouvelle dimension messianique que vient la supériorité du discours des Modernes, même lorsque ceux-ci cherchent à imiter les Anciens pour mieux les faire parler. Dans le poème qui célèbre les exploits de son roi, Ronsard veut dépasser les espoirs de son prédécesseur latin. Il en est du rêve poétique comme de l'ambition politique : Ronsard sera à Virgile ce que Charles est à Auguste : une *version améliorée* d'un illustre modèle.

Dans la préface posthume de 1587, le chef de la Pléiade finira par réduire le modèle virgilien à un usage pédagogique. Son lecteur « apprentif* » pourra se faire la main sur le latin de l'*Énéide* :

> Je m'assure que les envieux caquetteront, de quoi j'allègue Virgile plus souvent qu'Homère qui était son maître et son patron* : mais je l'ai fait tout exprès, sachant bien que nos François* ont plus de connaissance

de Virgile que d'Homère et d'autres Auteurs Grecs (*OC*, 1993, I, p. 1169-1170).

Mais il devra se garder de reproduire les *erreurs* du poète romain. Ronsard ne ménagera pas Virgile, et les remarques qu'il lui réserve – par exemple pour souligner l'impuissance de celui-ci à respecter les unités de temps – visent à faire prendre conscience au futur poète et à son propre lecteur de la distance esthétique qui sépare l'imitateur moderne de sa source ancienne. Virgile est à portée d'imitation : car il se situe à poximité géographique, historique, linguistique et politique.

L'*Énéide* est si proche qu'elle peut même servir de repoussoir parodique. Un pastiche de Virgile fera son chemin dans la préface posthume de *La Franciade*. Le vers original était : *Punica se quantis attolet gloria rebus!* (IV, v. 49). Anne adressait ces paroles à sa sœur Didon pour l'encourager à épouser Énée : « Avec les armes de Troie, quels exploits viendront relever la gloire de Carthage ! » Ronsard osera remplacer Carthage (*punica*) par la France (*gallica*) et les exploits militaires (*rebus*) par les œuvres littéraires (*verbis*) en écrivant : *Gallica se quantis attolet gloria verbis!* » (*OC*, 1993, I, p. 1177). Le message est clair : combien de grands poèmes pourraient relever la gloire de la France si les écrivains français pouvaient écrire, comme Ronsard lui-même, dans leur propre langue !

On sait l'importance que devait attacher Ronsard, tout au long de sa carrière, au travail et à l'étude. En suivant Quintilien, il reconnaît le « génie immortel et surhumain » d'Homère ; mais, en bon pédagogue, il préfère recommander le soin et la diligence (*cura et diligentia*) de Virgile. Il faut redistribuer les prix, réhabiliter l'*exercitatio* et le *studium*. Sans doute le *naturel* est-il une vertu essentielle à toute vocation poétique ; il en est même la condition *sine qua non*. Thomas Sébillet avait déjà déclaré : « Le Poète naît, l'Orateur se fait » (I, iii, p. 25). Mais la théorie néoplatonicienne de l'inspiration était si répandue au milieu du XVIe siècle que du Bellay avait dû faire pencher la balance du côté de l'étude et des nécessités de l'érudition. Dans la

Défense et Illustration, Ronsard avait pu lire tout un chapitre consacré à ce genre de problèmes : on y répétait que « le naturel* n'est suffisant à celui qui en Poésie veut faire œuvre de l'immortalité » (p. 103-105).

Dans l'« Avertissement au lecteur » de 1573 qui sert de deuxième préface à *La Franciade*, Ronsard s'explique presque exclusivement au sujet des corrections qu'il a décidé de faire afin de donner un style « plus parfait » à son épopée :

> Par le conseil de mes plus doctes amis j'ai changé, mué, abrégé, allongé beaucoup de lieux de ma *Franciade* pour la rendre plus parfaite et lui donner sa dernière main. Et voudrais de toute affection que nos François* daignassent faire le semblable : nous ne verrions tant d'ouvrages avortés, lesquels, pour n'oser endurer la lime et parfaite polissure requise par temps, n'apportent que déshonneur à l'ouvrier et à notre France très mauvaise réputation (*OC*, 1993, I, p. 1181).

Il n'est donc pas question ici de produire une poésie « naturelle » et « inspirée » ; l'accent est mis sur le travail de l'artisan qui s'emploie à améliorer son ouvrage. La cascade des synonymes en dit long : « changer » et « muer », « abréger » et « allonger » sont des tâches urgentes. Le poète est redevenu l'ouvrier appelé à corriger, à force de *cura* et de *diligentia*, les erreurs du « génie immortel et surhumain » que fut Virgile. On entend déjà la voix de Boileau :

> Vingt fois sur le métier remettez votre ouvrage ;
> Polissez-le sans cesse et le repolissez ;
> Ajoutez, quelquefois, et souvent effacez.
> (P. 196, v. 172-174.)

Ainsi, Ronsard accueille dans son propre travail l'idée d'une *succession méliorative* au nom d'un regain de travail et d'étude. Toute version corrigée de *La Franciade* sera forcément supérieure à la précédente, tout comme, *mutatis mutandis*, l'*Énéide* devait être supérieure à l'*Iliade*. En fait, de 1573 à 1584, Ronsard ne cessera de remanier son poème. S'il pratiquera peu l'« allongement », il fera de nombreuses suppressions (« cinq cent cinquante vers environ », *OC*, I, p. 1608). Cela n'empêchera pas le même Ronsard de déclarer que toute grande épopée doit renouer avec l'inspiration

« naturelle » et « originelle » qui caractérisait l'*Iliade*. Dans la préface posthume de 1587, il recommande au futur poète d'adhérer à l'idéal d'une « naïve* et naturelle Poésie » éloignée à la fois des monstruosités de l'Arioste et des artificialités de Virgile :

> Tu enrichiras ton Poème par variétés *prises de la Nature*, sans extravaguer comme un frénétique. Car pour vouloir trop éviter et du tout te bannir du parler vulgaire*, si tu veux voler sams considération par le travers des nues, et faire des grotesques, Chimères et monstres, et non une *naïve et naturelle Poésie*, tu seras imitateur d'Ixion, qui engendra des Fantômes au lieu de légitimes et naturels enfants (*OC*, 1993, I, p. 1163).

Ronsard ne corrige donc pas seulement son poème, mais l'idée qu'il se fait de ce que doit être son poème. Homère représente bel et bien pour lui la source primordiale de l'inspiration épique. En dépit de la théorie progressiste de Peletier qui concerne le style, le texte grec apparaît comme l'original de toutes les copies qu'ont pu produire ses successeurs, quels que soient leur valeur et leur degré de perfection. En plaçant Homère en dehors des vicissitudes de l'Histoire, Ronsard reconnaît la distance qui sépare son poème d'une source immuable et quasiment intemporelle, indifférenciée et participant de la plénitude de l'Origine. Perfectibilité d'un côté, impossibilité, de l'autre, de « parfaire » la puissance inaugurale de l'Être. C'est dans cet « entre-deux » que doit se situer la création poétique des Modernes. Ronsard le dit explicitement dans l'« Élégie à Louis Des Masures » :

> Entre Homère et Virgile, ainsi qu'un demi-dieu
> Environné d'esprits, j'ai ma place au milieu.
> (*OC*, 1993, II, p. 1020, v. 123-124.)

L'échec de *La Franciade* rapprochera curieusement son auteur de ses plus grands devanciers. Comme l'avait dit et redit Longin, les esprits médiocres ne commettent pas d'erreurs : méticuleux, ils se conforment aux règles et, comme le dira Montaigne, se contentent de « vivoter en la moyenne région » (I, 54, p. 313). En revanche, les Homère, les Pindare, les Platon, les Sophocle ou les Démosthène, génies impurs, et sujets à l'erreur, ont été capables d'atteindre le sublime (von Staden, p. 372, 375). Le paradoxe veut que l'erreur soit le signe de la grandeur. Ce qui donne raison à Peletier qui, sans connaître le traité attribué à Longin ni le sort funeste qui attendait *La Franciade*, écrivait : « Il n'est si grand qui ne tombe en faute » (p. 102).

*

BIBLIOGRAPHIE

ARIOSTE (L') (ARIOSTO, Ludovico), *Orlando furioso*, éd. Cesare Segre, Milan, Classici Mondadori, 1964 ; trad. fr. M. Orcel, *Roland furieux*, Éditions du Seuil, 2000, éd. bilingue.

BAILLET, Roger, *Le Monde poétique de l'Arioste. Essai d'interprétation du Roland furieux*, Lyon, Éditions L'Hermès, 1977.

BEAUNE, Colette, *Naissance de la nation France*, Paris, Gallimard, 1985.

BELLAY, Joachim du, *Défense et illustration dela langue française*, éd. H. Chamard, Paris, Didier, 1948.

BOILEAU-DESPRÉAUX, Nicolas, *Art poétique* (1669-1674), in *Œuvres poétiques*, éd. F. Brunetière, Paris, Hachette, 1914.

CASTOR, Grahame, *Pléiade Poetics*, Cambridge University Press, 1964 ; trad. fr. Y. Bellenger, *La Poétique de la Pléiade. Étude sur la pensée et la terminologie du XVIᵉ siècle*, Paris, Champion, 1998.

CERVANTES SAAVEDRA, Miguel de, *Don Quijote de la Mancha*, éd. M. de Riquer, Barcelone, 1958.

CIORANESCO, Alexandre, *L'Arioste en France*, Paris, Éditions des Presses modernes, 1939, 2 tomes.

DELCORNO BRANCA, Daniela, *L'Orlando furioso e il romanzo cavalleresco medievale*, Florence, L. S. Olschki, 1973.

DURLING, Robert M., *The Figure of the Poet in Renaissance Epic*, Cambridge (Massachussets), Harvard University Press, 1965.

FORCIONE, Alban K., *Cervantes, Aristotle and the Persiles*, Princeton University Press, 1970.

HAMPTON, Timothy, *Literature and the Nation in Sixteenth-Century France*, Ithaca, Cornell University Press, 2001.

HEMPFER, Klaus, *Die Diskrepante Lektüren* : *Die Orlando-Furioso-Rezeption im Cinquecento*, Stuttgart, Steiner, 1987.

HORACE, *Art poétique*, in *Épîtres*, éd. François Villeneuve, Paris, Les Belles Lettres, 1967.

JAVITCH, Daniel, *Proclaiming a Classic. The Canonization of Orlando Furioso*, Princeton University Press, 1991.

MINTURNO, Antonio. *L'Arte poetica, nella quale si contengono i precetti Heroici, Tragici, Comici, Satyrici, e d'ogni altra Poesia [...]*, Venise, G. A. Valvassori, 1564 ; rééd. Munich, W. Fink, 1971.

MONTAIGNE, Michel de, *Essais*, éd. P. Villey, Paris, Presses Universitaires de France, 1978.

PARKER, Patricia A., *Inescapable Romance. Studies in the Poetics of a Mode*, Princeton University Press, 1979.

PAVEL, Thomas, *Fictional Worlds*, Cambridge (Massachussets), Harvard University Press, 1986 ; adaptation et trad., *Univers de la fiction*, Paris, Éditions du Seuil, 1988.

—, *L'Art de l'éloignement. Essai sur l'imagination classique*, Paris, Gallimard, 1996.

PELETIER DU MANS, Jacques, *Art poétique* (1555), éd. A. Boulanger, Paris, Les Belles-Lettres, 1930.

QUINT, David, *Epic and Empire : Politics and Generic Form from Virgil to Milton*, Princeton University Press, 1992.

QUINTILIEN, *Institution oratoire*, éd. et trad. J. Cousin, Paris, Les Belles Lettres, 1975-1980, 7 tomes.

RABELAIS, François, *Œuvres complètes*, éd. M. Huchon, Paris, Gallimard, 1993.

RIGOLOT, François, « Entre Homère et Virgile : Ronsard théoricien de l'imitation », *Ronsard* [colloque de Neuchâtel pour le 400e anniversaire de la mort du poète], éd. A. Gendre, Genève, Droz, 1987, p. 163-178.

RONSARD, Pierre de, *La Franciade* [1572], in *Œuvres complètes*, tome XVI, éd. P. Laumonier, Paris, STFM, 1950 ; réimpr. Nizet, 1983.

—, *Œuvres complètes* [1584], éd. J. Céard, D. Ménager et M. Simonin, Paris, Gallimard, 1993, 2 tomes.

SÉBILLET, Thomas, *Art poétique françois*, éd. F. Gaiffe revue par F. Goyet, Paris, Nizet, 1988.

SILVER, Isidore, *Ronsard and the Hellenic Renaissance in France*, tome I, *Ronsard and the Greek Epic*, Saint Louis, Washington University Press, 1961.

VIRGILE, *Énéide*, éd. Henri Goelzer et André Bellessort, Paris, Les Belles Lettres, 1959.

VON STADEN, Heinrich von, « Metaphor and the Sublime : Longinus », in *Desde los poemas homéricos hasta la prosa griega del siglo IV d. C. Veintiséis estudios filológicos*, éd. J. A. López Férez, Madrid, Ediciones Clásicas, 1999.

WEINBERG, Bernard, *A History of Literary Criticism in the Italian Renaissance*, Chicago, University of Chicago Press, 1961.

CHAPITRE 15

Contre et pour : la poésie satirique

> « La satire, Dilliers, est un public exemple
> Où, comme en un miroir, l'homme sage
> [contemple
> Tout ce qui est en lui ou de laid ou de beau. »
>
> *Joachim du Bellay.*

Au début du XVIe siècle, les poèmes que nous considérons de nos jours comme relevant de la veine satirique sont le plus souvent qualifiés de « coq-à-l'âne » (Lenient ; Fleuret et Perceau). Dans son *Art poétique françois* (1548), Thomas Sébillet rappelle l'origine de cette appellation (« sauter du coq à l'âne ») et en justifie le bien-fondé par « la variété inconstante des non cohérents propos » qui caractérise le genre (*APF* II, ix, p. 167). Clément Marot sera le « premier inventeur » et le modèle « exemplaire » de cette curieuse forme qui cache des propos mordants ou médisants sous un apparent manque de logique. Mais qu'on ne s'y trompe pas : Maître Clément, toujours selon Sébillet, a offert de « pures satires françoises* » pour la première fois même s'il les a travesties sous un titre contestable (Desan, Meylan, Renner) :

> Sa matière sont les vices de chacun, qui sont repris* librement par la suppression du nom de l'auteur [de ces vices]. Sa plus grande élégance est sa plus grande absurdité de suite de propos : [élégance] qui est augmentée par la rime plate et les vers de huit syllabes (*APF*, p. 167-168).

Marot adressera tous ses coq-à-l'âne à son ami et compagnon d'exil Lyon (Léon) Jamet. Dès la première épître du genre, il attaque coup sur coup le commerce des indulgences papales, la vénalité des gens de justice, la paresse des moines et les ambitions exorbitantes de Charles Quint :

> À Rome sont les grands Pardons*.
> Il faut bien que nous nous gardons
> De dire qu'on les apetisse*,
> Excepté que gens de Justice
> Ont le temps après les Chanoines.
> Je ne vis jamais tant de Moines
> Qui vivent et si* ne font rien.
> L'Empereur est grand terrien…
> (*OP*, I, 13, p. 310. v. 11-18.)

Dans le manifeste antimarotique de la Pléiade, du Bellay ne manquera pas de se moquer de ces vers, demandant au futur poète de délaisser « cette inepte appellation de coq-à-l'âne » et de prendre exemple sur les grands classiques pour dénoncer les vices de son temps : « Tu as pour ceci Horace qui, selon Quintilien, tient le premier lieu entre les satiriques » (*Défense*, II, 4, p. 120).

La satire s'écrira alors en *vers héroïques*, c'est-à-dire, à cette époque, en décasyllabes et non plus, à la manière de Marot, en octosyllabes (*Défense*, II, 4, p. 119). Les recommandations du porte-parole de la Pléiade feront cependant écho à celles de Sébillet sur un point : l'auteur satirique s'abstiendra d'attaques personnelles pour ne viser que les vices en général :

> Je te conseille [de] taxer modestement* les vices de ton temps et pardonner aux noms des personnes vicieuses (*ibid.*, p. 119).

La satire sera donc modérée (« modeste ») et imitera l'enjouement d'un Horace plutôt que la violence d'un Juvénal. Joachim du Bellay suivra lui-même cette recommandation dans ses *Regrets*, alors qu'un Agrippa d'Aubigné préférera vitupérer en nommant les cibles qu'il châtie [1].

Dès la parution de la *Défense*, Barthélemy Aneau aura beau jeu d'accuser du Bellay d'arrogance et d'ignorance. Contrairement à ce que prétend le jeune ambitieux, les coq-à-l'âne de Marot sont « bien nommés » puisque leurs propos ne « s'entresuivent » pas, et la Pléiade les méprise à tort en voulant leur préférer le genre tout différent de la satire (*QH*,

---

1. Voir les chapitres 13, *supra* ; 16 et 18, *infra*.

p. 214). Devant une telle impasse, Jacques Peletier du Mans trouvera une solution moyenne entre l'ami de la Pléiade et son détracteur : le coq-à-l'âne est une « vraie espèce de satire » et ne doit pas être méprisé bien que son nom soit jugé « un peu abject » et sente par trop son « vulgaire* » (*AP*, 1555, p. 300-301). Il reste que l'appellation marotique sombrera dans le ridicule pour ne plus désigner qu'une suite de propos dont on ne cessera de réprouver l'incohérence au nom d'un nouvel ordre et d'une clarté « classique » qu'on croit enfin retrouvée.

Dans la *Défense et illustration*, du Bellay liait la satire à la nouvelle forme lyrique importée d'Italie : le sonnet. À peine avait-il, en effet, appelé de ses vœux la restauration du genre horacien qu'il invitait le futur poète à choisir le sonnet pour réaliser ce beau programme :

> Sonne-moi ces beaux sonnets, non moins docte que plaisante invention italienne… (*Défense*, II, iv, p. 120).

Dans *Les Regrets*, il montrera l'exemple en employant le sonnet pour cultiver la veine à la fois élégiaque (le fiel), encomiastique (le miel) et satirique (le sel) [1]. Tout au long du recueil, l'exilé de Rome proteste de sa sincérité. Sa douleur est profonde, ses soupirs en témoignent, et ses larmes *non feintes* (*OP*, II, *R*, p. 37, v. 75-76). Il se plaint à ses vers « pour désaigrir l'ennui qui [le] tourmente » (v. 80). Puis, pour oublier son chagrin, il passera des pleurs au rire en raillant les mœurs romaines :

> Et c'est pourquoi d'une douce satire,
> Entremêlant les épines aux fleurs,
> Pour ne fâcher le monde de mes pleurs,
> J'apprête ici le plus souvent à rire.
> (*OP*, II, *R*, p. 37, v. 81-84.)

La vie économique et sociale de la Rome moderne fait l'objet de fresques lestement brossées avec le mordant de la meilleure veine satirique :

1. Voir chapitre 13, *supra*.

Si je monte au palais*, je n'y trouve qu'orgueil,
Que vice déguisé, qu'une cérémonie,
Qu'un bruit de tambourins, qu'une étrange harmonie,
Et de rouges habits un superbe* appareil.

Si je descends en banque*, un amas et recueil
De nouvelles je trouve, une usure infinie,
De riches Florentins une troupe bannie
Et de pauvres Siennois un lamentable deuil*.

Si je vais plus avant, quelque part où j'arrive,
Je trouve de Vénus la grand bande lascive
Dressant de tous côtés mille appâts amoureux.

Si je passe plus outre et, de la Rome neuve,
Entre en la vieille Rome, adonques* je ne treuve*
Que de vieux monuments un grand monceau pierreux.
(*OP*, II, *R*, sonnet 80, p. 79, v. 1-14.)

Pour d'autres flâneurs, les scènes bigarrées de la Ville
éternelle pourraient susciter l'émerveillement. Mais, pour le
desdichado de Rome, replié sur lui-même et n'ayant de
désir que pour la France, les sons qu'il entend (le « bruit des
tambourins ») et les couleurs qu'il voit (les « rouges habits »
des cardinaux) ne provoquent que le dégoût. Toute la
société qui l'entoure est objet de moquerie : les banquiers
sont des usuriers ; les femmes, des prostituées. S'il trouve
des âmes sœurs, ce sont des exilés comme lui : les Florentins et les Siennois, bannis de leur propre ville. Mais il
reste sans contact avec eux. Décrits à distance, ces « cerveaux congénères » ne peuvent être que des isolés, comme
ils le seront pour Baudelaire. Le dernier tercet du sonnet
nous ramène à la Rome ancienne et à sa propre méditation
sur les *Antiquités de Rome*. Aux splendides ruines d'un
empire défunt fait face, désormais, la ruine morale des
temps modernes (Delumeau). La satire est bien l'envers de
la nostalgie.
   Revenant à la théorie du genre satirique, du Bellay rassu-
rera son ami Dilliers sur ses intentions. Que l'on ne s'offense
pas de son mordant ; il reste « modeste », c'est-à-dire
modéré. Comme il nous l'avait enseigné dans la *Défense*
(II, 4, p. 119), il ne s'attaque à personne en particulier ; cha-

cun reconnaîtra pourtant ses propres défauts dans les travers qu'il dénonce en général :

> La satire, Dilliers, est un public exemple
> Où, comme en un miroir, l'homme sage contemple
> Tout ce qui est en lui ou de laid ou de beau.
>
> Nul ne me lise donc, ou qui me voudra lire
> Ne se fâche s'il voit, par manière de rire,
> Quelque chose du sien portrait en ce tableau.
> (*OP*, II, *R*, sonnet 62, p. 70, v. 9-14.)

Dans cette vaste section de son recueil, du Bellay prend un malin plaisir à jouer les misanthropes en critiquant les mœurs de la communauté cosmopolite, haute en couleur, qui se presse dans la Rome pontificale. S'est-il rendu compte que la force de ses poèmes venait de l'accumulation des exemples et d'un montage systématique en parallèle qui n'est pas sans rappeler les coq-à-l'âne de Marot ?

> Je hais du Florentin l'usurière avarice,
> Je hais du fol Siennois le sens mal arrêté,
> Je hais du Genevois [= Gênois] la rare vérité,
> Et du Vénitien la trop caute* malice.
>
> Je hais le Ferrarais pour je ne sais quel vice,
> Je hais tous les Lombards pour l'infidélité,
> Le fier Napolitain pour sa grand'vanité,
> Et le poltron romain pour son peu d'exercice.
> (*OP*, II, *R*, sonnet 68, p. 73, v. 1-8.)

À lire ces deux quatrains, puissamment charpentés par la figure de l'*anaphore*, on croit d'abord que l'exilé règle ses comptes avec les représentants de la péninsule italienne. Mais le jugement négatif se généralise ensuite dans le premier tercet pour englober tous les Européens, y compris les Français :

> Je hais l'Anglais mutin et le brave* Écossais
> Le traître Bourguignon et l'indiscret Français,
> Le superbe* Espagnol et l'ivrogne Tudesque.
> (*OP*, II, *R*, sonnet 68, p. 73, v. 9-11.)

On ne s'étonne plus alors que le censeur d'autrui fasse sa propre censure et mette son « imperfection » au nombre des travers qu'il condamne. La xénophobie s'est muée en auto-critique :

> Bref, je hais quelque vice en chaque nation ;
> Je hais moi-même encor mon imperfection.
> Mais je hais par sur tout un savoir pédantesque.
> (*Ibid.*, v. 12-14.)

La *pointe* finale peut surprendre. Elle s'accorde pourtant bien avec le ton du recueil. S'il est un défaut qui dépasse tous les autres, c'est celui que le poète cherche à éviter précisément dans ses vers : le pédantisme. Dans *Les Regrets*, du Bellay passe son temps à nous dire qu'il veut faire parler son cœur sans artifice. Mais, en poésie, est-ce vraiment possible ? La sincérité existe sans doute au niveau des intentions ; mais n'est-elle pas toujours parasitée par les figures du langage – quand bien même le poète se ferait fort de dénoncer leur manque de naturel[1] ?

La question de la sincérité ne se pose jamais aussi clairement que dans l'une des créations les plus réussies de Du Bellay et dont il faut reparler plus en détail ici : « Contre les Pétrarquistes[2] ». On se souvient que le poète se dit enfin guéri des artifices de la rhétorique et n'hésite pas à proclamer :

> *J'ai oublié l'art de pétrarquiser.*
> Je veux d'amour franchement deviser.
> (*OP*, II, XX, p. 190, v. 1-2.)

Refus de feindre, de flatter, de se déguiser ; mais aussi refus des des conventions et des ornements de la poésie. On fait la satire de toutes les contorsions mondaines pour se dire honnête, sincère et spontané. On recherche un langage simple, direct, immédiat ; mais le paradoxe veut qu'on ne peut faire ce procès des artifices qu'en les multipliant à plaisir :

> Ce n'est que feu de leurs froides chaleurs,
> Ce n'est qu'horreur de leurs feintes douleurs,
> Ce n'est encor' de leurs soupirs et pleurs

1. Voir chapitres 11, 12 et 13, *supra*.
2. Voir chapitre 11, *supra*.

> Que vents, pluie et orages :
> Et bref ce n'est à ouïr leurs chansons,
> De leurs amours que flammes et glaçons,
> Flèches, liens et mille autres façons
> De semblables outrages. (*Ibid.*, v. 9-16.)

On entend déjà parler Alceste après la lecture du sonnet d'Oronte. Les trains d'anaphores sont autant d'imprécations contre une poésie que des générations de poètes avaient cultivée avec bonheur. Au nom de la vérité des sentiments, du Bellay piétine sa propre *Olive* sans vergogne. Car, en citant le faux langage d'autrui, c'est à un autre lui-même qu'il pense, celui-là même qui eut son heure de gloire et qu'il convient maintenant de renier :

> De vos beautés, ce n'est que tout fin or,
> Perles, cristal, marbre et ivoire encor,
> Et tout l'honneur de l'Indique* trésor,
> Fleurs, lis, œillets et roses :
> De vos douceurs, ce n'est que sucre et miel,
> De vos rigueurs, n'est qu'aloès et fiel,
> De vos esprits, c'est tout ce que le ciel
> Tient de grâces encloses. (*Ibid.*, v. 17-24.)

On n'avait sans doute jamais fait un inventaire aussi complet du vaste magasin d'accessoires de la poésie amoureuse. Ici, l'art du pastiche est poussé à son comble. À première vue, une telle strophe pourrait être signée de n'importe quel poète pétrarquiste. Mais le comique de répétition (« ce n'est que ») et les montages en parallèle (« De vos douceurs »/ « De vos rigueurs ») ont vite fait de ridiculiser la mécanique d'un style abusivement hyperbolique. L'amoureux prend plaisir à entasser les figures et les mythes dont se servent les poètes pour représenter les grands suppliciés de l'amour : Ixion, Sisyphe, Tantale et Prométhée. Usés et abusés, il faut s'en moquer pour mieux s'en distancer :

> Qui* contrefait ce Tantale mourant,
> Brûlé de soif au milieu d'un torrent ;
> Qui*, repaissant un aigle dévorant,
> S'accoutre en Prométhée ;
> Et qui* encor, par un plus chaste vœu,
> En se brûlant, veut Hercule être vu

> Mais qui se mue en eau, air, terre et feu
> Comme un autre Protée. (*Ibid.*, v. 97-104.)

Un nouveau mode d'être se cache donc derrière ce nouveau style d'écriture qui, paradoxalement, ne peut se définir qu'en faisant le procès de celui des « autres ». Il vient pourtant un moment où, après avoir levé tous les masques du discours, il faut dire *je* et passer aux aveux. Que cherche l'amoureux en définitive ? Ne nous leurrons point. Les autres dissimulent leur véritable désir, inavouable, de feintes subtilités…

> Mais quant à moi, qui plus terrestre suis
> Et n'aime rien que ce qu'aimer je puis,
> Le plus subtil qu'en amour je poursuis
> S'appelle *jouissance*. (*Ibid.*, v. 129-136.)

On ne saurait être plus franc. C'est, du moins, ce que voudrait nous faire croire cette rhétorique de l'aveu. Le mot-clé, « jouissance », habilement placé dans le « rentrement » en fin de strophe, est un de ces artifices qui croient pouvoir passer inaperçus : il en dérive un pouvoir d'autant plus séduisant.

Dévoilement du désir charnel qui nous ramène curieusement à la fois à *Éros* et à *Antéros*, son contraire. En coupant court à toute manœuvre dissimulatrice pour avouer sans détours la *libido* qui le meut, le « je » amoureux révèle l'authenticité de son discours. Il n'a désormais que faire de l'Androgyne, figure emblématique par excellence de l'amour platonique :

> Je ne veux point savoir si l'amitié*
> Prit du facteur*, qui jadis eut pitié
> Du pauvre Tout fendu par la moitié,
> Sa céleste origine :
> Vous souhaiter autant de bien qu'à moi,
> Vous estimer autant comme je dois,
> Avoir de vous le loyer* de ma foi,*
> Voilà mon Androgyne. (*Ibid.*, v. 137-144.)

Les quatre premiers vers dégonflent hardiment le mythe fondateur des origines de l'attirance amoureuse et les quatre suivants en donnent une définition de remplacement : sincère, parce que formulée en un style prosaïque ; crédible, parce qu'éliminant tout principe d'autorité pour ne renvoyer qu'à elle-même.

Dans la *Défense et Illustration*, du Bellay avait reproché à ses aïeux d'avoir préféré le « bien faire » au « bien dire, » négligeant de cultiver leur langue pour en faire un instrument de culture : « [ils] nous ont laissé notre Langue si pauvre et nue qu'elle a besoin des ornements et (s'il faut ainsi parler) des plumes d'autrui » (I, III, p. 23).

Il déplorait l'« ignorance » et la « simplicité » de ses *majeurs** « qui se sont contentés d'exprimer leurs conceptions avec paroles nues, sans art et ornement » (*ibid.* I, 9, p. 49). Désormais, son enthousiasme antipétrarquiste le pousse à réhabiliter le discours fruste et sans apprêt de ces mêmes *majeurs**, soudain transformés en « bons aïeux » et donc modèles pour la nouvelle génération :

> Nos bons Aïeux qui cet art démenaient*,
> Pour en parler, Pétrarque n'apprenaient,
> Ains* franchement leur Dame entretenaient
> Sans fard ou couverture :
> Mais aussitôt qu'Amour s'est fait savant,
> Lui qui était François* auparavant,
> Est devenu flatteur et décevant*
> Et de Tusque* nature. (*OP*, II, XX, v. 145-152.)

Curieuse palinodie au nom de la xénophobie : l'artifice est mauvais parce qu'il est d'importation étrangère. Le courant anticourtisan a pour cible l'Italie à cette époque. Le mythe de l'authenticité se confond avec celui de la bonne appellation d'origine.

Avec les guerres de Religion, les poètes transposeront sur le territoire national ce qu'ils avaient pu critiquer, sans vraiment s'engager, en pays étranger. Ils attaqueront les vices des réformés ou des papistes, tantôt en se plaisant à dénoncer leurs ridicules, tantôt en dressant de vastes fresques émouvantes ou qui donnent le frisson. Dans les *Discours* officiels qu'il composera pour le camp catholique, Ronsard imitera Horace, affichant l'enjouement détaché de celui qui dit cultiver « l'art de poésie ». En revanche, dans *Les Tragiques*, d'Aubigné empruntera à Juvénal l'engagement fébrile du militant qui donne libre cours à son indignation. *Facit indignatio versum*. Par la mise en vers de traits injurieux, la satire deviendra une arme sur le champ de bataille des idées : les poètes de chaque « parti » y croiseront le fer avec éclat[1].

La *Satire ménippée* (1594), ouvrage collectif dirigé contre la Ligue ultracatholique, doit son titre à l'imitation de Ménippe, philosophe grec de l'école cynique. Les principaux auteurs, Pierre Pithou, Nicolas Rapin, Pierre Le Roy et Jean Passerat, optent pour le mélange des vers et de la prose. Ils rappellent au lecteur que le mot latin *satura* avait le sens de *pot-pourri* et l'informent que ce n'est pas l'*incohérence* mais la *variété* qui caractérise le genre :

> Le mot *satire* ne signifie pas seulement un poème de médisance [...] mais aussi toute sorte d'écrits remplis de diverses choses et de divers arguments, *mêlés de prose et de vers entrelardés*, comme entremets de langues de bœuf salées. » (« Second Avis », p. 11).

La mise en forme obéit, elle aussi, au principe du *mélange* et de la *variété* puisque la plus grande partie des vers, composés par Jean Passerat et Nicolas Rapin, font l'objet d'épigrammes, de sonnets, d'épîtres ; de poèmes longs et courts ; récents et anciens ; français et latins ; originaux et récrits ou transposés. Le ton moqueur cache la gravité des accusations. On honore le roi et on se moque de ses ennemis qui, à la solde de l'étranger, ne songent qu'à leur bourse. Aux discours en prose les vers donnent un vibrant contrepoint auquel une pointe bien placée confère un regain d'efficacité. Ainsi, Pierre Pithou interrompt plusieurs fois sa magnifique « Harangue de Monsieur d'Aubray » pour donner libre cours à son ironie amère sous forme lapidaire. Il prétend rappeler un quatrain « tout vulgaire », mais c'est pour mieux attaquer les Guise :

> Le Roi François ne faillit point
> Quand il prédit que ceux de Guise
> Mettroient ses enfants en pourpoint
> Et tous ses sujets en chemise. (P. 187.)

---

1. Voir chapitre 18, *infra*.

Il trousse « une petite rime en patois saintongeais », mais c'est pour dénoncer les manœuvres criminelles du duc de Mayenne :

> Haussez-vous, voûtes, grands portaux* !
> Huis* de Paris, tenez-vous hauts !
> Ci* entrera le Duc de Gloire
> Qui, pour tuer cent Huguenaux*
> A fait mourir mille Papaux* :
> N'a-t-il pas bien gagné à boire ? (P. 198.)

Les vers reprennent ce qui avait déjà été exprimé en prose par le biais de la prétérition :

> Je laisse les emprisonnements et rançonnements des habitants qu'on savait être garnis d'argent, lesquels on baptisait du nom de Politiques, ou d'Adhérents et Fauteurs d'Hérétiques. Et, sur ce propos, fut faite une plaisante rime que j'estime digne d'être insérée aux registres et cahiers de nos États :
>
> Pour connaître les Politiques
> Adhérents, fauteurs d'hérétiques,
> Tant soient-ils cachés ou couverts,
> Il ne faut que lire ces vers (P. 215.)

Suivent une cinquantaine de vers qui prétendent justifier la chasse aux sorcières en invoquant le prétexte religieux. Mais l'accusation redouble devant les exactions des Ligueurs. Le poème se termine par un cri de guerre parodique où percent enfin les véritables mobiles, bassement matériels, des inquisiteurs :

> Empoignez-moi ces galants-ci !
> Ils en sont ! Et pourquoi ? Et pour ce
> Qu'ils ont de l'argent en leur bourse ! (P. 218.)

Le plus long morceau versifié reste pour la fin. La harangue se termine par un *encomium* à la gloire du roi légitime, Henri IV. Les ambitions de la Ligue et la menace espagnole portent atteinte à l'unité nationale, et le Béarnais apparaît comme le seul agent de la paix et de la réconciliation :

> Allons doncque*, mes amis,
> Allons tous à Saint-Denis*

Dévotement reconnaître
Ce grand Roi notre maître.

[...]

Mais vous, Princes étrangers,
Qui nous mettez aux dangers,
Et nous paissez de fumée,
Tenant la guerre allumée,
Retournez en vos pays :
Trop au nôtre êtes haïs. (P. 287.)

Si du Bellay et Ronsard ont pratiqué la satire dans plusieurs de leurs œuvres, c'est à Jean Vauquelin de La
Fresnaye que revient l'honneur d'avoir publié le premier
recueil consacré à un genre dont il s'est fait en français le
premier théoricien sérieux. Les cinq livres de *Satyres*,
publiés en 1604-1605 mais composés une trentaine d'années
auparavant, ont été jugés sévèrement et non sans préjugés
par une critique aveuglée par la supériorité de Mathurin
Régnier et avide de montrer les « progrès » de la littérature
au début du Grand Siècle. Régnier, dont les publications
s'échelonnent entre 1608 et 1613, excelle, certes, dans l'art
de la caricature ; mais ce n'est pas parce que Boileau l'a
porté aux nues qu'il faut rabaisser Vauquelin, gênant prédécesseur mais qui avait lui aussi du talent. Acceptons la
gageure de réhabiliter les vertus du sieur de La Fresnaye
(Mongrédien).
    Les *Satyres* du magistrat normand se présentent sous la
forme de « discours » en vers que l'auteur adresse successi-
vement à ses enfants, à ses amis et à ses confrères en poésie
pour stimatiser les vices du temps. En cela Vauquelin suit
Horace qui avait choisi le titre de *sermones* (« discours »,
« conversations ») pour railler les travers de ses contemporains. Il préfère adopter, en effet, la critique amusée hora-
cienne plutôt que l'indignation tragique à la Juvénal. Cela ne
l'empêche pas pourtant de blâmer vigoureusement les
mœurs des femmes lubriques, des prêtres dévoyés, des juges
corrompus ou de la jeunesse dévergondée. La figure bouf-
fonne du demi-dieu rustique (le satyre, du grec *satyros*)

explique pourquoi, comme ses contemporains, il conserve l'orthographe hellénisante à ses *Satyres*. Dans la tradition humaniste du discours moral, il n'épargne personne, pas même les courtisans efféminés dont il nous laisse une caricature haute en couleur :

> Les damerets aux moustaches turquesques*
> Nourris en l'art des façons putanesques*,
> Fardés, frisés, comme femmes coiffés,
> Emmanchonnés, empesés, attifés,
> Gouderonnés d'une fraise poupine,
> Musqués, lavés sous grâce féminine,
> Aux dames font, dit-on, de mauvais tours,
> Les surpassant en leurs mignards atours. (*S*, p. 294-295.)

Agrippa d'Aubigné ne fera guère mieux quand il ridiculisera les « mignons » d'Henri III dans les pages inoubliables de ses *Tragiques*. Affreuse époque (mais est-elle si différente des précédentes et des suivantes ?) où l'argent se met au service du vice et où les malversasions se cachent sous le masque de l'honnêteté. Le magistrat ne mâche pas ses mots, même à ses pairs. Au président du Parlement de Normandie, il lance ces alexandrins vigoureux :

> Pour argent tout se vend : rien ne s'en peut défendre :
> Et la France aujourd'hui même serait à vendre
> S'il se trouvait quelqu'un qui la pût acheter ! (*S*, p. 383).

Comment ne pas reconnaître ici un remarquable « don de la formule » ? Verve oratoire de procureur, certes, mais qui parvient à déjouer les artifices trop évidents de la rhétorique. Le trait ironique, loin d'être gratuit, dénote un engagement moral profond où pointe la nostalgie d'un passé idéalisé.

Le tableau que Vauquelin brosse pour ses amis est celui d'un royaume à l'agonie :

> Ô France corrompue ! ô misérable terre… (*S*, p. 168.)
> Ô le malheureux âge ! ô siècle misérable
> Où rien ne se voit plus en France désirable ! (*S*, p. 429.)

Sans doute le style de la déploration suit-il le modèle cicéronien (*O tempora, o mores…*), mais la verve gauloise vient vite ranimer la forme. Modeste, l'écrivain se lamente de ne pas posséder le « libre pinceau » d'un Rabelais pour fustiger

les Grippeminaud « bien fourrés, gros et gras » qui dévorent
la France d'un appétit glouton. Les grands commis de l'État
prétendent marcher, vertueux, « comme en procession/tou-
jours la croix devant leur action ». Hypocrisie ! car ce sont
en réalité :

> Vautours goulus, non jamais assouvis
> De tant de biens qu'au peuple ils ont ravis. (*S*, p. 296.)

La France est la proie des rapaces, et, dans le poème dédié
à Pontus de Tyard, la métaphore se radicalise avec un effet
saisissant :

> Mille monstres nouveaux, de leurs gorges béantes
> Ravissent alentour ses finances tombantes. (*S*, p. 426.)

On pense encore ici à d'Aubigné interpellant les « finan-
ciers » qui oppriment les faibles et forcent le « laboureur » à
s'abreuver de larmes (« Misères », in *Tragiques*, v. 163 *sq*.).
Vauquelin ne tire pas son aiguille du jeu, refusant d'occuper la position tranquille du moraliste à l'abri des travers
d'autrui. Avec une rare lucidité, il rejoint ses semblables. Ne
sommes-nous pas tous un peu criminels ?

> Tantôt *nous* devenons comme loups ravissants
> Quand traîtres *nous* guettons *nos* voisins moins puissants.
> Tantôt lions aussi quand, pleins de mille rages,
> *Nous* sommes rapineux, barbares et sauvages.
> (*S*, p. 335-336.)

Dans ce monde désorienté, l'homme est devenu un loup
pour l'homme. La formule de Plaute (*homo homini lupus*,
Asinaria, II, 4, 88) n'est pas originale. Elle sera reprise dans
le fulgurant tableau des « Misères » albinéennes : « L'homme
est en proie à l'homme, un loup à son pareil » (v. 211) mais
Vauquelin en développe les virtualités. Aux loups s'ajoutent
les lions, puis les renards, les ours, les aigles, voire les camé-
léons. La leçon est simple : la terre n'est plus peuplée d'êtres
humains mais de bêtes menaçantes. Tragique constatation, que
Thomas Hobbes radicalisera bientôt : dans cette lutte sans
merci, la terre a perdu son humanité.
    Cependant, le brillant praticien qu'est Vauquelin se double
d'un théoricien accompli. Son *Art poétique*, commencé vers
1574 et resté en chantier pendant un quart de siècle (il sera

finalement publié en 1605), comprend plusieurs pages de réflexions sur le genre de la satire. Le schéma évolutif et méliroratif qu'avait tracé du Bellay dans la *Défense et illustration* se trouve repris avec les mêmes préjugés :

> Depuis, les coq-à-l'âne à ces vers succédèrent,
> Qui les rimeurs français trop longtemps possédèrent,
> Dont Marot eut l'honneur. Aujourd'hui toutefois
> Le Satyre Latin s'en vient être françois. (*AP*, p. 102.)

Comme chez Josse Bade qui, au début du siècle, avait résumé en latin l'histoire du genre (*Poétiques de la Renaissance*, p. 380 *sq.*), la référence au chèvre-pied (le *saturos* grec) se mêle à celle du pot-pourri (le latin *satura*) :

> Mais rendre il faut si bien les Satyres affables,
> Moqueurs, poignants et doux, en contes variables,
> Et mêler tellement le mot facétieux
> Avec le raillement d'un point sentencieux. (*AP*, p. 66.)

La réflexion théorique se fait encore plus précise dans le « Discours pour servir de préface sur le sujet de la satire » sur lequel s'ouvrent les cinq livres consacrés au genre. On a beaucoup reproché au magistrat d'avoir copié son « Discours », sans le dire, sur le *Discorso sopra la materia della satira* » de Francesco Sansovino (*Sette libri di sattire*, Venise, 1560). C'était pourtant là une pratique fréquente chez les humanistes et qui n'aurait pas dû étonner. On avoue sa dette à l'égard des grands (Vauquelin cite Horace et l'Arioste) pour mieux cacher sa véritable source. Ce que nous appelons *plagiat* aujourd'hui n'avait pas son parallèle à la Renaissance. La théorie de l'*imitation* légitimait le concept d'emprunt et même celui de « larcin » pour lequel on employait même un terme technique (*furtum*). La Pléiade s'était particulièrement illustrée dans ce genre d'appropriations masquées, en latin comme en français (Bizer, p. 10 *sq.*).

Plagiaire ou non, Vauquelin a su donner un condensé utile de ce que l'on considère depuis comme les caractéritiques principales de la satire en vers : « reprendre les fautes et vanités d'autrui » dans un style « simple et bas », proche de la prose, « ouvertement et sans artifice » ; « éviter les attaques personnelles » qui font les vers injurieux et diffamatoires » ; user de « fiel poignant » à conditiom de « l'adoucir de quelque trait joyeux et sentencieux ». Le satirique s'exonérera de blâme s'il montre que son « dédain » et son « courroux » sont « provoqués par l'abondance et multitudes des vices ». Il a pris la plume parce qu'il s'est senti « presque forcé de les reprendre, *ne se pouvant taire*, étant piqué de l'aiguillon d'un si juste dépit » (p. 128-130). On ne saurait mieux justifier et défendre l'*èthos* du poète devant les accusations de prédicateurs jaloux, pressés de rabaisser le genre au niveau de la médisance et de faire croire que l'orateur n'est motivé que par la colère, l'envie et leur cohorte de péchés capitaux.

*

BIBLIOGRAPHIE

Poétiques de la Renaissance. Le modèle italien, le monde franco-bourguignon et leur héritage en France au XVIe siècle, éd. P. Galand-Hallyn et F. Hallyn, Genève, Droz, 2001.

Satire Ménippée (1594), éd. C. Read, Paris, Librairie des bibliophiles, 1842.

ANEAU, Barthélemy, *Le Quintil horacien*, in *Traités de poétique et de rhétorique*, éd. F. Goyet, Paris, Librairie générale française, 1990, p. 185-233.

AUBIGNÉ, Agrippa d', *Les Tragiques*, in *Œuvres*, éd. H. Weber *et al.*, Paris, Gallimard, 1969, p. 1-243.

BELLAY, Joachim du, *Défense et illustration de la langue française*, éd. H. Chamard, Paris, Didier, 1948.

—, *Les Antiquités de Rome* [*A*] et *Les Regrets* [*R*], in *Œuvres poétiques* [*OP*], éd. D. Aris et F. Joukovsky, Paris, Bordas, 1993, 2 tomes.

BIZER, Marc, *La Poésie au miroir. Imitation et conscience de soi dans la poésie latine de la Pléiade*, Paris, Champion, 1990.

DESAN, Philippe, « Définition et usage de la satire au XVIe siècle », *French Literature Series*, n° XIV (1987), p. 1-11.

FLEURET, Fernand, et PERCEAU, Louis, *Les Satires françaises du XVIe siècle*, Paris, Garnier, 1922.

LENIENT, Charles, *La Satire en France ou la Littérature militante au XVIe siècle*, Paris, Hachette, 1877, 2 tomes.

MAROT, Clément, *Œuvres poétiques*, éd. G. Defaux, Paris, Bordas, 1990, 1993, 2 tomes.

MEYLAN, Henri, *Épîtres du coq à l'âne*, Genève, Droz, 1956.

MONGRÉDIEN, Georges, « Les satires de Vauquelin de La Fresnaye », in *La Basse-Normandie et ses poètes à l'époque classique*, Caen, Annales de Normandie, 1977, p. 69-78.

PELETIER DU MANS, Jacques, *Art poétique* (1555), in *Traités de
poétique et de rhétorique*, éd. F. Goyet, Paris, Librairie générale française, 1990, p. 235-344.

RONSARD, Pierre de, *Discours des misères de ce temps*, in *Œuvres
complètes*, éd. J. Céard, D. Ménager et M. Simonin, Paris,
Gallimard, 1993, tome 2, p. 988-1098.

RENNER, Bernd, *Du coq-à-l'âne à la Ménipéenne : le mélange
comme expression littéraire de la satire rabelaisienne*,
Princeton University Dissertation, novembre 2000.

SÉBILLET, Thomas, *Art poétique françois*, éd. F. Gaiffe et
F. Goyet, Paris, Nizet, 1988.

VAUQUELIN DE LA FRESNAYE, Jean, « Satyres Françoises », in
Les Diverses Poésies de Jean Vauquelin Sieur de La Fresnaie,
éd. J. Travers, Caen, F. Le Blanc-Hardel, 1869 ; réimpr.
Genève, Slatkine, 1968, 2 tomes.

—, *Art poétique*, éd. G. Pellissier, Paris, Garnier, 1885 ; réimpr.
Genève, Slatkine, 1970.

SIXIÈME PARTIE

Mutation des idées et des formes

CHAPITRE 16

La poésie dite « scientifique »

« [Un] curieux désir toujours insatiable,
Et en invention subtile émerveillable. »

Maurice Scève.

Sous l'appellation de « poésie scientifique » on regroupe le plus souvent des compositions en vers qui se donnent pour objet de décrire et de célébrer la multiplicité et la variété des phénomènes de la Nature (Schmidt, 1938, 1970). Le mot « science » doit être pris au sens de « connaissance » de l'univers, domaine qui n'est pas encore la chasse gardée des astronomes ou des géographes. Le cosmos (microcosme ou macrocosme) se laisse volontiers interpréter par les poètes dont la sensibilité, l'imagination et l'éloquence permettent de mêler observation et spéculation, technique et magie, religion et superstition dans une vision syncrétique souvent envoûtante. La « science » fait l'objet de vastes compositions lyriques qu'anime une rhétorique de l'éloge, de l'étonnement et de l'émerveillement (le *mirari* des Anciens). Comment rester insensible devant la richesse inépuisable de la Nature et les immenses possibilités des êtres humains ?

Les poètes « scientifiques » s'intéresseront donc aux espaces intersidéraux et aux phénomènes atmosphériques. Jean-Antoine de Baïf les chantera dans *Le Premier des météores* (1567) et Isaac Habert, à son tour, dans *Trois Livres des météores* (1585). On admirera l'éclat des astres nébuleux, on scrutera les traînées de nuages vaporeux, on se projettera dans la lumineuse « chevelure » des comètes ; on auscultera les prétendus présages qu'attachent les astronomes aux divers phénomènes du cosmos. La philosophie se mêle à l'astronomie. Dans la tradition ficinienne, Jacques Peletier du Mans envoûte ses lecteurs néoplatonisants en rappelant que l'Amour est le Moteur de l'Univers (*L'Amour des Amours*, 1555). Ce genre de poésie se prête aux interprétations ésotériques les plus effrénées qui donnent à l'occulte le sceau de la magie incantatoire. Le poète est un mage (*vates*), un prophète éclairé qui, comme le fut Orphée, peut amener les hommes, par son talent verbal, à s'enchanter d'une Création dont il célèbre la grandeur et l'inépuisable variété.

Maurice Scève occupe une place importante parmi ces étonnants poètes « scientifiques » de la Renaissance. Dès le XVIIᵉ siècle, son *Microcosme* (1562), poème encyclopédique de plus de trois mille vers, sera considéré comme « le plus considérable de ses ouvrages » (Guillaume Colletet). Il s'agit d'un véritable « hymne au progrès », caractéristique de son époque dans la mesure où on y décèle une confiance illimitée dans la capacité de l'homme à maîtriser son destin. Comme Pic de La Mirandole, comme Erasme, comme Thomas More, Scève est transporté par cet *élan optimiste* qui accorde une place primordiale à la liberté humaine. Cette liberté est aiguillonnée par la *nécessité* sous la forme du Savoir et de l'Effort. Le récit de la Genèse est significatif à cet égard. Lorsque Adam et Ève sont chassés du paradis terrestre, ils ne sont nullement désemparés et ne se laissent pas aller au désespoir ; ils se construisent un abri, inventent la charrue, labourent le sol et, grâce à leur esprit inventif, réussissent à survivre et à prospérer. Leurs descendants sauront encore mieux maîtriser la nature et la faire fructifier. Plus tard, Guillaume de Saluste du Bartas (1544-1590), prolifique poète protestant au souffle puissant, reprendra le récit biblique de la Création pour en accentuer encore davantage la dimension épique (*La Semaine*, 1578 ; *La Seconde Semaine*, 1584)[1].

Scève s'emploie à lever la malédiction jetée par la tradition biblique et médiévale sur la *folle curiosité* des premiers parents. Il y a chez lui une « foi absolue dans l'excellence du discernement humain » et une confiance non moins totale

---

1. Voir chapitre 16, *supra*.

en la « réouverture du Paradis » par des moyens purement humains (Staub). Pour Scève comme pour son grand prédécesseur Pic de La Mirandole, l'auteur du *Discours sur la dignité de l'homme*, l'être humain participe de la liberté absolue de Dieu et possède donc en puissance la capacité de se développer à l'infini. Même le péché, même la fatalité de la mort entreraient dans le plan divin pour réaffirmer le miracle de la fécondité génératrice. La faute même d'Adam (on pense là à saint Thomas d'Aquin) serait une faute heureuse (*felix culpa*) puisqu'elle nous a valu la merveilleuse rentrée en grâce de l'humanité par la Rédemption.

Prenons l'épisode célèbre, au début du second livre, où Dieu fait entrevoir à Adam la destinée épique qui attend sa postérité :

> Par révélation [Dieu] lui fait connaître en songe
> Future vérité sous présente mensonge.
> Et en sa vision plaisamment apparoître*
> En quel homme son fils devait fugitif croître,
> Et quel lui-même était, et sa postérité :
> En tout homme viril double divinité
> (Esprit et chair vivant) étant l'intérieure
> De l'extérieure guide, aussi supérieure
> Par son intelligence et par sa volonté,
> Dont* à bien ou à mal l'homme est entalenté*.
> En l'une [l'esprit] tout abstrait conçoit et imagine,
> Et en l'autre opérant [la chair] plus expert il s'affine,
> Bien qu'en celle [l'âme] pensif mainte chose conçoit,
> Cette* [le corps] expérimentant quelquefois se déçoit*
> *De curieux désir toujours insatiable,*
> *Et en invention subtile émerveillable.*
> (Livre II, v. 75-90, p. 181-182.)

Un « curieux désir » pousse l'être humain vers le bien ou vers le mal et l'abuse sur sa destinée véritable (« quelquefois se déçoit* »). Ce désir se transforme en « curieuse rage » au moment où, découvrant le fer, l'homme se forge des armes meurtrières. Donnant libre cours à son *hubris**, à sa démesure insensée, il outrepasse les bornes de la raison : il « s'extravague* outre » (v. 206). Audace effrénée qui fait pressentir le désastre de Babel, le géant « si faible s'élevant à l'encontre des cieux » (v. 212). À la lecture de tels vers, on pense à l'attitude de Montaigne devant la présomption humaine : « Abattons ce cuider*, premier fondement de la tyrannie du malin esprit » (II, 12, p. 449).

Trop confiante émancipation qui fait peser le doute sur le bel hymne au progrès qu'on entendait jusque-là. On bannit les fallaces de l'oisiveté, les dépravations du luxe, les errances du fatalisme et de l'idolâtrie. Mais, en même temps, on avance une théorie moins univoquement optimiste de cette *curiositas*, qui apparaît comme une perversion sournoise, forme dangereuse parce que trompeuse de la *libido dominandi*. Ce procès du progressisme béat est au centre d'un débat d'idées dont le *Microcosme* représente bien les enjeux. *Cave curiositatem* ! On observe bel et bien, au début du XVIᵉ siècle, un retour de l'injonction moralisante de la tradition sapientielle du Moyen Âge. L'euphorie qui se dégage des nouveautés de la science se trouve tempérée par un scepticisme chrétien pénétré de fidéisme qui s'alimente aux tendances anti-intellectualistes de l'époque. Ainsi, le *Microcosme* mettrait « ironiquement et lucidement à nu les folies, les vanités, les ridicules et les faiblesses innombrables de cet animal chimérique [qu'est l'Homme, l'Adam universel, le Microcosme] qui, seul, parmi tous les autres, oubliant ce qu'il est et ce pour quoi il a été créé, refuse obstinément de vivre dans les limites que lui impose la nature et, habité par le mauvais génie de ses concupiscences, s'efforce au contraire arrogamment de les franchir et ne songe qu'à se rendre maître de vérités et de secrets qui ne le concernent point » (Defaux, p. 139).

Dans le sonnet liminaire sur lequel s'ouvre le *Microcosme*, Scève s'adressait au lecteur en ces termes :

> Le vain travail* de voir divers pays
> Apporte estime à qui vagabond erre,
> Combien* qu'il perde à changer ciel et terre,
> Ses meilleurs jours du temps larron trahis.
>
> Ce temps perdu peut aux plus ébahis
> Gagner encor son mérite et acquerre*
> Son loyer* dû, que mieux peuvent conquerre*
> Veille et labeur d'oisiveté haïs.
>
> Ainsi errant dessous ce cours solaire,
> Tardif je tâche inutile à te plaire,
> Ne mendiant de toi autre faveur.

> Ainsi le lys jà* flétri refleuronne,
> Et le figuier rejette sur l'Automne
> Son second fruit, mais vert et sans saveur.
> (« Au Lecteur », p. 145.)

Sans doute y a-t-il là une protestation de modestie traditionnelle. À en croire le présentateur, le lecteur, pourtant invité au banquet de la lecture, risquerait bien d'y perdre son temps. On reconnaît, repris à Horace ou à Sénèque, les poncifs éculés sur la vanité des voyages et le mérite des veilles pour la réussite littéraire. Mais il y a plus. Contrairement à Ulysse rentré heureux parmi les siens, à Augustin éclairé par la lumière de la vraie foi ou à Pétrarque se libérant de ses fautes de jeunesse, Scève ne semble pas sorti du labyrinthe erratique de la vie : c'est que le drame du *curieux désir* l'en empêche (Staub). Quand on écrit plus de trois mille vers pour montrer les dangers qui se profilent derrière les promesses de la liberté, il est bien difficile de brandir le *lys* et le *figuier* comme autant d'emblèmes positifs du destin humain.

Tout lecteur des *Confessions* de saint Augustin se souvient que c'est à l'ombre du figuier (XII, 28) qu'avait eu lieu la conversion de l'illustre pécheur. Ce moment décisif en devenait un « événement littéraire », inséparable de la tradition biblique dans laquelle il venait à son tour prendre place et qui lui donnait tout son sens (Freccero). Ainsi, depuis cette fameuse conversion, la symbolique du figuier n'était plus la même. De l'arbre de la Chute, de l'arbre stérile porteur du fruit avorté, le figuier devenait l'emblème de la condition humaine : un appel pour tous à se « con-vertir » dans le processus continu du travail et de la lecture des signes.

De même qu'Augustin était tombé sur un texte qui allait donner tout son sens à sa vie, de même l'auteur du *Microcosme* ouvre son poème par un rappel du *tolle, lege* – « prends et lis ! » – augustinien mais en lui donnant un tout autre sens. En nous présentant au seuil de son œuvre le « second fruit » du figuier, « vert et sans saveur », notre poète semble renverser la symbolique de la conversion pour s'inscrire à son tour dans le processus continu de la lecture des signes. Dans le texte même du *Microcosme*, le figuier apparaît par deux fois et dans des scènes hautement significatives : la tentation et le bannissement.

Dans la première scène, le « Séducteur malin » (livre I,
v. 292), jaloux de la jeunesse et du bonheur d'Adam et Ève,
s'assure la complicité de la Parque Atropos pour les tromper
cruellement :

> Cachant l'infecte vieille au pied d'un figuier bas,
> Autour duquel ces deux s'éprouvaient aux ébats
> Nouveaux à voir mûrir le fruit vert noircissant
> Du venin jà mortel doucement nourrissant.
> (Livre I, v. 283-286, p. 155.)

Ce fruit vert que regardent mûrir les amants insouciants
n'est donc pas la pomme, traditionnellement choisie pour
désigner le fruit de la tentation, mais la *figue*, le mot
« pomme » n'étant employé dans le poème qu'au sens générique du latin *pomum* (fruit).

Quant à la seconde scène, celle du bannissement, elle
reprend en l'amplifiant le passage correspondant de la
Genèse, développant la réaction des amants, soudain
confrontés à la Mort et honteux de s'être laissé prendre en
flagrant délit :

> L'un et l'autre confus des yeux trop plus ouverts
> Aperçurent la Mort, se voyant découverts.
> Et la tête baissée, étonnés* et douteux*,
> Des feuilles du figuier se couvrirent honteux
> Ne connaissant plus l'arbre, et moins le fruit mangé
> Qui par l'ingrat oubli l'un et l'autre a mangé.
> (Livre I, v. 359-364, p. 158.)

Dans la réécriture scévienne de la scène primitive, le
figuier qui, dans la Genèse, ne servait qu'à couvrir de son
feuillage la nudité des amants devient l'arbre même du premier péché. Par une sorte de *glissement métonymique*, les
deux séquences narratives de la Chute ont été télescopées,
renforçant par-là même l'image métaphorique de la transgression. Scève souligne l'aspect sensuel de la cueillette du
fruit défendu : la « pomme, en violet brun teinte » (v. 299),
s'offre au bout de la branche, figue mûre, molle et odorante
qu'Eve savoure déjà comme une « friandise » (v. 300) :

> Elle la prend, la tourne, et mollement la touche,
> L'odore* et baise : et puis demie dans la bouche

Lui imprime ses dents, étreignant la douceur
D'une saveur suave au palais transgresseur.
(Livre i, v. 317-320, p. 156-157.)

Splendide juxtaposition de la sensualité et de la culpabilité.
Car comment oublier que le fruit succulent a mûri en se
« nourrissant du mortel venin » de la corruption (v. 286) ? Le
mûrissement portait déjà en lui le signe avant-coureur du
pourrissement. L'équivoque sur les verbes « mûrir » et
« mourir » est soulignée par l'adjectif « mortel » et le parallèle « nourrissant/noircissant » (v. 285-286). On pense à
l'adage que cite Érasme dans le *De lingua* : *ubi uber, ibi
tuber*, la source de la fécondité est aussi celle du dépérissement (Cave, p. 190). Par la tentation qu'il a suscitée chez les
premiers parents, l'arbre de vie, promesse de plénitude, a
soudain révélé qu'il contenait aussi en lui-même le « venin »
de la mort.

À côté de Scève, dans l'histoire de la poésie « scientifique », Ronsard passe pour être l'inventeur de ce que la critique désigne généralement sous le nom d'*hymne-blason*
(Eckhardt, p. 115, 135-140). Le poète y « met tous ses soins
à la *célébration* attendrie de son modeste objet » (Demerson,
p. 304). Malgré la tendance constante à l'hyperbole qu'il
partage avec l'*encomium**, l'*hymne-blason* a un côté *humo-
ristique* qui l'oppose à ce genre plus noble qui a sa place
dans le grand lyrisme des odes. On sait que plusieurs
membres de la future Pléiade devaient collaborer à cette
« invention », au moment où la redécouverte d'Anacréon
provoquait un renouvellement de l'inspiration poétique
(Bizer, p. 109-152, O'Brien). Dès le *Bocage* (1554), en effet,
Ronsard publiait trois poèmes consécutifs, « La Gre-
nouille », « Le Frelon » et « Le Fourmi* », dédiés à son ami
Rémy Belleau. Ces trois compositions précédaient un poème
de même inspiration intitulé le « Papillon », écrit par Belleau
lui-même et qui, par un juste retour des choses, était destiné
à Ronsard.

Helléniste distingué et membre trop longtemps sous-
estimé de la Pléiade, Rémy Belleau (1528-1577) est un de
ces grands peintres des menus objets qui peuplent le monde

et lui donnent un sens. À partir de la description minutieuse d'un escargot, d'une huître ou d'un papillon, il parvient à susciter l'émerveillement devant les secrets de la Nature. Précédant Francis Ponge (1899-1988) de quatre siècles, il est un superbe « manouvrier » de la langue poétique dans son recueil des *Petites Inventions*, paru en 1556 à la suite de la traduction des *Odes* d'Anacréon.

L'« Escargot », l'« Huître » et le « Papillon » avaient d'abord paru dans le *Bocage*, la *Continuation* et la *Nouvelle Continuation des Amours* de Ronsard. Ces poèmes s'inscrivent parfaitement dans le projet thématique de la « poésie scientifique » de l'époque. Belleau se propose de célébrer les créatures les plus modestes, de chanter leurs proportions admirables et le merveilleux tissu de relations qu'elles entretiennent avec le cosmos. Sa poésie, comme celle de ses confrères, s'alimente à une vision néoplatonicienne qui repose sur l'analogie harmonieuse entre microcosme et macrocosme. Il veut rendre en français la « naïveté et mignardise* » d'Anacréon, dans le style le plus dépouillé, le plus simple, « bas », « pédestre » et le moins prétentieux qui soit (*PI*, p. 76). Il n'hésite pas à s'arrêter sur l'huître perleuse, jetant un regard amusé sur un cosmos capable de créer cette humble merveille de la Nature. Version lilliputienne de la Création, comme en témoignent les premières strophes du poème.

Les dieux de l'Olympe se sont payé une partie de plaisir en produisant cet étonnant mollusque : « Pour se rire de l'ouvrage/Que la nature ménage/[...] Voyez comme elle se joue » (v. 5-6, 22). Le poète n'est pas de reste qui, d'entrée de scène, adopte le masque d'un Orphée de parodie :

> C'est, c'est l'Huître que j'accorde
> Sur la mieux sonnante corde
> De mon cistre* doucereux. (V. 26-28.)

Le bégaiement forcé (« C'est, c'est ») signe la désinvolture : clin d'œil narquois lancé à la toute-puissance olympienne (« Je crois que l'esprit céleste/L'esprit céleste des dieux… », v. 1-2). Les marques de négligence volontaire abondent, en particulier l'élision du *e* muet aux vers 13 [« ell'jette »], 40 [« ell'devient »], 49 [« ell'prend »] et 51 (« ell'ne daigne »). Si Belleau écrit presque toutes ses

« inventions » en vers octosyllabes, l'« Huître » est au contraire en heptasyllabes. Avant Verlaine, il préfère l'impair. Mais chez lui le chiffre *sept* prend curieusement une valeur symbolique. Aux sept lettres du titre (« HUISTRE », dans l'original) succèdent les septains de sept syllabes, soit un total de soixante-dix-sept vers plus sept[1]. Ce septuor généralisé évoque les sept jours de la Création sur les sept cordes de la cithare, ce « cistre* » qui rime avec « huistre ».

Néo-platonisme amusé et minimalisme teinté d'humour. On n'est pas très loin du poème en prose de même titre où Francis Ponge nous fera lui aussi entrer, en dix-sept lignes, « sous le couvercle jumeau » (v. 58) de son huître :

> À l'intérieur l'on trouve tout un monde, à boire et à manger : sous un *firmament* (à proprement parler) de nacre, les cieux d'en dessus s'affaissent sur les cieux d'en dessous… (l. 10-13, p. 21).

Le vocabulaire pongien (« un monde », « un *firmament* », « les cieux ») rappelle le climat de Genèse et l'analogie cosmique propres au poème de Belleau. Cependant, par la mise en italiques, le *firmament* se trouve démétaphorisé, vidé de son contenu théologique aussi bien que téléologique ; il reprend son sens premier, concret, celui que fournit l'étymologie (la parenthèse le précise : « à proprement parler »). C'est la voûte protectrice qui soutient fermement (latin *firmamentum*) ce petit univers. Distanciée, l'harmonieuse relation entre microcosme et macrocosme s'écroule chez le poète moderne, lorsque « les cieux d'en dessus s'affaissent sur les cieux d'en dessous » (Beugnot, p. 94-5).

Au contraire, chez Belleau, l'*éloge paradoxal* (Tomarken, p. 199-229) sert à célébrer le processus de conception de la perle fine, ce « Trésor » de l'art que le poète prend plaisir à susciter devant nos yeux ébahis. Le « perleux enfantement » occupe le milieu du poème : on voit la coquille s'ouvrir pour absorber la rosée du matin et se laisser féconder par les

---

1. Remarquons que le titre, orthographié « L'Huître » de 1556 à 1577 – à l'exception de « L'Huittre » (Paris, Jehan Charon, 1574) – devient « L'Huistre » dans les *Œuvres poétiques* en deux tomes de 1578. Selon que l'on compte l'article ou non, les sept lettres restent néanmoins au rendez-vous !

« roussoyantes douceurs » de l'Aurore. Merveille des merveilles, une fois née, la « perlette d'élite » reste en symbiose avec la coquille qui l'a produite et la protège contre toutes les convoitises :

> Qui ne la dirait apprise
> De quelques bons sentiments,
> Quand elle fuit la surprise
> Des pipeurs allèchements,
> Joignant sa coquille en presse,
> Pour rempart de la richesse
> Qu'elle nourrit dans ses flans ? (V. 71-77.)

Poétique qui délaisse la *natura naturata*, fixée dans sa perfection, pour privilégier la *natura naturans*, toujours inachevée parce que s'épuisant dans la germination et l'engendrement. Belleau finit son poème sur un hymne à la vie, barrant l'accès de l'huître au crabe glouton. Au moins qu'elle se laisse joyeusement ouvrir pour les plaisirs de table de ses amis : Ronsard, à qui le poème est d'abord dédié, puis Jean-Antoine de Baïf, dédicataire définitif :

> *Vi [s]*, que jamais ne t'enserre
> Le pied fourchu doublement
> Du cancre*, qui te desserre
> Pour te manger goulûment.
> Et laisse *ouvrir* ta coquille
> Sans te montrer difficile
> À mon RONSARD nullement. (V. 78-84.)

Dans la tradition judéo-chrétienne, le texte fondateur de la Genèse offrait aux poètes *scientifiques* le spectacle du progrès de l'humanité tout en les mettant en garde contre ce « curieux désir insatiable » qui pousse les êtres humains à un orgueil démesuré. Cependant, dans une perspective plus païenne, ceux-ci aspiraient à être aussi de grands magiciens de la transformation des choses. Ils avaient *Les Métamorphoses* d'Ovide pour livre de chevet et aimaient longuement méditer avec Lucrèce sur l'évanescence des formes et la mutabilité des êtres. Le poème de Belleau sur l'escargot s'inscrit dans un double projet : à la fois « scientifique » et

« mythologique ». Belleau choisit de décrire à nouveau une modeste créature pour la replacer avec une érudition souvent burlesque dans le « grand livre » mythique de la Nature. Fidèle à la doctrine de la Pléiade selon laquelle tout poète digne de ce nom doit puiser dans le réservoir des mythes anciens pour orner son style, il s'arrête sur l'humble limaçon, jetant un regard amusé sur une mythographie ancienne qui donnait une explication poétique aux êtres les plus humbles mais aussi les plus étonnants de l'univers.

S'adressant à son ami Ronsard[1], Belleau trouve aisément un prétexte pour justifier l'écriture de cette nouvelle *invention*. Le temps n'est plus à la haute inspiration poétique, qui coule de la source Hippocrène (v. 10-11) et descend de la double croupe du mont Parnasse (v. 12-13). Les rivières qui arrosent le pays natal des deux amis (v. 15-18) invitent sans doute à cette haute mission commune, mais la sainte *fureur poétique* devra attendre (v. 19-22). Livrons-nous donc à un passe-temps temporaire avant qu'une nouvelle inspiration invite à un style plus élevé. L'objet du présent poème n'est certes qu'un « limaçon », mais l'amusante coquille mérite bien un détour de la Muse :

> Toutefois attendant que l'heure
> T'en aura l'épreuve meilleure
> Mis en main, je te veux tailler
> Une *limace*, et l'émailler
> Au compas, comme la nature
> En a tortillé la ceinture,
> Comme au pli d'un petit cerceau
> En bosse en a fait le vaisseau,
> Le vaisseau que je veus élire
> Pour le vanter dessus ma lire. (V. 25-34.)

Le temps est d'autant plus propice à cet *éloge paradoxal* que l'ami Ronsard vient de dédier à Belleau son propre hymne-blason sur le frelon. À l'insecte agressif répondra le pacifique limaçon en qui Belleau voit la réincarnation des redoutables Titans punis d'avoir cherché à ravir le pouvoir des dieux de l'Olympe :

1. Par la suite, le poème sera dédié à Robert Garnier, le célèbre dramaturge. Voir *éd. cit.*, p. 335, note 1.

> C'est donc toi cornu *limaçon*,
> Qui veux étonner* ma chanson,
> C'est toi, c'est toi *race cousine*
> *De la brigade Titanine*,
> Qui voulut écheler* les cieux
> Pour mettre en route* les hauts dieux. (V. 35-40.)

Dans un long développement burlesque, Belleau imagine que Jupiter voulut châtier ces « orgueilleux » rivaux (v. 76) en les changeant en escargots :

> Il t'en souvient de l'entreprise
> Et de la victoire conquise
> Contre vous, car le bras vengeur
> De notre sang, fut le changeur.
> Quant pour éterniser la gloire
> De telle conquise victoire
> En signal du sot jugement
> Qu'ils avaient pris ensemblement
> D'oser égaler leur puissance
> À l'immortelle résistance
> De leurs harnais et de leurs os,
> Il en tira les escargots
> Que voyez encor de la terre
> Leur mère (moquant le tonnerre,
> La corne droite, bien armés)
> Contre le ciel naître animés. (V. 41-56.)

Les signes de la métamorphose sont patents : la coquille rappelle le casque (« morion* ») qui coiffait les assaillants partis à l'assaut de l'Olympe. D'ailleurs, en grimpant aux plantes pour les détruire, ces êtres nuisibles ne cherchent-ils pas à renouveler les arrogants exploits des Titans ? S'ils rentrent dans leur coquille au moindre danger, c'est qu'ils se souviennent de l'antique fureur de Jupiter.

Troublantes analogies, en vérité, et que le poète s'amuse à prendre au sérieux. Philosophe et moraliste, celui-ci n'hésite pas à se livrer à une méditation en règle sur la démesure, l'*hubris* * des mortels, feignant d'en tirer une leçon universelle sur les charmes et l'ultime échec de l'irrationalité et de l'*outrecuidance* humaine. On repense au *Microcosme* de Scève, mais dans un registre parodique :

Ô sotte race *outrecuidée**
Que la fureur* avait guidée,
Non la raison, pour approcher
Celui qui la fit trébucher
D'un clin d'œil ! telle est la puissance
Contre l'humaine outrecuidance*,
Telle est la rigueur de ses mains
Contre la force des humains.
Cela vraiment nous doit apprendre
De n'oser jamais entreprendre,
De n'oser jamais attenter*
Choses contraire à Jupiter,
Où tendait leur sotte aventure
Que pour combattre la nature,
Qui par un certain mouvement
A sur nous tout commandement. (V. 85-100.)

De la parodie morale on passe alors au récit héroï-comique
avec l'apparition d'un Bacchus guerrier venu *in extremis* à la
rescousse des Olympiens. Le combat du dieu de la vigne
contre les Géants, imité de Ronsard (« Hymne de Bacchus »
OC, II, p. 594-601) *via* Horace (*Odes*, II, xix), est relaté avec
force détails pseudo-réalistes. Rabelais n'est pas loin : au
cadre mythologique près, on croit voir Frère Jean se battre
contre les envahisseurs du « clos » de Seuilly :

Aussi le sang et le carnage
De leur sort témoigne la rage,
La grand'colère et la fureur
De Bacchus, brave* avant-coureur,
Quand, à dos et tête baissée,
En peau de lion hérissée,
À coups d'ongles, à coups de dents,
Tout pêle-mêle entra dedans [...]. (V. 101-108.)

Frère Jean, Bacchus : même combat pour sauver la ven-
dange. Car les escargots sont friands de pampres. Comme
dans *Gargantua*, le « service divin » rejoint le « service du
vin » (chapitre 27, p. 78) :

Et c'est pourquoi, père indomptable,
Cette vermine misérable
Pour plus traîtrement se venger,
Encor' aujourd'hui vient ronger

> L'espoir et la vineuse attente
> Du gemmeux bourgeon de ta plante. (V. 117-122.)

Le poème se termine par un double trophée dressé à la gloire de Bacchus et à celle de Ronsard. Au dieu de la vigne on sacrifiera la chair de l'escargot en l'apprêtant à la broche. Le souvenir du rituel organisé par les joyeux compagnons de la Brigade autour du « bouc » de Jodelle pour fêter la naissance de la tragédie française est encore très présent (« Dithyrambe », *Livret de folâtries*, *OC*, I, p. 560-569). Paradoxe comique pour célébrer en Bacchus le fondateur du genre tragique :

> Aussi pour te venger je veux
> En faire un sacrifice d'eux
> Dressant un triomphe en mémoire
> De la brave* et gente* victoire,
> Comme jadis l'on sanglanta*
> Le couteau du bouc qui brouta
> Le vert tendron de la ramée
> Du beau sep de ta vigne aimée.
> Tu seras donc vif arraché
> Hors de la coque, et embroché
> A cet échalas pour trophée,
> Où pendra ta chair étouffée
> Dans la terre premièrement,
> Qui produit tel enfantement,
> Et telle outrageuse vermine
> Qui ronge la grappe angevine. (V. 123-138[1].)

À Ronsard, dédicataire de l'hymne-blason, on remettra la coquille-souvenir des « armes » titanesques (v. 139) – qui servira d'abreuvoir à l'*alouette* et au *rossignol*, que l'ami poète venait de chanter dans deux de ses odes[2]. Ici encore le

---

1. Dans la première version on lisait : « Erboisine », c'est-à-dire « arboisine », par allusion aux vins d'Arbois dans le Jura. Mais, à partir de 1556, Belleau préférera se référer aux raisins d'Anjou mieux en accord avec les goûts de Ronsard, dédicataire du poème. Voir éd. cit., p. 340, note 24.
2. Voir l'« Ode à l'Alouette » dans *Les Mélanges* de 1555 (*OC*, I, p. 534-536) et l'« Ode à un Rossignol » dans le *Bocage* de 1554 (*OC*, I, p. 1190-1192).

ton rappelle celui des joyeuses agapes de la Brigade au
Folâtrissime Voyage d'Arcueil, lors de la grande promenade
à laquelle Jean Dorat avait convié ses élèves du collège
Coqueret en juillet 1549 :

> Les armes je les garderai,
> Et puis je les dérouillerai,
> S'il te plaît pour servir d'augette,
> Ronsard, à ta gente* Alouette.
> Ou (si tu le veux ramager*)
> À ton Rossignol passager
> Qui d'une voix doucement rare
> Pleure encor la couche barbare,
> L'outrage, le tort inhumain
> Que forfit* la cruelle main
> Du traître ravisseur Térée
> Aux chastes feux de Cythérée*. (V. 139-150.)

L'allusion finale au mythe du sinistre Térée, bourreau de
sa belle-sœur Philomèle, nous ramène au thème des
Métamorphoses d'Ovide (VI, v. 425-674). Dans la légende
antique, la victime, changée en rossignol, continuait à pleurer son triste sort pour les siècles à venir. Changement brutal de registre qui veut qu'à la verve héroï-comique du Titan-
Escargot succède le rappel pathétique de la plainte de
Philomèle : deux versions du discours « pédestre » que choisit le traducteur d'Anacréon pour montrer à Ronsard, non
sans désinvolture, qu'il est capable de varier son style, voire
de le *métamorphoser* au cours d'un même poème : en passant, par souci de *variété* rhétorique, de la verve burlesque à
la veine élégiaque[1].

Le « Papillon » de Belleau s'inscrit lui aussi dans le projet
de la poésie dite « scientifique » en exploitant un double
registre, à la fois allégorique et encomiastique. En se proposant de célébrer encore une fois une modeste créature, le
poète entend participer à l'inépuisable variété du grand livre
de la Nature pour lui donner un *altior sensus**, un « plus haut

---

1. Sur la notion de *varietas*, voir les chapitres 11 et 12, *supra*.

sens ». Fidèle au programme de la *Défense et illustration de
la langue française* qui encourage les futurs poètes à faire
« fructifier » la langue vernaculaire en lui insufflant une nouvelle « énergie » (I, III et v)[1], Belleau n'hésite pas à s'arrêter
sur l'humble papillon comme l'avait fait Ronsard sur la gre-
nouille et comme il le fera lui-même plus tard sur l'escargot.
S'adressant à l'objet de son poème, il s'amuse, comme un
enfant, à en décrire la trompe et les ailes, mimant le mouvement « tremblotant » de son aimable visite aux floralies de
la Nature :

> Ô que j'estime ta naissance
> Pour de rien n'avoir connaissance,
> Gentil* Papillon tremblotant,
> Papillon toujours voletant,
> Grivelé* de cent mille sortes,
> En cent mille habits que tu portes,
> Au petit mufle éléphantin,
> Jouet d'enfant, tout enfantin :
> Lors que de fleur en fleur sautelles*,
> Couplant et recouplant tes ailes,
> Pour tirer des plus belles fleurs
> L'émail* et les bonnes odeurs. (V. 1-12.)

Ce qui caractérise, en effet, le vol du papillon, si on le
décrit en termes anthropomorphes, c'est sa parfaite *insouciance*. De là la comparaison avec l'enfant qui gambade sans
but, se déguise à son gré, arbore des masques à sa guise et,
« tout enfantin », laisse tel « jouet d'enfant » pour en prendre
un autre. C'est le règne du diminutif mignard (« tremblotant », « voletant », « grivelé* », « petit mufle », « sau-
telles* »). Ronsard avait déjà célébré la chasse aux papillons
dans le *Folâtrissime Voyage d'Arcueil*. On y trouvait la comparaison avec l'éléphant que Belleau reprend narquoisement
avec son « petit mufle éléphantin » :

> Leurs ailes de couleurs maintes
> Sont dépeintes,
> Leur front en deux traits se fend,
> Et leur bouche bien petite

---

1. Voir chapitre 10, *supra*.

       Contr'imite*
       Le mufle d'un éléphant.
       (*OC*, II, v. 181-186, p. 828.)

Avec les joyeux compagnons de la Brigade, nous sommes plongés dans le « vert paradis » des jeux innocents de l'enfance, sans pour autant oublier le riche enseignement des analogies naturelles.

À regarder le mouvement délicat des ailes colorées, Belleau se rend compte que cette merveille n'a pu être conçue que par un grand artiste. Tout se passe comme si, par une inversion « doublement artificielle », la Nature s'était astreinte à imiter la Peinture :

       Est-il peintre que la nature ?
       Tu contrefais* une peinture
       Sur tes ailes si proprement,
       Qu'à voir ton beau bigarrement,
       On diroit que le *Pinceau* même
       Aurait d'un artifice extrême
       Peint de mille et mille fleurons
       Le crêpe de tes ailerons (V. 13-20.)

Émerveillement de poète devant un objet qui semble avoir emprunté à l'art pictural la recette de sa réussite. Or, fidèle au principe horatien de l'*ut pictura poesis*, la plume de l'écrivain double le pinceau du peintre qui sert de métaphore au travail de la Nature. Belleau écrira d'ailleurs tout un poème sur le pinceau du peintre Denisot, qu'il placera parmi ces mêmes *Petites Inventions* en 1556. Mais il prend bien soin de noter la supériorité de l'écriture : car celle-ci peut suggérer des analogies devant lesquelles la peinture reste muette. Ainsi en est-il de l'allusion à la queue du paon, constellée d'admirables ocelles :

       Ce n'est qu'or fin dont tu te dores,
       Qu'argent, qu'azur, dont tu colores
       Au vif un millier de beaux yeux
       Dont tu vois : et mériterais mieux
       De garder la fille d'Inache*
       Qu'Argus, quand elle devint vache (V. 21-26.)

Fidèle à la « poétrie* » selon laquelle tout poète digne de ce nom doit puiser dans le réservoir des mythes anciens pour

orner son style, Belleau fait un rapide détour vers Argus, le
bouvier aux cent yeux qui devait garder Io*, fille d'Inachos,
et qui fut changé en paon, oiseau justement consacré à la
jalouse Junon.

Le poète évoque alors la vie simple mais éphémère du
papillon : il est soumis à l'heureux cycle journalier
qu'illustre la course du Soleil surgissant dans la clarté du
matin pour se plonger le soir dans la mer Océane
(« Théthys »). Par un procédé de *contaminatio**, les registres
païen et biblique se mélangent pour rassembler la manne, le
miel et la rosée :

> Tu ne vis qu'un gaillard printemps :
> Jamais la carrière des ans
> N'offense ta crêpe* jeunesse
> D'une chagrineuse vieillesse.
> Au point du jour, quand le Soleil
> Colore d'un pourpre vermeil
> Ses rayons, tu sors de ta couche,
> Et puis au soir quand il se couche,
> Plongeant ses limonniers fumeux
> Au sein de Thétis écumeux,
> Dessus le tapis de la prée*,
> En cent parures diaprée,
> Tu te couches, sans avoir peur
> De la nuit, ni de son horreur.
> Et quand l'Aurore rayonnante
> A mouillé l'herbe roussoyante,
> Tu te pais de manne et de miel
> Qui lors se distille* du ciel. (V. 27-44)

C'est alors que se fait entendre l'« hymne » proprement
dit qui célèbre la béatitude de la vie insouciante. Comment
le papillon ne servirait-il pas de modèle exemplaire aux êtres
humains emportés par leurs « passions » trompeuses ? Le
pinceau laisse brièvement la place à la voix lyrique qui propose une alternative épicurienne :

> « Ô vie heureuse, et plus céleste
> « Que celle des hommes moleste*
> « À suivre les affections*
> « D'impatientes passions.
> « Tantôt le ciel de son audace
> « D'un regard triste nous menace,

> « Tantôt un orage cruel
> « D'un brouillement continuel.
> « L'Hiver, l'Été ne nous contente,
> « Mais plus tôt une sotte attente
> « Nous repaît d'espérer en mieux.
> « Bref, *rien n'est ferme sous les cieux*
> « Pour la pauvre race des hommes,
> « Sous les cieux courbés où nous sommes. (V. 45-58.)

La leçon est évidente : nul n'est à l'abri des caprices de la déesse *Fortune*. Mais le papillon, au moins, s'est prémuni contre la « sotte attente » (v. 54) qu'espèrent les hommes. En vivant au jour le jour, sans se soucier du lendemain, il est, comme la cigale de Platon, l'image même du poète dégagé de contingences matérielles, ou plutôt son *mignon*, ce double réussi de lui-même qu'il jalouse secrètement :

> Ô vis donques* bien fortuné
> Mon mignon*, sans être étonné*
> Des traverses de la fortune :
> Et pendant que l'heure opportune
> Te semonce* à voler, il faut
> Par la bouillante ardeur du chaud,
> Que le teint du lis et des roses
> Et de mille autres fleurs écloses
> Tu *pilles*, pour rendre mieux teint
> De ma maîtresse le beau teint. (V. 59-68.)

Pillage symbolique puisque, dans le manifeste de la Brigade, les futurs poètes de « la tant désirée France » étaient invités à imiter les modèles exemplaires anciens en s'emparant de leurs dépouilles :

> Là donc, Français, marchez courageusement vers cette superbe cité romaine : et des serves dépouilles d'elle (comme vous avez fait plus d'une fois), ornez vos temples et autels. [...] *Pillez*-moi sans conscience les sacrés trésors de ce temple delphique (*Défense*, p. 195-197).

Dans un contexte moins polémique, on pense aussi à l'abeille qui vole de fleur en fleur pour y recueillir son miel. La métaphore dite « apienne », si importante pour la théorie de l'imitation de l'Antiquité à la Renaissance, apparaît en filigrane de ce vibrant éloge de l'heureux butineur (Greene, p. 73-76 ; Bizer, p. 21 *sq.*). Ronsard fera sienne la même image vers la fin de son « Hylas » quand il décrira sa propre pratique de l'emprunt pour sa poésie :

> [...] Je ressemble à l'abeille
> Qui va cueillant tantôt la fleur vermeille,
> Tantôt la jaune : errant de pré en pré
> Vole en la part qui plus lui vient à gré,
> Contre l'Hiver amassant force vivres.
> Ainsi courant et feuilletant mes livres,
> J'amasse, trie et choisis le plus beau,
> Qu'en cent couleurs je peins en un tableau,
> Tantôt en l'autre : et maître en ma peinture,
> Sans me forcer j'imite la Nature.
> (*OC*, II, v. 413-422, p. 759.)

C'est dire que la poésie *scientifique* n'est pas exempt des règles fondamentales qui gouvernent le répertoire lyrique : au contraire.

L'entomologie n'est pas encore née, mais il existe déjà une science qui tourne les insectes en objets de contemplation. Francis Ponge n'est décidément pas loin, qui composera aussi son papillon-poème :

> Minuscule voilier des airs maltraité par le vent en pétale superfétatoire, il vagabonde au jardin (*OC*, p. 28, l. 16-17).

La poésie scientifique de la Renaissance est cependant loin d'exploiter une veine toujours aussi amusée. En 1555, Ronsard publie ses *Hymnes*, poèmes philosophiques écrits dans une style « altiloque » et qui célèbrent les étranges mystères d'un univers dominé par des *démons* fantomatiques, bons ou mauvais génies, dont l'influence faste ou néfaste s'exerce sur le cours des étoiles et, non sans provoquer l'inquiétude, sur l'esprit des humains. À la même date, son ami Peletier recourt à l'*harmonie imitative* pour reproduire les bruits du tonnerre dont la discordance inspire une terreur sublime. Plus tard, dans sa *Louange de la science* (1581), le même Peletier décrira l'univers comme une vaste machine abstraite, fondée sur un système de signes dont le déchiffrement requiert une numérologie ésotérique.

Le plus grand poète scientifique de la fin du siècle est sans doute Guy Le Fèvre de La Boderie (1545-1598), savant orientaliste et traducteur des grands humanistes italiens, Marsile Ficin et Jean Pic de La Mirandole (*L'Encyclie des secrets de l'éternité*, 1571 ; *La Galliade, ou De la révolution des arts et sciences*, 1578). Mais il avait été précédé par Guillaume Postel (1510-1581), grand voyageur et poète visionnaire qui s'était intéressé aux traditions occultes issues du Coran, de la Cabale et des sectes ésotériques. Comme Pic de La Mirandole, La Boderie rassemble de multiples vérités dans une vision puissamment universaliste. L'attrait de sa poésie vient surtout de la virtuosité avec laquelle il rend vivante la tradition hermétique, moins pour convaincre que pour émouvoir ses lecteurs devant les paradoxes insondables de l'univers.

L'alchimie alimente aussi le projet de la poésie scientifique. Vers la fin du siècle, François Béroalde de Verville (1556-1623) met en vers des réflexions sur les propriétés occultes du *pneuma*, le « souffle de vie » (*De l'âme et de ses facultés*, 1583). Mais il écrit aussi, à la Belleau, sur la sériciculture. S'il exalte le prodigieux instinct des vers à soie, il s'oblige à en décrire avec précision l'élevage dans les magnaneries (*Histoire des vers qui filent la soie. La Sérédokimasie*, 1600). Signe que l'on s'achemine vers une conception moins mystique, moins fantastique, moins poétique de la connaissance de l'univers. Les savants se méfieront désormais de la vision des poètes sur la nature. Cependant, les nouveaux énoncés « scientifiques » de Copernic, de Galilée ou de Kepler continueront à s'alimenter à des figures et à des symboles qui relèvent eux-mêmes d'une vision poétique (Hallyn). Ainsi, le savoir copernicien reste fondé sur l'idée néoplatonicienne d'une alliance entre Dieu et les hommes. Une nouvelle image du monde s'est formée dont l'effet permet d'associer le centre solaire avec la pensée du divin. Signe que le « savant » ne s'abstrait pas si facilement du milieu culturel ambiant. Le poète n'aura plus droit au chapitre de la science, mais la « structure poétique » du monde lui survivra : « le ciel de Kepler, entièrement soumis à des lois *physiques*, est aussi un immense cabinet de curio-

sités *métaphysiques*, la *Wunderkammer* ou *Kunstkammer*
maniériste par excellence » (Hallyn, p. 303). On ne s'étonnera donc pas qu'au XXᵉ siècle un poète comme Francis
Ponge renoue avec Rémy Belleau pour reprendre enfin intérêt au « parti pris des choses », trop longtemps laissé à la
seule garde des savants.

*

BIBLIOGRAPHIE

AUGUSTIN (saint), *Les Confessions*, éd. P. de Labriolle, Paris, Les
    Belles Lettres, 1925.
BARTAS, Guillaume de Salluste du, *La Semaine*, éd. Y. Bellenger,
    Paris, STFM, 1992.
—, *La Seconde Semaine*, éd. Y. Bellenger, Paris, STFM, 1992.
BELLAY, Joachim du, *Défense et illustration de la langue fran-
    çaise*, éd. H. Chamard, Paris, Didier, 1948.
BELLEAU, Rémy, *Petites Inventions* [*PI*], in *Œuvres poétiques*,
    éd. M.-M. Fontaine, Paris, Champion, 1995, tome I.
BEUGNOT, Bernard, *Poétique de Francis Ponge*, Paris, Presses
    Universitaires de France, 1990.
BIZER, Marc, *La Poésie au miroir. Imitation et conscience de soi
    dans la poésie latine de la Pléiade*, Paris, Champion, 1995.
CAVE, Terence, *Cornucopia. Figures de l'abondance au
    XVIᵉ siècle*, Paris, Macula, 1997.
DEFAUX, Gérard, *Le Curieux, le glorieux et la sagesse du monde
    dans la première moitié du XVIᵉ siècle*, Lexington, French
    Forum Publishers, 1982.
DEMERSON, Guy, *La Mythologie classique dans l'œuvre lyrique
    de la Pléiade*, Genève, Droz, 1972.
ECKHARDT, Alexandre, *Rémy Belleau, sa vie, sa « Bergerie »*,
    Budapest, Németh, 1917.
FRECCERO, John, « The Figtree and the Laurel : Petrarch's Poe-
    tics », *Diacritics*, n° 5 (1975), p. 3-40.
GREENE, Thomas M., *The Light in Troy : Imitation and Discovery
    in Renaissance Poetry*, New Haven, Yale University Press,
    1982.
HALLYN, Fernand, *La Structure poétique du monde : Copernic,
    Kepler*, Paris, Éditions du Seuil, 1987.
LE FÈVRE DE LA BODERIE, Guy, *La Galliade*, éd. F. Roudaut,
    Paris, Klincksieck, 1993.

OVIDE, *Les Métamorphoses*, éd. G. Lafaye, Paris, Les Belles Lettres, 1928, 2 tomes.

MONTAIGNE, Michel de, *Essais*, éd. P. Villey, Paris, Presses Universitaires de France, 1978.

O'BRIEN, John, *Anacreon Redivivus. A Study of Anacreontic Translation in Mid-Sixteenth-Century France*, Ann Arbor, The University of Michigan Press, 1995.

PONGE, Francis, *Le Parti pris des choses*, in *Œuvres complètes*, Paris, Gallimard, 1999.

RABELAIS, François, *Œuvres complètes*, éd. M. Huchon, Paris, Gallimard, 1993.

RONSARD, Pierre de, *Œuvres complètes*, éd. J. Céard, D. Ménager et M. Simonin, Paris, Gallimard, 1993, 2 tomes.

SCÈVE, Maurice, *Microcosme* (1562), éd. E. Giudici, Paris, Vrin, 1976.

SCHMIDT, Albert-Marie, *La Poésie scientifique en France au XVIe siècle* (1938) ; réimpr. Lausanne, Rencontre, 1970.

STAUB, Hans, *Le Curieux Désir. Scève et Peletier du Mans, poètes de la connaissance*, Genève, Droz, 1967.

TOMARKEN, Annette H., *The Smile of Truth. The French Satirical Eulogy and Its Antecedents*, Princeton University Press, 1990.

CHAPITRE 17

La poésie dite « engagée »

« *Tantum religio potuit suadere malorum!* »
[Combien de crimes ont été inspirés par la religion!]

Lucrèce.

Le 10 juillet 1559, le roi de France Henri II mourait des blessures qu'il avait reçues pendant un tournoi au cours des fêtes organisées pour célébrer le double mariage de sa fille et de sa sœur ainsi que le traité de paix, signé quelques mois plus tôt, entre les Habsbourg et les Valois. La fille d'Henri II, Élisabeth, épousait Philippe II, roi d'Espagne, et sa sœur Marguerite se mariait à Emmanuel-Philibert, duc de Savoie. La paix de Cateau-Cambrésis (avril 1559) marquait la fin des guerres entre les Habsbourg et les Valois. Henri II renonçait à ses prétentions aux territoires du Saint Empire et reconnaissait à Philippe II ses droits légitimes en Italie et aux Pays-Bas. Ce trépas passait pour un présage des plus inquiétants : si le royaume était en apparence paisible et prospère, on voyait aussi se profiler l'ombre menaçante de la guerre civile.

Les hostilités entre catholiques et protestants devaient commencer peu après la mort accidentelle du roi et durer jusqu'à la signature de l'édit de Nantes en 1598. Les guerres de Religion allaient ensanglanter la France sous le règne des trois fils de Catherine de Médicis : François II, Charles IX et Henri III. Pendant près de quarante ans, le royaume de France allait être déchiré par des conflits politiques, militaires et religieux, avec pour point culminant les massacres tristement célèbres, commencés à Paris le jour de la Saint-Barthélemy (24 août 1572) et continués en province pendant plusieurs jours – l'une des pages les plus noires de l'histoire de France (Crouzet, Pernot, Miquel).

Les poètes ne restèrent pas indifférents à l'horreur de ce qu'on appelait alors, non sans euphémisme, les « troubles » ou les « misères » de l'époque : pour les condamner et, parfois, pour les justifier ou même les célébrer. Les jugements que l'on porte sur les acteurs du drame divergent évidemment : comment s'accorder sur des personnages aussi complexes et aussi protéens que la reine mère, Catherine de Médicis, ou le chef du parti calviniste, l'amiral Gaspard de Coligny ? On se prononce souvent avec véhémence, et donc imprudemment, sur ce qui a pu motiver les intrigues menées par les factions catholiques et protestantes, par la puissante famille des Guise et les partisans du huguenot Henri de Navarre qui montera sur le trône sous le nom d'Henri IV après sa conversion au catholicisme.

Nombreux sont les commentaires du XVIe siècle qui nous sont parvenus sur ces événements tragiques. Les progrès de l'imprimerie et des circuits de distribution devaient en faciliter la diffusion. Qu'on pense, par exemple, au recueil de documents rassemblés par Simon Goulart, pasteur calviniste de Genève, publié anonymement en 1576-1577 sous le titre peu compromettant de *Mémoires de l'estat de France sous Charles IX*. Les imprimeurs ont joué un rôle important pour façonner l'opinion publique et disséminer la propagande des partis au-delà même des frontières de France, comme en témoigne la pièce de Christopher Marlowe, *The Massacre at Paris*. Cependant, les poètes ont aussi fait vibrer les cœurs et renforcé la cause des partisans, pour le meilleur et souvent pour le pire. La musique des vers peut être redoutable lorsqu'elle s'allie au fanatisme.

Les deux plus grands poètes du temps ont vécu la plupart de ces événements et les ont transposés, chacun à sa manière, dans ce qu'on considère généralement comme la partie la plus vibrante de leur œuvre : Ronsard, le catholique, et d'Aubigné, le huguenot, ont pris clairement parti pour des camps opposés. D'autres écrivains, comme Montaigne, tout en restant loyal au roi de France, ont refusé de se laisser embrigader dans les querelles d'idées, rejoignant le camp des *politiques**, c'est-à-dire de ceux qui pensaient trouver la solution au conflit dans la négociation mais durent finalement se rendre à l'évidence de leur échec. Montaigne n'était pas poète, même s'il était très sensible à la poésie (I, 37,

p. 231-232). Mais, pour ceux qui se disent enfants d'Apollon, il est tentant d'emboucher la trompette de Mars pour se rallier à une cause et inviter au combat. Ronsard et d'Aubigné n'assisteront pas, impuissants et impassibles, à la rage des fanatiques de l'autre bord et au massacre de leurs coreligionnaires innocents : le silence ne leur sera pas permis. De plus, pour tout humaniste qui a lu Horace et Juvénal, le discours de l'*engagement* n'a plus de secrets. L'exemple des classiques est trop tentant : il faut entrer dans l'arène et mettre son savoir et sa verve au service du parti de son choix.

Mettre en scène l'actualité contemporaine n'est jamais un acte neutre, innocent, lorsqu'on est poète. Dans la première préface de *La Franciade* (1572), Ronsard rappellera la distinction essentielle qu'avait faite Quintilien, à la suite de la *Poétique* d'Aristote, entre l'Histoire et la Poésie :

> Encore que l'Histoire en beaucoup de sorte se conforme à la Poésie [...], quant à leur sujet ils [*l'historien et le poète*] sont aussi éloignés l'un de l'autre que le vraisemblable est éloigné de la vérité. L'Histoire reçoit seulement la chose comme elle est ou fut, sans déguisure* ni fard, et le Poète s'arrête au vraisemblable, à ce qui peut être et à ce qui est déjà reçu en la commune opinion (*OC*, I, p. 1181-1182).

Et, dans la préface posthume de 1587, Ronsard renchérira :

> Plusieurs croient que le Poète et l'Historien soient d'un même métier, mais ils se trompent beaucoup : car ce sont divers artisans qui n'ont rien de commun l'un avec l'autre (*OC*, I, p. 1165).

Le poète se sert du « possible » et non de la « vérité ». Mais ce « possible », il l'expose et le défend, « au rebours de l'Histoire, porté de *fureur** et d'*art** » (*OC*, I [1572], p. 1182)[1]. Cet aveu qui donne à l'inspiration et à l'artifice une place centrale ne doit pas étonner. Ronsard et d'Aubigné sont conscients d'échafauder une lecture tronquée du vécu comme arme de combat pour faire triompher leur cause et en transmettre une version *enthousiaste* aux futures généra-

---

1. Voir le chapitre 14, *supra*.

tions. Montaigne décrit l'extraordinaire pouvoir de la poésie en ces termes :

> La bonne, l'excessive, la divine [poésie] est au-dessus des règles et de la raison. Quiconque en discerne la beauté d'une vue ferme et rassise*, il ne la voit pas, non plus que la splendeur d'un éclair. Elle ne pratique* point notre jugement ; elle le ravit et ravage. [...] Dès ma première enfance, la poésie a eu cela de me transpercer et transporter (I, 37, p. 231-232).

L'essayiste se défie de cet instrument qui déstabilise le jugement. Pour lui, il est important de savoir comment lire les faits historiques et les événements qui se déroulent sous ses yeux « d'une vue ferme et rassise* ». Or peut-on écrire l'Histoire sans la mettre en fiction, sans projeter sur elle des préventions implicites ? Tel est bien le problème qu'il se pose et qu'il ne réussit pas à résoudre dans une œuvre qui veut se définir comme une marche à tâtons, une infinie série d'*essais*, tournant toujours le dos à une démarche poétique.

Face aux « troubles » politiques et religieux de leur temps, Ronsard et d'Aubigné devaient donc se prononcer ouvertement : l'un, en réaffirmant son loyalisme envers le Prince ; l'autre, en mettant en cause la légitimité d'une monarchie héréditaire en dégénérescence. Tous deux étaient cependant d'accord pour condamner la violence et les désordres consécutifs à des croyances divergentes à l'intérieur d'une tradition religieuse qui reposait sur l'invitation à « aimer son prochain comme soi-même ». Ils souscrivaient sans aucun doute au fameux vers de Lucrèce, cité par Montaigne dans l'« Apologie de Raymond de Sebonde » : *Tantum religio potuit suadere malorum* – tant de crimes perpétués [hélas] au nom de la religion !

Pour les écrivains de la Renaissance, l'ordre politique était indissolublement lié à l'ordre monarchique, lui-même cautionné par des valeurs ancestrales inébranlables. Il était impensable qu'il en fût autrement – à moins de vouloir condamner la société française à l'anarchie et son patrimoine culturel à un inéluctable désastre. La pluplart constataient pourtant l'existence d'une crise profonde dans la société de leur temps. Les signes de désagrégation sociale étaient trop évidents pour que des écrivains pétris d'humanisme ne mettent pas en garde leurs lecteurs contre un malaise croissant qui risquait de conduire à la « ruine universelle de la chose publique ». Il devient alors très difficile de parler de l'*engagement* de Ronsard et de d'Aubigné sans le juger par rapport à l'*horizon d'attente* de leurs œuvres. Les « remontrances » éloquentes de Ronsard et la veine épique de d'Aubigné prennent pour sujet les « troubles » politico-religieux du moment. Mais la diversité des sensibilités se reflète dans les modes rhétoriques qu'elles exhibent. À une époque où tout poète humaniste est aussi un orateur public rompu aux techniques de l'*ars rhetorica*, l'éloquence doit être mise au service de la cité. À cette fin, il lui faut choisir un modèle stylistique approprié, en harmonie avec sa propre *persona**, c'est-à-dire avec le rôle qu'il a décidé de jouer pour transmettre son message (Rigolot).

La triade canonique de la rhétorique quintilienne – *movere**, *docere**, *delectare** [émouvoir, enseigner, plaire] – prend, certes, un sens différent selon les contextes. Le ton amusé ou satirique des *Discours* en vers de Ronsard nous force à prendre une distance par rapport aux événements et à adopter une attitude le plus souvent ironique qui valorise l'art du récit plutôt que la leçon morale. En revanche, dans les « tableaux vivants » élaborés par d'Aubigné dans *Les Tragiques*, le pouvoir de suggestion sert, au contraire, à ébranler les émotions d'un auditoire qui en oubliera son esprit critique et reconnaîtra l'évidence du plan divin qui guide le peuple choisi vers son ultime destinée. Ni philosophes ni théologiens, nos poètes refusent de spéculer sur des concepts abstraits pour s'adresser aux circonstances dans l'urgence du présent ; ils entendent échapper aux serres chaudes de la dialectique scolaire et, fidèles à l'humanisme des origines, concentrer leurs efforts à la *vie active* et à ce qu'ils estiment être le bien commun de la cité.

Le 1er mars 1562, le massacre d'une soixantaine de huguenots, rassemblés pour le culte dans la petite ville de Wassy en Haute-Marne, met fin aux illusions des *politiques** : une solution pacifique à la crise n'est plus possible. La première

guerre de Religion va commencer. Sous la conduite de
Condé, les troupes protestantes saisissent plusieurs villes
importantes : Orléans, Angers, Tours et Lyon. Dans les discours qu'écrit Ronsard à la suite de ce massacre dans les
années 1560, le principal objectif reste littéraire. Il s'agit
d'emprunter à l'Antiquité classique les modes d'expression
canoniques qui pourront le mieux convenir aux circonstances.
Pour dénoncer les ambitions dévastatrices des chefs huguenots, Ronsard se tourne vers Horace, son modèle favori. Il sait
que les procédés mordants du satirique latin peuvent lui assurer le succès et donc maintenir son renom de poète officiel. La
sincérité des convictions de l'homme n'entre pas en jeu.
Ronsard n'a qu'une visée : celle de mimer l'indignation
romaine et de la transposer en vers français qui resteront gra-
vés dans les mémoires. Comment la reine mère ne se laisse-
rait-elle pas gagner par les alexandrins du puissant *exorde* sur
lequel s'ouvre le *Discours sur les misères de ce temps* ?

> Las ! Madame, en ce temps que le cruel orage
> Menace les François* d'un si piteux naufrage,
> Que la grêle et la pluie, et la fureur des cieux
> Ont irrité la mer de vents séditieux,
> Et que l'astre jumeau ne daigne plus reluire,
> Prenez le gouvernail de ce pauvre navire,
> Et malgré la tempête et le cruel effort
> De la mer et des vents, conduisez-l'à bon port.
> [...]
> Ah, que diront là-bas sous les tombes poudreuses
> De tant de vaillants Rois les âmes généreuses* ?
> [...]
> Que diront tant de ducs* et tant d'hommes guerriers
> Qui sont mort[s] d'une plaie au combat les premiers,
> Et pour France ont souffert tant de labeurs extrêmes,
> La voyant aujourd'hui détruire par nous-mêmes ?
> (*OC*, II, p. 991, v. 43-50, 55-56, 61-64.)

Les « troubles » de la société ont fourni au poète l'occasion rêvée de faire entendre la Grande Voix de la Répro-
bation et de remettre brillamment en service les ressources
immémoriales de l'éloquence la plus élevée. Tel était
l'objectif qu'avait établi Joachim du Bellay, porte-parole de
la Pléiade, à la fin de la *Défense et illustration de la langue
française*, publiée une douzaine d'années auparavant :

> Pour conclure ce propos, sache, Lecteur, que celui sera
> véritablement le poète que je cherche en notre langue,
> qui me fera *indigner, apaiser, éjouir, douloir,** *aimer,*
> *haïr, admirer, étonner**, bref, qui tiendra la bride de mes
> affections*, me tournant çà et là à son plaisir. Voilà la
> vraie pierre de touche, où il faut que tu éprouves* tous
> poèmes et en toutes langues (II, XI, p. 179-180).

Une telle définition, elle-même calquée sur le modèle cicéronien, faisait doublement référence à l'imitation des
Anciens : car l'*effet* produit par le discours poétique idéal
devait se transposer « en notre langue » comme « en toutes
langues ». C'est bien ce que faisait Ronsard en mettant
ses talents de poète au service de la polémique politico-
religieuse de son temps.

Étienne Pasquier ne s'y était pas trompé, lui qui, louant
« la mémoire du grand Ronsard », voyait surtout dans la poésie militante des *Discours* « un moyen de diversifier son
style ». Dans la vaste fresque des *Recherches de la France*,
il écrivait :

> Les troubles étant survenus [...] par l'introduction de la
> nouvelle religion, il écrivait contre ceux qui étaient
> d'avis de la soutenir par les armes. [...] Les vers que l'on
> écrivit contre lui aiguisèrent et sa colère et son esprit de
> telle façon [...] qu'il n'y a rien de si beau en tous ses
> œuvres que les réponses qu'il leur fit, soit à repousser
> leurs injures, soit à haut* louer l'honneur de Dieu et de
> son Église (livre VII, chapitre VI, tome II, p. 1424-1425).

De même, dans l'*Oraison funèbre* (1586) qu'il prononcera
à la mort de Ronsard (1585), Jacques Davy Du Perron insistera surtout sur « toute l'élégance et toute la douceur des
lettres » cultivées par le Vendômois dans sa poésie engagée.
C'est moins le caractère militant des *Discours* qui intéresse
le futur cardinal (peut-être parce qu'il était lui-même ancien
huguenot) que leurs ressources rhétoriques : cette « science
profane » que le poète a su déployer pour « la défense et pour
la propugnation* de l'Église » (Du Perron, p. 89).

En fait, même Agrippa d'Aubigné, héraut des réformés et
donc tout naturellement situé dans le camp adverse, aura
pour Ronsard, son prédécesseur, une déférence qui peut

étonner. Paradoxalement, on le voit convier ses lecteurs à
« lire et relire » son adversaire :

> Je vous convie, et ceux qui me croiront, à lire et relire ce
> Poète sur tous. C'est lui qui a coupé le filet que la France
> avait sous la langue, peut-être d'un style moins délicat
> que celui d'aujourd'hui, mais avec des avantages aux-
> quels je vois céder tout ce qui écrit de ce temps (*Œuvres*,
> p. 860).

C'est qu'au-delà de son *engagement* politique dans la tourmente de son temps Ronsard passait pour divinement
inspiré, même par ses ennemis. Dans la perspective néo-
platonicienne qui prévalait alors, son génie était habité par
les dieux qui lui prodiguaient la *fureur sacrée* qui allait
rendre son éloquence mémorable. D'Aubigné avait la
décence de louer lui-même cette inspiration divine, cette
« fureur* poétique sans laquelle nous ne lisons que des
proses bien rimées » (*ibid.*, p. 860).

Dans une optique qu'on pourrait appeler « maniériste »,
Ronsard ménage d'ailleurs une certaine *distance esthétique*
entre lui-même et son lecteur, ce qui empêche ce dernier
d'adhérer pleinement à la thèse politique soutenue au même
moment[1]. Contrairement à d'Aubigné, qui entraîne son lecteur à la conversion par la force de son verbe, Ronsard se
contente souvent de présenter un tableau en laissant le spectateur juger du résultat, selon ses propres goûts. Il suffit, par
exemple, de contraster tel passage des « Princes », au second
livre des *Tragiques*, à tel autre de l'« Éloge à des Masures »
pour observer un style de rapports différents avec le public.
Écoutons d'Aubigné :

> Vous qui avez donné ce sujet à ma plume,
> Vous-mêmes qui avez porté sur mon enclume
> Ce foudre rougissant acéré de fureur,
> Lisez-le : vous aurez horreur de votre horreur.
> (*Œuvres*, v. 9-12, p. 54.)

En revanche, Ronsard, si engagé qu'il soit, se permet de
choisir l'image du banquet pour traiter ses lecteurs en

---

1. Voir chapitre 17, *supra*.

convives dont il flattera les goûts. Rien n'est plus éloigné de
son propos que de vouloir forcer l'adversaire à se convertir.
C'est, du moins, ce qu'il dit à Louis des Masures (Langer,
p. 81-82) :

> Je ne contrains personne à mon vers poétique,
> Le lise qui voudra, l'achète qui voudra.
> (*OC*, II, v. 30-31, p. 1017.)

À la limite, on pourrait dire que les malheurs des guerres
civiles n'entrent dans la poésie de Ronsard que s'ils peuvent
se prêter à une *mise en scène esthétique*. Pasquier avait bien
compris ce parti pris dans ses remarques sur le « style » des
Discours. Totalement remotivées par l'œuvre d'art où elles
s'insèrent, les « misères de ce temps » n'ont pas véritablement d'existence propre : elles ne peuvent se justifier qu'en
s'intégrant au projet de rénovation poétique de la Pléiade
(Pasquier, livre VII, chapitre VI, tome II, p. 1411-1425).

En somme, il semble que Ronsard conçoive sa poésie militante moins par esprit de combat que pour suivre l'exemple
des grands modèles de l'Antiquité. Ainsi, le « ton sauvage »
de certaines pièces comme le *Chant triomphal pour jouer
sur la lyre* ou *L'Hydre défait* tient moins aux convictions de
Pierre de Ronsard, quelles qu'elles aient pu être, qu'aux obli-
gations qui asservissent le *poeta vates*, transporté par la
fureur poétique. On a beaucoup ergoté sur les diverses raisons qui ont poussé Ronsard à s'engager si ardemment dans
la polémique en produisant des cataractes de vers : loyalisme
du « poète royal » ? convictions religieuses ? opportunisme
et intérêt personnel ? Marcel Raymond remarquait que « la
nécessité, nouant ensemble mille raisons, l'obligeait à parler », mais il ajoutait que la sérénité de sa voix n'était pas
« celle du partisan aveuglé par la passion et la crainte »
(I, p. 362).

Nécessité qui se justifie par l'idée même que se fait
Ronsard de son rôle de poète. Même dans les passages les
plus « engagés » de ses *Discours*, Ronsard n'oublie jamais
tout à fait qu'il doit servir avant tout la poésie. Le poète met
consciemment une distance entre sa Muse et les péripéties
religieuses du temps (Ménager, p. 253). Cela apparaît surtout
dans la *Réponse aux injures et calomnies de je ne sais quels
prédicantereaux* et ministreaux* de Genève* (1563) où

l'orateur ne manque aucune occasion de rappeler l'exemplarité attachée au nom de Ronsard. De superbes vers viennent réaffirmer la plénitude originelle du poète des poètes, sorte d'Homère de la nouvelle inspiration française et dont tous les autres écrivains sont désormais forcément tributaires. L'antique source Hippocrène* s'est ronsardisée, comme le montre la métaphore filée de la fontaine dont le « surgeon éternel » alimente tous les ruisseaux de la poésie :

> […] car de ma plénitude
> Vous êtes tous remplis ; je suis seul votre étude,
> Vous êtes tous issus de la grandeur de moi,
> Vous êtes mes sujets, je suis seul votre loi.
> Vous êtes mes ruisseaux, je suis votre fontaine
> Et plus vous m'épuisez, plus ma fertile veine
> Repoussant le sablon, jette une source d'eaux
> D'un surgeon éternel pour vous autres, ruisseaux.
> (*OC*, II, p.1066, v. 967-974.)

On pourrait rapprocher ces vers de ceux de l'« ode à Michel de L'Hospital » pour noter un déplacement de la signification. Alors que dans l'ode la source de la poésie (« le vif surgeon per-ennel* » *OC*, I, p. 630, v. 130) était située dans les profondeurs liquides du palais de Jupiter, dans la *Réponse*, c'est Ronsard lui-même qui se déclare le « surgeon éternel » qui alimente toute la nouvelle poésie française. Entre 1550 et 1563, la « plénitude » divine de la source originelle s'est déplacée au point de coïncider avec la puissance générative de celui qui voulait passer pour le seul et unique poète des temps modernes.

C'est donc parce qu'il s'était formé cette haute image de lui-même que Ronsard se devait d'entrer dans l'arène de la polémique religieuse. N'était-ce pas lui, à l'en croire, qui avait fait de la langue et de la poésie françaises l'égale de celles des Romains et des Grecs ? Dans la même *Réponse*, il n'hésitait pas à l'affirmer :

> Adonques* pour hausser ma langue maternelle,
> Indompté du labeur, je travaillai pour elle.
> Je fis des mots nouveaux, je rappelai les vieux
> Si bien que son renom je poussai jusqu'aux cieux.
> Je fis d'autre façon que n'avaient les antiques,
> Vocables composés, et phrases poétiques,

> Et mis la poésie en tel ordre qu'après,
> Le Français fut égal aux Romains et aux Grecs.
> (*OC*, II, p. 1066, v. 951-958.)

Usurpant à du Bellay – mort dès 1560 – le titre de « défenseur » et d'« illustrateur » de la langue française, Ronsard ne pouvait se taire. Il lui fallait parler, et parler au nom de la France dont il voulait partager le destin jusqu'au bout. La scène politique était devenue la condition même de son existence et de sa poésie.

Agrippa d'Aubigné n'avait pas de désir plus cher que d'être le fils de Ronsard. Un lien familial avait été noué par la Providence puisque Diane, la femme qu'il avait aimée dans sa jeunesse, était la nièce de Cassandre Salviati, la belle Florentine que Ronsard avait célébrée dans ses propres *Amours* (*Œuvres*, p. 860). D'Aubigné croyait aussi qu'il était l'héritier présomptif de la mission dévolue à son grand prédécesseur. Avec la menace croissante des différends religieux pour la paix civile, la « frénésie divine » qui animait les deux poètes devait prendre pourtant un cours différent. Dans *Les Tragiques*, épopée monumentale qu'il compose à partir de 1577, la Muse païenne est troquée pour le Saint-Esprit, et la *fureur** apollinienne cède au *souffle* divin de la Révélation. La « poétrie* » n'est pas entièrement éliminée mais elle est réduite à une fonction purement ornementale. Sous le masque de Prométhée, dont la présence domine l'appareil liminaire du livre, le nouveau prophète prétend avoir volé le feu céleste pour le remettre à ses semblables mortels :

AUX LECTEURS

Voici le larron Prométhée, qui au lieu de grâce, demande gré de son crime. [...] Ce feu que j'ai volé mourait sans air ; c'étoit un flambeau sous le muid,* mon charitable péché l'a mis en *évidence* (*Œuvres*, p. 3).

L'allusion à l'Évangile de saint Matthieu est claire : « On n'allume pas une lampe pour la mettre sous le boisseau [le "muid"] mais sur le lampadaire, là où son feu brille pour tous ceux qui sont dans la maison » (Matthieu V, 15).

En outre, le mot *évidence* nous renvoie à la notion rhétorique d'*evidentia*, terme latin qui servait à traduire le grec *enargeia* au sens de « mise en lumière » de la réalité des choses (voir Aristote, *Rhétorique*, III, xi, 3). Pendant l'époque classique, la représentation artistique de la réalité avait été liée au sens de la vue, le « sens noble » par excellence, associé à la lumière et à la créativité[1]. Depuis Cicéron (voir *De partitione oratoria*, VI, 20), les traités de rhétorique continuaient à valoriser le discours qui représente son objet de façon si naturelle et si vivante que l'auditeur s'imagine assister aux événements dont il lit l'évocation. La réalité des choses se trouve éclairée d'une si vive lumière qu'elle lui donne l'éclat illusoire de la présence. Dans son *Institutio oratoria*, Quintilien écrivait :

> Cette *énergie*, que Cicéron appelle *évidence* et *illustration*, semble moins raconter que montrer [des scènes réelles] ; et nous serons autant émus que si nous étions présents devant les faits eux-mêmes (VI, ii, 32).

Agrippa d'Aubigné s'inscrit pleinement dans cette tradition où l'*évidence* s'affirme comme procédé rhétorique exemplaire. Ce n'est plus le prophète ou le visionnaire d'antan qui disait « je vois » ; c'est le *témoin oculaire* qui relate son expérience vécue en nous affirmant, comme Goethe à Valmy, « j'ai vu » :

> *Car mes yeux sont témoins du sujet de mes vers.*
> *J'ai vu* le reître noir foudroyer au travers
> Les masures de France et, comme une tempête,
> Emporter ce qu'il peut, ravager tout le reste.
> (« Misères », *Œuvres*, v. 371-374, p. 29-30.)

Cet intérêt pour l'« énergie » suscitée par le discours visuel devait être renforcé par la doctrine horatienne de l'*ut pictura poesis* et par le discours exemplaire d'auteurs classiques comme Pline et Plutarque sur la représentation picturale. Leon Battista Alberti avait lui aussi insisté sur l'importance du récit peint (*istoria**) pour susciter les émotions du spectateur. Dans son traité *Della pittura* (vers 1435), il évoquait ce « mouvement agréable » que l'art réussit à susciter dans

---

1. Voir chapitre 2, *supra*.

l'âme du spectateur, quel que soit le degré de culture de celui-ci : *« terra con diletto e movimento d'animo qualunque dotto o indotto la miri »* (*libro secondo*, p. 91).

Dans *Les Tragiques*, d'Aubigné devient le peintre idéal dont le seul objectif est de représenter des tableaux vivants capables de provoquer l'émotion des spectateurs. L'avis « Aux Lecteurs » rappelle avec force le premier devoir de l'orateur :

> Nous sommes ennuyés de livres qui enseignent, donnez-nous-en pour *émouvoir* (*Œuvres*, p. 3).

La mise en scène *affective* est la clé du succès de l'œuvre d'art. Rabelais avait ironisé à plaisir sur la véridicité du discours de la fiction la plus invraisemblable. Dans le prologue de *Pantagruel* Maître Alcofribas lançait à ses lecteurs :

> Ne m'advint oncques* de mentir, ou assurer chose qui ne fût véritable. J'en parle comme saint Jean de l'Apocalypse : *quod vidimus testamur* [ce que nous avons vu, nous en témoignons] (p. 215).

Nouveau saint Jean, d'Aubigné réitère, dans le registre élevé de la Révélation, l'entretien du Christ avec Nicodème : « Nous parlons de ce que nous savons et nous attestons ce que nous avons vu » (saint Jean 3 : 11).

Le titre que choisit le poète huguenot pour le chant central des *Tragiques*, « Les Feux », tire son inspiration des bûchers où ont brûlé les martyrs persécutés pour leur foi. Mais il est clair que, sous ses yeux, ces victimes innocentes sont animées du *feu* de l'Évangile, ce *feu* qui, le jour de la Pentecôte, avait donné aux apôtres cette *énergie*, au double sens d'*enargeia* (évidence) et d'*energeia* (action), qui devait donner sa force à leur témoignage. Rappelons le texte des Actes des Apôtres :

> Ils virent apparaître des langues qu'on eût dites de feu ; elles se divisaient et il s'en posa une sur chacun d'eux. Tous furent alors remplis de l'Esprit Saint et commencèrent à parler en d'autres langues, selon que l'Esprit leur donnait de s'exprimer (Actes II, 3-4).

Dans la version albinéenne, le sens symbolique du brasier spirituel de la Pentecôte retrouve son *énergie* des origines

par le biais d'un puissant discours prophétique. Le martyr
des huguenots sera aussi éloquent que celui des apôtres de la
primitive Église :

> Nos regards parleront, nos langues sont bien peu
> Pour l'esprit qui s'explique en des *langues de feu*.
> (« Feux », *Œuvres*, v. 507-508, p. 129.)

En christianisant le geste de Prométhée dérobant le feu des
cieux, le poète proclame la puissance à la fois de sa foi, de
sa vision et de sa rhétorique. Il dévoile à nos yeux de profanes une *istoria** tragique où se lit le signe tangible d'un
ordre qui nous dépasse. Car Dieu est l'« auteur réel » des
Tragiques. Directement inspiré par le feu divin, le livre porte
témoignage de la nouvelle alliance entre Dieu et son peuple :
il est devenu le supplément nécessaire qui seul peut donner
une nouvelle *illustratio* à la Sainte Bible.

De même, pour le Ronsard satirique des *Discours*, il faut
que le portrait-charge élimine le doute ou l'hésitation. Le
tableau haut en couleur que brosse Ronsard des vandales
huguenots est frappant à cet égard :

> Et quoi ! brûler maisons, piller et brigander,
> Tuer, assassiner, par force commander,
> N'obéir plus aux Rois, amasser des armées,
> Appelez-vous cela Églises réformées ?
> (« Continuation », in *OC*, II, p. 998, v. 45-48.)

S'adressant à son ancien ami Théodore de Bèze, devenu
lieutenant puis successeur de Calvin à Genève, le poète offre
un portrait à la limite du grotesque pour ridiculiser l'ardeur
du pasteur militant :

> Ne prêche plus en France une Évangile armée,
> Un Christ empistollé* tout noirci de fumée,
> Portant un morion* en tête et dans la main
> Un large coutelas rouge du sang humain.
> (*Ibid.*, p. 999-1000, v. 119-122.)

Parallèlement, la *réduction* qu'opère d'Aubigné des catholiques n'est pas moins douteuse. Mais elle nous est présen-
tée en termes apocalyptiques, dans une grandiose perspective

eschatologique. Car si l'exil des Hébreux a pu préfigurer les persécutions de l'Église primitive, celles-ci préfigurent à leur tour le destin des martyrs huguenots. L'écheveau des analogies historiques compose un schéma d'explication qui, par le biais de l'*illustratio* la plus énergique, surdétermine l'intentionnalité du poème :

> Ainsi les visions qui seront ainsi peintes
> Seront exemples vrais de nos histoires saintes,
> Le rôle des tyrans de l'Ancien Testament,
> Leur cruauté sans fin, leur infini tourment :
> Nous verrons déchirer d'une *couleur plus vive*
> Ceux qui ont déchiré l'Église primitive :
> Nous donnerons à Dieu la gloire de nos ans
> Où il n'a pas encor épargné les tyrans.
> (« Vengeances », v. 89-96, *Œuvres*, p. 190.)

Comme on l'a fait justement remarquer, « le schéma ternaire [Ancien Testament, Église primitive, Église de "ce siècle"] qui organise l'histoire de l'Église suppose par lui-même la clôture, et fait de la période contemporaine "ces derniers ans" [...]. L'avènement apocalyptique et le texte sont concomitants » (Fanlo, p. 191).

Si Ronsard s'oppose aux « prédicants et ministres de Genève », c'est parce qu'il espère l'emporter dans un triomphalisme moqueur et conquérant. La Poésie, qu'il incarne et doit servir, est à ce prix ; sa fonction de « poète royal » le lui ordonne. Car il a pour mission de conduire les « troubles » à leur fin parce que le rôle du Poète, comme celui du Prince, est de calmer les révoltés, de rassurer les inquiets et de faire croire aux contemporains qu'ils vont vers un âge d'or de Justice et de Vérité dont l'histoire de France offre la garantie indubitable.

Dans sa *Réponse aux injures et calomnies*, Ronsard prend un malin plaisir à défendre le primat de son *art*, lieu de plaisir, sur la triste *réalité* des guerres civiles. Adoptant un ton badin, il s'adresse au « prédicant tout enflé d'arrogance » (v. 831, p. 1063) pour définir son credo poétique :

> Ni tes vers ni les miens oracles ne sont pas,
> Je prends tant seulement les Muses pour ébats,
> En riant je compose, en riant je veux lire,

> Et voilà tout le fruit que je reçois d'écrire.
> Ceux qui font autrement, ils ne savent choisir
> Les vers qui ne sont nés sinon pour le plaisir.
> Et pour ce les grands Rois joignent à la Musique
> (Non au Conseil privé) le bel art Poétique.
> (*OC*, II, p. 1064, v. 853-860.)

Afficher un tel hédonisme dans le contexte des misères de son temps peut paraître irresponsable ; mais il ne faut pas sous-estimer la part de provocation qui entre dans cette insensibilité simulée. Le chef de la Pléiade connaît son rôle par cœur : c'est à lui qu'il incombe de nier la conscience malheureuse du siècle : splendide manœuvre de diversion qui peut éblouir un instant mais n'arrivera jamais à convaincre entièrement.

Car les « troubles » issus des querelles politico-religieuses ne sont que le symptôme d'une crise beaucoup plus profonde qui affecte les fondements mêmes de la société européenne. Cette crise peut se dire *sémiotique* dans la mesure où elle atteint le système de représentation sur lequel repose l'idéologie dominante. Le savoir humaniste, qui semblait acquis par la Renaissance triomphante, se trouve mis en échec par le processus même de l'Histoire. Ronsard a beau emboucher la trompette dorée de l'Unité nationale ; il a beau proclamer que tous les conflits se résoudront grâce aux « ébats » (v. 854) de son « bel art poétique » (v. 860), il n'arrivera pas à faire taire la voix de l'opposition protestante dont l'existence pose des problèmes plus complexes que ceux d'une indiscipline passagère.

Certes, bien des esprits éclairés partagent le dédain élitiste de Ronsard pour l'agitation insensée du « vulgaire » et des fauteurs de troubles. Montaigne lui-même met les *nouvelletés** protestantes sur le compte du « cuider* », c'est-à-dire de l'orgueil et de la présomption. Érasme nous en avait prévenus : la prolifération des sectes est un danger réel pour l'ordre public. Montaigne renchérit au début du chapitre « De l'expérience » :

> J'ai vu en Allemagne que Luther a laissé autant de divisions et d'altercations sur le doute de ses opinions, et plus qu'il n'en émut* sur les écritures saintes (III, 13, p. 1069).

Tout se passe comme si la multiplication des hérésies n'était qu'un cas particulier d'un problème beaucoup plus général : celui de la « chasse de connaissance » – véritable « maladie » de l'esprit humain puisqu'elle aboutit à l'engluement de toute recherche efficace de la vérité : *Mus in pice*, disait Érasme dans ses *Adages* (II, iii, 68) ; la souris empêtrée dans la poix, traduit Montaigne (III, 13, 1068).

Il semble difficile de porter un jugement sur l'attitude de Ronsard et de d'Aubigné à l'égard des guerres de religion sans prendre en considération la structure même du système de représentation à l'intérieur duquel ces écrivains se situent. Bien qu'appartenant à des camps opposés, Ronsard et d'Aubigné partagent la conviction que la véritable éloquence ne peut émaner que d'un *sujet public*. Le moi privé, avec ses doutes et ses retraits, n'a pas de place dans la grande poésie d'apparat. Il doit garder le silence, même si, selon une conception proto-cartésienne déjà vivante, il se sent capable de se penser du point de vue de sa propre subjectivité. Montaigne tentera de négocier un passage entre une mise en scène publique et une expérience privée de sa subjectivité. Comme Ronsard et d'Aubigné, il nous dira que, dans les affaires publiques, la véritable nature des signes importe peu et qu'on peut se contenter du *vraisemblable*. C'est le règne de la « fausse monnaie », mal nécessaire et que le sujet du Monarque ne saurait récuser :

> Puisque les hommes, par leur insuffisance*, ne se peuvent assez payer d'une bonne monnaie, qu'on y emploie encore la fausse (II, 16, p. 629).

À ce compte, les *Discours* de Ronsard élèvent l'art du faux-monnayeur à la hauteur de l'exemplarité. Ce n'est pas la vérité qui le motive mais la gloire mythique d'une France qui doit retrouver son ordre social séculaire. Chez d'Aubigné, les vers passionnés des *Tragiques* affirment eux aussi un témoignage qui veut passer pour preuve historique irréfutable. Cependant les deux poètes n'hésitent pas à tronquer ou à éliminer des faits, à en habiller d'autres à leur guise pour les faire mieux entrer dans le projet visionnaire qui ouvrira les yeux des générations futures. Chez ces « engagés » et parfois « enragés », le faux-monnayage est rebaptisé *transfiguration*. Dans un pays déchiré par les divisions partisanes, la poésie trouve sa justification en légitimant (chez Ronsard) ou en subvertissant (chez d'Aubigné) le modèle de la suprématie politique. Ronsard laisse aux historiens le soin de raconter les choses telles qu'elles ont pu être, *sans mentir* :

> Ô toi historien, qui d'encre non menteuse
> Écris de notre temps l'histoire monstrueuse,
> Raconte à nos enfants tout ce malheur fatal,
> Afin qu'en te lisant ils pleurent notre mal,
> Et qu'ils prennent exemple aux péchés de leurs pères,
> De peur de ne tomber en pareilles misères.
> (« Discours », *OC*, II, p. 994, v. 115-120.)

La distinction traditionnelle depuis Aristote entre historien et poète fera l'objet de longs développements dans les préfaces de 1572 et de 1587 à *La Franciade*[1]. Contrairement à l'historien qui recherche la vérité « sans déguisure* ni fard » (*OC*, I, p. 1181), le poète « a pour maxime très nécessaire de son art de ne suivre jamais pas à pas la vérité, mais la vraisemblance et le possible » (*OC*, I, p. 1165), la « vraisemblance » étant définie comme « ce qui peut être » ou « ce qui est déjà reçu en la commune opinion » (*OC*, I, p. 1182). En revanche, hors du monde inflationniste et pervers des affaires publiques, le monde authentique du « sujet privé » cherchera à se constituer dans une poésie plus intime. Celle-ci tentera d'exposer en vers ce que Montaigne avait si bien énoncé en prose :

> Je ne me soucie pas tant quel je sois chez autrui, comme je me soucie quel je sois en moi-même (II, 16, p. 625).

En cette fin du XVIᵉ siècle, la mise en scène poétique des conflits politiques et religieux qui divisent la France révèle des tendances antagonistes : l'une qui veut encore croire au pouvoir de la Voix poétique sur l'autorité du corps politique, quitte à effacer les contours de l'Histoire ; et l'autre qui, désabusée des affaires publiques, cherche à élaborer dans

---

1. Voir chapitre 14, *supra*.

l'intimité de la conscience une nouvelle mise en scène qui rejette les ornements fallacieux du beau discours ou les excès d'une parole brûlante pour tenter d'occuper le lieu de l'authenticité (Fumaroli, Starobinski).

*

BIBLIOGRAPHIE

ALBERTI, Leon Battista, *Della pittura*, éd. L. Malle, Florence, Sansoni, 1950.

AUBIGNÉ, Agrippa d', *Œuvres*, éd. H. Weber, Paris, Gallimard, 1969.

BELLAY, Joachim du, *Défense et illustration de la langue française*, éd. H. Chamard, Paris, Didier, 1948.

Bible (La Sainte), trad. École biblique de Jérusalem, Paris, Desclée de Brouwer, 1955.

CROUZET, Denis, *La Nuit de la Saint-Barthélemy. Un rêve perdu de la Renaissance*, Paris, Fayard, 1994.

DU PERRON, Jacques Davy, *Oraison funèbre de Ronsard*, éd. M. Simonin, Genève, Droz, 1985.

FANLO, Jean-Raymond, *Tracés, ruptures : la composition instable des « Tragiques »*, Paris, Champion, 1990.

FUMAROLI, Marc, « Montaigne et l'éloquence du for intérieur », in *Les Formes brèves de la prose et le discours discontinu (XVIe-XVIIe siècles)*, éd. Jean Lafond, Paris, Vrin, 1984, p. 27-50.

LANGER, Ullrich, *Rhétorique et intersubjectivité. Les « Tragiques » d'Agrippa d'Aubigné,* Paris-Seattle-Tübingen, Papers on French Seventeenth-Century Literature, Biblio 17-6, 1983.

MÉNAGER, Daniel, « Le combat des *Discours* », in *Ronsard, le roi, le poète et les hommes*, Genève, Droz, 1979.

MIQUEL, Pierre, *Les Guerres de Religion*, Paris, Fayard, 1980.

PASQUIER, Étienne, *Les Recherches de la France*, éd. M.-M. Fragonard et F. Roudaut, Paris, Champion, 1996, 3 tomes.

PERNOT, Michel, *Les Guerres de Religion en France, 1559-1598*, Paris, SEDES, 1987.

PINEAUX, Jacques, *La Polémique protestante contre Ronsard*, Paris, Didier, 1973, 2 tomes.

RABELAIS, François, *Œuvres complètes*, éd. M. Huchon, Paris, Gallimard, 1993.

RAYMOND, Marcel, *L'Influence de Ronsard sur la poésie française*, Paris, Champion, 1927, 2 tomes.

RIGOLOT, François, « Writing the Crisis Differently : Ronsard's *Discours* and Montaigne's *Essais* », in *Humanism in Crisis. The Decline of the French Renaissance*, éd. Ph. Desan, Ann Arbor, The University of Michigan Press, 1991, p. 107-123.

RONSARD, Pierre de, *Œuvres complètes* [*OC*], éd. J. Céard, D. Ménager et M. Simonin, Paris, Gallimard, 1993, 2 tomes.

STAROBINSKI, Jean, *Montaigne en mouvement*, Paris, Gallimard, 1983.

CHAPITRE 18

La poésie dite « maniériste »
et « baroque »

> « Bref, l'art si vivement exprime la nature
> Que le peintre se perd en sa propre peinture. »
>
> *Guillaume de Salluste du Bartas.*

On a longtemps usé des étiquettes *maniériste* et *baroque*
pour tenter de caractériser la poésie du XVIe siècle. L'application de ces termes techniques, empruntés à l'histoire de
l'art, soulève pourtant d'énormes problèmes d'ordre métho-
dologique (Dubois, 1979, 1995 ; Hallyn ; Mathieu-Castellani,
1975, 1981 ; Raymond ; Rousset). Quelle que soit la définition qu'on choisisse de leur donner, elle ne saurait entièrement refléter la richesse et la complexité d'une certaine
vision du monde que partage la poésie avec les autres arts de
l'époque. En outre, tel poème pourra paraître « maniériste »
par certains côtés (par exemple, par l'emploi d'images qui
visent plus à séduire qu'à persuader) et « baroque » par
d'autres (par exemple, par le recours à des figures qui cherchent à emporter l'adhésion et à programmer un discours
véridique). Bien plus, les mêmes traits de style, les mêmes
procédés de rhétorique pourront se prêter aux deux interprétations à la fois. Les débats sur cette question sont trop nombreux et trop complexes pour qu'on puisse les aborder ici,
même succinctement. Mais ils invitent à la méfiance en
jetant un certain discrédit sur l'emploi indiscret de tout
lexique critique exclusif.

La démarche analogique entre les branches du savoir n'est
pas sans utilité pour autant. De même que les artistes
« maniéristes » ne créent plus rien de vraiment nouveau et se
contentent de reprendre les mêmes modèles en les compli-
quant inutilement, de même certains poètes du XVIe siècle
concentrent leur attention sur la *recherche de l'effet*, se

délectant à multiplier inlassablement les artifices les plus
séduisants. Philippe Desportes, le grand rival de Ronsard,
est de ceux-là. L'« artificieuse contexture » de ses sonnets,
nous dit Guillaume Colletet, « plaisait infiniment aux beaux
esprits de la Cour » d'Henri III. Faute de génie, certains
poètes veulent se faire ingénieux. Il serait pourtant faux de
ramener la *maniera* poétique de la Renaissance à une dégénérescence de l'art. On a trop voulu voir dans cette pratique
la marque d'une stérilité de l'inspiration que compenserait
un culte exagéré des éléments formels : goût du paradoxe, du
labyrinthe, de la surcharge, des jeux verbaux. Car un style
maniéré n'est pas forcément *maniériste*.

De même, on a trop vite appliqué à la poésie dite *baroque*
les « principes fondamentaux » qu'avait dégagés Wölfflin
pour l'histoire de l'art : recherche de formes ouvertes, refus
de la ligne précise, effets de profondeur, structures qui pri-
vilégient l'obscur et le fusionnel. Les critiques les plus avertis se sont bien gardés de recourir à un lexique qui leur semblait piégé (Cave et Jeanneret). Lorsqu'ils s'en sont servis,
ils ont usé de précaution, préférant parler de *dominante* et se
limiter à relever les contrastes les plus marqués. La parole
baroque extrême, fortement assertive, cherche à persuader
ou à émouvoir ; la *maniériste*, au contraire, vise plutôt à
séduire, allant jusqu'à semer le doute sur sa propre validité.
À cet égard, certains poètes, comme Desportes, Théophile
ou Tristan, sembleront plus « maniéristes » ; et d'autres,
comme d'Aubigné ou de Sponde, plus « baroques. »

Du point de vue de la chronologie, personne ne s'accorde
pour fixer les dates d'une « période maniériste » à laquelle
succéderait une esthétique « baroque ». En outre, il faut
reconnaître la faillite des analyses thématique et stylistique
pour différencier entre les deux « mouvements ». On aurait
bien du mal à faire de l'illusion ou de l'inconstance, du
paraître ou de l'ostentation la marque de l'un ou l'autre discours. Certains voient dans le goût du décentrement, de la
dissymétrie ou de la disproportion une tendance *baroqui-
sante* ; d'autres y sentent une disposition de l'âme *maniéri-
sée*. Quant aux figures de style, il faut bien constater que
l'*ellipse*, le *chiasme*, l'*hyperbole* ou l'*oxymore* sont cultivés
également par les poètes des deux bords. À la rigueur, on
pourrait dire que l'*ecphrasis*, riche description ornementale

d'une œuvre d'art, convient mieux à la démarche « maniériste » alors que l'*hypotypose*, tableau vivant visant à émouvoir, s'accorde mieux avec la sensibilité baroque. De toute évidence, les esthétiques, difficiles à séparer, se mélangent dans la plupart des poèmes de l'époque.

Mieux vaut sans doute garder la distinction entre *maniérisme* et *baroquisme*, comme le fait Gisèle Mathieu-Castellani avec raison, pour décrire des *situations de communication* extrêmes :

> Le *je* baroque pose un sujet de plein exercice, s'opposant au monde et aux dieux qu'il défie et « dépite » dans de violentes imprécations qui disent l'attrait de la transgression ; le *je* maniériste n'est guère qu'une marque grammaticale, le fragile indice d'un être de fuite, opaque à lui-même (*Anthologie*, p. 29).

De là le choix de deux figures mythiques pour servir d'emblèmes à ces deux tendances qui, il faut bien le dire, ne se trouvent jamais à l'état pur dans les textes poétiques du XVIᵉ siècle : *Narcisse et Pygmalion*. L'amant maniériste ne peut s'éprendre que de lui-même ou de son propre sexe. Théophile de Viau le décrira ainsi :

> Il a dedans ses yeux des pointes et des charmes,
> Qu'un tigre goûterait ;
> Et si Mars lui voyait mettre la main aux armes,
> Il le redouterait.
> [...]
> C'est le meilleur esprit et le plus beau visage
> Qu'on ait encore vu ;
> Et les meilleurs esprits n'ont point eu d'avantages
> Que mon amant n'ait eu.
> [...]
> Dieux, que le beau Pâris eut une belle proie !
> Que cet amant fit bien
> Alors qu'il alluma l'embrasement de Troie
> Pour amortir le sien !
> Ô mon cher Alidor, je suis bien moins qu'Hélène
> Digne de t'émouvoir ;
> Mais tu sais bien aussi qu'avecque* moins de peine
> Tu me pourrais avoir... (P. 374-375.)

L'amant baroque, lui, partage avec Pygmalion ce désir forcené de donner la vie à un être de fiction, radicalement

séparé de lui mais qui lui sert à représenter et à véhiculer la
vérité à laquelle il dit croire. Montaigne, lecteur des
Métamorphoses d'Ovide, rappelle le mythe du sculpteur si
passionnément amoureux de la statue qu'il a créée que celle-
ci finit par s'animer sous ses doigts pour devenir une femme
palpitante de vie :

> Ayant bâti une statue de femme de beauté singulière, il
> devint si éperdument épris de l'amour forcené de ce sien
> ouvrage qu'il fallut qu'en faveur de sa rage les dieux la
> lui vivifiassent (*Essais*, II, 8, p. 402).

La « rage » de Pygmalion est celle de l'amant et du poète,
maîtres de leur création et capables de commander aux
dieux. Le moment capital de la métamorphose est celui du
passage de la pierre à la vie, ou, pour citer encore Montaigne,
de la Vénus du mythe à la Vénus « toute nue, et vive, et hale-
tante » de l'*Énéide* (*ibid.*, III, 5, p. 849).

Les figures emblématiques de Narcisse et de Pygmalion
sont sans doute utiles, ne serait-ce que pour fixer les pôles
extrêmes par rapport auxquels se définit le « moi » du poète
en cette fin du XVIᵉ siècle. Dans la plupart des cas, cependant, il vaudra mieux se défaire de ces concepts généralis-
sants pour considérer les poèmes dans leur réalité spécifique
et leur contexte immédiat. Car on ne peut pas mettre
l'Histoire entre parenthèses. La *légende noire* des derniers
Valois en dit long sur une Cour décadente dont le goût se
reporte sur les choix esthétiques du moment. Henri III est
un tissu de contradictions : d'une austérité et d'une religio-
sité exacerbées, il manifeste un penchant connu pour la
débauche ; esprit cultivé, il cède à des accès de violence
frénétique ; libéral et fanatique à la fois, il encourage et fréquente des salons férus de néoplatonisme où se déploient les
fastes de la nouvelle galanterie.

Un Ronsard vieillissant écrit les *Sonnets pour Hélène*
(1578), qui sont plutôt dirigés *contre* l'orgueilleuse fille
d'honneur de la reine. Malgré les déboires de l'âge, s'il est
une chose à laquelle le vieux poète croit encore, c'est à son
immortalité. Dans le fameux sonnet où il force Hélène à se
souvenir de lui, le « bruit » de son nom se répercute au-delà

de la mort pour réveiller les générations futures qui, comme
la servante du poème, se seront assoupies :

> Quand vous serez bien vieille, au soir à la chandelle
> Assise auprès du feu, dévidant et filant,
> Direz, chantant mes vers et vous émerveillant :
> « *Ronsard* me célébrait du temps que j'étais belle. »
>
> Lors vous n'aurez servante oyant telle nouvelle,
> Déjà sous le labeur à demi sommeillant,
> Qui au bruit de *Ronsard* ne s'aille réveillant,
> Bénissant votre nom de louange immortelle.
>
> Je serai sous la terre et, fantôme sans os,
> Par les Ombres Myrteux* je prendrai mon repos.
> Vous serez au foyer une vieille accroupie,
>
> Regrettant mon amour et votre fier* dédain.
> Vivez, si m'en croyez, n'attendez à demain :
> Cueillez dès aujourd'hui les roses de la vie.
> (*Amours*, H, II, sonnet 24, p. 431-432.)

À la description réaliste du « fantôme sans os » et de la
« vieille accroupie » succède l'hymne final à la « vie ». Le
poète de la Rose reprend une dernière fois le thème de la fuite
du temps (*tempus fugit*) et du plaisir de l'instant (*carpe diem*)
auquel il a attaché si voluptueusement son nom et son renom.
    Avant Aragon, le chef de la Pléiade finira par l'avouer :
« Il n'y a pas d'amour heureux. » Constatation qu'il frappe
en médaille dans le dernier vers de son ultime sonnet. Le
souvenir de la mort du roi se mêle à ses déceptions senti-
mentales. À l'optimisme de Dante (« *Amor e'l cor gentil
sono una cosa* », *Vita nuova*, sonnet X) fait place une amère
conclusion : « Car l'Amour et la Mort n'est qu'une même
chose » (*Amours*, H, II, sonnet 55, v. 14, p. 451). Cette hantise de la mort deviendra obsessionnelle dans les *Derniers
Vers*, publiés posthumement. Nul mieux que lui n'a évoqué
l'agonie qui tenaille le moribond :

> Seize heures pour le moins je meurs les yeux ouverts,
> Me tournant, me virant de droit et de travers,
> Sur l'un, sur l'autre flanc ; je tempête, je crie ;

> Inquiet je ne puis en un lieu me tenir,
> J'appelle en vain le Jour, et la Mort je supplie,
> Mais elle fait la sourde et ne veut pas venir.
> (*OC*, II, sonnet 2, v. 9-14, p. 1102.)

Autrefois, les femmes qu'il aimait se liguaient contre lui,
et il les maudissait de leur « fier* dédain ». Maintenant, ce
sont les nuits d'insomnie qui sont ses « bourrelles* », impla-
cables Érinyes qui le tourmentent sans pitié :

> Ah ! longues Nuits d'hiver, de ma vie bourrelles*,
> Donnez-moi patience et me laissez dormir !
> Votre nom seulement et suer et frémir
> Me fait par tout le corps, tant vous m'êtes cruelles.
> (*OC*, II, sonnet 4, v. 1-4, p. 1103.)

Le malade n'oublie pas qu'il est poète et que la *poétrie**
reste son art. Lui qui s'était comparé, amoureux, aux grands
suppliciés de l'Antiquité (Ixion*, Prométhée*, Sisyphe*…),
il revient puiser ses images, moribond, dans sa chère mythologie classique :

> Le Sommeil tant soit peu n'évente de ses ailes
> Mes yeux toujours ouverts, et ne puis affermir
> Paupière sur paupière, et ne fais que gémir,
> Souffrant comme Ixion* des peines éternelles.
> (*Ibid.*, v. 5-8.)

Mais il recourt aussi à un réalisme à la Villon pour évoquer
les ravages de la maladie et de la vieillesse sur son corps :

> Je n'ai plus que les os, un squelette je semble
> Décharné, dénervé, démusclé, dépoulpé*,
> Que le trait de la Mort sans pardon a frappé :
> Je n'ose voir mes bras que de peur je ne tremble.
> (*OC*, II, sonnet 1, v. 1-4, p. 1102.)

Dans la mort comme dans la vie, Ronsard voudra toujours
rester le premier. Lorsqu'il dit adieu à ses compagnons, c'est
pour leur montrer le chemin et les précéder dans la gloire de
l'au-delà :

> Adieu, chers compagnons, adieu, mes chers amis !
> Je m'en vais le premier vous préparer la place.
> (*Ibid.*, v. 13-14.)

On pense à Hugo s'adressant à Gautier : « J'y cours, ne fermez pas la porte funéraire ! » Mais on pense aussi aux sonnets des *Amours* où le jeune néoplatonicien voulait, comme Hercule, brûler sa dépouille mortelle au feu de l'amour pour mieux s'immortaliser :

> Je veux brûler pour m'envoler aux cieux
> Tout l'imparfait de cette écorce humaine,
> M'éternisant comme le fils d'Alcmène*
> Qui tout en feu s'assit parmi les dieux.
> (*Amours*, C, sonnet 167, v. 1-4, p. 107.)

Splendide continuité dans le désir et qui ne se dément pas même au seuil de la tombe.

Le dernier sonnet qu'il dicte, la veille de sa mort, réunit de façon émouvante tous les grands thèmes que le poète a chéris lors de son passage sur terre : l'amour de la vie et des plaisirs, la fierté d'être poète, le désir d'immortalité et la conscience d'une existence transitoire : tout cela se fait dans un mélange de goût antique et de foi chrétienne, si typique de son époque. Pour le propriétaire de la Possonnière qui doit abandonner ses possessions matérielles en Vendômois, le poète de la Pléiade entonne le chant mélodieux du Cygne mythique qui touche à sa fin :

> Il faut laisser maisons et vergers et jardins,
> Vaisselles et vaisseaux* que l'artisan burine,
> Et chanter son obsèque en la façon du Cygne
> Qui chante son trépas sur les bords Méandrins.*
>
> C'est fait ; j'ai dévidé le cours de mes destins.
> J'ai vécu, j'ai rendu mon nom assez* insigne.
> Ma plume vole au Ciel pour être quelque signe,
> Loin des appâts mondains qui trompent les plus fins.
>
> Heureux qui ne fut onc,* plus heureux qui retourne
> En rien comme il était, plus heureux qui séjourne,
> D'homme fait nouvel ange, auprès de Jésus-Christ,
>
> Laissant pourrir çà-bas* sa dépouille de boue,
> Dont le Sort, la Fortune, et le Destin se joue,
> Franc* des liens du corps pour n'être qu'un esprit.

Ronsard ne serait pourtant pas Ronsard s'il ne nous réservait pour la fin une épitaphe d'un tout autre genre, calquée sur un vénérable modèle antique mais où s'esquisse un léger sourire, sans illusion, devant la possibilité d'écrire sérieusement sa mort :

> À son Âme
> Âmelette ronsardelette
> Mignonnelette, doucelette,
> Très chère hôtesse de mon corps,
> Tu descends là-bas, faiblette,
> Pâle, maigrelette, seulette,
> Dans le froid royaume des morts ;
> Toutefois, simple, sans remords
> De meurtre, poison ou rancune,
> Méprisant faveurs et trésors
> Tant enviés par la commune.*
> Passant, j'ai dit : suis ta fortune,
> Ne trouble mon repos, je dors.
> (*OC*, II, v. 1-12, p. 1105.)

À la fin de ses jours, l'empereur Adrien, l'un des hommes les plus cultivés du monde antique, avait composé une épigramme sur son âme dans la même veine (« *Animula vagula blandula…* »). Accumulation de terminaisons diminutives, désignées techniquement par le mot savant *homéotéleutes*, qu'imitera plaisamment Raymond Queneau dans une des pages les plus réussies de ses *Exercices de style* :

HOMÉOTÉLEUTES

> Un jour de canicule sur un véhicule où je circule, gesticule un funambule au bulbe minuscule, à la mandibule en virgule et au capitule ridicule. Un somnabule l'accule et l'annule ; l'autre articule : « crapule », mais dissimule ses scrupules, recule, capitule et va poser ailleurs son cul.

> Une hule aprule, devant la gule Saint-Lazule, je l'aperçule qui discule à propos de boutules, de boutules de pardessule (p. 35).

Ronsard avait francisé en *ette* le latin impérial *ula*. Queneau revient au style de l'empereur en multipliant le son *ule*, associé à un sentiment de « ridicule » en français, dans une cascade des mots réels ou inventés. Maniérisme ? Oui, avouera-t-on, et même porté au paroxysme. Mais qu'importe ? Chez Ronsard, le procédé crée un heureux sentiment d'intimité qui contraste avec la froideur implacable de la mort (v. 6). Chez Queneau, le détachement total permet à l'ironie de se déployer sans entraves. Mais, chez les deux poètes, le recours au néologisme (« Âmelette ronsardelette, mignonnelette, doucelette » ou « une hule aprule, je l'aperçule qui discule ») vise à un but semblable : montrer que la fertilité joueuse du poète n'a pas de limites. La différence – et elle est de taille –, c'est que Queneau ne cesse de « causer » (comme Zazie, c'est tout ce qu'il sait faire), alors que Ronsard est sur le point de se taire à jamais. Dernier feu d'artifice d'autant plus émouvant chez celui qui a tant aimé la gloire et avoue se résigner enfin à gagner son repos (v. 12).

Au Ronsard vieillissant s'oppose un rival de taille, Philippe Desportes (1546-1606). L'habitué du salon vert de la maréchale de Retz devient le protégé du duc d'Anjou, le futur Henri III, dont il reçoit les faveurs auxquelles avait aspiré le Vendômois. Il est le dernier grand *poète courtisan* du XVIe siècle, avec tous les risques et toutes les tares que comporte ce dangereux métier. Après avoir abondamment chanté ses amours pour Diane, pour Hippolyte et pour Cléonice, l'abbé de Tiron se tournera vers la poésie religieuse et s'occupera à mettre en vers les *Psaumes* de David. Classé *maniériste* par certains, à cause de la « douceur » et la « fluidité » de son art, il fait figure de *baroque* pour d'autres qui traquent, derrière les raffinements de sa poésie de cour, un goût pour le déséquilibre et la mouvance des formes.

Au début du XVIIe siècle, Malherbe, Balzac et le père Lemoyne condamneront ce qu'ils appellent le *style asianique** de Desportes. On entendra par là un souci exagéré pour la douceur et la suavité, à l'opposé de l'*atticisme**, caractérisé par l'élégance et l'aisance du naturel. Quelle que soit l'étiquette choisie, il est certain qu'il existe chez Desportes une délectation prononcée pour la recherche de l'*effet*. Il s'agit moins de persuader que d'éblouir. Le premier sonnet des *Amours d'Hippolyte* (1573) est un modèle à cet égard :

> Icare est chu ici, le jeune audacieux,
> Qui pour voler au Ciel eut assez de courage.
> Ici tomba son corps dégarni de plumage,
> Laissant tous braves* cœurs de sa chute envieux.
> (*H*, sonnet 1, v. 1-4.)

L'histoire de la chute d'Icare est reprise ici, non pour dénoncer la folie de l'aviateur aux ailes de cire qui s'approcha trop près du Soleil, mais pour vanter le courage du « jeune audacieux » qui se noya dans la mer Égée. L'échec se trouve magnifié, et la sagesse proverbiale renversée : c'est l'*infortune* qui sourit à l'audacieux. Cette délectation pour la chute se veut une leçon, paradoxalement positive, aux cascadeurs de l'avenir. La mort n'est rien pourvu qu'on ait l'ivresse :

> Ô bienheureux travail* d'un esprit glorieux*
> Qui tire un si grand gain d'un si petit dommage !
> (*Ibid.*, v. 5-6.)

Juste retournement des choses, c'est le vaincu qui triomphe et qui remporte la victoire. Le thème chrétien de la *felix culpa* est mis désormais au service d'une rhétorique de l'éloge le plus profane. L'« heureuse faute » n'est plus celle des premiers parents qui nous ont valu la rentrée en grâce par la Rédemption ; elle est celle qui nous vaut le jeu précieux sur l'oxymore de cet échec réussi :

> Ô bienheureux malheur plein de tant d'avantage,
> Qu'il rende le vaincu des ans victorieux !
> (*Ibid.*, v. 7-8.)

Les tercets mettent en valeur des alexandrins à la structure et aux accents déjà cornéliens :

> Un chemin si nouveau n'étonna* sa jeunesse,
> Le pouvoir lui faillit mais non la hardiesse.
> (*Ibid.*, v. 9-10.)

On croit entendre Rodrigue : « Mon bras est invaincu mais non pas invincible. » Les oppositions tombent en série, et les pointes se succèdent comme si le poète ne pouvait se lasser de jouir de sa propre audace, gage de sa réussite :

> Il eut pour le brûler des astres le plus beau.
> Il mourut poursuivant une haute aventure.

> Le ciel fut son désir, la mer sa sépulture :
> Est-il plus beau dessein, ou plus riche tombeau ?
> (*Ibid.*, v. 11-14.)

La question finale semble de pure forme. Elle ébranle cependant les assises d'un idéal héroïque qui ne s'était imposé que sous le fouet du paradoxe. Le désir de s'envoler est sans doute un « beau dessein » mais la mer offre-t-elle vraiment le « plus riche tombeau » ? On peut en douter. Au dernier vers, l'indécision revient habiter le lecteur et l'oblige à relire le poème comme une « contexture artificieuse ». Et si ce sonnet n'était que la transposition mimétique de la *chute* d'Icare par un poète qui veut à tout prix l'éviter ?

Le terme de « chute* » désigne, en effet, la pointe, le trait ingénieux sur lequel se termine tout poème précieux. Molière jouera sur les deux sens, physique et poétique, du terme au début de son *Misanthrope*, lorsque Alceste et Philinte s'entretiendront sur les mérites du sonnet d'Oronte :

> PHILINTE
> La chute* en est jolie, amoureuse, admirable.
>
> ALCESTE
> La peste de ta chute, empoisonneur au diable !
> En eusses-tu fait une à te casser le nez !
> (Acte I, scène 2, v. 333-335.)

Avant Molière, Desportes télescope la chute d'Icare avec celle de son poème. « Beau dessein », en vérité : son « riche sonnet-tombeau » semble n'avoir été conçu que pour en exhiber l'ingénieuse chute et déjouer par avance la malveillance des critiques.

L'ingéniosité est bien la marque du style de Desportes, et sa figure de prédilection, l'*oxymore*, permet de fusionner habilement des contraires tout en maintenant leur incompatibilité. Dans le sonnet 71 des *Amours d'Hippolyte*, l'oxymore s'exhibe d'abord dans nombre de doublets verbaux. « Les marbres liquides » désignent la froide surface de l'océan (v. 6), et le silence, à la fois inquiétant et rassurant, de la nuit « enchante les soucis » du promeneur (v. 8). Mais la tonalité oxymoronique s'étend à l'ensemble d'un texte où les ténèbres redoutées se transforment en agréables clartés. Depuis le premier quatrain jusqu'au dernier tercet, la laideur se change en beauté sans perdre les charmes de sa première horreur :

> Épouvantable Nuit, qui tes cheveux noircis
> Couvres du voile obscur des ténèbres humides,
> Et des antres sortant, par tes couleurs livides
> De ce grand Univers les beautés obscurcis :
>
> Las* ! si tous les travaux* par toi sont adoucis,
> Au ciel, en terre, en l'air, sous les marbres liquides,
> Or* que dans ton char le Silence tu guides,
> Un de tes cours entiers enchante mes soucis.
>
> Je dirai que tu es du Ciel la fille aînée,
> Que d'astres flamboyants la tête est couronnée,
> Que tu caches au sein les plaisirs gracieux :
>
> Des Amours et des Jeux la ministre fidèle,
> Des mortels le repos : bref tu seras si belle
> Que les plus luisants jours en seront envieux.
> (*H*, sonnet 71, v. 1-14.)

Les insomnies de Ronsard nous avaient émus parce que l'art du poète ne se déployait jamais au détriment des souffrances du vieil homme qui se savait mourir. L'Ixion*, éternellement condamné par la mythologie antique, s'était véritablement réincarné en lui :

> Le Sommeil tant soit peu n'évente de ses ailes
> Mes yeux toujours ouverts, et ne puis affirmir
> Paupière sur paupière, et ne fais que gémir,
> Souffrant comme Ixion* des peines éternelles.
> (*OC*, II, sonnet 4, v. 5-8, p. 1103.)

Les insomnies de Desportes restent celles du peintre de la nuit qui passe ses veilles à donner aux ténèbres leur couleur appropriée. Le Sommeil reste pour lui le dieu mythique des bords du Léthé*, fleuve de l'Oubli. S'il ne répond pas à son appel, ce n'est pas qu'il fasse la sourde oreille : il s'est tout simplement endormi ! Une fois encore, c'est la « chute* » du poème qui importe et, dans ce cas-ci, elle est d'autant plus ingénieuse qu'elle vise à *réveiller* le bon lecteur que le sonnet néopétrarquiste aurait pu endormir :

Sommeil, paisible fils de la Nuit solitaire,
Père alme* nourricier de tous les animaux,
Enchanteur gracieux, doux oubli de nos maux,
Et des esprits blessés l'appareil salutaire :

Dieu favorable à tous, pourquoi m'es-tu contraire ?
Pourquoi suis-je tout seul rechargé de travaux*
Or* que l'humide nuit guide ses noirs chevaux
Et que chacun jouit de ta grâce ordinaire ?

Ton silence où est-il ? ton repos et ta paix,
Et ces songes volant comme un nuage épais,
Qui des ondes d'Oubli* vont lavant nos pensées ?

O frère de la Mort, que tu m'es ennemi !
Je t'invoque au secours, mais tu es endormi,
Et j'ards* toujours veillant en tes horreurs glacées.
(*H*, sonnet 75, v. 1-14.)

Cette poésie « fin du siècle », qu'elle soit signée des beaux noms de Christofle de Beaujeu, Siméon-Guillaume de La Roque ou François Scalion de Virbluneau, se caractérise par le foisonnement des figures et l'instabilité du sens. Ces indices d'une exubérance fiévreuse remettent en question l'image de la première Renaissance, époque olympienne, dépourvue d'angoisse métaphysique et entièrement acquise à la plénitude épistémologique de l'ordre néoplatonicien. La corne d'abondance des humanistes compte désormais des fruits en voie de pourrissement ; les symboles de la fertilité ne s'y exhibent que pour mieux cacher une dangereuse gangrène. Érasme nous en avait pourtant prévenus : *ubi uber, ibi tuber*. La source de la vie, même en poésie, est aussi celle du cancer (Cave, 1997, p. 190).

C'est l'informe et le protéiforme, l'instable et le muable, le brouillé et le métissé, le bouillonnant et l'inachevé qui sont désormais cultivés pour remplir la « cornucopie » de la Renaissance. Tout semble soumis au principe du mobilisme universel (Jeanneret). La *fertilité* des premiers temps s'est muée en une *variété* non moins vertigineuse. Rien ne par-

vient à l'existence qui ne subisse quelque transformation.
On pense à l'imprécation lancée par Ronsard contre les
bûcherons de la forêt de Gâtine, son dernier chef-d'œuvre en
alexandrins (1584) :

> Écoute, bûcheron (arrête un peu le bras)
> Ce ne sont pas des bois que tu jettes à bas :
> Ne vois-tu pas le sang, lequel dégoûte à force
> Des Nymphes qui vivaient dessous la dure écorce ?
> Sacrilège meurtrier, si on pend un voleur
> Pour piller un butin de bien peu de valeur,
> Combien de feux, de fers, de morts et de détresses
> Mérites-tu, méchant, pour tuer des Déesses ?
> (*OC*, II, élégie 23, v. 19-26, p. 408.)

Indignation « écologique » avant l'heure mais qui se termine par une grave méditation philosophique sur la mutabilité des formes et le dépérissement des êtres : « La matière
demeure, et la forme se perd » (*ibid.*, v. 68, p. 409).

L'énergie des métamorphoses traverse les domaines les
plus divers de l'expérience humaine. La mythographie fon-
datrice d'Ovide s'allie au mouvement inaugural de la
Genèse pour devenir la bible œcuménique des poètes. Nul,
à cet égard, n'explore avec plus de verve et de succès le
spectacle grandiose du cosmos que Guillaume de Salluste
du Bartas. Vaste poème encyclopédique sur la création du
monde, *La Première Semaine* (1578) suscite l'émerveillement. Le « grand livre du monde » s'y trouve magnifiquement évoqué dans une succession d'images éblouissantes.
Au commencement n'est pas le Verbe mais le Chaos ; et
du Bartas multiplie les génitifs hébraïques pour exprimer
l'inexprimable *amorphisme* de l'origine :

> Ce premier monde était une forme sans forme,
> Une pile confuse, un mélange difforme,
> D'abîmes un abîme, un corps mal compassé,
> Un Chaos de Chaos, un tas mal entassé.
> (*S*, I, 1, v. 223-226, p. 12.)

Tout est prêt pour que Dieu insuffle la vie à ce chaos et lui
donne une âme. L'« amas flottant » de la masse primitive
s'anine et prend forme sans pour autant perdre le pouvoir de
se changer au cours du temps. Du Bartas capte dans une for-

mule oxymoronique, inchangé changement, cette éternelle
plasticité de l'univers :

> La matière du monde est cette cire informe
> Qui prend, sans se changer, toute sorte de forme.
> (*S*, I, 2, v. 193-194, p. 46.)

La création du monde ne sera jamais terminée. Coopéra-
teur du divin Plasmateur*, le poète a pour mission d'exploiter les heureux hasards du langage pour reproduire dans la
matière du vernaculaire cette gestation sans fin. Il multi-
pliera les harmonies imitatives, en particulier par le redou-
blement des préfixes : « floflottement » de la mer, « sou-
soufflement » des voiles, « babattement » des ailes. On s'est
moqué à tort de la naïveté de ces néologismes. Il faut les
comprendre comme l'expression d'un fabuleux désir de
retourner aux balbutiements de l'origine. Du Bartas entend
participer activement au grand mouvement de la *mimèsis*
divine. Il renouvelle le climat inaugural de la Genèse, orien-
tant dans un sens eschatologique tout le programme de la
« défense » et de l'« illustration » de la langue française.

Goethe admirera le début du « Septième Jour » où, arrivé
à la fin de la Création, Dieu regarde son chef-d'œuvre
comme un peintre contemple le tableau qu'il a terminé :

> Le peintre qui, tirant* un divers paysage,
> A mis en œuvre l'art, la nature et l'usage*,
> Et qui d'un las pinceau sur si docte portrait
> A, pour s'éterniser, donné le dernier trait,
> Oublie ses travaux*, rit d'aise en son courage*,
> Et tient toujours ses yeux collés sur son ouvrage.
> (*S*, II, 7, v. 1-6, p. 303.)

Dieu est l'artiste par excellence. Le texte de la Genèse le
répète. Dans le premier récit de la Création, à la fin de
chaque journée, revient le même verset : « Et Dieu vit que
cela était bon. » Du Bartas développe à plaisir cette image
d'un Dieu satisfait de son œuvre par le biais de l'expérience
esthétique. Il sait que le spectacle de toute création peut exercer un véritable envoûtement sur son créateur. L'artiste possède le pouvoir d'insuffler à son ouvrage un puissant sentiment de *présence*. Le poète de *La Semaine* n'est pas de reste.
Il cherche, lui aussi, à dégager de la scène représentée un

sens si aigu du vécu qu'on croirait volontiers à une intervention surnaturelle. Comme ses contemporains, du Bartas
voit en Pygmalion le mythe fondateur de la puissance « illusionniste » de l'art. On se souvient qu'en désirant ardemment représenter la beauté idéale le sculpteur de la fable
réussissait à lui donner la vie. Ce mythe a de quoi captiver
l'imagination des artistes et des écrivains : de Donatello à
Montaigne, il servira à attester la puissante charge affective
et le sens du vécu qui s'attachent à l'œuvre d'art[1].

Chez du Bartas, cet éloge de la création artistique se
reporte sur celle de l'univers. L'image du peintre, entièrement absorbé par son chef-d'œuvre, sert à hyperboliser la
beauté de la Création et l'amour qui anime le Créateur divin
pour ses créatures. Le lecteur saura trouver dans l'analogie
picturale un sens moral, un *plus haut sens* (*altior sensus**)
qui célèbre la prodigieuse générosité divine :

> Ainsi ce grand Ouvrier, dont la gloire fameuse
> J'ébauche du pinceau de ma grossière muse,
> Ayant ces jours passés, d'un soin non soucieux,
> D'un labeur sans labeur, d'un travail gracieux,
> Parfait de ce grand Tout l'infini paysage,
> Se repose ce jour, s'admire en son ourage,
> Et son œil, qui n'a point pour un temps autre objet,
> Reçoit l'espéré fruit d'un si brave* projet.
> (*S*, II, 7, v. 45-52, p. 305.)

En insistant sur la prépondérance du visuel, le poète suscite la magie incantatoire par laquelle s'anime l'objet de son
discours et acquiert pour ainsi dire une *âme*. Dieu se trouve
réduit à un seul œil cyclopéen, omnivoyant :

> *Il voit* ore* comment la mer porte-vaisseaux
> Pour hommage reçoit de tous fleuves les eaux.
> *Il voit* que d'autre part le Ciel ses ondes hume
> Sans que le tribut l'enfle ou le feu le consume.
> [...]
> *Il œillade* tantôt les champs passementés
> Du cours entortillé des fleuves argentés.
> Ore* il prend son plaisir à *voir*…
> (*S*, II, 7, v. 55-58, 63-66, p. 306.)

1. Voir chapitre 2, *supra*.

Dans son *Institution oratoire* (VI, 2), Quintilien avait demandé à l'orateur de joindre l'*èthos* au *pathos* pour créer une « vision verbale » grâce à laquelle l'auditeur puisse devenir véritablement spectateur. La doctrine de l'*ut pictura poesis* allait dans le même sens, renvoyant les poètes au modèle plastique pour éprouver cet étourdissement où se confond le modèle avec sa représentation. Du Bartas porte ces idées au niveau le plus élevé, celui de l'extase. Art divin ? art humain ? Qu'importe, puisqu'ils se trouvent confondus dans la même expression verbale :

> Bref, l'art si vivement exprime la nature
> Que le peintre se perd en sa propre peinture.
> (*S*, II, 7, v. 41-42, p. 305.)

Cette admirable créativité, Pic de La Mirandole l'avait louée dans son *Discours sur la dignité de l'homme* ; mais Érasme avait jeté une ombre sur elle en soulignant le côté protéen de cette étonnante vertu. *Proteo mutabilior* (*Adages*, II, 2, 74) : je suis plus muable que le dieu même de la mutabilité. À sa suite, Montaigne avait proposé l'image du caméléon et composé un répertoire impressionnant qui le faisait conclure à « l'inconstance de nos actions » :

> Nous ne pensons ce que nous voulons qu'à l'instant que nous le voulons, et changeons comme cet animal qui prend la couleur du lieu où on le couche (*Essais*, II, 1, p. 333).

Rien d'étonnant à trouver cette conscience de la mouvance et de l'instabilité chez l'auteur des *Essais*, obsédé qu'il est, en son époque de « troubles » civils et religieux, par le « branle universel » et la labilité incorrigible de la nature humaine. Cependant, ce qui est vrai pour lui l'est aussi pour les poètes de sa génération qui n'échappent pas à cette obsession mobiliste.

Les poètes dévots, catholiques ou protestants, de la fin du siècle s'acharneront à déstabiliser les assises rationnelles que se sont bâties les êtres humains pour oublier l'incertitude de leur condition. Déjà, derrière les *Constantes Amours* (1568) de Jacques de Constans on lisait en filigrane le sentiment de l'*homo viator*, exilé sur cette terre. Le sous-titre des *Octonaires* (1580-1583) que compose Antoine de La Roche-Chandieu précise une intention du même genre : il s'agit d'une méditation « sur la vanité et l'inconstance du monde. » La *Muse chrétienne* (1590-1592), que Pierre Poupo adresse à son épouse, pourrait servir de titre général de nombreux recueils de l'époque sur les incertitudes du monde et le refuge en Dieu, seul remède aux maux de l'humanité.

Chez le plus grand de ces poètes, Jean de Sponde (1557-1595), les sonnets d'amour tournent le dos à la poésie pétrarquiste, telle que l'avait pratiquée la Pléiade, l'impulsion érotique se sublimant en une soif d'absolu qui tente de soustraire l'homme au « branle » et à la mouvance universelle qu'il constate partout autour de lui :

> Si c'est dessus les eaux que la terre est pressée,
> Comment se soutient-elle encor si fermement ?
> Et si c'est sur les vents qu'elle a son fondement,
> Qui la peut conserver sans être renversée ?
>
> Ces justes contrepoids qui nous l'ont balancée*,
> Ne penchent-ils jamais d'un divers branlement ?
> Et qui nous fait solide ainsi cet Élément
> Qui trouve autour de lui l'inconstance amassée ?
> (*OL*, sonnet 1, v. 1-8, p. 48.)

Si ces quatrains posent des questions sans offrir de réponses, c'est pour inviter le lecteur à s'émerveiller d'un étrange phénomène : les eaux et les vents semblent faits pour enlever à la terre sa fermeté alors que celle-ci résiste à leurs assauts répétés. Comment un tel « miracle » est-il possible ? Les tercets ne donneront pas de solution rationnelle. Ils se contenteront de constater : « Il est ainsi. » Ce sera l'occasion de proposer une comparaison non moins étrange avec la situation du parfait amant, « constant » et pourtant assailli par mille incertitudes et sollicitations :

> Il est ainsi : ce corps se va tout soulevant
> Sans jamais s'ébranler parmi l'onde et le vent.
> Miracle non pareil ! si mon amour extême,
>
> Voyant ces maux coulant, soufflant de tous côtés,
> Ne trouvait tous les jours par exemple de même
> Sa constance au milieu de ces légèretés. (*Ibid.*, v. 9-14.)

Reste à savoir, bien sûr, quelle valeur de véridicité il convient de donner à cette analogie. Car la question reste entière. Cette présomption de fermeté, d'équilibre et de permanence ne serait-elle qu'une amère illusion ? Le « branlement » spondien n'est peut-être pas si différent de la « branloire » montaignienne. Dans un univers où la stabilité n'est jamais qu'un leurre, une merveilleuse amitié vient apporter « une chaleur *constante* » qui tient, elle aussi, du miracle :

> Le monde n'est qu'une branloire pérenne*. Toutes choses y branlent sans cesse : la terre, les rochers du Caucase, les pyramides d'Égypte [...]. La constance même n'est autre chose qu'un branle plus languissant (*Essais*, III, 2, p. 804-805).

> En l'amitié, c'est une chaleur générale et universelle, tempérée au demeurant et égale, une chaleur constante et rassise*, toute douceur et pollissure*, qui n'a rien d'âpre et de poignant (*ibid.*, I, 28, p. 186).

La relation affective est un remède lorsqu'elle est sublime ou sublimée. Chez Jean de Sponde, le conflit entre la vérité de l'être et l'illusion du paraître prendra une forme dialectique. Dans les *Stances de la mort*, la clarté du jour s'avère trompeuse parce que le monde qu'elle éclaire n'est que vanité ; écartons-nous-en donc pour nous plonger dans l'obscurité ; nous pourrons alors apprécier le véritable rayonnement que nous promet l'autre vie :

> Mes yeux, ne lancez plus votre pointe éblouie
> Sur les brillants rayons de la flammeuse* vie,
> Sillez-vous, couvrez-vous de ténèbres, mes yeux :
> Non pas pour étouffer vos vigueurs coutumières,
> Car je vous ferai voir de plus vives lumières,
> Mais, sortant de la nuit, vous n'en verrez que mieux.
> (Strophe 1, v. 1-6, p. 248.)

Le paradoxe domine cette poétique. Celui qui dédiera à Henri de Navarre ses *Méditations sur les Psaumes* (1588) reprend à la Bible cette figure de l'étonnement. De même que la folie de la Croix est la véritable sagesse et de même qu'il faut mourir à soi-même pour accéder à la vraie vie, de même Sponde demande par deux fois à ses propres yeux de se fermer pour mieux voir. La vue est le sens qui prévaut dans l'ordre platonicien. Comme dans la *Première Semaine* de Du Bartas où Dieu ne pouvait s'arracher à la contemplation de son Œuvre, le regard de Sponde passe en revue les vanités du Monde pour mieux ensuite les soustraire à sa vue :

> J'ai vu comme le Monde embrasse ses délices,
> Et je n'embrasse rien au Monde que supplices.
> (Strophe 3, v. 13-14, p. 248.)

Une série de termes, opposés à la rime, sert à renforcer cette dichotomie eschatologique, elle-même rehaussée par le paratactisme des vers. Voyez le combat que se livrent la chair et l'esprit :

> La Chair sent le doux fruit des voluptés présentes
> L'Esprit ne semble avoir qu'un espoir des absentes.
> (Strophe 7, v. 40-42, p. 249.)

Le prestige de la majuscule élève ces grandes figures au-dessus de l'expérience commune. Qu'elles séduisent ou effraient, elles se regroupent autour des deux pôles qui structurent un univers dominé par Dieu et Satan. De Sponde peuple son œuvre d'abstractions qui se nomment Bien et Mal, Esprit et Monde, Terre et Temps, Ces termes entrent dans ses poèmes avec la force et l'évidence de l'allégorie. Or il n'existe pas de résolution à leur conflit : de là l'inévitable ressassement de cette poésie. Le langage ne peut jamais que répéter une *vision tragique* qui tient à l'opposition entre les plaisirs de la vie et l'exigence du salut.

Pour mettre en évidence cette tension existentielle le montage en parallèle devient un procédé idéal dans les *Sonnets sur la mort*. Le *poème rapporté** offre alors une structure formelle parfaitement adaptée à cette exigence d'ordre et de clarté. Prises dans le rythme ternaire du trimètre, les forces ennemies se liguent contre le « moi » opprimé :

> Tout s'enfle contre moi, tout m'assaut*, tout me tente,
> Et le Monde, et la Chair, et l'Ange révolté,
> Dont l'onde, dont l'effort, dont le charme inventé
> Et m'abîme*, Seigneur, et m'ébranle, et m'enchante*.
> (Sonnet 12, v. 1-4, p. 264.)

Peu sûr de pouvoir repousser une aussi féroce tentation, le croyant au bord du doute se demande dans quelle mesure la grâce de Dieu lui permettra de ne pas succomber. Quel secours peut-il alors espérer ?

> Quelle nef, quel appui, quelle oreille dormante,
> Sans péril, sans tomber et sans être enchanté,
> Me donn'ras-tu ? Ton Temple où vit ta Sainteté,
> Ton invincible main et ta voix si constante ?
> (*Ibid.*, v. 5-8.)

Le premier tercet répond au premier quatrain par la mise en scène du combat que se livrent des forces antagonistes dans le cœur du poète :

> Et quoi ? mon Dieu, je sens combattre maintes fois
> Encore avec ton Temple, et ta main, et ta voix,
> Cet Ange révolté, cette Chair, et ce Monde.
> (*Ibid.*, v. 9-11.)

On croit entendre le fameux hymne luthérien, *Ein feste Burg ist unser Gott*, que Johannes Walter met si puissamment en musique à la même époque. Deux pouvoirs redoutables, Dieu et Satan, se livrent une bataille sans merci. Mais il faut garder confiance car tout ce qui vient de Dieu est destiné à remporter la victoire (« *Alles, was von Gott geboren/ist zum Siegen auserkoren* »). Et de Sponde emploie le futur parce que c'est manifestement le temps de l'espérance :

> Mais ton Temple pourtant, ta main, ta voix sera
> La nef, l'appui, l'oreille, où ce charme perdra,
> Où mourra cet effort, où se rompra cette onde.
> (*Ibid.*, v. 12-14.)

Dans l'espace fortement charpenté du *sonnet rapporté** où les abstractions se déchirent en silence, l'individu n'a plus droit au chapitre. Dépossédé de son identité, il est le témoin d'une lutte qui le dépasse. On est très loin de l'allégorisme flamboyant du XVe siècle où les idées personnifiées s'entretenaient dans le jardin (*locus amoenus*) de la fiction. L'allégorie a perdu l'élégant visage de *La Dame à la licorne*. La Chair et le Monde désignent un univers où règne désormais l'Angoisse, celle que laïcisera le Mallarmé du « Ptyx ». Dans les figures tombales des Médicis, Wölfflin lisait la transposition visuelle d'allégories tourmentées (1987, p. 181). Ici, la Nuit, le Jour, le Soir et le Matin projettent l'Inquiétude dans la froideur poétique d'un espace uniforme et abstrait.

La hantise de la mort est constante. Un *memento mori* surgit à tout moment et l'on sent une délectation morose, une
Schadenfreude, à fouler aux pieds l'orgueil humain qui croit
pouvoir oublier que cette vie est transitoire :

> Mais si* faut-il mourir ! et la vie orgueilleuse,
> Qui brave de la mort, sentira ses fureurs ;
> Les Soleils hâleront ces journalières fleurs,
> Et le temps crèvera cette ampoule venteuse.
> (Sonnet 2, v. 1-4, p. 254.)

Le corps humain, qu'avait exalté l'humanisme triomphant,
est réduit à une « ampoule venteuse », fragile enveloppe soumise à l'infortune. Les thèmes épicuriens du *tempus fugit** et
du *carpe diem** sont enfin renversés. Les gaillardises de
Ronsard et de son école ne sont plus de mise. Elles fêtaient
l'éphémère et, éphémères, elles l'étaient. Le Vendômois
invitait sa belle Hélène à profiter de la vie :

> Vivez, si m'en croyez, n'attendez à demain :
> Cueillez dès aujourd'hui les roses de la vie.
> (*Amours*, *H*, sonnet 24, v. 13-14, p. 432.)

À la pointe de son propre sonnet, de Sponde corrige
Ronsard sur le ton de la parodie, répétant le fameux
« Vivez » mais pour faire ressortir la menace inéluctable qui
l'accompagne :

> Vivez, hommes, vivez, mais si* faut-il mourir.
> (Sonnet 2, v. 14, p. 254.)

Le vieux thème de l'*homo viator* revient à la mode, pour se
mêler à celui que Poussin rendra bientôt célèbre : *et in
Arcadia ego*. Car les tombeaux jonchent même l'heureux sol
d'Arcadie.

Pour mieux faire prendre conscience de la vanité de
l'ambition et de la brièveté de la vie, le prédicateur n'hésite
pas à accumuler les répétitions et à recourir à l'injonction :

> Hélas ! contez vos jours : les jours qui sont passés
> Sont déjà morts pour vous, ceux qui viennent encore
> Mourront tous sur le point de leur naissante Aurore
> Et moitié de la vie est moitié du décès.
> (Sonnet 5, v. 1-4, p. 257.)

Reprenant à la poésie médiévale le thème du *ubi sunt**
(« Mais où sont les neiges d'antan ? »), il abandonne le ton
élégiaque de la question et en change légèrement la formule
(« Qui sont ? ») pour désarçonner les *esprits forts* – on les
appellera bientôt *libertins* – qui se livrent en aveugles à leur
condamnation éternelle :

> Qui sont, qui sont ceux-là, dont le cœur idolâtre
> Se jette aux pieds du Monde et flatte ses honneurs ?
> Et qui sont ces Valets, et qui sont ces Seigneurs ?
> Et ces âmes d'ébène et ces faces d'albâtre ?
>
> Ces masques déguisés, dont la troupe folâtre
> S'amuse à caresser je ne sais quels donneurs
> De fumées de Cour, et ces entrepreneurs
> De vaincre encor le Ciel qu'ils ne peuvent combattre ?
> (Sonnet 9, v. 1-8, p. 261.)

Cette obsession de la mort se retrouve chez de nombreux
autres poètes qui s'adressent à leurs semblables (à leurs
frères) pour les détourner des vanités d'ici-bas et leur montrer avec éloquence que « la vraie vie est ailleurs ». Jean-
Baptiste Chassignet (1571-1635), jeune avocat qu'on pren-
drait pour un prédicateur chevronné, est de ceux-là. Dans un
recueil dont le titre est tout un programme (*Le Mépris de la
vie et Consolation contre la mort*, 1594), les vers se succèdent en cascade pour refaire la même constatation, toujours
aussi évidente et toujours aussi désolante :

> Nous n'entrons point d'un pas plus avant en la vie
> Que nous n'entrions d'un pas plus avant dans la mort.
> (Sonnet 44, v. 1-2, p. 65.)

Les parallélismes foisonnent dans ces compositions. Sertis
dans un discours itératif que renforcent les répétitions, ils
confèrent un caractère inéluctable au paradoxe selon lequel
« Notre vivre n'est rien qu'une éternelle mort » (*ibid.*, v. 3).
Le questionnement (« Sais-tu que c'est de vivre ? », sonnet 15, v. 1, p. 42), technique éloquente prisée par l'orateur,
surgit à tout moment pour ôter à l'*esprit fort*, c'est-à-dire au
libertin, les armes futiles de sa raison « outrecuidée* » :

Qu'est-ce que votre vie ? une bouteille molle
Qui s'enfle dessus l'eau, quand le ciel fait pleuvoir,
Et se perd aussitôt comme elle se fait voir,
S'entrebrisant à l'heurt d'une moindre bricole.

Qu'est-ce que votre vie ? un mensonge frivole
Qui, sous ombre du vrai, nous vient à décevoir*,
Un songe qui n'a plus ni force ni pouvoir
Lorsque l'œil au réveil sa paupière décolle.
(Sonnet 98, v. 1-8, p. 105.)

L'interlocution provocante porte le thème de l'*Ecclésiaste*
à une nouvelle température poétique. Montaigne avait fait
graver sur les travées de sa « librairie » : « *per omnia vanitas* » (tout est vanité), variante du premier verset biblique,
« *vanitas vanitatum et omnia vanitas* ». Chassignet veut aller
plus loin en mettant concrètement en vers son goût pour le
macabre. Il atteint alors le sommet de son art. Convoquant
les images les plus répugnantes, il multiplie à plaisir les
cadavres en décomposition, avec, si l'on peut dire, un rare
bonheur. On repense au Ronsard des *Derniers Vers*. Mais la
description hyperréaliste a désormais un tout autre but. Ce
n'est plus le vieux poète qui voit son corps défaillir à
l'approche de la mort ; c'est le jeune homme, énergique
et passionné, qui exploite le *lyrisme de l'horreur* pour
« réveiller » brutalement son lecteur, lui ôter ses illusions et
le ramener vers Dieu, seul fondement vraiment solide, seule
justification de notre existence terrestre :

Mortel, pense quel est dessous la couverture
D'un charnier mortuaire un corps mangé de vers,
Décharné, dénervé, où les os découverts,
Dépoulpés*, dénoués, délaissent leur jointure.

Ici l'une des mains tombe de pourriture,
Les yeux d'autre côté, détournés à l'envers,
Se distillent* en glaire, et les muscles divers
Servent aux vers goulus d'ordinaire pâture.

Le ventre déchiré cornant de puanteur
Infecte l'air voisin de mauvaise senteur,
Et le nez, mi-rongé, diforme* le visage.

> Puis*, connaissant l'état de ta fragilité,
> Fonde en DIEU seulement, estimant vanité
> Tout ce qui ne te rend plus savant et plus sage.
> (Sonnet 125, v. 1-14, p. 159-160.)

Comment l'être humain pourrait-il continuer à se laisser leurrer par la « corruptible masse » (s. 38, v. 6) de son « corps charogneux » (s. 313, v. 2) ? Dans la « semaine » de Chassignet, il n'y a plus de jours gras ; seul compte le mercredi des Cendres. *Respice finem* : tu es né de la terre et retourneras en terre. Aucune forme poétique ne pouvait mieux mettre en relief cette litanie élégiaque ; car la pointe finale du sonnet permet une heureuse résolution. L'espérance renaît : un *deus ex machina* apparaît au bon moment pour nous sauver.

Cette apparition radieuse de Dieu sur l'immense cimetière des vanités humaines a de quoi ébranler. Elle répond à une soif de vérité dans la mouvance incertaine de la vie publique. Rien n'est plus étranger à cette *poétique baroque* (s'il faut employer le mot) que la conception d'un poète « feigneur » qui refuse de recevoir « la chose comme elle est » pour se réfugier dans les belles pages de la *poétrie*, de la mythologie et de l'histoire antiques. Si, au début de ses *Théorèmes*, Jean de La Ceppède (1548-1623) fait allusion aux premiers vers de l'*Énéide*, c'est pour en détourner magnifiquement le sens et greffer sur l'invocation fictive à la Muse celle, autrement véridique, de l'Esprit saint :

> Je chante les amours, les armes, la victoire
> Du Ciel qui pour la Terre a la Mort combattu.
> (Livre I, sonnet 1, v. 1-2, p. 75.)

S'adressant au Christ, il confirme ce changement d'inspiration en troquant les images du paganisme pour celles de la Bible. De là les allusions au Tabernacle des Hébreux, sous laquelle reposait l'arche d'alliance, et au Charbon de feu qui devait purifier les lèvres du prophète Isaïe :

> Pour fournir dignement cet ouvrage entrepris,
> Remplis-moi de l'Esprit qui remplit les esprits
> Des antiques ouvriers du Tabernacle antique.

> Purifie ma bouche au feu de ce Charbon
> Qui jadis repurgea la bouche Prophétique :
> Et je chanterai tout-puissant et tout-bon.
> (*Ibid.*, v. 9-14.)

La Ceppède n'hésite pas à répéter les mêmes mots (Esprit/esprits ; antiques/antique) pour montrer la différence dans la similarité : l'inspiration qui l'anime et l'antiquité qu'il évoque ne sont plus celles qu'incarnait le dieu Apollon. Agrippa d'Aubigné ne procède pas autrement lorsque au début de ses *Tragiques* il écrit que ce sont un « autre feu » (v. 58) et une « autre fureur » (v. 66) qui le consument désormais :

> Ces ruisselets d'argents, que les Grecs nous feignaient*,
> Où leurs poètes vains buvaient et se baignaient,
> Ne coulent plus ici[1]…
> (« Misères », I, v. 59-61, p. 22.)

Montaigne, encore lui, critiquera avec force ceux qui peignent la réalité de couleurs factices, dissimulant sous des ornements une vérité trop difficile à dire. Il se déclarera « ennemi juré de toute falsification » (*Essais*, I, 40, 252c). La *vraisemblance* devient soudain suspecte et, avec elle, tout un héritage antique qui cultivait le goût du merveilleux païen. La Ceppède ne recourt aux images de la *poétrie* que pour les traiter avec un mépris moqueur. Le catalogue des erreurs profanes est impressionnant. Les disciples d'Amphion, poète musicien de l'ancienne Grèce, sont qualifiés de menteurs car leur mont Hélicon, qu'ils consacrent aux Muses, est une imposture. Il faut le remplacer par la seule élévation qui importe au monde racheté par le Christ, le mont des Oliviers :

> Profanes Amphions qui n'employez la Muse
> Qu'à chanter d'Hélicon les honneurs mensongers,
> Faites-la départir de ces tons étrangers
> Afin qu'à ce beau Mont, plus sage, elle s'amuse*.
> (Livre I, sonnet 6, v. 1-4, p. 79).

L'exhortation suit la condamnation : « Quittez ces myrtes* feints* et ces feints* orangers » (*ibid.*, v. 7) parce qu'ils sont

---

1. Voir chapitre 18, *infra*.

les emblèmes de Vénus. La répétition dans le chiasme a le puissant effet d'exclure à tout jamais les plantes symboliques de la gloire antique :

> Chantons, peignons ensemble en ces Christiques vers
> Ces arbres toujours beaux, toujours vifs, toujours verts,
> Et le mystère grand dont l'amour me transporte.
>
> Redisons aux croyants que ce parfait amant
> Parmi les oliviers commence son tourment,
> Pour nous marquer la grâce et la paix qu'il apporte.
> (*Ibid.*, v. 9-14, p. 79.)

Dans son fameux poème[1], « À une Dame », rebaptisé « Contre les Pétrarquistes », du Bellay avait reproché aux poètes leurs odieuses « feintises* », au sens créations fictives, se disant lui-même guéri des artifices de la poésie amoureuse :

> Ceux qui font tant de plaintes,
> N'ont pas le quart d'une *vraie amitié*
> Et n'ont pas tant de peine la moitié,
> Comme leurs yeux, pour vous faire pitié,
> Jettent de larmes feintes*[2].
> (*OP*, II, 20, v. 1-8, p. 190.)

Pour les poètes dévots de la fin du siècle, la soif d'authenticité est la même, mais elle trouve à se formuler non plus par le biais du *style bas*, pédestre, de la conversation, mais dans le *registre élevé* du merveilleux chrétien. Le Christ est le *parfait Amant* dont trois livres de cent sonnets viendront retracer le drame. Drame autrement plus tragique que celui des amours humaines et qui pourtant ne nous touche que par son extrême humanité :

> L'Amour l'a de l'Olympe ici-bas fait descendre ;
> L'Amour l'a fait de l'homme endosser le péché ;
> L'Amour lui a déjà tout son sang fait épandre ;
> L'Amour l'a fait souffrir qu'on ait sur lui craché.
> (Livre III, sonnet 20, v. 1-4, p. 228.)

---

1. Voir chapitres 11, 12 et 15, *infra*.
2. Voir chapitres 11, 12 et 15

Le poète laisse le schème embrassé traditionnel (*abba*) pour choisir une forme irrégulière dont la disposition *croisée* (*abab*) suggère un rapport intime avec le drame de la *Croix*. Le souvenir des puissants mythes anciens n'est pas pour autant effacé. Des tercets sortira le nouvel Orphée, christianisé, des temps modernes :

> Son amour est si grand, son amour est si fort
> Qu'il attaque l'Enfer, qu'il terrasse la Mort,
> Qu'il arrache à Pluton sa fidèle Eurydice.
>
> Belle pour qui ce beau meurt en vous bien-aimant,
> Voyez s'il fut jamais un si cruel supplice,
> Voyez s'il fut jamais un si parfait Amant. (III, 20, v. 9-14.)

La cascade des propositions consécutives dramatise énergiquement la descente du Christ aux Enfers. Les verbes d'agression, liés par la paronymie (attaque, terrasse, arrache) forment un hymne à la force de l'Amour. Le topos classique (*amor omnia vincit*) se greffe sur le thème biblique commun à Isaïe (25, 8), Osée (13, 14) et saint Paul (I Corinthiens 15, 55) : « Mort où est ta victoire ? » Dans la nouvelle mythologie christianisée, l'Eurydice qui retrouve la vie ne désigne pas autre chose que l'« Église », cette famille humaine rachetée par l'amour du Rédempteur, comme La Ceppède le précise lui-même dans une de ses nombreuses annotations (p. 228, n. 50 ; Donaldson-Evans). Lorsque au jardin des Oliviers succède la montée au Calvaire, La Ceppède voudra forcer son lecteur à s'imaginer les souffrances de l'homme-Dieu, entrecoupant l'insupportable torture d'émouvants échanges entre la mère et le fils qu'on conduit au supplice :

> Debout, parmi l'horreur des charognes relentes*
> En cette orde* voirie, il voit de tous côtés
> De ses durs ennemis les troupes insolentes
> Et de sa dure mort les outils apprêtés.
>
> Puis, las ! si tant soit peu ses yeux sont arrêtés
> Sur les yeux maternels ; leurs prunelles parlantes,
> S'entredisant adieu, vont perdant leurs clartés
> Par l'effort redoublé des larmes ruisselantes.
> (Livre III, sonnet 10, v. 1-8, p. 221-222.)

Nous ne sommes pas conviés ici à contempler la beauté d'une *pietà* de marbre à la manière michelangelesque. Il faut que le Christ soit encore vivant pour montrer tout son amour pour sa mère. La Ceppède parle de la « compassion [que Jésus] avait de l'extrême douleur de sa bonne mère » (p. 222, note 27). Les regards se croisent, et les yeux se noient de larmes – détail émouvant et dont les Évangiles ne parlent pas. Magnifique évocation de ces « prunelles parlantes » qui « s'entredisent adieu ». Scène humaine, et qui surprend chez un poète connu pour son ostentation. La réussite vient de la soudaine discrétion avec laquelle on nous présente, sans *pathos*, une « mère surchargée de perte » : aussi simplement, presque aussi prosaïquement que le fait Montaigne dans son émouvant chapitre sur la « tristesse » (*Essais*, I, 2, p. 12).

C'est que François de Malherbe (1555-1628) n'est pas loin. Le critique de Desportes et dont on fera bientôt, d'ailleurs à tort, le « père du classicisme » avait cultivé, à ses débuts, un pathétique « baroquisé » qu'il reniera plus tard. À l'imitation de Tansillo, il évoque longuement le reniement de l'apôtre dans *Les Larmes de saint Pierre* (1587) : soixante-six sizains qui firent l'admiration de la Cour et du roi Henri III. Torturé par le remords, le pécheur de l'Évangile se représente le Christ baffoué de la Passion, en marche vers son supplice, et dont la pire douleur n'est pas physique mais vient du souvenir d'avoir été abandonné par son meilleur ami :

> Toutes les cruautés de ces mains qui m'attachent,
> Le mépris effronté que ces bouches me crachent.
> Les preuves que je fais de leur impiété,
> Pleines également de fureur et d'ordure,
> Ne me sont une pointe aux entrailles si dure
> Comme le souvenir de ta déloyauté.
> (*OP*, II, strophe 14, v. 79-84, p. 176.)

L'accumulation des violences physiques (mains attachées, crachats, injures proférées par les tortionnaires) prend un nouveau sens dans la conscience de Pierre dans la mesure où ces violences permettent de mesurer l'énormité de la souffrance morale : celle du Sauveur qui a perdu son disciple mais aussi, par ricochet, celle de l'ami qui a trahi et dont le lecteur partage les émotions.

Si saint Pierre payait cher son reniement, à travers lui tous
les pécheurs revivaient la même blessure, celle que
Montaigne avait si bien évoquée dans son chapitre sur le
« repentir » :

> Le vice laisse comme un ulcère en la chair, une repen-
> tance en l'âme, qui toujours s'égratigne et s'ensanglante
> elle-même. Car la raison efface les autres tristesses et
> douleurs ; mais elle engendre celle de la repentance qui
> est plus griève* d'autant qu'elle naît au dedans (III, 2,
> p. 806).

Situation humaine qui est magnifiquement évoquée dans
la dernière strophe d'un poème dont la portée dépasse son
prétexte religieux. Avant Pascal, Hugo et Sartre, Malherbe
se représente l'homme seul, face à sa conscience et incapable, comme Caïn, de se dérober au regard de son intériorité, qui se confond, dans une prescience quasi existentia-
liste, avec le regard accusateur de l'« autre » :

> L'homme qui porte une âme belle et haute,
> Quand seul en une part* il a fait une faute,
> S'il n'a de jugement son esprit dépourvu,
> Il rougit de lui-même et, combien* qu'il ne sente
> Rien que le ciel présent et la terre présente,
> Pense qu'en se voyant tout le monde l'a vu.
> (*OP*, II, strophe 66, v. 391-396, p. 186.)

*

BIBLIOGRAPHIE

Aubigné, Agrippa d', *Œuvres*, éd. H. Weber, Paris, Gallimard,
    1969.
Bartas, Guillaume de Salluste du, *La Sepmaine* [*S* texte de
    1581], éd. Y. Bellenger, Paris, Nizet [STFM], 1981, 2 tomes.
Cave, Terence et Jeanneret, Michel, *Métamorphoses spiri-
    tuelles*, Paris, José Corti, 1972.
Cave, Terence, *Cornucopia. Figures de l'abondance au xvie siècle*,
    Paris, Macula, 1997.
Chassignet, Jean-Baptiste, *Le Mépris de la vie et Consolation
    contre la mort* [1594], éd. H.-J. Lope, Genève, Droz, 1967.

DESPORTES, Philippe, *Les Amours d'Hippolyte* [*H*], éd. V. E. Graham, Genève, Droz, 1960.

DONALDSON-EVANS, Lance, *Poésie et méditation chez Jean de La Ceppède*, Genève, Droz, 1969.

DUBOIS, Claude-Gilbert, *Le Maniérisme*, Paris, Presses Universitaires de France, 1979.

—, *Le Baroque en Europe et en France*, Paris, Presses Universitaires de France, 1995.

HALLYN, Fernand, *Formes métaphoriques de la poésie lyrique à l'âge baroque*, Genève, Droz, 1975.

JEANNERET, Michel, *Perpetuum mobile. Métamorphoses des corps et des œuvres de Vinci à Montaigne*, Paris, Macula, 1997.

LA CEPPÈDE, Jean de, *Les Théorèmes sur le Sacré Mystère de notre Rédemption*, éd. J. Plantié, Paris, Champion, 1996.

MALHERBE, François de, *Œuvres poétiques* [*OP*], éd. R. Fromilhague et R. Lebègue, Paris, Les Belles Lettres, 1968, 2 tomes.

MATHIEU-CASTELLANI, Gisèle, *Les Thèmes amoureux dans la poésie française, 1570-1600*, Paris, Klincksieck, 1975.

—, *Mythes de l'Éros baroque*, Paris, Presses Universitaires de France, 1981.

—, *Anthologie de la poésie amoureuse de l'âge baroque, 1570-1640*, Paris, Librairie générale française, 1990.

MONTAIGNE, Michel de, *Essais*, éd. P. Villey, Paris, Presses Universitaires de France, 1978.

QUENEAU, Raymond, *Exercices de style*, Paris, Gallimard, 1947.

RAYMOND, Marcel, *Baroque et Renaissance poétique*, Paris, José Corti, 1955.

—, *La Poésie française et le maniérisme*, Genève, Droz, 1971.

RONSARD, Pierre de, *Les Amours*, éd. H. et C. Weber, Paris, Garnier, 1963.

—, *Œuvres complètes*, éd. J. Céard, D. Ménager et M. Simonin, Paris, Gallimard, 1993, 2 tomes.

ROUSSET, Jean, *La Littérature de l'âge baroque en France*, Paris, J. Corti, 1954.

SPONDE, Jean de, *Œuvres littéraires* [*OL*], éd. A. Boase, Genève, Droz, 1978.

WÖLFFLIN, Heinrich, *Kunstgeschichtliche Grundbegriffe*, Munich, 1915 ; trad. fr. C. et M. Raymond, *Principes fondamentaux de l'histoire de l'art*, Paris, Plon, 1952.

—, *Renaissance et Baroque*, Paris, Librairie générale française, 1987.

Après-propos

> « Ronsard et les auteurs ses contemporains
> ont plus nui au style qu'ils ne lui ont servi.
> *Ils ont retardé le chemin de la perfection.* »
>
> *Jean de La Bruyère cité par Francis Ponge.*

La poésie de la Renaissance ne s'était pas sitôt crue arrivée au paradis qu'elle devait connaître son enfer. L'histoire post-hume de la Pléiade en est la preuve. Pendant deux siècles et demi, de la mort de Ronsard (1585) à sa réhabilitation par Sainte-Beuve (1828), un antagonisme puissant se manifeste à l'encontre d'une poésie dont il faut dénoncer les préten-tions ou les naïvetés ridicules (Katz ; Rigolot, 1974, 1993). Après l'arrêt de mort prononcé contre Ronsard et ses amis (1585-1640) s'élabore une lente réhabilitation (1778-1828), troublée pourtant par de nombreuses querelles littéraires. Dans ce processus historique complexe, la principale raison du discrédit du XVIe siècle tient pour une large part à la mon-tée fabuleuse du *classicisme*, comme celle de sa résurrec-tion au mythe, non moins puissant, du *romantisme* (Faisant).

Le destin de la Pléiade et, plus généralement, de la poésie de la Renaissance se rattache à l'essor de la littérature fran-çaise et à l'histoire générale du *goût*. Malherbe n'est pas pour rien dans cette évolution. Sa doctrine ne s'est jamais énoncée dans un traité dogmatique mais dans les corrections qu'il a apportées aux œuvres de Ronsard et de Desportes (exemplaire conservé à la BNF Réserve Ye 2067). Guez de Balzac, à qui appartenait ce précieux commentaire de Malherbe sur Desportes, jouera un rôle déterminant en pré-cipitant les poètes de la Renaissance dans le mépris. Et il faudra attendre Sainte-Beuve qui, pour des raisons diamé-tralement opposées à celles des classiques, voudra remettre

la poésie du XVIᵉ siècle en crédit et en montrer, à quelques
exceptions près, l'étonnante richesse.

Tout commence avec l'oraison funèbre du cardinal Du
Perron, célèbrant en 1585 les funérailles du « Père commun
des Muses et de la Poésie ». La biographie hagiographique,
composée par Claude Binet pour Ronsard, avait déjà fait
entrer la « Pléiade » dans le panthéon de l'histoire littéraire.
L'image posthume de la « brigade » de 1550 était celle d'un
âge d'or révolu : les disciples de Dorat avaient porté la poésie à son ultime degré de perfection. Malherbe changera tout
cela en prêchant le purisme, et Boileau fera de son mieux
pour imposer le sentiment d'une coupure radicale entre la
sensibilité esthétique du XVIᵉ et celle du XVIIᵉ siècle. La
découverte de la notion de *progrès* en littérature ne sera
pas sans conséquences : elle fera considérer la poésie de
la Renaissance non comme un « accomplissement » mais
comme un simple « commencement ». Aux yeux des classiques, elle représente tout ce qu'ils détestent : le baroque, le
burlesque et le précieux portés à leur paroxysme. Pendant
plus d'un siècle, l'oubli de la Pléiade sera général. Il y aura
bien quelques exceptions comme Bayle, Fontenelle et surtout l'abbé Goujet, dont la monumentale *Bibliothèque françoise*, publiée de 1740 à 1756, aura une grande influence sur
les lectures des romantiques (Pichois, 1965 ; Saulnier ;
Switzer).

Avec l'*Encyclopédie*, la réhabilitation de la Pléiade accusera un certain recul car, pour les philosophes, le mauvais
goût, le pédantisme et le fanatisme vont de pair. Ces poètes
sont d'un âge de barbarie que le progrès des Lumières doit
rejeter dans les ténèbres de l'oubli. Quand, en 1778, deux
critiques littéraires, Sautereau de Marsy et Imbert, oseront
présenter la Pléiade comme une révolution dans l'histoire
de la poésie, ils seront pris à partie par La Harpe, défenseur
acharné des « valeurs classiques » contre le préromantisme :
ils passeront pour de dangereux novateurs résolus à saper
les fondements du « bon goût ». Le dépouillement des
manuels d'histoire, des cours de Sorbonne et d'articles
d'amateurs montre que la renommée de la Pléiade sera âpre-
ment discutée : le mépris pour « Ronsard » – en entendant
par là pour toute la poésie du siècle – demeurera longtemps
ancré dans les esprits (Faisant).

Enfin Sainte-Beuve vint. Au mois d'août 1826, l'Académie française proposa pour son prix d'éloquence le sujet suivant : « Le progrès de la langue et de la littérature françaises du début du XVIe siècle jusqu'en 1610. » Encouragé par Daunou, son compatriote boulonnais, Sainte-Beuve, alors étudiant en médecine et jeune critique au *Globe*, décida de se présenter au concours. Tandis qu'il était plongé dans ses recherches sur la Renaissance, il fut invité par Hugo, en février 1827, à la lecture de sa *Préface de Cromwell* chez Émile Deschamps. Les conséquences de cette soirée furent fatales : le futur lundiste en oublia de se présenter à temps au concours de l'Académie. Cette mésaventure lui permit pourtant de se consacrer à une œuvre d'importance considérable pour l'histoire littéraire, le *Tableau historique et critique de la poésie française et du théâtre français au XVIe siècle* dont la première édition vit le jour en 1828[1].

Certes, l'histoire du concours ouvert par l'Académie montre bien que le désir de réhabilitation était largement partagé, comme l'attestent les travaux des deux lauréats, Saint-Marc Girardin et Philarète Chasles, dont les mémoires sont, à bien des égards, plus novateurs et plus hardis que le plus célèbre *Tableau historique et critique* beuvien (Céard ; Pichois, I, 1965, p. 267-302). Avec Sainte-Beuve pourtant, l'histoire littéraire prenait les dimensions d'un manifeste. Le poète romantique, qui découvrait Ronsard en même temps qu'il découvrait Hugo, choisissait pour lui la position de Du Bellay, porte-parole de la Pléiade. Le *Tableau* devint la « Défense et illustration du Cénacle », ce groupe de jeunes turbulents qui montaient à l'assaut du canon classique. La nostalgie pour la poésie de la Renaissance servait de prétexte à promouvoir l'école nouvelle. Sainte-Beuve « couronnait Hugo sur la tête de Ronsard » (Michaut, p. 169).

Le lundiste s'en ouvrira à plusieurs reprises par la suite.

---

61. Les citations du *Tableau* de Sainte-Beuve sont empruntées, selon le contexte, aux trois principales éditions parisiennes publiées chez Sautelet, en 1828 ; Charpentier, en 1843 ; et Lemerre, en 1876. Sauf avis contraire, toutes références se rapportent à l'édition Troubat (Lemerre, 1876). Les tomes I et II seront indiqués, avec leur pagination propre, entre parenthèses dans le texte.

Ainsi, en 1842, dans la nouvelle dédicace du *Tableau*, il écrira : « Jeune et confiant, j'y multipliais les rapprochements avec le temps présent [...]. La poésie française du XIXᵉ siècle et celle du XVIᵉ ont peut-être en cela un rapport de plus pour la destinée : l'espérance y domine » (I, p .1).

Dans la dernière édition révisée du *Tableau* (1876), qui paraîtra posthumement, on trouve une déclaration encore plus claire :

> Je n'ai perdu aucune occasion de rattacher ces études du XVIᵉ siècle aux questions littéraires et poétiques qui s'agitaient dans le nôtre » (I, p. 3).

Tels sont les premiers pas du révisionnisme : on se réclame du XVIᵉ siècle pour légitimer le XIXᵉ. En fait, le romantisme, veut nous montrer Sainte-Beuve, s'inscrit dans une continuité historique qui avait été interrompue par la « négativité » du classicisme. Nouvelle perspective qui fait malicieusement apparaître le « Grand Siècle » comme un simple épisode, une sorte d'intermède, une parenthèse ouverte à l'intérieur de la tradition nationale.

La poésie du XVIᵉ siècle apparaît donc d'abord dans la pensée beuvienne comme un *instrument polémique*. Les premiers lecteurs ne s'y tromperont pas. Témoin Rémusat qui, dans *Le Globe* du 5 novembre 1828, écrivait : « C'est en songeant à son siècle que Sainte-Beuve a entrepris de visiter les ruines du XVIᵉ siècle. » Cependant, au-delà du combat d'école, il y a d'autres mobiles moins épisodiques et plus profonds qui poussent le critique à composer son *Tableau*. Pour le nouveau « naturaliste » et « physiologue » de la littérature qu'il se propose d'être, en effet, le mythe du « Grand Siècle » présuppose une explication historique cohérente. Il faut la chercher là où elle se trouve le plus naturellement : dans le siècle qui précède. La Renaissance devient la cause prochaine du classicisme : elle a vu naître l'imprimerie ; elle a diffusé les textes et les traditions anciennes ; elle a fourni des matériaux frustes mais indispensables aux futurs chefs-d'œuvre louis-quatorziens.

Un tel postulat est clairement posé, dès 1827, dans l'article sur La Fontaine : « La littérature du siècle de Louis XIV repose sur la littérature française du XVIᵉ » (*Œuvres*, I, p. 696). Et, un an plus tard, dans le *Tableau* :

> On a ce nom de La Fontaine sans cesse à la bouche quand
> on parle de nos vieux poètes, dont il fut, en quelque sorte,
> le dernier et le plus parfait (I, p. 130).

Ou encore, toujours sur La Fontaine :

> Lui qui se trouvait partout à l'aise, ne l'eût-il pas été plus
> qu'ailleurs dans cette vieille France dont il garda les
> manières et le ton jusque sous Louis XIV ? (I, p. 186).

L'argument sera repris dans *Port-Royal* : La Fontaine est
« un poète du XVIᵉ siècle dans le XVIIᵉ » (I, p. 200). Une telle
préoccupation s'inspire d'un *schéma évolutif idéal* qui
conduit, à travers le Moyen Âge et la Renaissance, aux
chefs-d'œuvre *parfaits* du Grand Siècle.

Ainsi, parmi tous ceux qui, après deux siècles de classicisme, ont voulu réhabiliter la poésie de la Renaissance,
Sainte-Beuve a joué un rôle déterminant. Pourtant, le porte-
parole des romantiques n'a prisé le XVIᵉ siècle que pour
mieux laisser ensuite l'historien de la littérature le rabaisser
au nom du « progrès naturel » et de la « perfectibilité chronologique » (I, p. 360). Bien des lecteurs, aux siècles suivants, emboîteront le pas : le XVIᵉ siècle n'aura pas de véritable valeur en soi ; il ne sera que l'*esquisse* du romantisme
ou le *brouillon* du Grand Siècle. Sainte-Beuve est en grande
partie responsable de cette perception fantaisiste et contradictoire. Sans doute faut-il en trouver l'origine dans le sentiment fortement ambivalent qu'éprouvait le jeune romantique à l'égard de son époque aussi bien que du classicisme.
Sans se risquer à faire une psychanalyse de Sainte-Beuve,
on peut noter que le XVIᵉ siècle présentait un cadre mythique
propre à déclencher le fantasme d'un « retour à l'origine ».
Chez l'orphelin de Boulogne-sur-Mer, le détour par l'appréciation des « vieux poètes » simulait une recherche pathétique de paternité. En effet, lieu de toutes les possibilités, la
Renaissance, comme le romantisme, était le lieu de tous
les échecs. Le thème de l'avortement est sans cesse sous-
jacent : la langue de Ronsard est « prématurée », « née avant
terme » ; la Pléiade est « notre première poésie avortée » ;
tout le siècle est « un premier printemps trop tôt intercepté »

(I, p. 125 et dédicace de 1842, p. 2-3) mais qui a eu ses moments de charme. C'est cette « bonne vieille gaieté » qui fait le charme de nos vieux poètes (I, p. 76). Car, même lorsqu'ils cultivent les Anciens, Clément Marot ou Marguerite de Navarre restent des ingénus (I, p. 59). Ingénuité que le critique admire et qu'il regrette de ne pas toujours trouver chez les poètes de la Pléiade : en tournant le dos au populaire, ils sont allés souvent à contre-courant du génie de leur temps :

> *Odi profanum vulgus* était leur devise et elle contrastait de manière ridicule avec la prétention qu'ils affichaient de fonder une littérature nationale (I, p. 95).

C'est parce que la langue de Ronsard était trop savante qu'elle a été vouée à l'échec. Seule sa poésie intime, celle de la « moyenne hauteur », est vraiment réussie : c'est Clément Marot perfectionné, La Fontaine annoncé. On retrouve ici le critère rationaliste de la *perfectibilité chronologique*.

Sainte-Beuve apprécie la force vive et naïve du XVIᵉ siècle. Les termes qu'il emploie pour désigner les principaux acteurs de la scène poétique sont révélateurs :

> Clément Marot : « Il était trop *naïvement* de son siècle pour n'en être pas goûté » (*Tableau*, I, p. 59).
> Ronsard : on l'apprécie tant qu'il reste « encore *naïf* » (*ibid.*, p. 132).
> Jean-Antoine de Baïf : comparé à La Fontaine, il a « l'avantage de la *naïveté* » (*ibid.*, p. 155).
> Rémy Belleau : il réussit moins bien que ses amis par manque de *simplicité* et de *fraîcheur* (*ibid.*, p. 156).
> Du Bartas et Desportes : l'*affectation* est le signe de leur échec (*ibid.*, p. 173-181, 217).
> D'Aubigné résume tout le siècle à lui seul : comme pour Rabelais, sa « rudesse grossière » est rachetée par une « sublime énergie » (*ibid.*, p. 242).

Il y a donc bien une *couleur d'époque*. Les mots « franchise », « naturel », « naïveté », « vigueur » reviennent constamment sous la plume du critique. La « bonhomie » générale est marquée par l'emploi fréquent des adjectifs « bon » et « vieux » dont la tonalité affective est renforcée par le possessif de la première personne. « Bon roi », « bons bourgeois » et « bons moines » peuplent les tréteaux de

« notre vieux théâtre » ; et « nos vieux poètes » s'unissent pour chanter, avec une « vigueur souvent rude », la chanson du roi Henri chère à Alceste (I, p. 106, 180, 187 ; II, p. 114-115, 299, 310, 291, 374, 402).

Le décor est encore celui du « paradis peint » tel que l'avait rêvé Villon, ou du théâtre des moralités, des soties et des farces : « le bon Louis XII y attrape sa chiquenaude comme les autres » et, dans la coulisse, « le bon La Fontaine » prend ses leçons du « bon Gaulois Rabelais » (II, p. 339 ; I, p. 91 et 186). Uni pour rire de l'humaine Folie, tout le XVIe siècle apparaît comme une confrérie d'*Enfants sans souci* (II, p. 296) car l'esprit satirique, s'il existe parfois, ne se départ jamais d'une robuste jovialité. De l'audace, certes il y en a, mais toujours insouciante (I, p. 234). Sur ce point, le XVIe siècle se sépare nettement du XVIIIe. Si la Renaissance et les Lumières partagent une certain appétit pour le savoir encyclopédique et pour les idées de réforme, leur tour d'esprit apparaît radicalement différent. La *naïveté*, chez les philosophes, est toujours affectée. Les Bayle et les Fontenelle s'en servent comme d'un artifice ; et l'ironie, absente chez Rabelais, se cache chez Voltaire sous une fausse ingénuité (I, p. 315). Les gens de cœur (lisons : du XVIe siècle) s'esclaffent ; les gens d'esprit (lisons : ceux du XVIIIe) se cachent derrière un sourire entendu. Lieu idéal du syncrétisme – avec tout ce que cet assemblage peut avoir de monstrueux et d'imparfait, – le XVIe siècle n'est pas encore gâté par l'esprit de système : il conserve son « âme neuve et blanche, *mens novella* ». Vision idéaliste et qui, on l'a vu, ne correspond que de bien loin à la réalité.

Le XXe siècle gardera une bonne part de cet héritage beuvien. Quand il s'en départira, ce sera exceptionnellement pour rejeter la poésie de la Renaissance, à la manière de Malherbe et à la Boileau, au nom du style naturel, du mot juste et de la sobriété des moyens. Témoin Francis Ponge qui, dans *Pour un Malherbe*, ne ménage pas ses mots pour vilipender la poésie de la Renaissance. Le poète moderne attaque d'abord ces prédécesseurs du XVIe siècle par le biais d'une citation de La Bruyère, qu'il fait sienne :

> Ronsard et les auteurs ses contemporains ont plus nui au
> style qu'ils ne lui ont servi. Ils l'ont retardé dans le che-
> min de la perfection ; ils l'ont exposé à la manquer pour
> toujours, et à n'y plus revenir. Il est étonnant que les
> ouvrages de Marot, si naturels et si faciles, n'aient su faire
> de Ronsard, d'ailleurs plein de verve et d'enthousiasme,
> un plus grand poète que Ronsard et que Marot ; et au
> contraire que Belleau, Jodelle et du Bartas aient été sitôt
> suivis d'un Racan et d'un Malherbe, et que notre langue,
> à peine corrompue, se soit vue réparée (*PUM*, p. 302).

Corruption du côté de Belleau, Jodelle et du Bartas ; répa-
ration du côté de Malherbe. On reconnaît là le préjugé « classique » habituel. Ponge éprouvait une admiration sans
bornes pour le critique de Desportes. « Nous avons lieu
d'être fiers de Malherbe », écrivait-il le 27 septembre 1951
(*PUM*, 25). Sans doute lui était-il difficile d'exalter le
Régent du Parnasse, de reconnaître en lui le sauveur de la
langue française sans critiquer des prédécesseurs que celui-
ci avait méprisés. Les références que fait Ponge à la poésie
de la Renaissance, qu'elle soit de tendance maniériste ou
baroque, sont toujours négatives. Quelques citations donneront le ton :

> L'on nous a un peu trop battu et rebattu les oreilles de
> Villon, Scève, Ronsard, Sponde, d'Aubigné, Théophile,
> etc. : chanteurs, grogneurs, geigneurs ou roucouleurs. Il
> faut remettre chacun à sa place (*PUM*, 21).

> Malherbe fit mieux que personne, au temps où l'on
> n'avait de goût que pour les choses bien faites, et le tra-
> vail soigné. C'était difficile, il n'y ménageait pas sa
> peine, faisant jouer toutes les censures. C'était méritoire,
> après Ronsard (*PUM*, 21).

> […] bonne colère : après Ronsard, « il y avait de quoi »
> (*PUM*, 13).

En somme, un éreintement en règle. La Renaissance redevient ce que Sainte-Beuve voulait qu'elle fût : « le brouillon
du Grand Siècle » (II, p. 360), mais sans la récupération
romantique beuvienne.
    Malherbe avait fait l'éloge de la perle en laquelle il voyait
l'image de la perfection stylistique :

> Mais quoi, c'est une chef-d'œuvre où tout mérite abonde,
> Un miracle du ciel, une *perle du monde* (Beugnot, p. 95).

Pour Ponge, ancien élève de Maurice Souriau et d'André Bellessort, les perles prémalherbiennes tenaient toutes de la difformité et de la bizarrerie *baroque* (n'oublions pas l'origine du mot : *barrocco* désigne une « perle irrégulière » en portugais). Dans *Les Larmes de saint Pierre*, notait Ponge, Malherbe nous avait au contraire laissé « le témoignage le plus touchant de son héroïque, de sa farouche lutte avec l'ange baroque… » (*PUM*, p. 239).

Il est piquant que le thuriféraire de Malherbe écrive une poésie qui rejoint parfois étrangement celle des devanciers qu'il blâme, dont Rémy Belleau. Les deux écrivains ont composé des poèmes sur des sujets souvent semblables et portant parfois le même titre. L'« Escargot, » l'« Huître » et le « Papillon » de Belleau, connus grâce à Ronsard, annoncent les « Escargots », l'« Huître » et le « Papillon » de Ponge, écrits entre 1924 et 1939, rassemblés dans *Le Parti pris des choses*, publié en 1942. Paradoxe suprême : on observe un même souci minimaliste dans les deux écritures poétiques (Rigolot, 2001). S'il existe dans la poésie française deux défenseurs des humbles choses, deux promoteurs des modestes objets, deux « suscitateurs » du *sermo pedestris*, ce sont bien nos deux écrivains. Cependant, la sévérité stylistique du huguenot cévenol s'accommodait mal des complaisances « mignardes » du traducteur d'Anacréon. Ponge corrige Belleau un peu comme Malherbe avait corrigé Desportes, supprimant ses chevilles, châtrant ses facilités et ses longueurs. Il existe chez lui une patiente méditation corrective sur le langage d'autrui, à partir d'une déontologie qui tient de l'ascèse, même si l'humour – mais un humour calviniste – en vient parfois teinter le déroulement[1].

---

1. Comme l'écrit Philippe de Saint-Robert, « le *Pour un Malherbe* de Ponge est la clef secrète de toute une philosophie et de toute une politique littéraires ; […] cet ouvrage fait immédiatement penser à cette *pierre d'angle* dont parle l'Évangile, qui semble d'abord rejetée et qui est la clef de tout l'édifice. Par son *Malherbe*, Ponge fonde un classicisme musclé, impérieux, que toute son œuvre avait d'abord semblé éviter » (Philippe de Saint-Robert, « Pour un Ponge », p. 174).

Si l'« Huître » de Belleau s'ouvre, libérale, « sans [se] montrer difficile » au convive complaisant, la version pongienne ne livre sa perle rare et fine qu'à l'arraché, après un travail brutal :

> C'est un monde opiniâtrement clos. Pourtant on peut l'ouvrir : il faut alors la tenir au creux d'un torchon, se servir d'un couteau ébréché et peu franc, s'y reprendre à plusieurs fois. Les doigts curieux s'y coupent, s'y cassent les ongles : c'est un travail grossier (*OC*, I, p. 21).

Cette opération de *rectification*, Ponge l'exerce aussi sur ce que représente la poésie prémalherbienne : il en extrait une « très rare formule » pour en faire un chef-d'œuvre parfait, c'est-à-dire, à ses yeux, à la fois classique, moderne et français. « C'est le noyau dur de la *Francité* » (*PUM*, p. 138). N'en déplaise à Ponge, d'autres ne se feront pas prier pour délaisser les « noyaux » pour les cerises et déguster, en gourmets et peut-être même en gourmands, les huîtres et les escargots poétiques de la Renaissance.

*

BIBLIOGRAPHIE

Beugnot, Bernard, *Poétique de Francis Ponge*, Paris, Presses Universitaires de France, 1990.

Céard, Jean, « Ronsard à l'Académie française, en 1828 », in *Œuvres et critiques*, VI, 2 (hiver 1981-1982), p. 70-76.

Du Perron, Jacques Davy, *Oraison funèbre de Ronsard*, éd. M. Simonin, Genève, Droz, 1985.

Faisant, Claude, *Mort et résurrection de la Pléiade*, éd. J. Rieu *et al.*, Paris, Honoré Champion, 1998.

Katz, Richard A., *Ronsard's French Critics : 1585-1828*, Genève, Droz, 1966.

Malherbe, François de, *Commentaire sur Desportes*, Montréal, Éditions Chantecler, 1950.

Michaut, Gustave, *Sainte-Beuve avant les « Lundis »*, Paris, 1903 ; Genève, Slatkine, 1968.

Molho, Raphaël, *L'Ordre et les ténèbres, ou la Naissance d'un mythe du XVIIe siècle chez Sainte-Beuve*, Paris, Armand Colin, 1972.

MOREAU, Pierre, *Le Classicisme des romantiques*, Paris, Plon, 1932.

PICHOIS, Claude, *Philarète Chasles et la vie littéraire au temps du romantisme*, Paris, José Corti, 1965.

—, « Ronsard au XVIIIe siècle », *Œuvres et critiques* [numéro consacré à Ronsard et préparé par Y. Bellenger], n° VI, 2 (hiver 1981-1982), p. 65-68.

PONGE, Francis, *Le Parti pris des choses*, in *Œuvres complètes* [*OC*], éd. B. Beugnot, Paris, Gallimard, 1999, tome I.

—, *Pour un Malherbe* [*PUM*], Paris, Gallimard, 1965.

RIGOLOT, François, « Sainte-Beuve et le mythe du XVIe siècle », *L'Esprit créateur*, n° XIV, 1, 1974, p. 35-43.

—, « Poétiques de l'Huître : Francis Ponge correcteur de Rémy Belleau », in *Poétiques de l'objet*, éd. F. Rouget et J. Stout, Paris, Champion, 2001, p. 231-245.

SAINTE-BEUVE, Charles-Augustin, *Correspondance générale*, éd. J. Bonnerot, Paris, Stock, 1949.

—, *Œuvres*, éd. M. Leroy, Paris, Gallimard, 1951.

—, *Port-Royal*, éd. M. Leroy, Paris, Gallimard, 1952.

—, *Tableau historique et critique de la poésie française et du théâtre français au XVIe siècle*, éd. J. Troubat, Paris, A. Lemerre, 1876, 2 tomes.

SAINT-ROBERT, Philippe de, « Pour un Ponge », in *Cahiers de l'Herne*, éd. J.-M. Gleize, Paris, Éditions de l'Herne, 1986, p. 174-186.

SAULNIER, Verdun-Louis, « La réputation de Ronsard au XVIIIe siècle et le rôle de Sainte-Beuve », *Revue universitaire* (mars-avril 1947), p. 92-97.

SWITZER, Richard, « French Renaissance Poetry before Sainte-Beuve », *The French Review*, vol. XXVI, n° 4 (1953), p. 278-284.

Bibliographie générale

À la fin de chacun des chapitres précédents, nous avons fourni les références bibliographiques appropriées aux œuvres poétiques et aux études critiques citées. Nous nous contentons de récapituler ici les principales éditions de ces œuvres en donnant un choix de travaux critiques sur la poésie française de la Renaissance.

I. Principaux poètes français de la Renaissance

Anthologie de la poésie amoureuse de l'âge baroque, 1570-1640, éd. G. Mathieu-Castellani, Paris, Librairie générale française, 1990.

Anthologie de la poésie française. Moyen Âge, XVIe siècle, XVIIe siècle, éd. J.-P. Chauveau, G. Gros et D. Ménager, Paris, Gallimard, 2000.

Blasons anatomiques du corps féminin, Paris, C. L'Angelier, 1543.

Recueil d'art de seconde rhétorique, éd. E. Langlois, Paris, Imprimerie nationale, 1902 ; réimpr. Genève, Slatkine, 1974.

Traités de poétique et de rhétorique de la Renaissance, éd. F. Goyet, Paris, Le Livre de poche classique, 1990, p. 185-233.

AUBIGNÉ, Agrippa d', *Œuvres*, éd. H. Weber, J. Bailbé et M. Soulié, Paris, Gallimard, 1969.

BAÏF, Jean-Antoine de, *Euvres en rimes*, éd. Ch. Marty-Laveaux, Paris, A. Lemerre, 1881-1890, 5 tomes.

BARTAS, Guillaume de Salluste du, *La Semaine*, éd. Y. Bellenger, Paris, STFM, 1992.

—, *La Seconde Semaine*, éd. Y. Bellenger, Paris, STFM, 1992.

BELLAY, Joachim du, *Défense et illustration de la langue française*, éd. H. Chamard, Paris, Didier, 1948.

—, *Œuvres poétiques*, éd. H. Chamard et Y. Bellenger, Paris, STFM, 1982-1993, 8 tomes.

—, *L'Olive*, éd. E. Caldarini, Genève, Droz, 1974.

—, *Œuvres poétiques*, éd. D. Aris et F. Joukovsky, Paris, Bordas, 1993, 2 tomes.

BEAULIEU, Eustorg de, *Chrestienne Resjouissance*, Genève, 1546 [Musée Condé, Chantilly].

—, *Les Divers Rapportz*, éd. M. A. Pegg, Genève, Droz, 1964.

BELLEAU, Rémy, *Œuvres poétiques*, éd. G. Demerson, Paris, Champion, 1995, 3 tomes.

CHASSIGNET, Jean-Baptiste, *Le Mépris de la vie et Consolation contre la mort* [1594], éd. H.-J. Lope, Genève, Droz, 1967.

CRÉTIN, Guillaume, *Déploration de Guillaume Crétin sur le trespas de Jean Ockeghem*, éd. F. Thoinan, Paris, A. Claudin, 1864.

DESPORTES, Philippe, *Les Amours de Diane*, éd. V. E. Graham, Genève, Droz, 1959, 2 tomes.

—, *Les Amours d'Hippolyte*, éd. V. E. Graham, Genève, Droz, 1960.

DES ROCHES, Madeleine, *Les Œuvres*, éd. A. R. Larsen, Genève, Droz, 1993.

DU PERRON, Jacques Davy, *Oraison funèbre de Ronsard*, éd. M. Simonin, Genève, Droz, 1985.

FABRI, Pierre, *Le Grand et Vrai Art de pleine rhétorique* (1521), éd. A. Héron, Caen, 1889 ; Genève, Slatkine Reprints, 1969, 3 tomes.

GUILLET, Pernette du, *Rymes*, Lyon, Jean de Tournes, 1545.

—, *Rymes*, éd. Victor E. Graham, Genève, Droz, 1968.

HABERT, François, *La Nouvelle Junon* [...], Lyon, Jean de Tournes, 1545 ; in-8.

Jardin de Plaisance (Le), Paris, A. Vérard, 1501 ; fac-similé : Paris, Fernand-Didot, 1910.

JODELLE, Étienne, *L'Amour obscur*, éd. Robert Melançon, Paris, La Différence, 1991.

—, *Œuvres complètes*, éd. E. Balmas, Paris, Gallimard, 1965-1968, 2 tomes.

—, *Cléopâtre captive*, éd. K. M. Hall, University of Exeter, 1979.

LABÉ, Louise, *Œuvres complètes*, éd. F. Rigolot, Paris, Garnier-Flammarion, 1986.

LA CEPPÈDE, Jean de, *Les Théorèmes sur le Sacré Mystère de notre Rédemption*, éd. J. Plantié, Paris, Champion, 1996.

LEFÈVRE DE LA BODERIE, Guy, *La Galliade*, éd. F. Roudaut, Paris, Klincksieck, 1993.

LEGRAND, Jacques, *Archiloge Sophie* (1407), BNF ms. fr. 1508.

LEMAIRE DE BELGES, Jean, *Œuvres*, éd. J. Stecher, Louvain, 1882-1891, 4 tomes.

—, *La Plainte du Désiré*, éd. D. Yabsley, Paris, Droz, 1932.

—, *La Concorde des deux langages*, éd. J. Frappier, Paris, Droz, 1947.

—, *Épîtres de l'amant vert*, éd. J. Frappier, Genève, Droz, 1948.

MALHERBE, François de, *Œuvres poétiques*, éd. R. Fromilhague et R. Lebègue, Paris, Les Belles Lettres, 1968, 2 tomes.

—, *Commentaire sur Desportes*, Montréal, Éditions Chantecler, 1950.

MARGUERITE DE NAVARRE, *Chansons spirituelles*, éd. G. Dottin, Genève, Droz, 1971.

—, *Les Marguerites de la Marguerite des princesses* (1547), éd. R. Thomas, New York, Johnson Reprint Corp., 1970, 2 tomes.

MAROT, Clément, *Œuvres poétiques*, éd. G. Defaux, Paris, Bordas, 1990-1993, 2 tomes.

MAROT, Jean, *Œuvres de Clément Marot, avec les ouvrages de Jean Marot son père*, éd. N. Lenglet Dufresnoy, La Haye, P. Gosse et J. Neaulme, 1731.

—, *Le Voyage de Gênes*, éd. G. Trisolini, Genève, Droz, 1974.

—, *Le Voyage de Venise*, éd. G. Trisolini, Genève, Droz, 1977.

—, *Les Deux Recueils*, éd. G. Defaux et Th. Mantovani, Genève, Droz, 1999.

MOLINET, Jean, *Art de rhétorique vulgaire*, in *Recueil d'art de seconde rhétorique*, Paris, Imprimerie nationale, 1902; réimpr. Genève, Slatkine, 1974.

PASQUIER, Étienne, *Les Recherches de la France*, éd. M.-M. Fragonard et F. Roudaut, Paris, Champion, 1996, 3 tomes.

PELETIER DU MANS, Jacques, *Art poétique* (1555), éd. A. Boulanger, Paris, Les Belles-Lettres, 1930.

—, *Art poétique d'Horace*, éd. B. Weinberg, in *Critical Prefaces of the French Renaissance*, Evanston, Northwestern University Press, 1950; réimpr. New York, AMS Press, 1970.

ROBERTET, Jean, *Les Douze Dames de rhétorique*, in *Œuvres*, éd. C. M. Zsuppán, Genève, Droz, 1970.

RONSARD, Pierre de, *Œuvres complètes*, éd. Paul Laumonier, Paris, Hachette, 1928, 20 tomes [édition princeps].

—, *Œuvres complètes*, éd. J. Céard, D. Ménager et M. Simonin, Paris, Gallimard, 1993, 2 tomes [édition de 1584].

—, *Les Amours*, éd. H. et C. Weber, Paris, Garnier, 1962 [édition princeps].

—, *Commentaires au Premier Livre des* Amours *de Ronsard*, éd. J. Chomarat, M.-M. Fragonard et G. Mathieu-Castellani, Genève, Droz, 1985.

—, *Discours des misères de ce temps*, éd. M. Smith, Genève, Droz, 1979.

SAINT-GELAIS, Mellin de, « Opuscules » in *Œuvres poétiques françaises*, éd. D. Stone J.-R., Paris, STFM, 1993.

Satires françaises du XVIᵉ siècle (Les), éd. F. Fleuret et L. Perceau, Paris, Garnier, 1922.

SCÈVE, Maurice. *The "Délie" of Maurice Scève*, éd. I.D. McFarlane, Cambridge, University Press, 1966.

—, *Délie*, éd. F. Charpentier, Paris, Gallimard, 1984.

—, *Le Petit Œuvre d'amour*, in *Le Opere minori*, éd. E. Giudici, Parme, Guanda, 1958.

—, *Microcosme* (1562), éd. E. Giudici, Paris, Vrin, 1976.

SÉBILLET, Thomas, *Art poétique françois*, éd. F. Gaiffe et F. Goyet, Paris, Nizet, 1988.

SPONDE, Jean de, *Œuvres littéraires*, éd. A. Boase, Genève, Droz, 1978.

TABOUROT DES ACCORDS, Étienne, *Les Bigarrures*, éd. F. Goyet, Genève, Droz, 1986, 2 tomes.

TYARD, Pontus de, *Solitaire Premier*, éd. S. F. Baridon, Genève et Lille, Droz, 1950.

VAUQUELIN DE LA FRESNAYE, Jean, *Les Diverses Poésies de Jean Vauquelin Sieur de la Fresnaie*, éd. J. Travers, Caen, F. Le Blanc-Hardel, 1869 ; réimpr. Genève, Slatkine, 1968, 2 tomes.

—, *Art poétique*, éd. G. Pellissier, Paris, Garnier, 1885 ; réimpr. Genève, Slatkine, 1970.

II. Principales études critiques sur la poésie de la Renaissance

A Scève Celebration. Délie 1544-1994, éd. J. C. Nash, Stanford French and Italian Studies, Anma Libri, 1994.

Clément Marot, « prince des poëtes françoys » 1496-1996, éd. G. Defaux et M. Simonin, Paris, Champion, 1997.

Littérature française du XVIᵉ siècle, éd. F. Lestringant, J. Rieu, A. Tarrête, Paris, Presses Universitaires de France, 2000.

Poésie française du Moyen Âge à nos jours (La), éd. M. Jarrety, Paris, Presses Universitaires de France, 1997.

Poétiques de la Renaissance. Le modèle italien, le monde franco-

bourguignon et leur héritage en France au XVIᵉ siècle, éd. P. Galand-Hallyn et F. Hallyn, Genève, Droz, 2001.

Poetry and Poetics from Ancient Greece to the Renaissance : *Studies in Honor of James Hutton*, éd. G. M. Kirkwood. Cornell University Press, 1975.

Pre-Pléiade Poetry, éd. J. C. Nash, Lexington, Kentucky, French Forum, 1985.

Rhetoric-Rhétoriqueurs-Rederijkers, éd. J. Koopmans, M. A. Meadow, K. Meerhoff & M. Spies, Amsterdam, North Holland Publications, 1995.

BIZER, Marc, *La Poésie au miroir. Imitation et conscience de soi dans la poésie latine de la Pléiade*, Paris, Champion, 1995.

—, *Les Lettres romaines de Du Bellay. Les Regrets et la tradition épistolaire*, Montréal, Presses de l'Université, 2001.

BROWN, Cynthia J., *Poets, Patrons, and Printers. Crisis of Authority in Late Medieval France*, Ithaca, Cornell University Press, 1995.

CAMPANGNE, Hervé, *Mythologie et rhétorique aux XVᵉ et XVIᵉ siècles en France*, Paris, H. Champion, 1996.

CASTOR, Grahame. *Pléiade Poetics*, Cambridge University Press, 1964.

—, *La Poétique de la Pléiade*, trad. Y. Bellenger, Paris, Champion, 1998.

CAVE, Terence, *The Cornucopian Text. Problems of Writing in the French Renaissance*, Oxford, Clarendon Press, 1979 ; trad. fr., *Cornucopia. Figures de l'abondance au XVIᵉ siècle*, Paris, Macula, 1997.

—, *Devotional Poetry in France : 1570-1613*, Cambridge University Press, 1969.

CAVE, Terence et JEANNERET, Michel, *Métamorphoses spirituelles*, Paris, José Corti, 1972.

CHAMARD, Henri, *Histoire de la Pléiade*, Paris, Didier, 1939 ; réimpr. 1961-1963, 4 tomes.

CONLEY, Tom, *The Graphic Unconscious in Early Modern French Writing*, Cambridge University Press, 1992 ; trad. fr. *L'Inconscient graphique. Essai sur l'écriture de la Renaissance*, Presses Universitaires de Vincennes, 2000.

CORNILLIAT, François, *Or ne mens. Couleurs de l'éloge et du blâme chez les « grands rhétoriqueurs »*, Paris, Champion, 1994.

COTTRELL, Robert D., *The Grammar of Silence. A Reading of Marguerite de Navarre's Poetry*, Washington, D.C., Catholic University of America Press, 1986.

DEFAUX, Gérard, *Marot, Rabelais, Montaigne : l'écriture comme présence*, Paris-Genève, Champion-Slatkine, 1987.

DELÈGUE, Yves, *Le Royaume d'exil. Le sujet de la littérature en quête d'auteur*, Paris, Obsidiane, 1991.

DEMERSON, Guy, *La Mythologie classique dans l'œuvre lyrique de la Pléiade*, Genève, Droz, 1972.

DOBBINS, Frank, *Music in Renaissance Lyons*, Oxford, Clarendon Press, 1992.

DONALDSON-EVANS, Lance K., *Poésie et méditation chez Jean de La Ceppède*, Genève, Droz, 1969.

—, *Love's Fatal Glance : A Study of Eye Imagery in the Poets of the Ecole Lyonnaise*, University of Mississippi Romance Monographs, 1980.

DUBOIS, Claude-Gilbert, *Le Maniérisme*, Paris, Presses Universitaires de France, 1979.

—, *L'Imaginaire de la Renaissance*, Paris, Presses Universitaires de France, 1985.

—, *Le Baroque en Europe et en France*, Paris, Presses Universitaires de France, 1995.

ECKHARDT, Alexandre, *Rémy Belleau, sa vie, sa « Bergerie »*, Budapest, Németh, 1917.

FAISANT, Claude, *Mort et résurrection de la Pléiade*, éd. J. Rieu, *et al.*, Paris, Honoré Champion, 1998.

FANLO, Jean-Raymond, *Tracés, Ruptures : la composition instable des « Tragiques »*, Paris, Champion, 1990.

FERGUSON, Gary, *Mirroring Belief. Marguerite de Navarre's Devotional Poetry*, Edinburgh University Press, 1992.

GADOFFRE, Gilbert, *Du Bellay et le sacré*, Paris, Gallimard, 1978.

GALAND-HALLYN, Perrine, *Le Reflet des fleurs. Description et métalangage poétique d'Homère à la Renaissance*, Genève, Droz, 1994.

GENDRE, André, *Ronsard, poète de la conquête amoureuse*, Neuchâtel, Éditions de la Baconnière, 1970.

GLAUSER, Alfred, *Le Poème-symbole*, Paris, Nizet, 1967.

GORDON, Alex L., *Ronsard et la rhétorique*, Genève, Droz, 1970.

GRAFTON, Anthony, « Le Lecteur humaniste », in *Histoire de la lecture dans le monde occidental*, éd. G. Cavallo et R. Chartier, Paris, Éditions du Seuil, 1997, p. 209-248.

GREENE, Thomas M., *The Light in Troy. Imitation and Discovery in Renaissance Poetry*, New Haven, Yale University Press, 1982.

GROS, Gérard, *Le Poème marial et l'Art graphique. Étude sur les jeux de lettres dans les poèmes pieux du Moyen Âge*, Caen, Éditions Paradigme, 1993.

—, *Le Poète, la Vierge et le Prince*, Saint-Étienne, Publications de l'Université, 1994.

GUY, Henri, *Histoire de la poésie française au XVIᵉ siècle*, tome I, *L'École des rhétoriqueurs*, Paris, Champion, 1910, 1968.

HALLYN, Fernand, *Formes métaphoriques de la poésie lyrique à l'âge baroque*, Genève, Droz, 1975.

—, *La Structure poétique du monde : Copernic, Kepler*, Paris, Éditions du Seuil, 1987.

HAMPTON, Timothy, *Literature and the Nation in Sixteenth-Century France*, Ithaca, Cornell University Press, 2001.

HELGESON, James, *Harmonie divine et subjectivité poétique chez Maurice Scève*, Genève, Droz, 2001.

HIGMAN, Francis, « Musique et poésie huguemote », in *Musique et Humanisme à la Renaissance*, Cahiers V.-L. Saulnier X, Presses de l'École normale supérieure, 1993.

HUIZINGA, Johan, *Le Déclin du Moyen Âge* [original hollandais 1919] ; trad. fr. J. Bastin, 1932, 1948, préf. G. Hanotaux ; rééd. *L'Automne du Moyen Âge*, préf. J. Le Goff, Paris, Payot, 1977.

HUOT, Sylvia, *From Song to Book. The Poetics of Writing in Old French Lyric and Lyrical Narrative Poetry*, Ithaca, Cornell University Press, 1987.

JEANNERET, Michel, *Poésie et tradition biblique au XVIᵉ siècle. Recherches stylistiques sur les paraphrases des psaumes de Marot à Malherbe*, Paris, José Corti, 1969.

—, *Perpetuum mobile. Métamorphoses des corps et des œuvres de Vinci à Montaigne*, Paris, Macula, 1997.

JODOGNE, Pierre, *Jean Lemaire de Belges, écrivain franco-bourguignon*, Bruxelles, Palais des Académies, 1972.

JONES, Ann R., *The Currency of Eros. Women's Love Lyric in Europe, 1540-1620*, Bloomington, Indiana University Press, 1990.

JOUKOVSKY, Françoise, *Orphée et ses disciples dans la poésie française et néo-latine du XVIᵉ siècle*, Genève, Droz, 1970.

KATZ, Richard A., *Ronsard's French Critics : 1585-1828*, Genève, Droz, 1966.

KRITZMAN, Lawrence D., *The Rhetoric of Sexuality and the Literature of the French Renaissance*, Cambridge University Press, 1991.

LANGER, Ullrich, *Divine and Poetic Freedom in the Renaissance. Nominalist Theology and Literature in France and Italy*, Princeton University Press, 1990.

—, *Rhétorique et Intersubjectivité. Les « Tragiques » d'Agrippa d'Aubigné*, Paris-Seattle-Tübingen, Papers on French Seventeenth-Century Literature, Biblio 17-6, 1983.

—, *Invention, Death and Self-Definitions in the Poetry of Pierre de Ronsard*, Saratoga (Californie), Anma Libri, 1986.

LECOINTE, Jean, *L'Idéal et la Différence. La perception de la personnalité littéraire à la Renaissance*, Genève, Droz, 1993.

LENIENT, Charles, *La Satire en France ou la Littérature militante
au XVIᵉ siècle*, Paris, Hachette, 1877, 2 tomes.

LESTRINGANT, Frank, « Agrippa d'Aubigné, fils de Ronsard :
autour de l'Ode XIII du *Printemps* », *Studi francesi*, 109, janvier-avril 1993, p. 1-13

—, « De l'autorité des *Tragiques* : d'Aubigné auteur, d'Aubigné
commentateur », *Revue des sciences humaines*, n° 238, avril-
juin 1995, p. 13-23.

MANDROU, Robert, *Histoire de la civilisation française*, I, *Moyen
Âge-XVIᵉ siècle*, Paris, A. Colin, 1958.

MANTOVANI, Thierry, « "Dans l'atelier du rythmeur" : contribution à l'étude des techniques de versification chez Jean et
Clément Marot, Guillaume Crétin et André La Vigne », thèse
de doctorat de l'université de Lyon II, 1995.

MACPHAIL, Eric, *The Voyage to Rome in French Renaissance
Literature*, Stanford, Anma Libri, 1990.

MATHIEU-CASTELLANI, Gisèle, *Les Thèmes amoureux dans la
poésie française, 1570-1600*, Paris, Klincksieck, 1975.

—, *Mythes de l'Éros baroque*, Paris, Presses Universitaires de
France, 1981.

—, *Anthologie de la poésie amoureuse de l'âge baroque, 1570-
1640*, Paris, Librairie générale française, 1990.

MCGOWAN, Margaret M., *The Vision of Rome in Late Renaissance France*, New Haven, Yale University Press, 2000.

MEERHOFF, Kees, *Rhétorique et poétique au XVIᵉ siècle : du
Bellay, Ramus et les autres*, Leyde, E. J. Brill, 1986.

MÉNAGER, Daniel, *Ronsard, le roi, le poète et les hommes*,
Genève, Droz, 1979.

MIERNOWSKI, Jan, *Signes dissimilaires. La quête des noms divins
dans la poésie française de la Renaissance*, Genève, Droz,
1997.

MILLET, Olivier, *Calvin et la dynamique de la parole. Étude de
rhétorique réformée*, Paris, Champion, 1992.

NASH, Jerry C., *The Love Aesthetics of Maurice Scève. Poetry
and Struggle*, Cambridge University Press, 1991.

O'BRIEN, John, *Anacreon Redivivus. A Study of Anacreontic
Translation in Mid-Sixteenth-Century France*, Ann Arbor,
The University of Michigan Press, 1995.

PREISIG, Florian, *Clément Marot et le mouvement d'émergence de
la subjectivité d'auteur*, thèse de Ph.D., Johns Hopkins University, 2001.

QUINT, David, *Origin and Originality in Renaissance Literature. Versions of the Source*, New Haven, Yale University Press, 1983.

RAYMOND, Marcel, *Baroque et Renaissance poétique*, Paris, J. Corti, 1955.

—, *La Poésie française et le maniérisme*, Genève, Droz, 1971.

RANDALL, Michael, *Building Resemblance : Analogical Imagery in the Early French Renaissance*, Baltimore, Johns Hopkins University Press, 1996.

RIGOLOT, François, *Poétique et onomastique. L'exemple de la Renaissance*, Genève, Droz, 1977.

—, *Le Texte de la Renaissance*, Genève, Droz, 1982.

—, *Louise Labé Lyonnaise, ou la Renaissance au féminin*, Paris, Champion, 1997.

RISSET, Jacqueline, *L'Anagramme du désir*, Rome, Mario Bulzoni, 1971.

ROUGET, François, *L'Apothéose d'Orphée. L'esthétique de l'ode en France au XVIe siècle, de Sébillet à Scaliger (1548-1561)*, Genève, Droz, 1994.

ROUSSET, Jean, *La Littérature de l'âge baroque en France*, Paris, José Corti, 1954.

SABA, Guido, *La Poesia di Joachim du Bellay*, Messina, G. d'Anna, 1962.

SAINTE-BEUVE, Charles-Augustin, *Tableau historique et critique de la poésie française et du théâtre français au XVIe siècle*, éd. J. Troubat, Paris, A. Lemerre, 1876, 2 tomes.

SALAZAR, Philippe-J., *Le Culte de la voix au XVIIe siècle. Formes esthétiques de la parole à l'âge de l'imprimé*, Paris, Champion, 1995.

SAULNIER, Verdun-Louis, *Maurice Scève*, Paris, Klincksieck, 1948-1949, 2 tomes.

SCHMIDT, Albert-Marie, *La Poésie scientifique en France au XVIe siècle* (1938) ; réimpr. Lausanne, Rencontre, 1970.

SILVER, Isidore, *Ronsard and the Hellenic Renaissance in France*, tome I, *Ronsard and the Greek Epic*, Saint Louis, Washington University Press, 1961 ; tome II, *Ronsard and the Grecian Lyre*, Genève, Droz, 1981.

SKENAZI, Cynthia, *Maurice Scève et la pensée chrétienne*, Genève, Librairie Droz, 1992.

STAUB, Hans, *Le Curieux Désir. Scève et Peletier du Mans, poètes de la connaissance*, Genève, Droz, 1967.

THIRY, Claude, « La poétique des grands rhétoriqueurs », *Le Moyen Âge*, n° 86, Bruxelles, 1980, p. 117-133.

TOMARKEN, Annette H., *The Smile of Truth. The French Satirical Eulogy and Its Antecedents*, Princeton University Press, 1990.

TUCKER, George Hugo, *The Poet's Odyssey. Joachim du Bellay and the Antiquitez de Rome*, Oxford, Clarendon Press, 1990.

WEBER, Henri, *La Création poétique en France, de Maurice Scève à Agrippa d'Aubigné*, Paris, Nizet, 1956, 2 tomes.

WÖLFFLIN, Heinrich, *Kunstgeschichtliche Grundbegriffe*, Munich, 1915 ; trad. fr. C. et M. Raymond, *Principes fondamentaux de l'histoire de l'art*, Paris, Plon, 1952.

—, *Renaissance et Baroque*, Paris, Librairie générale française, 1987.

YATES, Frances A., *The French Academies of the Sixteenth Century*, Londres, University of London, Warburg Institute, 1947.

ZUMTHOR, Paul, *Introduction à la poésie orale*, Paris, Éditions du Seuil, 1983.

—, *La Poésie et la voix dans la civilisation médiévale*, Paris, Presses Universitaires de France, 1984.

—, *La Lettre et la Voix*, Paris, Éditions du Seuil, 1987.

—, *Le Masque et la Lumière. La poétique des grands rhétoriqueurs*, Paris, Éditions du Seuil, 1978.

Glossaire

Abstrait : isolé par la pensée
abuser : mal user de
accomparer : comparer
accompli : fini, parfait
accomplie : parfaite, mais aussi pour « à Complies », dernière partie
    de l'office divin après Vêpres.
accorder : s'accorder
Achéron : fleuve des Enfers
acquerre : acquérir
adonques : alors
affection : émotion
affoler : rendre fou
ains : mais
Ains (le Pont d') : résidence de Marguerite d'Autriche en Bourgogne
Alcmène (fils d') : Hercule, brûlé sur l'Etna
allouer : admettre, accorder
alme : bienfaisant, nourricier
altiloque : élevé
altior sensus : plus haut sens
amitié : sentiment affectueux, amoureux
Amour : Cupidon
amour (m') : mon amour
amuser (s') : s'occuper
anathématiser : exécrer
antérotique : qui relève d'Antéros, l'opposé d'Éros
antidoté : pourvu d'un contrepoison
antipéristase : action de deux contraires qui se renforcent
aorner : orner
apathie : insensibilité (du philosophe)
apetisser : rapetisser
Apollon : dieu de la poésie
apparoître : apparaître

apprentif : apprenti
Arar : Saône
ardeur : brûlure
ardre : brûler
ars, arse : brûlé, brûlée
art : artifice
Ascréan (l') : Hésiode, né à Ascra en Béotie
asianisme : souci exagéré de la douceur du style
attenter : essayer, tenter de faire
atterrer : jeter à terre
atticisme : élégance naturelle
aucuns : certains
autour : oiseau de proi ; paronyme d'« auteur »
avanir (s') : se dissoudre, devenir impalpable
avecque, avecques : avec
aventure (à l') : au hasard
avouer : reconnaître
assez : très

Balancer : équilibrer
bienheuré : bonheur
blason : éloge ou blâme
bourrelle : féminin de bourreau
bourrellerie : torture, cruauté
brave : fanfaron, fier, excellent
bref, de : sous peu
bref, en : brièvement
bren : ordure, excrément
bruit : rumeur, réputation
bucine : buccin, sorte de trompette

Çà-bas : ici-bas
cancre : crabe
carme : chant, poème
carole : danse en rond
carpe diem : profitez de l'instant
Caucasus : Caucase
caut : prudent
celer : cacher, retenir
cependant (en) : pendant
cestui : celui
cestui-là : Homère (Jason (*R* 31)
cette : celle-ci
change : changement
chapeau : couronne

chatouiller : faire tressaillir
chef : tête ; au chef : en tête
cheval : Pégase
chute : pointe, trait ingénieux
ci : ici
cil : celui
Cimbres : peuple barbare
cime (double) : le mont Parnasse
cistre : ancienne sorte de luth
collocution : conversation
colloquer : placer
colombeau : diminutif de « colomb », pigeon
combien que : bien que
compas : mesure, règle, précision
concept : conception
concord : en harmonie
conférer près : discuter, examiner de près
conquerre : conquérir
consommer : consumer
conspect : vue
contaminatio : procédé de composition syncrétique
contrefacteur : imitateur, parodiste
contrefaire : imiter (mais aussi : déformer, dénaturer)
contr'imiter : imiter
cordelle : cordelette, pouvoir
courage : cœur
créance : croyance
crêpe (*adjectif*) : en fleur
cristal (chevalin) : la fontaine Hippocrène, consacrée aux Muses,
   qui jaillit sous le sabot du cheval Pégase
cueur : cœur et chœur
cuider (*substantif*) : présomption
cuider (*verbe*) : penser
Cythérée : Vénus, déesse de l'amour sensuel

Damoiselle : demoiselle
décevant : trompeur
décevoir : tromper
déchasser : pourchasser
déclore : ouvrir, montrer
déconnaître : se raviser
défense, de : défendu
déguisure : déguisement
dehors : hors de
déjoindre : séparer
delectare : plaire

délictable : délectable (mais avec un sentiment coupable, *delictum*)
démener : mener, traiter, pratiquer
dépit (prendre à) : s'irriter de
dépiteux : contrariant
dépoulpé : décharné
dépriser : dévaluer
desserte : ce qu'on a mérité
deuil : douleur
deut : 3e personne de l'indicatif de douloir
devant : avant
dextre : droit, droite
dextrement : favorablement
dictier : parler, s'exprimer
diformer : déformer
discord : discorde
distiller : s'écouler goutte à goutte
docere : enseigner
doctriner : enseigner
domestique : intime, national
doncques, donques : donc
Donneur, le Grand : Dieu
dont (*consécutif*) : et le résultat est ou fut que…
douloir (se) : peiner, souffrir, se lamenter
douteux : anxieux, rempli de doute
drapeau : drap, étoffe
duc : capitaine

Ébranler (*infinitif subsantivé*) : ébranlement
écheler : ascensionner
ecphrasis : art de la description, tableau vivant
écu : écusson, blason
efficace (*subst.*) : efficacité, pouvoir
éjouissance : jouissance et réjouissance
élection : choix
élire : choisir
émail : diversité de couleurs
embousé : plein de bouse, dégoûtant
émouvoir : mettre en mouvement, provoquer
empané ou empenné : garni de plumes
empiéter : s'approprier, usurper
empistollé : armé d'une arme à feu
empoulément : de manière empoulée
empreindre : marquer en pressant, tracer l'empreinte
enclouer : enfermer
encombres : ennuis, malheurs
encomium : blâme ou éloge

énervé : qui manque de nerf, d'énergie
enragément : avec rage
enrimer : enrhumer
entalenté : pourvu de talent
entendement : intelligence
entendre : comprendre
enthousiasme : inspiration divine
entourner : entourer
éprouver : mettre à l'épreuve
erreur variable : cours changeant
ès : au, aux
estrangement : aliénation
étois : étais
étonner : frapper de stupeur
Euménides : Furies
Eumolpe : rhapsode de Thrace, premier prêtre de Dionysos
Eurote : l'Eurotas, qui arrose Sparte
extase : catalepsie, transe
extravaguer (s') : s'égarer

Fabrique : composition
Facteur : Créateur
facture : création
fantaisie : imagination
fat : sot
faudra : futur de « faillir » (manquer)
feindre : façonner, représenter, créer
feint : faux
feintise : création fictive
felix culpa : heureuse faute
fier : cruel, farouche
fin'amor : amour parfait, chez les troubadours
flac, flaque (*adj.*) : flasque
flambe : flamme
flammeux : en flammes
flétrir : se flétrir
fleuronner : s'épanouir
foi : fidélité
forfaire : faire contre l'honneur
fort, au : en somme, après tout
fourmi (le) : la fourmi
franc : libre
Francion : Francus, héros troyen, ancêtre des Français
François : Français
frisquement : élégamment
fureur : inspiration divine

furie : inspiration divine
furieux : inspiré

Gay : gai, joyeux
généreux : de bonne famille, noble
genèvre : genévrier, emblème de l'immortalité
gent : noble, gentil
gentil : noble
girouetter : avoir un comportement variable
glorieux : épris de gloire
Gorgone : autre nom pour Méduse qui changeait en pierre
    tous ceux qui la regardaient
gré (prendre en) : consentir à
Grégeoise : Grecque
grever : blesser, tourmenter
grief, griève (*adj.*) : grave, lourd, pesant, pénible
grivelé : tacheté, comme la grive
gros : grossier
groselle : groseille
grosseur : grossièreté
guise : manière, façon

Haut (*adverbe*) : hautement
Hebrus : l'Hèbre, fleuve de Thrace
Hecaté : Hécate, déesse tutélaire des magiciennes
hermaphrodite : union parfaite
hers : seigneur (helvétisme germanique)
heur : chance, hasard favorable
heure (à l') à l'heure : italianisme *(allora, allora)*, sur l'heure
heures (canoniales) : prières liturgiques
Hippocrène : source de l'inspiration poétique
homo viator : pèlerin
honnête : honorable
horreur : émotion excessive
horribler (s') : se rendre horrible
hostie : pain consacré et victime immolée
hubris : démesure
huguenaux : huguenots
huis : portes

Ian : oui (exclamation affirmative)
icelle, icelui, iceux : celle-ci, celui-ci, ceux-ci
Idée : L'Être, l'essence pure, selon Platon
idole : image ou statue, objet d'adoration

impiteux : impitoyable
impourvue : imprévue
imbécille : faible
Inache : Inachos, roi légendaire d'Argos
incapax : incapable
incessamment : sans cesse
Indique : Indien ou, en géneral, Oriental
industrie : activité, métier, travail [du poète]
infus : qui est introduit, qui a pénétré
ingenium : qualité naturelle
innamoramento : coup de foudre
innocemment : sans nuire
inscience : absence de connaissance
insuffisance : incapacité, manque de talent
intérêt : dommage
invention : choix d'arguments
Io : fille d'Inachos
istoria : récit dépeint
Ixion : attaché sur une roue enflammée pour l'éternité

Jà : déjà
Janet : Jean ou François Clouet, peintres
jargonner : chanter dans sa langue

Lac : lacet, piège
las : hélas
laudes : louanges, seconde partie de l'office après les matines
létharge : oubli
Léthé : fleuve de l'oubli
Line : Linos, poète légendaire de Thrace
loyer : récompense
lumière (mettre en) : publier
Lune : image de l'âme de l'univers
luthériste : disciple de Luther

Macule : tache
magic : magique
magnifique : capable de dire de grandes choses
magnitude : grandeur
majeurs : ancêtres, aïeux
mal (*adj.*) : mauvais
manoir : séjour
mansion : maison
matines (*adj.*) : vives, délurées, taquines

matines (*subst.*) : première partie de l'office divin avant le jour ;
    sonner, chanter matines à quelqu'un : lui faire des reproches
Méandrins (bords) : rives du Méandre, fleuve sinueux
    d'Asie Mineure
Mécénas : Mécène, protecteur de Virgile
mérir : mériter
Mérové : Mérovée, roi qui donna son nom aux Mérovingiens,
    première race des Francs
mignard : mignon, gentil, gracieux
mignardise : grâce enfantine
mignon : favori
ministereau : mauvais ministre
modestement : modérément
moleste : importun
monarchie : pouvoir politique
moriginer (se) : se règler
morion : casque
moult : beaucoup
movere : émouvoir
muid : boisseau
muscer : cacher
myrte : plante emblématique des amoureux
Myrteux (Ombres) : séjour des amants aux Enfers

Naïf : naturel (sans connotation péjorative)
natal (mont) : le Parnasse où sont nées les Muses
naturel (*substantif*) : caractère, qualités naturelles
ne mais : sinon
neveu : descendant
nigromance : nécromancie, divination par évocation des morts
Noé (de) : avant Noël
nonpareil : incomparable
nouvelleté : nouveauté (sens péjoratif)
nourrir : éduquer, former

Odorer : sentir
oïr : entendre
Ombres : lieu d'attente, entre Ciel et Enfer, dans l'Au-delà
onc, onque : jamais
onde (au cheval) : la source Hippocrène
or : maintenant
oraison : discours, prière
ord, orde : sale
ores : maintenant, tantôt
Orpheus : Orphée

Ortyge : surnom de Diane dans l'île de Délos
Ortygie : nouvelle Ortyge
où (*adversatif*) : alors que, tandis que
Oubli : le Léthé, fleuve de l'oubli
oubliance : oubli
outre : au-delà, hors de
outrecuidé : qui pèche par outrecuidance

Palais : le Vatican
palinod : refrain de poème
papaux : catholiques, partisans du pape
papegay : perroquet
parc : lieu fermé
pardons : indulgences
parfaire : achever, mener à sa perfection
par-sur : au-dessus de
part : endroit
passer : dépasser
passion : violent désir amoureux, souffrances du Christ
patron : modèle, mécène
Pélion : montagne de Thessalie
penser (*substantif*) : pensée
pérégrin : étranger
pérenne, pérennel : éternel
persona : masque, rôle, voix lyrique
peu (à) : pour peu
philautie : amour de soi
pincer : peindre, reproduire
Plancien : de Plancus, gouverneur de Lyon sous César
plaindre (faire) : faire sortir des sons plaintifs
plaisant : agréable
plasmateur : créateur
poétrie : ornements mythologiques de la poésie
poindre : frapper
politiques : sages qui veulent résoudre les différends religieux
    par des compromis
pollissure : douceur
populaire, *subst.* : peuple
portaux : portails
portraiture : portrait
poste (courir la) : courir très vite
pour : en compensation de
pourmener, se : se promener
poursuivre (*infinitif substantivé*) : poursuite
pratiquer : séduire
prédicant : prédicateur

prédicantereau : mauvais prédicateur
prée : prairie
Pris, saint : saint Prix, martyr (jeu sur « pris » et « prix »)
privauté : familiarité (*sans connotation péjorative*)
Prométhée : l'un des grands suppliciés mythiques de l'Antiquité
Prometheus : Prométhée
propugnation : combat pour la défense
prosimètre : composition faite d'un mélange de prose et de vers
pucelle : jeune fille
puis : alors (sens de conséquence)
putanesque : de prostituée
puy : concours de poésie

Quadrature : césure
qui : ce qui
quel : ce que
quelquefois : une fois, un jour
querelle : plainte
qui : l'un, celui-ci ; l'autre, celui-là

Ramager : faire entendre son chant, comme un oiseau
rapporté (poème) : poème où chaque élément du premier quatrain
    est repris systématiquement dans les strophes qui suivent
rassis : calme
refait : bien fait
refraindre : freiner
relent : puant
reprendre : critiquer
resserrer : enfermer
rets : piège
Rhodanus : le Rhône
rimailler : rimer (avec une connotation péjorative)
rimasser : voir « rimailler »
rimoyer : voir « rimailler »
robe : toge romaine
route : déroute
ruer : jeter

Sacre (*adj.*) : sacré
Saint-Denis : basilique des rois de France
sanglanter : ensanglanter
sauteler : sautiller
science : savoir
scintille : étincelle

secrétaire : personne de confiance, qui garde les secrets
séjour (de) : libre de son temps
Semaine, verte : première de semaine de mai, symbole de liberté
semoncer : inviter
sentiment : faculté de sentir
serpent : Satan
seur : sûr
si (sens d'opposition) : cependant
— (sens de comparaison) : ainsi
— (sens de conséquence) : aussi
signamment : particulièrement
singulier : unique
Sisyphe : condamné à rouler une pierre au sommet d'une montagne
    d'où elle retombe sans cesse.
somme (*subst. fémin.*) : charge, fardeau
souffrir (*infinitif substantivé*) : souffrance
soulas : consolation
souloir : avoir l'habitude de
sprezzatura : grâce naturelle du courtisan
squabrosité : rudesse, grossièreté
squalide : repoussant
stoïque : sévère
subtil : délicat
succéder : arriver, advenir
suffisant : capable, satisfaisant
superabondant : surabondant
superbe : orgueilleux
sur : par-dessus
surcroître : dépasser
surhausser : élever trop haut
surmonter : dépasser
surnom : nom de famille

Tant (pour) : pour cela, par conséquent, c'est pourquoi
temples : tempes
tempus fugit : le temps s'enfuit
Thalie : l'une des trois Grâces
Threisses : de Thrace, contrée au nord de l'ancienne Grèce
timbres : bassins
tirer : tracer, représenter ; tirer à ou vers : aller vers,
    se rapprocher de
Titanine : des Titans
Toison : la Toison d'or conquise par Jason
tort : tordu, qui serpente
tourner : changer, traduire
trait : la foudre

translatio (studii et imperii) : transfert (de la culture et du pouvoir politique)
travail : douleur, peine
travailler : peiner
trépassés (feuillet des) : office des morts
treuver : trouver
triacle : drogue
triste : mélancolique
trop : beaucoup
truchement : interprète
turquesque : à la manière turque
Tusque : Toscan, italien

Ubi sunt : où sont-ils (elles) ?
usage : expérience

Ventre-saint-Georges : jurement familier
vaisseau : vase
vénusté : grâce, élégance
vêprée : après-midi
vertu : force de caractère
vertueux : courageux, maître de soi
vieux (*subst.*) : anciens
virer : transposer, traduire
vivre (*infinitif substantivé*) : vie
voire : vraiment
vulgaire, *subst.* : 1) le peuple ; 2) le vernaculaire

Yraigne : araignée

Index

Les astérisques (*) renvoient aux définitions du glossaire. Les auteurs et les textes des bibliographies ne sont pas répertoriés.

RÉALISATION : CURSIVES, PARIS
IMPRESSION : CLAUSEN & BOSSE, LECK, ALLEMAGNE
DÉPÔT LÉGAL : SEPTEMBRE 2002. N° 47423

Points Essais série Lettres

DÉJÀ PARUS

Le Siècle des moralistes
Bérengère Parmentier

Littérature et Engagement
de Pascal à Sartre
Benoît Denis

Les Romanciers du réel
de Balzac à Simenon
Jacques Dubois

Questions générales de littérature
Emmanuel Fraisse et Bernard Mouralis

Le Théâtre romantique
Histoire, écriture, mise en scène
Florence Naugrette

Poétique de l'ironie
Pierre Schœntjes

À PARAÎTRE DANS LA MÊME COLLECTION

Les Poètes de la modernité.
De Hugo à Apollinaire
J.-P. Bertrand et P. Durand

Le Récit de voyage au XXe siècle.
La distance critique
Gérard Cogez